陳恆嘉集

台灣作家全集

短篇小說卷

出版說明

《臺灣作家全集》是臺灣新文學運動以來最有意義的選輯，也是臺灣文學出版上最具示範的創舉。全集係以短篇小說為主體，以作家個人為單位，涵蓋一九二〇年至九〇年代的重要作家，縫合戰前與戰後的歷史斷層，有系統地呈現了現代文學史上臺灣作家的精神面貌。

在內容上，包括日據時代，由張恆豪編輯；戰後第一代，由彭瑞金編選；戰後第二代，由林瑞明、陳萬益編選；戰後第三代，由施淑、高天生編選。全集計劃出版五十冊，後每隔三年或五年，續有增編，一人以一冊為原則，戰前部分則因篇幅不足，有二人或三人合為一集。

在體例上，每冊前由召集人鍾肇政撰述總序（文長兩萬字，首冊為全文，其它則為濃縮），精扼鈎畫出臺灣新文學發展的歷程、脈絡與精神；並由各集編選人執筆序言，簡要介紹作家生平及作品特色；正文之後，則附有研析性質的作家論，及作家生平寫作年表、小說評論引得，期能提供讀者參考。臺灣面臨歷史的轉捩點，瞻前顧往之際，本社誠摯希望能對臺灣文學的出版、推廣、教育及研究上有所貢獻。

台灣作家全集

短篇小說卷

論事一景

一九九一夏，在北投雷驤家與雷驤討論譯稿事。

在爾雅出版社與隱地（左一）、蔡源煌（左二）、應鳳凰（右一）合影。

一九九〇冬，在東吳日研所與指導教授鄭良偉及同學合影。

一九八七年秋，與吳晟（右）在黃春明（中）家合影。

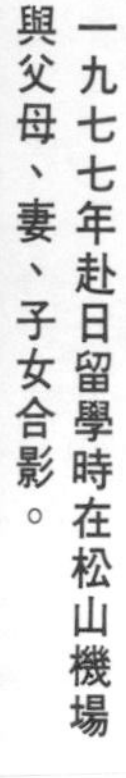

一九七七年赴日留學時在松山機場與父母、妻、子女合影。

一九八六年在卡拉OK唱「媽媽請您也保重」，時母親七十六歲。

一九八八年在九族文化村與九族姑娘同舞。

罷後

喬幸嘉

门缝动处，仅能容受两人併肩挤进的窄门，一下挤进三只头颅，硬挤的结果，中间那個被编後了半個脚步，落在最後头的另两個同伴同时挤进来。

還都是没幾年歲的小伙子，像是在哪個工廠裡做工的小師傅模樣，进得门来，掛上手提的饭盒兒，就開始覓找雜擠，三個圍着墻，一個就那樣討着整個茶室的人瞅現間來，圍墻的三個中，有一個哼着近期最為流行的國語歌曲，哼到一半，另一個用洋涇濱國語跟着唱，有人跟唱，那哼着的就停了口，轉過回来的时候，已经是东张张的了；看到他的同伴圍着一整給他的茶室，一層一層的劃着，就說

召集人／鍾肇政

編輯委員／張恆豪（負責日據時代作家作品編選）
彭瑞金（負責戰後第一代作家作品編選）
林瑞明（負責戰後第二代作家作品編選）
陳萬益（負責戰後第二代作家作品編選）
施　淑（負責戰後第三代作家作品編選）
高天生（負責戰後第三代作家作品編選）

資料蒐訂／許素蘭、方美芬

編輯顧問／
（臺灣地區）：張錦郎、葉石濤、鄭清文、秦賢次
宋澤萊
（美國地區）：林衡哲、陳芳明、胡敏雄、張富美
（日本地區）：張良澤、松永正義、若林正丈、
岡崎郁子、塚本照和、下村作次郎
（大陸地區）：潘亞暾、張超
（加拿大地區）：東方白
（歐洲地區）：馬漢茂

美術策劃／曾堯生

台灣作家全集

短篇小說卷

緒言

鍾肇政

時代的巨輪轟然輾過了八十年代，迎來了嶄新的另一個年代——九十年代。發軔於二十年代的台灣文學，至此也在時代潮流的沖激下，進入了一個極可能不同於以往的文學年代。

然則這九十年代的台灣文學，究竟會是怎樣的一種文學？

在試圖回答這個問題之前，我們似乎更應該先問問：台灣文學又是怎樣一種文學？

曰：台灣文學是台灣本土的文學、台灣人的文學。

曰：台灣文學是世界文學的一支。

倘就歷史層面予以考察，則台灣文學是「後進」的文學；比諸先進國的文學，即使是近鄰如日本，她的萌芽時期亦屬瞠乎其後，比諸中國五四後之有新文學，亦略遲數年。

只因是後進的，故而自然而然承襲了先進的餘緒，歐美諸國文學的影響固毋論矣，即日本文學、中國文學等也給她帶來了諸多影響。易言之，先天上她就具備了多種特色集於一身，因而可能成爲人類文學裏新穎而富特色的一支——當然這種說法恐難免落入過分單純化機械化的發展論，未必完全接近實際情形。事實上，一種藝術的發芽與成長，土地本身的人文條件與夫時代社經政治等的變易更動，在在可能促進或阻礙她的發展。證諸七十年來台灣文學的成長過程，堪稱充滿血淚，一路在荊棘與險阻的路途上踽踽而行，備嘗艱辛。

職是之故，若就其內涵以言，台灣文學是血淚的文學，是民族掙扎的文學。四百年台灣史，是台灣居民被迫虐的歷史。隨著不同的統治者不同的統治，歷史上每一個不同階段雖然也都有過不同的社會樣相與居民的不同生活情形，而統治者之剝削欺凌則始終如一。七十年台灣文學發展軌跡，時間上雖然不算多麼長，展現出來的自然也不外是被迫虐被欺凌者的心靈呼喊之連續。

台灣文學創建伊始之際，我們看到台灣文學之父賴和以文學做爲抗爭手段之一的筆跡。他反抗日閥強權，他也向台灣人民的落伍、封建、愚昧宣戰。他身體力行，諸凡當時的抗日社團如文化協會、民衆黨和其後的新文協等，以及它們的種種活動，他幾乎是每役必與，並驅其如椽之筆發而爲〈一桿稱子〉、〈不如意的過年〉、〈善訟的人的故事〉等小說與〈覺悟下的犧牲〉、〈南國哀歌〉等詩篇，爲台灣文學開創了一片天空，樹立了不朽典範。

中期，我們又有幸目睹了台灣文學巨人吳濁流之出現。第二次世界大戰進入最慘烈階段之際，在日本憲警虎視眈眈下，吳氏冒死寫下《亞細亞的孤兒》，戰後更在外來政權戒嚴體制的獨裁統治下，他復以《無花果》、《台灣連翹》等長篇突破了統治者最大的禁忌。他不但爲台灣文學建構了巍峨高峰，還創辦《台灣文藝》雜誌，創設台灣第一個文學獎「吳濁流文學獎」，培養、獎掖後進，傾注了其後半生心血，成爲台灣文學的中流砥柱。

七十星霜的台灣文學史上，傑出作家爲數不少，尤其在時代的轉折點上，每見引領風騷的人物出現，各各留下可觀作品。此處暫不擬再列舉大名，但我們都知道，在統治者鐵蹄下，其中尙不乏以筆賈禍而身繫囹圄，備嘗鐵窗之苦者，甚或在二二八悲劇裏飲恨以終者。以所驅用的文學工具言，有台灣話文、白話文、日文、中文等等不一而足，蔚爲世界文壇上罕見奇觀，此殆亦爲台灣文學之一特色。日據時，曾有「外地文學」之稱，輓近亦有人以「邊疆文學」視之，唯她既立足本土，不論使用工具爲何，其爲台灣文學則無庸否定，且始終如一。

不錯，七十年來她的轉折多矣。其中還甚至有兩度陷入完全斷絕的眞空期，其一爲戰爭末期所謂「決戰下的台灣文學」乃至「皇民文學」的年代，以及戰後二二八之後迄國府遷台實施恐怖統治、必需俟「戰後第一代」作家掙扎著試圖以「中文」驅筆創作、接續斷層爲止的年代。一言以蔽之，台灣文學本身的步履一直都是顚躓的、蹣跚的。到了七十年代，鄉土之呼聲漸起，雖有鄉土文學論戰的壓抑，反倒造成台灣文學的欣欣向榮，入了八十年代，鄉土文學不僅成爲文壇主流，益以美麗島軍法大審之激盪，衝破文學禁忌成了不可遏止之勢，於是有覺醒後之政治文學大批出籠，使台灣文學的風貌又有了一變。

八十年代已矣。在年代與年代接續更替之際，正如若干年來每屆歲尾年始，報章上總會出現不少檢討與前瞻的論評文學，也一如往例悲觀與樂觀並陳，絕望與期許互見。有一明顯的跡象是嚴肅的台灣文學，讀者一直都極少極少，在八十年代末期的消費社會、資訊多元化社會以及功利主義社會裏，文學的商品化及大衆化傾向已是莫之能禦的趨勢，於是當市場裏正如某些論者所指摘，充斥著通俗文學、輕薄文學一類作品，純正的文學乃又一次陷入危殆裏。

然而我們也欣幸地看到，八十年代末尾的一九八九年裏民主潮流驟起，舉世爲之震動。繼六四天安門事件被血腥彈壓之後，卻有東歐的改革之風席捲諸多社會主義共產國家，連蘇聯竟也大地撼動，專制統治漸見趨於鬆動的跡象。(草此文之際，世人均看到蘇俄首任總統終告產生。）這該也是樂觀論者之所以樂觀之憑藉吧。

不錯，新的人類世界確已隨九十年代以俱來。即令不是樂觀者，不免也會睜大眼睛看著世局之演變並對它有所期待才是。而九十年代台灣文學，自然也已是呼之欲出！君不見繼八九年年尾大選、國民黨挫敗之後，台灣的民主又向前跨了一步，即令有第八任總統選舉的權力鬥爭以及國大代表之挾選票以自重、肆意敲詐勒索等醜劇相繼上演於國人眼睜睜的視野裏，但其爲獨大而專權了數十年之久的國民黨眞正改革前的垂死掙扎，彰彰在吾人耳目。

在九十年代台灣文學即將展現於二千萬國人眼前之際，《台灣作家全集》（以下稱「本全集」）的問世是有其重大意義的。過去我們已看到幾種類似的集體展示，計有《日據下台灣新文學》（明集，共五卷，明潭出版社，一九七九年三月）、《光復前台灣文學全集》（八卷，後再追加四卷，遠景出版社，一九七九年七月）、《本省籍作家作品選集》（十卷，文壇社，一九六五年十月）、《台灣省青年文學叢書》（十卷，幼獅書店，一九六五年十月）等四種。無獨有偶，前兩者均爲戰前台灣文學，後兩者則爲清一色戰後台灣作家作品。而其中，除最後一種爲個人結集之外，餘皆爲多人合集。值得一提的是後兩者出版時，白色恐怖仍在餘燼未熄之際，前兩者則是鄉土文學論戰戰火甫戢、鄉土文學普遍受到肯定之後，因此可以說各盡了其時代使命。

本全集可以說是集以上四種叢書之大成者。其一，是時間上貫穿台灣新文學發軔到輓近的全局；其二，是選有代表性作家，每家一卷，因而總數達數十卷之鉅，堪稱自有台灣新文學以來之創舉。是對血漬斑斑的台灣文學之路途上，披荆斬棘，蹣跚走過的前輩們，以及現今仍在孜孜矻矻舉其沉重步伐奮勇前進的當代作家們之獻禮，也是對關心本土文學發展的廣大海內外讀者們的最大禮物。

（註：本文爲《台灣作家全集》〈總序〉的緖言，全文請看《賴和集》和《別冊》。）

目錄

隱藏型的創作者

——陳恆嘉集序

林瑞明

陳恆嘉，一九四四年生，彰化溪州人。台中師專及淡江中文系畢業。曾於日本京都大學人文科學留學一年，之後因家庭因素回台任《書評書目》主編，後一面執教台北士林高商，並入東吳大學日研所碩士班就讀。

陳恆嘉的作品大都以本名及喬幸嘉發表，並有不同的筆名車亞夫、秦嘉、陳三覲、陳在來、皇甫嘉……於報章雜誌發表作品，先前結集出版的僅有一冊《譁笑的海》（三信，一九八六年九月），由於時常更換筆名，可說是隱藏型的創作者。有關評論亦不多見，小說家吳錦發在「小說與性」的系列評論中，曾論及〈剝〉、〈暴徒〉兩篇，尤其肯定〈暴徒〉無論就形式的完整性與內涵的深廣性都堪稱是陳恆嘉的代表作。

陳恆嘉由於多年執教小學，使他善於描寫田莊囝仔的兒童心理，如〈老師：人家也要升旗〉、〈剝〉、〈畫自像〉、〈仙草冰〉、〈譴〉、〈「夜尿」症者〉。所描寫的率多田莊囝子的精靈、狡黠，也對比了成人心理的開放性與防衛性。其中〈老師：人家也要升旗〉、〈畫自像〉描寫老師的愛心，使原有自閉傾向的稚童，心靈因之開放的過程；〈仙草冰〉則描述稚童對家長權威的敬畏與挑戰的過程；〈剝〉則是描寫稚童與老師的「互剝」過程，在溫泉浴中有時開誠佈公，有時又防衛，顯示出成人較兒童的自我防衛更強。這些作品以戲謔的筆調來寫最為逗趣，著重對兒童心理描寫，動作反應更是細緻。

同樣以第一人稱敍述觀點，模仿青少年口語寫成的〈譴〉，則屬於青少年時期的人，對於責任的認識，往往是「道德自律」與「道德他率」並存而略帶模糊；〈「夜尿」症者〉則描述國中生在升學壓力之下的生理、心理現象，並且強烈地批判了整個教育制度，相當精確地表現出成長階段的反抗心理。

陳恆嘉另一類型的作品，則善於描述邊緣人物。〈事件〉中的退伍老頭兒在溫泉澡堂賣票，與乾女兒人前父女相稱，實則是因性之需要而買來的，起先的描述和後來的眞象形成對比，所留下的空白比著墨處多，十多歲的阿秀令人悲憫；〈癡情〉中癡情者進入精神病院治療，痊癒後卻又不敢回到社會，自願留在精神病院擔任清掃的男子。全篇寫來虛幻與眞實並不容易清楚，心靈的獨白特有韻味；〈曳得長長的影子〉中下港人上台北的困頓和堅持；〈落翅仔〉則寫了迷戀台北風華，墮入風塵，想回下港卻又怕回了下港遭親友另眼看待的未成年女子；〈古董田〉中則寫了面對地皮炒作日熾，不知如何是好的鄉下老農，這是轉型期中常見的現象，堅守土地的老德竟被揶揄爲神農氏，然而神農氏是要擔心颱風的，也突然想將土地賣了，結尾處寫活了老德徬徨的兩樣心情。〈古董田〉老德這一類型的人物緬懷舊社會的深情，懷疑新社會的冷漠，縱使不能應適，亦透露出農業社會人物的韌性；其背景，幾接近於黃春明的〈溺死一隻老貓〉，反映出土地的問題，雖在人物的塑造上略有所遜色，其特點是在對話中的語言處理上更接近道地的台語。

陳恆嘉小說特色之一是藉著小說反映出社會狀況，具有現實主義文學的精神。其所批判的，除了以描寫兒童、青少年的心理及生理的壓力，也直接或間接批判了僵化的學校教育制度，另一類則藉社會邊緣人物批判社會價值體系的混淆，對於社會層面觀察相當廣泛。

〈一場骯髒的戰爭〉則是對行政政治化的一種批判。這是篇批判性強、諷刺性高的作品。就批判性而言，陳恆嘉由垃圾戰爭引起政治人物打太極拳的桃園中壢垃圾事件的現實性，批判到政治人物妨礙清潔隊員單純的垃圾處理；就諷刺性而言，藉蒼蠅的喜愛污穢，毫無頭緒，暗諷政治人物本身即如蒼蠅；就藝術性而言，採蒼蠅的敍事觀點來看垃圾、政治垃圾頗爲別出心裁。

對於警察亦有所批判，〈無賴〉中描寫了交通警察的無賴和刁難；〈一個球員之死〉，主要是描寫「過氣」球員的內在掙扎，亦間接描寫搜證人員的無能和心存僥倖的心態，最後有一崇拜死者的球迷出來才道出了球員之死的狀況。〈一個球員之死〉分成三種描述手法，亦即由三種敍述觀點，以呈現球員的死因、過程與發現球員死因的過程，第一段自球員自身的內在心理衝突描述，由於此內在心理衝突無以昇華，走向毀滅自我，球員臨死前的心理描寫深刻而又鮮明，在短短的篇幅中將生前光榮與落寞，完全表達出來；第三段則自球迷與球員相濡以沫的關係之描述，亦著重心理層面的刻畫；至於第二段描寫搜證人員的無能與含糊的辦案態度，使得全文增加了懸疑的色彩。〈一個球員之死〉曾獲第二屆（一九七一年）吳濁流文學獎佳作獎，是陳恆嘉的代表作之一，並列正獎，都不會遜色。

最近的代表作，則是八〇年代的〈暴徒〉。全文描寫四個在澡堂洗澡的年輕人，因感覺一個僅站在池邊觀看他們嬉鬧的中年人，侵犯了他們的隱私，強迫中年人也非得脫光衣服下水不可的過程。同是小說家的吳錦發曾從心理學的觀點入手，在評論〈剝・暴徒——笑論陳恆嘉兩篇與洗澡有關的小說〉，解讀〈暴徒〉一文，描寫的是集體暴力，如何偏離事實眞相而逐漸成形的過程；一如集體可形成輿論，而扭曲的「輿論」也會變成如〈暴徒〉的集體暴力。整篇小說甚至是向我們警示了「整個社會」逐漸變成「暴徒」的可怕。經此解讀，更顯得生氣勃勃，引人入勝。

陳恆嘉寫作有年，但作品不多；得獎又都是吳濁流文學獎小說佳作獎，依序是〈一個球員之死〉（一九七一年）、〈影子〉（一九七四年）、〈剝〉（一九七八年），未得過正獎，陳恆嘉或許也因此被小看了。其實得不得獎一點也不重要，重要的是堅持寫下去！

第一輯　田莊囝仔

老師：人家也要升旗

校長從辦公室門口指出去，告訴我學校最邊角的那間新蓋的水泥房子就是我的教室。

「偏勞啦，」校長以他夾著長壽菸的大巴掌拍一拍我的背說。我知道他原想拍在我的肩胛上的。

我已經很習慣在右背上挨人家友善而熱誠的巴掌了，以前在部隊，值星官大都喜歡喊我當基準兵，儘管每一次總是在他們喊「向前看」的當兒我才神色倉惶地鑽進去。我覺得不習慣的是：原該我道的「謝」，此刻卻由校長來說了。

但也不是每個人的情形都是這樣，要享有這份以前向校長現在被校長道謝的殊榮，必須你帶的是畢業班。

個中的辛酸，郎中的一句話正好可以道盡——說穿了不值三文錢——國民教育延長了也。

「六年仁班，」返校報到後，校長臉露疚色說：「陳老師，能者多勞，請幫幫忙。」

「說哪裏話？」我故意「酸」他：「張老師是有口皆碑的，上屆不又是十成九的取了嗎？」

「該他歇歇的了，他帶三忠，半日制。」

是該張中曾歇歇的時候了，創校四年，除了剛獨立那年，讓他帶從母校撥出來的四年級之外，六年級全讓他包了去的，第一年雖說是四年級，可也是全校最高年級，然後是一路順風的帶上去，直到畢業。接下來就誰也甭想帶畢業班了，原因是第一屆送出去後頗得家長們歡心和信任，另外也聽校長說過：張老師家裏吃飯的活口多。

遠遠望去，六年仁班的門窗關得緊緊的。

「得先上一節健康教育。」一走在廊下，我這樣吩咐自己，國家未來的主人翁，民族的幼苗，可染不得癆病，怎可將陽光和空氣拒在窗外呢？

行至營養午餐的厨房門口，一個女生從擺在大門右側的半人高的茶桶下站起來，小手上端了一杯開水掉頭就跑，兩把用橡皮筋紮起來的頭髮，在後腦勺一跳一跳的，活像兔寶寶的兩隻長耳朵。

「告老師說。」在教室門口，小女生的杯子被從教室飛出來的躲避球打翻在裙子上，小女生噘著嘴，撿起杯子尖著嗓子嚷，且小腿一揚，把躲避球當足球踢下走廊，瘸著那隻大概踢痛了的小腳丫拐進教室。

一個男生衝出來，又跳回去，棄著球越滾越遠終於泡進操場上一處水窪裏賴著不上來。

「老師來了！」誰拉了一聲淒厲的警報。

近前門的第一扇窗子立即出現一道縫，一管潛望鏡探出來，不！是兩隻溜溜賊眼，不！是一隻小西瓜；第二扇窗戶也有了動靜，是一只一百燭光的電燈泡，接連下去的窗子也都陰謀蠢動，不等第三扇的鴨屁股縮回去，第四扇門捧出一碗掛麵清湯，後門動處，一根舌頭來不及收回去，就那樣懸空吊在門上。

「起立！」雄赳赳氣昂昂的「軍令」，如山洪暴出。

「立正！」嬌滴滴的女聲，一聽就不對，假出來的花腔。

走到講台正中，大家僵立在那兒，沒人喊敬禮坐下。

「班長呢？」

「高從霖當完了。」誰掩著小嘴說，細聲細氣的。

「新年，還沒有選。」

做夢，想昏了壓歲錢。

「就高從霖喊。」

「敬禮！」

不對！是女生下的號令，怕不有我眉頭齊的「小姐」。

坐下以後，學生咬著嘴唇，竭力忍住笑。

我趕緊臉上糊一把，還笑！掏出手絹再抹一把，趁勢瞥一眼「大門」上沒上「鎖」，更笑！

「老師的名字曉不曉得？」嚥一口口水，我問。以不變應萬變。

許多眼珠子轉成一記問號，忘了笑，但是靠走廊的第一排中央的兩個男生卻在底下熱烈地推讓著，互相要舉起對方的手。

「咳！你說。」我「點」起那只一百燭光的亮燈泡。

燈泡晃了兩下，暗了下去。

「老師，他知道，他知道。」

隔壁的傢伙生怕燈泡賴掉會喊到他，慌忙起來指著燈泡說。

「那麼，你來說。」自投羅網，我把矛頭指向他。

全班都樂了起來，咧著小嘴笑，咧著嘴的嫩手不知何時全挪開了。

「人家也不知道。」飛蛾哭喪著臉說。

「班長，你們剛剛笑什麼？」我放棄介紹自己。

高從霖站起來，壓住上唇人中處一顆過早冒出來的青春痘，又想笑又不敢笑的說：「陳瑞芬進來，說他經過辦公室，知道我們的老師是誰，我們要他說，他吊我們胃口，拿那根跳高的竹竿要我們猜。」

大夥兒都屏息下來，黑眼珠子瞟瞟跳竿又瞟瞟我。

好小子！尋老師開心。

「誰是陳瑞芬？」沒有答腔。

「陳瑞芬站起來。」

「他站起來了。」學生一起答，後座的學生還用下顎美妙的呶一呶中間一排最末一個座位。

佝僂著背，吶張著嘴傻笑，不時深深地喘口氣，站起來沒人坐著高，坐著只見一個空座位。自頂至踵，只兩孔又深又黑的眼睛現靈光。

「龜仔，站到椅子上去。」

「龜仔，舉手。」

有同學慫恿著他。

「不用。」我說：「告訴我怎躲到那後頭去。」

「原坐在最前面。」班長以他當「總司令」的嗓子說：「春天上寫字課，開墨汁把墨汁打在黃老師的花裙子上。」

「宋兆墀不用參加升降旗。」進入情況後，我下第一道指令。

宋兆墀，清清秀秀的男孩，多子的母親照顧不周，被痲痺症照顧上了，拖著一截細瘦的左腿。

「以前陳瑞芬也沒有參加。」班長說。

「現在呢？」我說：「陳瑞芬你要不要參加？」

坐回講台下的陳瑞芬瑟縮著脖子站在那兒，不知道說參加或不參加，他知道我的意思是在逼他參加。

「他排在最前面，不知道哪是左脚哪是右脚。」高從霖說。

「那就算了，坐下。」

陳瑞芬坐下去，垂下頭擱在桌板上。

「不知道左脚右脚的是傻蛋。」我故意不看他，說：

「很多人自己以爲自己沒有用，其實他比誰都行。愛迪生耳朵瞎了——」

「老師說錯了。」

「聾了，但他發明了電燈。」

「陳瑞芬眼睛很大，眼睛大的都很聰明。」

「老師的眼睛不大就很聰明，算術我們不會，老師都會。」

「老師小的時候用功，因爲小時候就想當老師，你們記住：你想當什麼，努力去做就能當什麼。」

很多女生低下頭去，我發覺我說溜了嘴，他們之中多的是小眼睛的啊！

「跟忠班打，老師，跟忠班打嘛！」

體育，男生抱一個躲避球，女生也抱了一個，全吵著要我去向忠班的老師商量比賽躲避球。

「我們不行，我們男生都不到二十五個。」我說。

「比賽女生。」一羣麻雀聒噪起來：「那就比賽女生。」

「男生，比賽男生，不夠，讓他們。」陳民主做了一個甩球的姿勢說。

「好意思？」李羽神緺緺鼻子說：「上次給孝班剃光頭，好意思說讓人家。」

「女生剃光才難看。」陳民主說，把嘴巴翹得像非洲人：「當尼姑。」

「比賽男生。」我說：「不要吵。」

女生全部噘起尖嘴巴嘀咕著離開，有一些跑進教室，拿了橡皮筋又跑出來，在樹蔭下跳起「小皮球、香蕉油，滿地開花二十一，二五六、二五七、二八二九三十一……」

「陳瑞芬也參加。」我說，洪榮華跑進教室，把陳瑞芬提了來。

「陳瑞芬最會躲。」我說，睨著他，瞧他神色：「忠班要殺他，只好打滾地球。」

「滾地球，我就在後面把它抱起。」洪榮華說完，學個抱球的姿勢。

「你們要不要陳瑞芬幫忙？」

蘿蔔頭全都跳起來喊要，差點把喉嚨扯破。

「沒陳瑞芬參加，我們會輸掉，陳瑞芬要不要我們輸？」

「要贏。」陳瑞芬跳進內場去，把兩手舉得高高的，而且就地轉了個圈圈。

「誰跟陳瑞芬住一起？」

只有他缺課不打招呼的，我不能不問他要個道理，什麼事連曠兩天課。

潘傳宗站起來怯怯的說：

「他爸爸死了。」

「啊！」

大家全吃了一驚，把眼光湊在潘傳宗略顯蒼白的臉上。

下了課，大夥兒圍在潘傳宗身旁，熱切地問這詢那，有一些人掩著耳朵跳開了，一些人把小臉定在那兒，直到放了學還收不回去，人老早就揹書包走了。

「要停一個禮拜才出山。」被我截留下來的潘傳宗說。

我要他轉告陳瑞芬，就等他父親下葬後才來上課。

可是，第二天一早，陳瑞芬反而來上學了，左臂上別了一圈粗麻布，傻楞楞地落坐在自己的位置上。

「潘傳宗沒傳給你老師的話？」我問陳瑞芬說。

陳瑞芬甩了甩那只讓脖子馱得不勝負荷的腦袋。

「老師早！」

好傢伙，進來的正是潘傳宗，見我正跟陳瑞芬搭著，或許是突然間才想起昨天的吩咐，或許是吃驚陳瑞芬怎麼跑來上學了，打過招呼還別轉頭去吐一吐舌頭。

「你昨天野到哪兒去了？」

「看……看電視。」

「你忘了什麼沒有？」

「老師，人家怕……怕鬼。」

「見你的大頭鬼，你明明把老師的話在路上當小石頭踢丟了。」

「我想他一定不會來，老師，人家怕棺材。」

「才死的人不會變鬼。」

「哼啦！祖母說不是生病死去的都會變鬼來抓人。」

「不是生病死去的？」

「喝醉酒，腦筋斷了。」潘傳宗摸摸太陽穴。

「他要打媽媽，」陳瑞芬怔怔地補充說：「才舉起手就摔下去。」

「你應該守在爸爸身旁，你快永遠見不著他了。」

「才不要！」陳瑞芬出人意表的說：「叔公說他活該，他喝醉酒就要打媽媽，又不給營養午餐的錢。」

「你快永遠看不到爸爸了，看不到就是沒有爸爸了。」我喃喃複述著這話，存心惹他滴兩滴眼淚；「什麼時候出殯？」

「什麼出殯？」

「就是抬去埋，出山。」我直譯一句方言，陳瑞芬才聽懂。

「禮拜三。」

「那你禮拜三就不要來上學，你要送你爸爸到山頭上去，看著你爸爸埋進土裏。」

「我不要，路好遠，我要帶弟弟！爬不上去，山好高。」

「那不是好孩子，不孝順。」

「死了不要孝順，爸爸也不孝順媽媽。」

「爸爸和媽媽的事你不用管，你的事老師要管。」我瞪住陳瑞芬說：「你爸爸今年幾歲？」

「不知道。」

「像洪德寬他爸爸那樣。」潘傳宗幫他接上。

「以後誰賺錢？」

「他哥哥，還有他媽媽和姊姊。」潘傳宗一路幫腔下去。

「他哥哥多大？」

「在當兵。」

「有沒有回來？」我轉頭問陳瑞芬。

「沒有，」陳瑞芬說：「太遠。」

「在哪裏？」

「說可以看到共匪那裏。」

「有沒有通知他？」

「不知道，叔公說要等他回來才裝棺材。」

「哥哥以前幹什麼？」

「做木。」

「做木？」

「就是木匠。」潘傳宗解釋。

「你揹上書包回去，陪陪爸爸睡覺。」

「媽媽陪他。」

「你也回去陪他。」

「我回去要帶弟弟。」

「弟弟幾歲？」

「三歲。」陳瑞芬說：「爸爸眼睛翻上去瞪天板，叔公說在等哥哥。我不敢看。」

「你媽媽要幫他闔起來，她沒有嗎？」

「媽媽她們都在哭。」

「你哭不哭？」

「沒有，爸爸打我都不哭。」

「老師打你就哭。」我說。

陳瑞芬訕訕地笑笑，別過臉去看後面。

「你回家去，直到星期四才來，老師幫你補課。」

陳瑞芬收拾好書包就走，書包斷了帶子，陳瑞芬將它夾在腋下。

「回來。」走到門口，我喚住他。

陳瑞芬木然盯住我，拖著脚後跟踅回來，立在我跟前，低下頭去。

「回去前該說什麼？」

「老師再見。」

「還有呢？」

「同學再見。」

「好，你走。」

「陳瑞芬再見。」大家齊聲喊。

全班把功課停下，目送他遲緩地走遠，直到轉過中廊，見不到他弓出來的背。

才刷著牙，陳鴻仁就找到宿舍來，我知道準有小報告要打。

「老師，陳瑞芬在泥塘裏挖泥鰍。」果然，遠遠見了我，陳鴻仁就說。

「誰家的？」升旗完，進教室後我喊陳鴻仁起來問。

「不知道，在他家旁邊。」林世男他也看到，在底下說。

「不要管他。梅英，你找個同學，把你們捐的錢送去。」

「老師，要怎麼說？」

「不要說什麼，禮套上我寫好了。」我說：「看到陳瑞芬，告訴他老師知道他在泥塘裏挖泥鰍。」

禮拜三過去，陳瑞芬紅著眼眶來上學。

「陳瑞芬，你哭了？」

「伯公來，媽媽推我一把，說要哭。」

「有沒有送你爸爸？」

「坐三輪車到山脚，拉貨的那種。」

「哥哥回來沒有？」

「放到穴裏，他才哭到山上去，跳到坑裏去抱著棺材哭，人家才把他拖上來。」

「你以後怎麼辦？」

陳瑞芬茫然瞅著我，又茫然望出窗外。

窗外一列青山堵住視野，遮去了半片藍天。地方上管它叫臥龍山，龍尾巴上正是鄉裏的第三公墓裏的亂塚間。

月底，學校問我要結算營養午餐費。公德訓練時間，我要還未繳費的站起來，可是怎麼數也少了一位。

「還差一個。」末了，我說：「柯吉益不要貪污。」

柯吉益是班上的總務股長，午餐費由他經收。

同學聽我說完全部都笑了起來，柯吉益站起來，擠了一臉尷尬瞟我。

「全班三十一個女生，二十二個男生……」

「不對，」李羽神說：「二十三個，連老師。」

「不要開玩笑，」我瞪著那個大眼睛李羽神說：「老師辦正經事。一共五十三個，只交四十八個，差五名，只站了四名。」

「五個對，」學生說：「陳瑞芬老師剛才沒算到。」

「陳瑞芬怎不站起來？」

「他站起來了。」

同學幫他辯護。

「老師每一次都漏了他。」李羽神又說話：「收簿子也是。」

「啊！怎麼少了一頭牛。」洪霏霏背了一段二年級的課文，那也是我慣常背的。大家都哄開來。

「一頭駱駝。」黃志堅接腔。大家笑成一團。

「道歉。」我喊黃志堅站起來，玩笑開得過火，我嚴厲的說：「向陳瑞芬。」

「陳瑞芬不用交。」我又說：「我幫他跟學校說一聲。」

下課，陳瑞芬卻跟在我屁股後，直到快進辦公室，他才囁嚅的說：「老師，我有五塊三毛。」

「你不用交。」我說。

「不要。」陳瑞芬轉過身把背朝我，說：「那人家不吃。」

「好，那你只交這些就夠。」

「不夠。」陳瑞芬說：「我還要去挖。」

「挖什麼？」我嚇一跳。

「蓮藕，池裏人家沒挖乾淨。」

「你不要去挖，人家會敲直你的背。」

「不會，他們不要了。」

「不行，你會沉到泥潭裏去，地心的溶漿會燙死你。」

「水都乾了，用耙子耙一耙就撿得到，一斤五塊三，六斤就夠了。」

「老師要你讀好書，你上次算術不及格。」

「百分數我不會，聽不懂。」

「不撿蓮藕就懂。」

陳瑞芬拗不過我，被拉著去玩「殺兵」，我搖搖頭，卻搖不去那瘦小的佝僂身影，第一次，我為這個孩子缺陷的身體悲哀起來。

孝班的學生送來捲著的國旗，說下週輪到我班負責升旗。上學期原有的兩位升旗的學生，這學期我才接班即轉走了一位徐維德，我一下子想不起來該誰上去。

「誰來替徐維德？」我舉起國旗問。

「王玉珊。」很多人說。

提到徐維德，大家都會接上王玉珊，徐維德他們喊他做「老K」，據說是因為第一名，而且誰也拚不過他。王玉珊第二名，又一般高矮，自自然然就被撮合到一塊兒去。

「要男的。」我否決。

鄭清標搶先舉手，建議叫黃瑞銘去升。黃瑞銘同陳榮輝正鬧著彆扭，上週末的級會被「檢討」過後我才抓他們在同學面前握過手。可是據班長說他們還沒好過來。陳榮輝是原來和徐維德一起負責升旗的那個。

「就小亨利來接。」

唯恐天下不亂，我就專整這樣的搗蛋鬼。鄭清標自討沒趣，搔搔頭，學《國語日報》的小亨利模樣，扮一臉傻相坐下去。

「老師，人家也要升旗。」陳瑞芬突然站來，他跟鄭清標坐一張桌子，鄭清標那邊坐上去，他這頭站起來，好像他們坐的是一截翹翹板。

同學們埋著頭竊笑，誰也不許取笑陳瑞芬，那是我懸的禁律。

「好，就陳瑞芬和鄭清標來。」我說：「陳榮輝這學期歇歇。」

我使了個眼色，大家猛拍起手來，陳瑞芬在掌聲中坐下去，掌聲疏落下來，陳瑞芬在桌脚吐一口痰，然後用脚一個勁兒擦磨著。

太陽俯得低低的，就似串在旗杆頂端。一年級的小朋友，細瞇著眼瞄著，口水就要淌下來的樣子，好像那就是他們愛吃的棒棒糖。

陳瑞芬屈立在旗杆下，繃緊一邊綁有國旗的繩子，因著背上的駝贅，困難地斜抬起頭來，卻仍不見杆頂。

國旗歌莊嚴的播著，陳瑞芬緊張地拉扯著繩子，開始還控制得下速度，過半以後，大概已望不見國旗，又怕升不到杆頂，便猛扯起來，國旗大幅度的游升，當國旗歌才唱完第一遍的「青天白日滿地紅」時，國旗已經等在杆頂迎風招展了。旗下的陳瑞芬轉頭望著校長，齜著牙傻笑，額上豆大的汗珠在他喘第一口大氣時滾進眉心；歌曲播完，他把繩索交給鄭清標，不等鄭清標繫好，也沒行個禮就竄回隊伍裏去，慌亂得連被太陽投擲在旗杆下的弓隆的影子都來不及攜走。

——原載一九六九年《徵信新聞報》（中國時報）

畫自像

我曾見教室門口游進來一星黑點，停在講台下。

我繼續講我的課。我昨夜睡得太晚，今早醒來，雖然已胡亂擦過一把臉了，但是眼角上老感覺糊了一團黏答答的黃眼屎，我已經掏手絹揉過好幾回了，手絹是乾淨的，那感覺卻依然揉擦不去，因此，我對自己今早的眼睛毫無信心。

歷史上許多暴徒……

講的是少康中興的故事，可是因爲那是一本課堂上的教科書，所以故事之後不能沒夾一截尾巴。

我照課本唸著，然後頓一頓，考慮應不應該給學生舉些例子。

「比如秦始皇，還有……」終於決定舉例。

「夏桀。」學生搬出來他們的歷史。

「嗯，」我嘉許他們一個滿意的微笑，然而，卻也不能不奮起保衛自己的飯碗：「還有紂王，商朝的紂王。」

「還有隋煬帝。」學生打起對台。

「還有——還有……」

完蛋！我知道應該多抬幾個死人出來，可是這些殭屍在緊要的時候卻一下子躲進墳塋裏不露臉了。

學生們的臉突然像一朵含苞已久的百合，悄然嫣放開來。

放肆！我在心裏暗詬一聲學生，這不是存心給他們老師好看嗎？心裏轉念著，眼下白他們一眼，這才發現他們眼神全都使在旁的地方。

好傢伙，講台下不知何時溜進來一個小侏儒，此刻正睞起一雙深嵌在凸突出來的前額的陰影下的眼睛，肥厚奇短的手彎上來，因爲搆不到南瓜一般碩大的頭顱，只好把頭歪到一邊，才勉強讓他搔到耳朵上方的腦側，裝出一副困思的突梯的鬼樣子來。這小鬼，也許想把小手襯長一點，居然拚命把脚跟踮得高高的。

「憋住！」我叮囑自己不許笑出來。相命先生說我「沒有威嚴」，不適合站到衆人的面前去，原因是我動不動就笑，而且一笑就露出上齒齦。說那是很「破相」的，以後我只好少破一點相，尤其在學生面前，即使要笑，也留心自己，緊憋住上唇，別紅白輝映的又露齒又露齦地把相給破掉了。

但是，只讓學生窺知我也看到這小侏儒的怪模樣也就夠瞧了，這些小無賴，淌著渾水就趁機摸魚。

譁然一陣哄笑，教小矮鬼驚覺到了，偏過頭，打肩上瞄我一眼，齜牙一笑，一骨碌溜出教室。

「過來！」我跨下講台，趕出教室喚道。

別瞧這傢伙矮冬冬地，動作可機靈得很，看我跨下講台，早一溜煙撒腿跑了，等我出到教室門口，他已經躲進東邊廁所裏去了，他還以爲我沒見他的藏處，縮在頭一間女生廁所裏，把門開了一道縫，塞出半隻大腦袋，拿眼角勾我。

靠邊的學生都趴在窗口上看，也看到他躲在女生廁所裏，吆呼著叫：

「老師啊，在廁所，老師——在廁所。」

我折反課堂，說：

「老師在這裏。」

他們更囂張，幾個包辦掃廁所的壞蛋，竄起來說：

「老師，我去抓他。」

不等我答應，就逸出三、四條人影。

「哈哈，偷看女生小便。」

不知誰冒出這話，惹得女生羣起大叫：

「死相！」

「來了來了，抓住了，」窗口上沒來得及跑出去的，依舊趴在那裏叫：「陳炎墩抱住他。」

很多人擠到教室後門去看，陸續又漏出兩個小壞蛋。

「哈哈，用抬的，」大家鬧成一片，聒叫著：「抬棺材，抬棺材。」

「幹！……幹！」

我聽到掙扎的聲音，中氣十足地咒著野話。

「不要啦，你娘給我……嗯……」

「我們老師說罵野話要這樣。」黃錦祥的聲音，大概把矮仔的鼻孔捏住了，只聞得一聲細弱的鼻音。

「唉喲！」黃錦祥慘嗥一聲，大夥兒已螞蟻搬螳螂一般把一路掙扎著的矮仔抬到教室門口，我看到黃錦祥拚命摔著手，大概是鼻孔沒捏好，給啃了一口。

「老師啊，矮仔咬人。」黃錦祥告狀，只剩下一隻手撈住矮仔的一隻豬腿一樣的肥短的小脚。

「幹！」矮仔脚一蹬，把黃錦祥踢開，活了一隻脚又去蹬抓住他另一隻脚的鄭聰明，嘴上不乾不淨的。

他穿了一雙看來不勝他的矮脚負擔的大頭皮鞋，一脚蹴過來，鄭聰明瞥見，慌忙丟開手，矮仔猛然兩脚著地，冬瓜一樣圓圓滾滾的似乎相當笨重的身軀猛然下墜的力道，差點把攬胸抱住他的陳炎墩帶跪下去。

「放開他。」我說。

「不可以啦，老師，他會偷跑掉。」陳炎墩說。直起腰來，把個矮仔的雙脚又懸離地面。

矮仔始終沒有放棄努力，蹬著懸虛的兩脚，張著兩隻小手亂抓，活像一只被翻轉過來的徒然掙扎著的王八。陳炎墩把臉仰得高高的，躲開矮仔憑空亂抓的手，一邊兇惡地用力上下頓了兩頓懷中的矮仔。

歷史上的暴徒……

一個坐在前排的女生，很溫靜的底下悄聲讀著課文，無視於周遭的鬧劇。

歷史上的暴徒，歷史上的暴徒，小女生的瑯瑯書聲撲在耳膜上，被翻轉來的烏龜，蹬一下脚，就橫轉一圈，一下一下旋到我眼前來……

「放下他！」我不知哪來的火氣，令自己也嚇了一跳地厲聲吼。

亂糟糟的秩序一瞬間凝住了，陳炎墩愣愣的把矮仔放到地上，翻著白眼愣住我。

「回你座位去。」我放緩聲音吩咐陳炎墩。陳炎墩如逢大赦但卻很掃興地走回他位置。

恢復了自由的矮仔看攫住他的老鷹飛走了，掉頭就要逃，我一個箭步射出去，把前門堵起來。眼見前去無路，矮仔脚也沒停的立刻轉向間道奔向後門，坐在後門附近的學生，比他更快地也把後門守住。

「小老鼠，哈哈，小老鼠。」女生樂得大叫。

坐在靠走道的學生看他跑來便伸脚攔他，他闖不過去，立即翻身拐向另一條間道，這條那條間道地滿教室鑽著，個兒小小地，都夠不到一張學生桌高，倒眞是像倉房裏被撞見的偷嘴的米老鼠。

小老鼠，偷吃油……

小老鼠，偷吃油……

不知道哪個領先唱起來，大家突然齊聲唱著，還和著有板有眼的掌聲：

小老鼠，偷吃油
上燈枱，下不來
唏哩嘩啦滾下來
小老鼠，偷吃油……

歌聲一高一低，此起彼落，我溯著嘹亮的聲浪溜過去，從背後用手掌鉗住矮仔的兩根胳膊，把他擎起來放到講台上去，我自己蹲在講台下，說：

「你逃不掉的。」翻著眼看他，又說：「你很英勇，一個人打那麼多壞人，而且沒有哭。」

學生們哈哈大笑，陳炎墩他們裝作地摸摸頭，坐在座位上扭兩下身體。他也跟著開心地笑，露一口參差不齊的黃板牙。

「你唸哪一班？」我問。

「……」他看我一眼，又別開臉，沒答。

「哪一班？跟老師說。」

「二年仁班。」他垂下眼皮，考慮一下，翻開眼答，然後又笑，微微踮起脚跟，打我頭頂望向我班學生。

我想他一定很樂，站在講台上，他比蹲著的我都高。

「什麼名字？」

他傻呼呼地只顧咧嘴笑。

「說你的名字才放你出去。」我要脅。

「蕭其賢。」我背後有人答。

我回過臉，找到答腔的陳國棟，瞪他一眼，沒好氣的說：

「不要你『雞婆』，喔，你改叫蕭其賢了？」

學生聽他們老師學他們說「雞婆」，都很高興，嘴咧得有巴掌那樣大。

「是蕭其賢嗎？」

他沒理我，但是他已經說了：你沒長眼睛嗎？因爲我看到他閃一絲不耐地低下頭睨一眼掛在胸口上的名牌。

「啞巴蕭其賢。」我捏捏他的胸章，激他。

「哼啦！」他伸伸下巴，不服氣地輕哼一聲。

「不是啞巴，那是女生，不敢說話。」我繼續惱他。

「哼！」更不服氣，白一眼女生。

「那麼說你們老師是誰。」

「不要。」他斬釘截鐵地說。

「很好。」初步的勝利，我說：「會說話了，說爲什麼不要？」

「你會給我們孫老師講，他會給我打。」

「爲什麼會打你？」我已經知道他老師是誰，因爲教二年級的孫老師只有一位，瘦瘦小小的小姐，不大講話，我懷疑她打得贏學生：「你們老師不會打人。」

「哼啦！我們老師說不行看人家上課。」

「你眞行，」我逗他：「很會罵人，你們孫老師教的嗎？」

「才沒有，」趕忙否認，孫老師該加他操行三分：「我聽爸爸罵的。」嫁禍東牆不是？

「爸爸罵誰？」

「罵媽媽，和我們。」

「很難聽，你要說對不起，」我說：「你知道它的意思嗎？」

「不知道。」他晃晃大南瓜：「他們欺負我。」

「老師叫他們去抓的。」我說：「你欺負老師上課。」

他不再說話，正眼看著我背後學生，大概有人逗他玩，他噗嗤一笑，濃稠的鼻涕像泡泡糖一樣被吹起來，又趕緊吸回去，拿袖子在鼻子上抹一把。

「好髒！」我裝著不敢看：「垃圾鬼，有沒有衛生紙？」

「有。」

「我看。」

「不要。」

「放在哪裏？」我說：「不敢給我看就是沒有，我要給你們老師說。」

「在書包裏。」說著把吊在屁股下的、過長的書包搬到前面，彎下腰就要去掏。

「有就好。」我把我的掏給他：「怎麼放在書包裏？」

「老師要檢查，沒有會打叉叉。」他接過我遞給他的手紙，隨便揑一把鼻子就把它丟在脚下。

「嘿，」毛病眞不少，我都不好意思多去計較他了：「亂丟紙屑。」我還是說了，職業訓練出來的，沒法兒。

他眼睛停在我臉上，偷偷用脚去勾過來那片棉紙，踩在脚下。

「老師不打你，」我把他書包剝下來，把帶子弄短，又給他揹回去說：「放你走，你說不說謝謝？」

「不要。」

「不要？」

「你不是我們老師，不敢打。」

「誰說的！」

「不給你說。」

「好，不說，我打給你看。」我回頭說：「萬貴英去辦公室拿雞毛撣子。」

一個女生應聲站起來，蕭其賢的臉登時萎縮下去，眼淚都要掛出來了。

「哥哥說的。」沒等我回過頭，他聲音奇突地叫。

「你家裏怎麼搞的？」我朝他皺眉：「儘教你壞的！」

「哼啦！」他抗議：「哥哥說學校的老師都是壞人，說老師罵他肚子裏面裝稻草，頭腦裏面裝大便，不給他上課，叫他挖水溝。」

「那是你哥哥自己壞，不聽話。」我辯正：「老師又不帶槍不帶刀。」

「老師拿棍子，有的戴眼鏡，壞人也戴眼鏡，黑的。」

「我沒拿棍子。」我攤攤兩手：「又沒有戴眼鏡，我是好人，你說你錯了，我不打你。」

「哼啦！」他哼一聲，裝出不信任的姿態。

「我把手揹在背後，你信不信？」我說了就做。

「哼啦，你騙人，」他傾傾頭說：「大人最會騙人。」

「你很勇敢、很聰明，一個人打很多人，把人家打輸了，又不怕老師，又沒有哭，蕭其賢眞……」

「唉喲！我們老師來了啦！」他踮起脚跟，從窗口看到他們老師，失聲叫起來，急忙要衝出去。

「你不要慌。」我攔住他說：「你還沒有說你對不對。」

「上課了啦，上課了啦。」他像一頭困獸，四處尋求逃走的間隙，因爲逃不開我的困阻，一邊用手撥我身體，一邊在嘴中喃告。

「傻瓜！」這小鬼眞耐磨：「你現在衝出去，正好撞到你們老師。」我放棄逼他認錯，把他拉到門後藏起來：「這裏躱一躱。」

他終於將信將疑的接受我的善意，不則聲的縮到門後去，可是馬上又不規不矩的把頭探出來半個，在門後窺探走廊外行過的他們老師。

「出來。」他們老師走過後，我拉開門，把蕭其賢提出來，放在我跟前，一手抓住他的右手臂，一手用食指輕點著他凸突寬廣而飽實的前額說：「趕快去上課，從後門溜進去，知道嗎？」

「嘻嘻！」他甩也不甩我，嘻嘻笑著，同大家撇撇頭，神氣巴拉地對大家招招手邁出教室，故意裝著不看我，在走廊上，他勾下頭取下書包，把書包帶放回原來的長度，又揹回去，覷著我沒當心他，突然躡進來摸了我一把屁股，嘻嘻嘻惡意地笑著，神色誇張地半跑半跳，把個垂在臀下的過長又顯得過重過大的書包頂得一上一下地直晃著逃開去。

我站在教室門口目送他如魚得水般潛進他們教室，搾搾頭，卻搾不去一雙徒然地仰天掙著的被翻轉來的烏龜的影像。

我極少在學校解手，學校那沒遮沒攔的大小一體的小便槽很使人不自在，雖然西端的廁所有兩格用水泥板隔著的教職員專用的小便池，但那距離我的教室太遠，去一趟十分鐘的休息時間便報銷了，小一個便十分鐘，很笑話人的，如果聽在不明就裏的人的耳中的話。

今天去東邊的廁所是去保健室時路過的，既是路過，便彎進去「樂捐」一份「香油錢」，說起來頗有「齊天大聖到此一遊」的意味。

起先我沒有留意，後來好像聽到不知哪間廁所裏有人跳起來又掉回去的鈍重的聲響，微微的還伴隨一聲很使力的「嗯」。

完事後，我便站在原處豎耳諦聽，原先的那種聲音卻停止了，才待離去，突然「砰砰」的傳出搥門的聲音，我辨出是倒數第四間發出的，踱回去站在門口，裏頭的人大概察覺到了，停止了擂門的動作，我站了一會兒，不出聲，裏頭的人大概捺不住了，又把門擂得震天價響。

「誰呀？」我大聲問。

擂門的動作又立刻停止，而且半聲也沒回我。

「誰在裏頭呀？」我耐著性子再問。

「嗯哼！」默了一陣，也沒答話，先傳出這樣一聲顯然在投石問路的乾咳聲。

「要我幫什麼忙嗎？」我又問。

「……」

「莫非沉進糞坑裏去了？」瞎猜。

「……」

「上課了還不趕緊端了褲子出來。」

「……」

「厠所裏有鬼的咧！」嚇唬他。

慌了，擂門的聲音急起，而且好像聽到啜泣聲。

「自己不會開了出來嗎？」

「人，人家開不開，嗚……」

好傢伙，我以為嘴巴塞實了米田共，永遠發不出聲音來了。

「怎會開不開？你還沒有吃飽是不是？」損他。

「人家，嗚，夠不到。」

哈，我知道是誰了，頗傷情的樣子哩，臭鴨子。

「怎會夠不到，夠不到又怎麼門上去的？」磨他。

「他們偷偷給我關的，人家沒有關起來。」

「當然要給你關起來，給女生看到屁股好意思？」

「人家不會，人家快要上課才來。」

「你是蕭其賢，我是誰你知道嗎？」

我這樣逗他是有理由的，這死鴨子，「始亂終棄」，升到六年級居然跩起來了，無緣無故的竟對人宣稱要同我「絕交」。不要和我好了。

自從二年級「締交」之後，大家都喜歡說他是我的好朋友，我倆之間的「邦交」的確也相當友善，不過，說眞的，我倆之間在外表看來一直像是我在「巴結」他，他可是瀟灑得很，予取予求，因此，有幾位熟一點的老師常愛打趣我，說我在「倒貼」。

學校辦營養午餐，三年級以上都要參加，中午吃的饅頭，非吃不可的三年以上的學生，直著脖子都嚥不進去，低年級的小鬼興趣可大得很，常常在午餐時躲在門口探頭探腦，對著他們哥哥姊姊伸著嫩手說：「乎哇乎哇」（給我給我）。

因此，我總是想蕭其賢一定也喜歡饅頭，於是每一次午餐時，我若發現他的身影，我都會潛過去逮住他，問他要不要饅頭，雖然他一直沒有要過我半隻饅頭，但是感覺裏，我們像是已「交易」過千百回了似地，彼此熟絡得很，有時候，我躡脚要去抱他，不小心被他從周圍竊笑著的同學臉上窺悉了，他會很機警地逃走躲在廊柱背後，探出半個頭瞄我，這時我會尖著脚一步一步踱過去，他也不跑，等我到得廊柱的另一面，他會把頭縮回去，從另一邊再探出來，就那樣，隔著方方的一人抱的廊柱，兩人一下子左、一下子右地以相反的方向相窺探著，然後，我會突然繞過廊柱，一把揪住他的書包帶，橫著將他抱起來，跑回我班教室，一路跑，一路問他要不要饅頭，他會拚力掙扎著，臉紅脖子粗地嚷著不要不要。問他爲什麼，他會說他們老師說不可亂拿人家的東西。如果硬給塞在書包裏，他會神不知鬼不知覺的給你塞回講桌的抽屜，直到饅頭發酸發硬，才讓你聞著餿味搜出來。

碰上他高興，他會在課間活動的時間，從教室拉我出去看他「表演」，如果我在辦公室，就站在辦公室門口遠遠的地方，把小手舉在眼梢，沒聲沒息的招我出去。

大概那是他最大的能耐了——虎跳——就是把兩手撐在地上，利用一點衝力，使整個人頭上脚下的側翻過去，而且順勢挺立起來——這便是他樂此不疲的「表演」，即令如此，他的表演實在也不高明，雖是矮不僂兜的一點子軀體，但是比起更短更小的兩手，那冬瓜一般滾圓的軀體還是太龐大了些，所以一個側翻過去，常常因爲手撐不住，便頭下脚上的栽在地上爬不起來，而且驚險萬狀的把自己肥短的小手折壓在下邊，有一回果然扭痛了，趴在地上直淌眼淚，好在他的手短到幾無可折之處，送到X光下一照，也只不過扭了筋而已。

如果表演精采——沒有一頭栽在地上——我會在他得意地扭頭睥我的時候，報他幾響掌聲。那時候，他的得意就更別提了。這鴨子，他會故意把一隻手從袖子裏縮回去，塞在褲腰裏，垂一隻空蕩蕩的袖子，斜一邊肩，一蹶一蹶地瘸著腿唉唉叫，假裝壓斷了一隻膀子的模樣，逗你發噱，晃蕩晃蕩的繞到你正前方幾碼處，又會瞇起一隻眼，學獨臂俠比武招架式，然後又縮掉另隻膀子，留兩管空袖子，一晃一晃地學廟會時那七爺八爺走路的神氣，一點步一頓脚的邁著方步過來……。

總之，他讓我很疑惑：像他這麼短小的身軀，怎裝得下那麼多歡樂，而我們這昂藏之軀卻儘裝的一筒哀苦。

我們的「外交」關係持續了整整四個年頭，這四年裏他一直是「不名」的，鮮少人知道他姓啥名誰。他有成打的綽號，這些綽號全繞著他身體的特徵取。什麼矮仔啦，大頭啦，冬瓜啦，企鵝啦……咳！琳瑯滿目，不一而足，你不禁要納悶是否這些綽號把他壓扁的？

最後，一個響噹噹的名號冒出來壓蓋了一切——鴨子。鴨子鴨子，我不清楚這綽號是誰先給喊出來的，我知道是瞧著他雜在隊伍中走路的神態給取出來的。我猜一定是這綽號又響亮又好叫又容易想像，而且剛好缺德得恰到好處，所以能夠從五年級「叫座」到六年級，甚且有歷久彌堅的趨勢。全校師生，沒有哪個不知道學校裏有隻「鴨子」，連那些老缺兩顆小門牙的一年級的小蘿蔔頭，見了他，也會把兩掌反插在腰際，「臭乳呆」地扭著小屁股呀呀唱：依呀（鴨）依呀唷……

唔！鴨子他還有另一項能耐，我差點給忘了提——畫圖——那是美術老師給發掘出來的，稍加指點後，還參加了校外的書畫展覽哩。

那一回展覽，「鴨子」畫了一隻鴨子，神采奕奕地很見功力。學校特地去給配了一副畫框，後來貼標籤時，美術老師在題目欄裏簡簡要要的塡了「鴨子」兩個字，我靈機一動，另取了一張標籤押了個「自畫像」三個寶，贏得人家迭聲叫妙，便以「自畫像」爲題送展去了。

五年級於焉告終，六年級開學，鴨子那幅「自畫像」得了獎，學校在開學典禮上備了一份獎品，連同那幅畫頒給了蕭其賢，之後，蕭其賢即宣稱「不要和我好」，在校園碰了面，就把頭別到旁的地方去。這臭鴨子，眞惱人，還告訴過你「勝勿驕，敗勿餒」的，得次臭獎就臭美，君子報仇三年不晚，現在可讓我撈著機會了，非教你多熏一熏臭氣不消老夫這口怨氣，以毒可以攻毒，以臭亦可以攻臭，待會兒放你出來，看你還臭屁不？

我存心整他，我料他應可聽知我的嗓門，所以不急著「救」他。

「蕭其賢，你猜我是誰？」等不到他開腔，我再問。

「陳——」他果然知道，但他只說出一個姓就改口：「臭高脚七！」

這鴨子活膩了，膽敢頂著面喊我臭高脚七。我並不是不知道學生背地裏那樣喊我，我原本又瘦又高，跟鴨子泡在一起，叫他一襯就更顯得細長了，年紀相近的同事都叫我「長條」，我是一點也不以爲忤的，但是被學生當面這樣叫，這死鴨子還是破題兒第一遭，這不打緊，這鴨子叫出來的高脚七還是臭的，因此，我不免有點意外。

「咦！你怎麼罵我？」我啼笑皆非的問他。

「你就罵人家。」困在便所裏的鴨子說。

「大家都叫你鴨子。」我說。

「你先叫的。」他抗聲說。

這是不白之冤，我還問是誰先給他取這綽號哩，沒料他竟誣在我身上。

「你怎麼冤枉好人？」跳到黃河也洗不清了，我看。

「你是壞人，」他冷冷地說：「大人都是壞人。」

「好好，壞人就壞人，」大人不記小人過，我嚥了這口氣，道：「但是老師敢發誓，我沒有先叫你鴨子。」

「有，你給人家寫畫自像……」他理直氣壯。但卻把「自畫像」說成「畫自像」。

哦……

「但是，」我語塞半晌又說：「人家已經叫你鴨子很久了。」

「他們叫的不算，我想老師不會說我鴨子……」聲音很沉弱：「鴨子只會拉屎，臭臭。」

我胸口一陣悸痛，一把推開廁所的門閂，把蕭其賢放出來。我站在低了一階的廁所的通道上，蕭其賢驀然出現在洞開的門戶間，顯得碩壯得很，他大概沒料到我會堵在洞開的門正中，怔了一下，彼此被彼此嚇了一跳。然後好像記起什麼，拎著褲腰跳下通道，以他六年中其實半寸也未見長的身軀去擋住敞現的門背，用眼睛賊溜溜瞟我。

我知道他背後門板上必有文章，故意裝著不經意，趨上前蹲下一隻腿便想幫他穿褲子。

他滿臉敵意未去，旋過身子不讓我幫，我看他把卡其上衣的下襬翻上來，用下巴頷住，很困難地垂著頭去扣褲子的鈕子，愈往下扣，顯得愈吃力，後來連腰也折下去了，膝蓋也打彎了，還是扣不到最底下兩個鈕子，但是他很努力，像風雨中不懈地張網的蜘蛛。

因爲太專注於褲子上的兩枚鈕子，結果下巴忘了使力，在他好不容易探身捏住那顆鈕子時，上衣的下襬突然滑落，把鈕子遮住，把他的手拂開。

他大大的嘆一口氣，渾然忘我，又去撈上衣的下襬……

我適時的伸過手去，幫他把它提住，他這才又意識到「敵人」的存在，移動一下位置，眷顧一眼背後的門板，任我獻這個殷勤，只管專注的去扣他的鈕子，一伸一屈地，不住用屁股頂著我的下巴。

他喘一口氣，表示他已大竟全功，站直身，要回他的衣服，潦草地往褲子裏紮，繫上皮帶就算了了，回身要走，我才發現最底下那枚鈕子還是沒扣上。我忙立起來張開手攔住他說：

「隨手關門。」

以爲我指的是厠所的門，他想起什麼的「啊」了一聲，回去把背貼在門板上，兩手無濟於事地攤開來幫身體掩遮著，臉上飾出「此地無銀三百兩」的表情。

我淡淡地笑笑，指一指他未扣妥的褲子，說：

「這個大門。」

他看一眼我比的地方都不曾，好像那枚鈕子不扣是理所當然的，只顧警覺地瞅住我，防著我使詐去看他背後門板上的文章。

其實我早就看到門板上的傑作了，他是這樣容易分心。我沒有驚擾他，我只想解除他的敵意和因敵意而產生的戒心，便又蹲下來，幫著他去扣那最底下的一枚釦子，他這回未加反對，我想他根本無暇反對，因爲只消他略微一動，便會把背後的天機洩露出來，畢竟他的身軀是太矮小了，根本無法拿來掩藏什麼。

幾年的「交情」落得這般眼紅相見，終是恨事一樁，看來他一點也不在意我這個「朋友」，我可是捨不得一個他，小朋友朋友多，大人朋友少啊。

我亟於把「邦交」恢復過來，但是瞧他這樣敏感，不敢單刀直入同他談核心問題，故意慢呑呑地給他扣著釦子，使的「拖刀之計」拿話頭在遠遠的外圈兜著。

「這個釦子怎麼不扣？」我問。

「扣不到。」他答，坦坦然。

「都是提著褲頭到外邊才穿？」

他把頭垂得很低，看著我給他扣釦子，不說話。

「最好穿齊整才出來。」我把口氣放得很持重。我想他已不是二年級了：「這樣不雅觀。」

「扣不到下面的釦子，在裏面不小心會跌下去。」他終於說。

「要遲到了，不是嗎？」

「我們老師知道。」

「好了啦！」我扣好鈕子，又解下他的腰帶，重新把他的衣服紮俐落，他有些不耐煩，扭著腰又說。

「好好，」我只好立起來，最後搭他的肩說：「趕快去上課。」

「你走開，先走開，我才要關門。」

「唔！」我只讓開一步，他起先不答應，後來我提議閉上眼睛，他才以迅雷不及掩耳的速度把大門掩上，我睜開眼，盯著他說：「我沒有先喊你鴨子，眞的。」

「我不知道。」他戒心未除，把著門不肯走。

「你要相信老師，」我又說，伸出右手小指：「我們來勾手。」

他遲疑一下，生硬地翹起一隻小得簡直無從勾搭的小指，木然讓我勾著晃兩晃就掉了開去，我伸手去抓回來，用力再把它勾住，說：

「老師幫你穿褲子，又救你出來，你要把那張畫的字條撕掉。」

「已經撕掉了。」

「那你應該忘了啊！」

「忘不掉，鴨子是我畫的，老師說它是畫自像，意思我是鴨子，」鋒銳地勾我一眼：

「我已經六年級了。」

「六年級怎麼啦？」我裝蒜。

「六年級，比較大了。」

雖是意料中的答案，由他自己道出來，還是使我顫了一下，我背轉身作然走了開去，甫開門時他那突長起來的意象又回到感覺，我覺得受到感動和撞擊，想回頭多看他一眼，剛好他在厠所那頭高叫：

「老師不行來看才要和你好。」

我息住脚，搬轉頭去，看到依舊是半寸也未見長的蕭其賢正把拇指豎得高高的，吐一口口水在上頭，便去塗厠所的門板，塗兩下，又吐一口口水，又去塗……見我回望，勾勒著頭，把眼睛瞠得斗大的，睇住我。

我深深點了數下頭，他便「砰」一聲，把掀開來塗拭的厠所的門閉上，又用手推一把，跑出厠所通道，拐個彎，不見了蹤影。

我移回頭，輕幻地剪動兩脚，繼續走開去，我自然不會去看它，因爲他已相信我不會去看它，而且——你們可別告訴他——我不是早就看到門板上的傑作了嗎？那兒，蕭其賢畫了一個兩腿奇長的「壞人」，在「壞人」又開的兩腿間歪歪斜斜地寫著：臭高脚七！

——原載一九六九年《中國時報》

仙草冰

天氣熱得像張著九個太陽，坐著不動都會泌出一身黏答答的臭汗，竹叢的影子，給折得薄薄地；這樣的大熱天，小小的勞動，比如說：爲了涼快而不停地搖著扇子，都是很累人的工作哪，可是因爲是農忙的關係，大人們在日舌舔到他們的脚趾頭的時候，大家也就勤快地收拾好傢伙，趕著下田去了，留下原本在竹叢下這裏停停，那裏叮叮擾著人家午憩的蒼蠅們，在被人們的屁股磨得發亮的板櫈上磨拳擦掌。

竹叢外面的一條流著濁水的灌水溝，從剛才在大人們的縱容下自己就溜下去戲水的小孩們，在大人們都上田去了以後，更加恣肆地玩著，這些放學後都還得牽著牛去吃草的村童們，在農忙的時候，因爲牛都被役使著，反而得著了淸閒，像這樣的禮拜天，大人們要上田，他們就不經意的被遺漏下來，興高采烈地玩水。

水溝的水是濃濁的，以至於練習著潛水的小孩們，把臉從水裏冒出來的時候，都是土灰著臉的，咧嘴一笑，那平時缺少督促甚少刷牙的黃板牙，都顯得潔亮無比。

「走開一點，走開一點，看我跳給你們看。」

叫著的是阿欣，他站在橫在水溝上當橋樑的廢棺蓋上，對著水溝裏把頭埋在水裏，背部和臀部卻漂在水面上的阿華他們叫。

阿華聽到有人大聲叫，不知人家叫什麼，腿一蹬，人豎起來站在水溝中，水才到他的肚臍眼下哩！

「站在那裏跳有什麼好？人家阿輝在大圳埤子那裏，站在埤子上往下跳呢！」阿華抹了半天臉，攬清楚怎麼一回事後，指著阿欣說。

「那裏我也敢……」阿欣順口就頂了出來，一手捏了鼻子，一手護著下體就縱下水去，一個「炸彈開花」，濺起好多好多的水，把阿華剛弄清爽的臉，又給濺成一片模糊，因爲正準備開口說話，大片的水濺進了嘴巴裏，使得阿華嗆著就罵了出來：

「夭壽！你會不會跳？不會跳去跳糖廠的大古井好了！」一邊叫，一邊閉著眼朝阿欣那邊潑水。

「你潑對不對人？你潑對不對人？」原來阿華的水都潑到阿興的身上去了，阿興就叫著反擊，一手潑著水，一手探到水底去撈爛泥，朝阿華身上甩去，「叭」一聲，爛泥像蓋章一樣，糊在阿華肚皮上。

「哈哈！蓋殺豬印，蓋殺豬印！」沒有下水的阿火，在岸上看熱鬧大聲叫著。

「誰是豬？誰是豬？」阿華把氣賴在阿火的身上，掉轉槍頭，朝阿火潑水，還叫：

「救火喔！救火喔！」

聽到救火，溝裏的小孩大家都惡作劇地朝阿火潑水，起先是上游的人潑，阿火就沿著下游逃，下游的人看到，趕快也潑水阻止他逃，阿火趕緊回頭又往上逃，不意路上已經溼了，阿火一跤滑倒，大家樂得哈哈大笑，阿火爬起來，褲子上一片泥漬，大家更樂，大聲叫：

「屁股蓋章，哈哈！屁股蓋章！哈——」

還待取笑，忽然他們看到阿火拉著褲子，眼睛朝背後勾了半天，看到褲子上污了一大半片，慾著嘴，嗚咽起來，大家這才注意到阿火穿的是已經穿得很髒，但仍未下水洗過的新褲子，於是大家都收斂了起來，阿興看阿火一嗆一嗆不斷用手去擦眼睛的背影朝竹叢下走去，就向阿華說：

「會壞會壞，都是你給他潑水。」

「不知道是誰會壞呢！還不是你丟泥巴開始的。」

「哼啦！人家他不會說我，他會說你對他潑水。」

「不要怕，不要怕！」是阿欣在叫。

「對，對！就是阿欣開始的啦！」阿華如釋重負，指著阿欣說。

「大家都不要怕，他媽媽一來，我們就這樣。」阿欣一鑽潛到水裏去，大家一下子失去他的蹤影，就朝水尾那頭看，要等阿欣浮起來，誰知阿欣卻在水頭那邊叫：

「在這裏啦，在這裏啦！等一下大家都潛水，誰最不耐先浮起來，誰就會被阿火的媽媽打屁股。」

阿欣說完，阿華的弟弟竟哭起來，阿華卻哈哈大笑說：

「我們阿仁才學，不會潛水。」

大家又爆起一陣笑鬧，但又忽然停下來，因爲大家聽到有人在叫：

「阿欣——阿欣啊！」

「嘿！阿欣，你糟了！」阿興說。

「不是，那是我媽媽在叫。」阿欣滿臉不情願，卻不得不趕快爬起來，找到吊在竹叢下的衣服，到橋那頭義輝他們家的古井打水沖身體。

阿欣的媽媽出了竹叢，手上提了一隻小小的茶壺，看到大堆小孩在玩水，說：

「啊！你們在游泳啊？我們阿欣呢？」

小孩都不說話，眼睛卻偷偷地瞄了一下義輝他們家的古井。阿欣的媽媽也就知道阿欣的去處了。

「何必沖？會在泥溝裏玩水，做土牛就好了，何必沖？」阿欣的媽媽過了棺木橋，看到阿欣，遠遠就說。

阿欣也沒有吃驚，看了他媽媽一眼，繼續去沖他的身體。阿欣的媽媽走過去，在阿欣的衣服堆旁站住：

「穿好衣服，去店裏給爸爸買十元仙草冰。」阿欣的媽把茶壺放在阿欣的衣服旁邊，掏出二十塊錢塞在壺把接頭的地方：「不攙糖，知道嗎？另外，買一斤烏糖。」

「好啦！」阿欣應著。

「好，好！你怎能和他們比？」阿欣的媽也聽出阿欣語氣裏透著的不耐煩：「你老爸又不是種田人，放個禮拜日都不能休息，中午也捨不得歇一下，你卻只顧玩。」

媽媽說完，就要走了，走到橋頭又回頭：

「趕快去買啊，不要摸了半天。」

「好啦，好啦！」阿欣漫應著。

看到媽媽走了，聽了媽媽剛才講的話，阿欣的委屈也來了：

人家是種田人，種田人的兒子反而不要種田，阿欣想：爸爸是公務員，公務員的兒子反而禮拜天常常要去種田，街仔那裏，公務員的兒子爲什麼就不要種田？阿興他們放牛，放牛也比種田舒服……功課都不能寫，種完田，很累了，晚上還要寫功課……最氣犁蕃薯了，沾得一手都是蕃薯奶，洗也洗不掉，晨間檢查，每次……

「買仙草冰！」到店裏，阿欣把錢和水壺遞上，吩咐說：「十元，不要加糖。」

「囝仔，仙草冰沒加糖有什麼好吃？」在店裏坐的一個老人家問阿欣。

「我阿母要自己加黑糖。」阿欣有點不高興地答。

阿欣的確有點不高興，每次買仙草冰，店裏的人差不多都會這樣問，阿欣起先覺得沒有面子，因爲有時店裏人比較多的時候，有人這樣問，別的大人就會答：

「這樣，才不會漏掉啊！」說著指指肚子。

剛好阿欣有時候確實忍不住會偷喝一點，就覺得吩咐不加糖好像在向大家宣告「我會偷喝」。

可是後來有一次，也不知是忘了吩咐還是店的人忘了，給加了糖，回到家的時候，母親一提水壺，就問：

「今天誰賣你的？」

阿欣被問得一楞：

「木仔叔啊！」

母親聽他一說，就提起水壺灌了一口，然後才放心地但卻責怪的說：

「給你說要吩咐不加糖，你有沒有吩咐？」

阿欣這才明白，原來是這樣，他趕緊說：

「有啊！」

「有還加。」母親說著拿一團揑硬的紙塞住壺口，然後交他：「怪不得這麼少，再去買一碗加糖的加進去，趕快送去給你爸爸吃，你老爸要被餓死了。」

「以後去買要注意算，」媽媽又說：「沒加糖，多一碗。」

原來是這樣，阿欣以後才比較釋然，可是，過陣子，他又有彆扭的感覺，尤其給木仔嬸買的時候，木仔嬸常常一邊和別人講話，一邊勺給他，阿欣總覺得木仔嬸在輕視他，使他感覺不加糖好像在貪便宜，害得阿欣每次都要盤算不加糖究竟便宜在哪裏，盤算了半天，卻仍是不淸楚，所以有一次，木仔嬸因爲只顧講話，而忘記阿欣的吩咐，少勺了一碗就加了一杓子糖，阿欣趕快再提醒，大概是心疼那一杓子糖不好算錢，所以嘀咕了一句「怎麼這麼九怪」之後，阿欣回來，就忍不住問他媽媽：

「不加糖有什麼便宜？」

「有什麼便宜？不是多一碗嗎？」媽媽反而覺得詫異：「仙草冰不加糖誰要吃？他們當然要便宜一些，都是糖在貴啊！」

阿欣更加迷糊了，就拿他路上想的問：

「我們還不是要加。」

「憨人，我們買糖，又不是只加在仙草冰，我們一斤糖要做好幾次用。」媽媽說：「他們做生意，仙草要賺一手，糖賺一手，冰也要賺一手，我們分開買，糖有糖價，冰有冰價，利潤一定的，不能亂稱。」

雖然媽媽這樣說，阿欣還是不十分明白，因此還是不十分自在。直到有一次導護老師說校門外賣的冰不許買，不許吃零食，說有糖精、有色素，阿欣才有自在的理由，不但自在，有時看不順眼，還眞想回答說：「他們的糖有放糖精！」不過，阿欣還沒有這樣回答過，因爲公德的老師有說不可亂說人家的壞話，說「禍從口出」。

因爲不能說出來，所以人家問的時候，還是會不高興問的人多管閒事，他想到每次買冰都順便買黑糖，所以就信口回答說媽媽要自己加黑糖，其實他也不知道店裏加的是什麼糖，阿欣回答說要自己加黑糖之後，還直擔心人家本來就加黑糖的，不料那老人家卻說：

「對，加黑糖較退火。」

阿欣很高興，不怪老人家多管閒事了。好像還沒有人幫他說過話的嘛！

「黑糖要多少？」弄好冰，木仔嬸問。

「一斤！」阿欣壯氣地回答。

木仔嬸在勺黑糖的時候，阿欣有意地靠近去，瞄一眼，他雖然比較氣木仔嬸，買黑

糖卻比較喜歡向她買,因爲她比較會勺一塊一塊的賣人家,這次木仔嬸稱著的時候卻說:

「這次拆的這包糖很好,鬆鬆地,不像以前都潤掉了結成一塊一塊的。」

「好個屁!」阿欣瞄見糖缸果然都是鬆鬆的糖,嘀咕著。

「這樣較不會失重。」老人卻應道。

「就是啊!都叫這些囝仔來買,回到家,都減了好幾兩。」木仔嬸說。

「呵呵!都進他們的那裏去了。」老人比比阿欣的肚子。

阿欣瞿然一驚,以爲在說他。

「這些囝仔,連鹽都會偷吃,」木仔嬸說著,要紮糖包。

阿欣看了,本來要說「不要綁」,這會兒卻說不出口。雖然後來聽出並不是在說他,但還是有被數落了一頓的不服氣和顧忌。因此離開店好一段路了,還在猶豫:

「眞小氣,吃一點有什麼關係?」

「是嘛!又不吃他們的。」突然一個聲音附和說。

阿欣也不驚惶,因爲那聲音是住在他心裏的餓鬼的,每一次都和阿欣做伴去買東西,回來的路上就要好地和阿欣談心。

「你們小孩最傻,大人一唬,你們就怕。」餓鬼又說。

「哼啦!才不怕呢!」阿欣抗議。

「不怕？幹嘛被人家一說就不敢吃？」

「人家不想吃嘛！」

「還不想吃呢！你嚥進來的口水都快把我淹死了。」

「亂講！」阿欣不禁笑了起來。

「救命啊！救命啊！」餓鬼著急起來了。

阿欣看看前面，原來已看到轉進他家的水泥橋了，他的笑，變成會心的笑，但是卻說：

「糖綁住了嘛！」

「把它拆開嘛！」

「不行啦！拆開媽媽就會知道了。」

「人家都在玩，」餓鬼說：「你要工作，吃一點是『工錢』，媽媽知道有什麼關係？」

「工錢？你想到哪裏去了？給爸媽做事怎麼要工錢？」

「不要工錢，那吃一點有什麼關係？」

「就是沒有關係才不要偷吃。」

「傻瓜！偷吃才有滋味哩！」

「壞孩子才偷吃。」

「傻瓜才不偷吃。」餓鬼看還說不動阿欣，急得直舔嘴唇，把阿欣舔得心癢癢地，盯著糖直嚥口水，餓鬼看看有點效果了，更加死命地舔，並且又說：「你不吃還不是被認爲吃了？」

「誰說？」阿欣反詰。

「還要誰說？你沒聽到店裏那老公公他們說的？連鹽少了都要賴你們。」餓鬼說急了，猛跺一下脚，把阿欣跺得「唉喲！」大叫一聲，看看自家的橋就要到了，也許因爲餓鬼那一跺脚，心裏頭躁熱起來：「你以爲媽媽是傻瓜啊？我們每一次偷吃你以爲媽媽都不知道？」

「旣然媽媽已經知道……」阿欣想著。

「最沒意思了，每一次都要費半天口舌。」餓鬼說：「我來拆繩子。」

於是餓鬼就潛到阿欣的右手上，把紮糖的尼龍繩子拆掉拋到水溝裏，並且翻開紙包，阿欣看到都是糖末，就熟練地輕輕一搖，成粒的都擠到上面來了，潛到右手的餓鬼就一把把右手塞了進去……

「喂！囝仔！」

突然耳後一聲慌喊，一部脚踏車載著大袋的東西打身畔擦過，不但餓鬼，連阿欣都被嚇了一大跳，差點把糖打翻，雙手連忙護住，光赤的脚板忽然涼了一下，啊！餓鬼這一竄，把仙草冰盪了一下，濺出一些來了。阿欣四處張望，餓鬼早逃之夭夭，撇下阿欣心撲撲跳著回家受過。

「你是到美國買是不是？」媽媽一見阿欣，就唸他：「等你送到田裏，仙草冰都變仙草水了。」

「店仔稱了半天，」阿欣應道：「只顧和一個老阿公說話。」

「什麼話那麼有說的？」母親的聲氣仍壞。

「說、說，」阿欣想到路上的事，說了半天說不出口：「說我們囝仔連買鹽都會偷吃。」

「不然，就沒有嗎？」媽媽把黑糖倒進奶粉空罐，剩下的通通倒進仙草冰。

「沒有啊！」阿欣想他最後並沒吃到，理直氣壯回答。

「還沒有，偷吃也要把嘴擦擦。」

阿欣趕快去擦嘴，擦了才想：擦嘴幹嘛！根本沒吃到啊！可是媽媽卻又說：

「不用擦！你看看你的手，難道你自己勺糖去稱？」

「人家、人家，」阿欣感到比偷吃了糖還窘，看看沾滿糖末的手，趕緊舔掉它。

盛夏的流火，像瀉地的水銀，把蒸暑從每一個人的毛孔滲進去，晌午靜得幾乎聽得見陽光瑟瑟地淌流著。阿欣蹬著車子，小小的兩片屁股和車速一樣飛快的扭著，因爲常常大夥兒比賽騎快和放手，所以還有餘裕騰出右手拎著仙草冰，使仙草冰不致因牛車路的顚盪一路濺出來。

牛車路只是一小段，進到另一個莊子又是柏油路，在柏油路上，阿欣的騎車技術更見從容了。

「有沒有？沒有吃到魚，還沾了一身腥。」

剛才的餓鬼伺候在莊口，阿欣一到，就跳進阿欣心中，對著阿欣說。

阿欣賭著氣，沒理他，餓鬼又說：

「誰叫你膽子那麼小，又不是熟識的人。」

「你眞沒意思，嚇得我躲到這兒曬了半天太陽。」

這把阿欣說火了，就頂他：

「你還不是等著吃仙草冰。」

「我不應該吃嗎？我口都渴死了。」餓鬼涎著臉說。

「你怎麼這麼愛吃？什麼都想吃？」阿欣簡直無可奈何他。

「你怎麼這麼沒膽？我哪一次痛痛快快吃到？」

「誰要你都要叫人家偷吃的？」

「不能吃才要偷吃啊！」

「不能吃就不能吃啊！」

「你不知道，」餓鬼睨著阿欣：「你太可憐了，不能吃的才好吃啊！吃起來才有意思啊！」

「亂講！還不是一樣的仙草冰。」

「這就是你不知道的地方，一樣的仙草冰，不能吃了就不一樣呀！」

「騙人！」嘴上說著，眼睛卻瞟了一眼仙草冰：「又沒有多加東西，怎會不一樣？」

「怎麼沒多加東西？」餓鬼眨了兩下眼睛說：「加了『不能』呀！」

「什麼？」阿欣啼笑皆非，態度友善了不少：「不能又不是東西。」

「怎麼不是？是你看不見的東西，這就是我們不一樣的東西，我看得見，你看不見。」

「不行！」阿欣先又瞟一眼仙草冰，但又立刻警覺地抬眼前視：「我看得見的你也看不見。」

「騙鬼！」

阿欣又笑了：本來就是騙你這餓鬼嘛！於是他的態度更加寬和了。

「你看得見的，我什麼看不見？」餓鬼不服氣的說。但卻也迷惑地隨阿欣的眼睛望出去。

阿欣已穿出莊外，眼前又是石子和泥土攪混的牛車路，阿欣騎在左邊，右邊是像鐵軌一般平直的牛車深深的轍痕，出了這莊，可以說是一片沃野平疇了，映眼是無垠的稻綠，居然有一絞風的輕拂，翻動一波淺淺的葉浪，阿欣感到心胸一舒，深吸一口氣，卻滿是乾草、肥料和濃藥混合的氣味，阿欣放眼望去，蒸騰的水氣中，一切都好像靜止著的，只兩、三隴外的一畝稻田中，有個人揹了一個銀亮的噴霧器，動作舒緩，但卻有節奏地來回噴著農藥，阿欣凝眼望了一下，才看清那人是退著走的。農藥的氣味特別刺鼻，阿欣皺一下眉，瞥一眼茶壺，好像刺鼻的農藥味道會鑽進茶壺去似的，加了一點力去蹬車子，希望一下子通過這有農藥味的路程，但是車過了一個抽水站了，還是有農藥味，阿欣掉頭看去，已越過遠處那噴農藥的田了呀，阿欣這才看到近處的田裏都插了骷髏旗。阿欣突然想到爸爸不知是不是也在噴藥？因爲爸爸曾經說過：「別人在噴，你的不噴，不就成爲害蟲的避難營了。」到處都已插上旗子，爸爸一定也在噴藥吧？噴藥好辛苦，不要說那桶農藥，光是想到那身裝備都累！這是令人皮都想剝掉的大熱天，但是噴藥的時候卻只許露出眼睛來。這樣辛苦的工作，爸爸也不肯雇人家做。

「請人哭無目屎！」爸爸說：「隨便噴一噴，花了工錢沒關係，還賠了藥錢。」

阿欣也不知道爲什麼這樣，他想：書本上的農夫都是最誠實的呀！

想到竟不知道爸爸確實在田裏做什麼，阿欣感到非常過意不去，用心的去回想今早爸爸出門的情形，希望可以記起來，但是，他更慚愧了，因爲他記起來的是：今早起床時，爸爸已經下田了。

爸爸剛好跟人家相反，阿欣想：禮拜天大家睡晚，爸爸卻早起。

「你也不要一個人在那裏拖磨，」阿欣又記起來有一次插秧，大約五點多鐘，天才濛濛亮，爸爸就在那兒哐噹哐噹地準備上田，他被吵醒，朦朧中，聽到媽媽對爸爸說：「出外的出外了，留在家裏的也要教他知道一下辛苦……」

「囝仔人重眠，就讓他去睡，書讀好一點比較有用。」

「爸爸——」想到自己剛才的貪玩，剛才的不情願，阿欣忍不住叫著爸爸。

「你也讀一次第一名給你爸爸歡喜一下，」阿欣聽到媽媽每一次的嘮叨：「每次都考第三的，唸個第一，也看看會不會做班長。」

「媽媽——」阿欣又叫著媽媽，爸爸使我慚愧，阿欣想：媽媽使我委屈。

「人家整天都在唸書……」阿欣想想，又說：「第一名，也不會給我做班長，我的手常常沾得那麼黑——都是蕃薯奶——」

「爸爸，我們爲什麼還要種田？」阿欣其實已經問過幾百遍了，所以這刻自語出來，媽媽、爸爸的回答立刻響在耳畔。

「我們哪能跟人家一樣？」媽媽總是有許多埋怨一樣：「人家有祖宗產業，你老爸有什麼？」

「你不要聽你媽媽訴怨計較。」爸爸總是那麼大量：「種田才有個根本，而且，整天坐辦公桌，都要得痔瘡了，也應該勞動勞動。」

「爸爸——」阿欣這個疑惑卻始終不敢問：「洪老師他們也種田，但是他們很有錢啊！爲什麼……」

即便是自思自量，阿欣也是沒能問出口，本來是要說：「爲什麼我們這麼窮」的，路過洪老師他們的田，阿欣隨即又想，給洪老師當級任就好了，他會知道蕃薯奶洗不乾淨……說不定就會當班長……

突增的車的速度，把阿欣喚醒過來，已經到下崎的地方，下了大坡，就是溪底了，車速帶出的風使阿欣意識到已越過有農藥氣味的路程了，阿欣顧一眼茶壺，卻才注意到壺口沒有塞住，阿欣心中動了一下，想不起是媽沒塞上的呢？或是顛掉的？剛才一路也看了好幾回的呀！但是剛剛有沒有呢？卻一樣想不起來，趕緊咕嘟咕嘟喝兩口。

「嘿嘿，謝謝！」第二口都不及嚥下，餓鬼就冒出來，譏誚地說謝。

「哼！人家才不是貪吃偷嘴……」阿欣立刻抗辯：「我是喝看看有沒有農藥……」

「不打自招，」餓鬼像坑害了一個人那般，邪惡地得意著：「這叫做賊心虛！」

「人家塞子沒塞嘛！」

「別裝啦！像我餓鬼就承認餓鬼，最少還有一個誠實的美德！」

「管你怎麼說，」阿欣有些懊惱：「這就是你看不到的！」

忿忿地，阿欣又說：

「你是一個壞——」

可是阿欣沒說完，因爲來不及說完，阿欣無意間捏了煞車，卻使他著了慌——煞車不靈！

車已下完坡，可反而衝得更快，阿欣什麼念頭都不能轉，兩手握住車把，一任仙草冰從壺口飛濺出來，死盯著前路，挑著好路飛馳。

然而，阿欣太緊張了，發直的兩眼，只盯到前輪不遠的地段，不見迎面而來的挑蕃薯葉的婦人，等到一團嫩青舉入眼簾，才又猛吃一驚，用力一扳車把，衝向右邊的牛車路，車子一頓，阿欣凌空翻了出去，「哎」！阿欣一聲悶哼，死命抓住那把茶壺不使飛掉，可是阿欣摔到地上的同時，「哐！」一聲，也把仙草冰撞翻在輪溝中，阿欣不假思索，立即爬起來，把攤成一堆的仙草冰捧回茶壺，捧了兩把就見底，這才意識過來，瞧瞧手上滿沾的泥沙，趕快探看茶壺，還好！阿欣舒了口氣：還有八分滿，而且不見什麼浮塵，但他也隨手搖了兩下，但又感到不妥，四下裏逡巡一下，怕剛剛捧仙草冰的情形被看到，好在只有那個婦人，此時歇在二十步開外的坡下的薄蔭中，氣定神閒地摘下斗笠搧著，望著這邊，有趣地瞧著，好像在奇怪阿欣怎麼無緣無故翻倒在車路上。

阿欣不禁氣上頭來，狠狠瞪了婦人一眼，心中正待開罵，卻發現：呃！不正是阿火的媽媽？婦人也正認出阿欣來，正收起了笑容，阿欣不等她採取行動，撿了壺蓋，拉起車子，趕快溜之大吉！

「喂！喂！嘿——你不是……」

婦人的叫聲，嚇得阿欣沒跨上車，差點又跌跤，跳下來，划了兩下跳上車，才看到車把擰歪了，歪歪斜斜騎了一段路，回頭看婦人已挑上坡了，才敢跳下車，把車把矯正過來，一邊扳，一邊咒著：怎麼這麼倒楣！

「爸爸！」

阿欣的爸爸要喝仙草冰的時候，阿欣在不遠的水溝中，挺起身叫。

弄正車把，檢視身體幸未受傷之後，剩下的路，阿欣直在回憶剛才摔車處的情景，應該什麼也沒瞧眞切才是，可是也不知是擔心還是想像什麼的，在眼前，那摔車的左近竟浮現出一團電鐘一般大小的黃，一團圓圓的，爛泥一樣的黃，阿欣只放在心裏擔心，搖搖頭，希望搖掉，卻愈搖愈鮮明，最後竟好像分明看見了：一團牛屎！現在反過來要去想像它並沒有，然而，那堆牛糞卻好像拉在頭上，有了眞實感，阿欣知道，最好回去看個究竟，可是又怕看的結果確實有，猶猶豫豫的，就到田裏了，阿欣這時又很後悔沒有回去看個分明，痛恨自己的優柔寡斷，諱疾忌醫，把仙草冰交給父親後，就藉口塞水溝岸的老鼠洞，跑去浸在水裏，用脚跟無意識地踢著溝岸，一面窺看父親，心中兀自焦急著，及至父親要動用了，不禁失口叫了出來，好像父親就要吃的是什麼毒藥一樣。

可是阿欣的父親卻管自喝了兩口，之後還含著一口，才悶著聲音應他一聲「唔」。

阿欣見父親終於喝了，急得在水中直跺脚，心中像火燒一樣痛楚焦炙。

爸爸面向阿欣，把含在口裏的仙草冰，在口中運著，滋潤口腔四壁，並且像漱口一樣，咕嚕嚕地漱了兩下才吞進去。

阿欣看到這情景，腹中直翻攪，就垂下眼皮，逃避地不敢正眼看父親，聽到父親「嘓嘟」一聲嚥下肚，他差點嘔出來，忍著聲音「呃」地吭了一下。

「什麼？」沒聽清阿欣叫什麼，但卻看出阿欣痛苦的表情，以爲阿欣脚怎麼了：「踢到什麼了？」說著，又喝了兩口。

父親每喝一口，阿欣就似被扯了一截腸子，而腦中那團牛屎的影像也更明晰一分，甚至牛屎味都好像聞到了，阿欣心中直哀求著：爸！不要喝了！不要再喝了！可是爸爸卻一口接一口喝。於是阿欣就改叫：告訴爸吧！告訴爸吧！因此，當父親又舉起茶壺時，他忍不住又叫：

「爸爸！」

剛剛阿欣沒有回答，這次又叫，爸爸就止住不喝，看到阿欣腼腆的樣子，他忽有所悟的笑了，就親暱的暗罵一聲：「這個猴囝仔！」然後故意要難阿欣，問：

「要做什麼！」

可是阿欣的話到舌頭又打結了，吶吶地只說了：

「老鼠洞好多！」

爸爸看阿欣的樣兒，感到好玩，雖覺不忍，但卻有興趣要看阿欣變什麼花樣，就順阿欣語尾說：

「是啊！趕快塞一塞，免得颱風來沖崩溝岸。」

阿欣心中又惱又急，又跺一脚：

「唉喲！」阿欣一脚下去，立時大叫一聲。

「怎麼了？」以爲變把戲，爸爸只淡然一問。

阿欣把右脚蹺過來，看看並未怎樣，便搓搓脚跟說：

「蹬到石頭。」

「要小心喲！」父親有意的把話題兜開：「有時有玻璃片，上游那些人，噴完農藥，瓶子亂丟，也不怕毒死人家水尾的牛。」

阿欣感應到爸爸要把話題兜開之意，遂想到一個主意——逗爸爸說話：

「爸，台灣不是有名的產糖地方嗎？」阿欣問：「爲什麼糖也那麼貴？」

爸爸有點得意，覺得兒子很聰明，會用暗示的方式表達意圖，於是他更想看看阿欣如何說出「想喝」這意思，因而饒有興致地回答：

「多貴？現在一斤多少？」

「我剛剛去買冰時順便買黑糖，一斤八元。」

「嗯！他說他去買冰時……」爸爸竟稱許地點點頭，暗自得意一會兒才說：

「八元哪有貴？你也不看看一斤白菜台北賣多少。」

「八元不算貴，那，冰怎麼那麼貴？」

「冰是拿糖在泡水呀！糖再多，也不夠水溶。」父親嘴上說，盯著眼看自己孩子，心裏又說：「他還在說冰，這個猴囝仔！好！看他再怎麼說！」

阿欣看到爸爸不再頻頻舉壺了，寬了一些心，想：不要再讓他吃……便說：

「冰哪有什麼好吃？眞的那麼貴！」

「這個猴囝仔！」父親不禁莞爾，料不到阿欣竟來這一手：「不好吃，好！看看你的猴急。」想著，再舉茶壺。

「爸爸！」阿欣又急了。

「唔！」含了一口，爸爸用稍稍誇張的表情嚥進去，算是回答「就是這麼好吃呀！」然後問：「什麼事？」有趣地看著自己的孩子：「不要吞吞吐吐呀！你把爸爸看成什麼外人啦？」——鼓勵一下！心想。

「爸爸，如果是你，你會不會原諒華盛頓？」

阿欣忽然沒頭沒腦冒一句，停止蹬溝岸的動作，熱切地望著爸爸。

「什麼華盛頓？」這下可把爸爸弄玄了。

「就是砍倒櫻桃樹的故事嘛！」

「喔！喔！」爸爸眞摸不透阿欣悶什麼葫蘆了：「可是，這和冰有什麼關係？」

「有嘛！爸爸您說嘛！」口氣裏不是撒嬌，而是焦躁。

「嗯！」以爲是撒嬌，故意逗阿欣：「不原諒，拿斧頭亂砍，萬一砍到脚怎麼辦？」

聽到爸爸說不原諒，阿欣感到很失望，雖然看爸爸的樣子好像在玩笑的，但是，想到自己的正經和認眞爸爸竟看不出，阿欣不知怎的，就洩了氣，感到毫無辦法的絕望。

爸爸也看出阿欣沮喪的模樣了，以爲阿欣等不及了，就不再逗他，但認爲必須教訓教訓，就講了狗咬骨頭過獨木橋的故事，然後說：「來吧！來吧！剩下的都給你！」看阿欣沒動，垂著頭，奮力蹬著溝岸，就痛惜地叫：「咦！來啊！呃！小心，哪要那麼用力？」

把仙草冰從爸爸手中搶救出來，阿欣應該高興的，可是卻沒有，他很氣喪，比完全失敗還氣喪。

「原來是這樣……」眼淚都要掛出來了，阿欣揉一揉鼻子，仍泡在溝中，一腳一腳蹬到溝岸，心中就一句一句嘶喊：爸爸！你誤會我了！爸爸！你誤會我了！……

——原載一九七六年十月八、九日《中央日報》

剃

我正在大力洗「那裏」的時候，忽然看到我們體育老師也進來要洗澡，我嚇一大跳，趕快轉身，好像正在做什麼壞事剛好被老師碰見一樣，都來不及想一下。

雖然轉過來了，心還是卜卜跳，不知道有沒有給老師看到，我不敢回頭再去看，怕恰好老師也在看我，那就要互相看到了；我把頭低很低，更大力去洗「那裏」。

「要命！怎麼青面的也來洗澡？」

「青面的」就是體育老師的外號，我們偷偷給他取的，因爲每一次他的臉都刮鬍子刮到青青，又很兇，上課都戴黑眼鏡，我們看不到他，他看得到我們，不會笑，也不說話，都用哨子喊口令，有時候我們都會忘記是要向左轉還是向右轉，都會很多人轉錯，就兩個人臉對臉靠得很近，就忍不住互相笑起來，互相說人家轉不對，這時候就有人會倒楣跑操場，又不知道是誰會倒楣，因爲我們看不到老師在看誰，又不知道究竟誰轉錯，都不敢動，好像要被抓去槍斃一樣，都非常怕他，不敢偷做一點壞事。

但是，我在洗澡，並沒有做壞事……人家我用大力洗「那裏」比較久，並不是在玩那裏，最氣啦，「那裏」不知怎麼搞的，好像生了一個癬，我很怕那個癬長大，長到「那裏」，我又不敢給爸爸說，那要給爸爸看，又會帶去給人家擦藥，「那裏」怎麼能夠擦藥啊？聽說洗溫泉會好，所以每一次我都先洗「那裏」，又洗比較久；我看大人也都先洗那裏，不過他們洗很快，好像淋溼了就好，就用手保護「那裏」去浸在水池裏了。

我儘量低著頭不太動，我恐怕動太大，會被老師認到，在大衆池，大家脫光光，煙霧又很大，我有一點安心老師大概不會認到我；我很奇怪，脫光光大家好像就都一樣；我還記得我第一次到這裏來：我不是來洗澡，是媽媽叫我來找爸爸，說人家要和他算菜錢，叫他洗完澡不要去夜市喝酒。我跑來，但是要進來的時候，忽然有一點不好意思，我想到爸爸脫光光，不知道怎麼搞的，就是有一點見笑，一直要笑出來，我就坐在外面的椅子等，要等爸爸出來，很久了，爸爸也沒有出來，我正在怕爸爸也許洗好走了，收錢的太太看我坐很久，就問我是不是要洗，我說要找我爸爸，她就叫我進去找，這樣，我就不能再坐在外面等了，我怕怕地走進去，煙霧一直跑出來，氣都有一點要斷了，白濛濛，我遠遠只看到一條條白白的人影，我睜大眼睛，想看會不會前面的就是我爸爸，我就可以遠遠的喊他，趕快就跑出來，這樣我就會看比較少；但是我看不到我爸爸，我只好再進去，哇！好多人喔！脫光光，好像我有一次去殺豬的地方買豬血時看到的吊在屋頂下的豬片，我又不好意思看仔細，大家看起來又都一樣光光，我有一點慌張起來，就大聲叫：

「爸爸！」

結果，所有的人都轉頭來看我，有幾個年輕的故意笑嘻嘻的跑過來拉我說：

「哦！乖兒子，找我你爸爸啊？」

全澡堂的人都大笑起來，害我差一點鑽到地洞裏面去，我現在還記得很清楚，好像進到奇怪地方的情形，所以我想只要我不要動作太奇怪，老師大概就不會認到我。我很慶幸我現在是坐在水池的後面的岸上，後面水比較冷，人比較少，因爲他們說水尾水比較髒，比較不來洗水尾，那我想我們老師也不會來洗吧？老師要洗比較乾淨才可以，可是老師怎麼來洗大衆的？大衆的都是做工的和小孩子在洗的啊！

我把屁股挪了一挪，因爲溫泉水把池岸浸得燙燙，屁股光光，坐久了會痛，剛剛不敢動，坐這麼久，痛死了，我用手偷偷去摸一下，很燒，一定燙到紅紅了。趁著移動屁股，我把背更對正進來的地方，好像這樣就可以擋住老師，不給老師看到，又好像只要我不要看到老師，老師就沒有看到我。

「嘿！你不是……」

「吓！老師……」

要命！老師怎麼偏偏就是來洗後面這裏？老師叫我的時候，已經掛好他的包包在解皮帶，我怎麼沒有看到老師走到前面來啊？現在已經被老師看到，來不及轉身子，要命，偏偏看到前面，看到後面也好啊！

「你都來洗溫泉嗎？」

老師本來已經在解皮帶，現在又停止，問我，一邊問，一邊脫去拖板。

我低著頭，心在跳，不敢去看老師，卻看到自己「那裏」，有意沒意地把毛巾停在「那裏」，回答「是」。

「很好，洗溫泉對身體很好。」老師又說。

低著頭，我只能看到老師的脚，老師現在坐在人家在吊衣服的下面的長板櫈，老師好像也沒有在做什麼，把光光的脚丫張來張去，有一點穿鞋子的臭味，脚趾中間有一點脫皮，我看老師好像沒有在做什麼，便想老師一定在看著我洗澡，我想我低下頭，老師的眼睛一定剛好看到我脖子的背後那裏，那裏就好像被火燒到一樣熱熱，很不舒服，我就稍微抬起頭來，但是抬得太大，不小心碰到老師的眼睛，我意外一下，老師的眼睛和上課不一樣，有一點奇怪，好像比較不會害怕，我就再看一下老師，老師竟對我笑一笑，無意無意地，害我趕快再低下頭，也不太敢笑，偷翻眼睛又去看老師，才注意看到原來是老師沒有帶黑眼鏡的關係。

「你的皮膚有沒有什麼毛病？」老師看到我偷在看他，又問我。

我大驚一下，手趕快離開「那裏」，答不出來，有皮膚的毛病，不行洗公共溫泉，我知道這個公德，但不是怕這個，我的癬生在「那裏」的旁邊，很秘密，偷來洗不會被抓到，我是嚇一跳老師怎麼知道……

「有皮膚病來洗最好，但不可以下去泡。」

「好險！」我偷偷咋舌，老師原來不是知道，差一點自己說出來。

「你是哪一班的？徐老師？ㄉ老師？」

我心還在跳，老師又在問，也沒有在脫衣服，一直笑笑看我，我的屁股又熱得痛起來，但是老師在那麼近……我偷偷想動一動，可是「那裏」先動了一下，我趕快停止不敢動，好像端熱湯要潑出來一樣，緊張了一下，我是覺得好像有一點沒有禮貌，又怕「那裏」動太大被老師看到癬。我注意「那裏」停止不動了，偷偷去望老師一眼，看到老師的眼睛沒有在看那裏，而是在問我，看著我的眼睛，等我回答問題，我便小心一下，趕快不去注意「那裏」，給老師回答說：

「我是六年級。」

「喔！六年級，是楊老師？不是？鄭老師？」

最要命，現在脫光光，才來給老師碰到，又給老師問來問去，青面的問我們老師不知道有什麼用？我不知道怎樣就是感覺到「那裏」一直跑出來在外面，我頭就低下來，但是明明我用毛巾蓋著。

「唔，是鄭老師，鄭老師跟我是好朋友，我們住在隔壁。」老師的脚丫動一動，又問：「鄭老師兇不兇啊？」

我怎麼敢說呢？我常常覺得，學校的老師做朋友和我們好像有一點一樣，就是兇的和兇的都比較要好，好的和好的要好，女老師是穿漂亮的和穿漂亮的走在一起，穿不漂亮的和穿不漂亮的一起，我很怕青面的體育老師，就是他和我們老師常常在一起打乒乓球，而我們老師對一些女生的好學生不兇，對我們卻很兇，很兇，我怎麼敢說呢？我只敢笑一笑，想要搖搖頭，但心裏有一點不服氣，所以大概沒有搖起來。

但是青面的體育老師好像只是問問，並沒有要我回答，所以看我笑笑，他也只有笑笑，我想他大概也知道，不用我回答，他又問：

「你家住在哪裏？」

「在市場。」

「住在市場有沒有做生意？」

老師一直問我，也沒有在脫衣服要洗澡，一定是怕我會看，就一直和我講話，我有在想︰老師們大概都想︰和我們一直講話我們就不會害怕。我有很多次都有感覺這樣，最奇怪的是老師要我們不會害怕一直和我們講的話大都一樣，青面的現在問的，我已經在市場被很多買菜的老師問過了。所以，青面的問到這個，我就很熟悉，不要想就會回答︰

「有。」

「做生意不錯……」

我以爲青面的會和別的老師一樣接下去說︰「賺錢比老師多。」可是青面的卻說不一樣︰

「做什麼生意？」

「在賣菜。」

「賣菜不錯……嘿！你不是體育課常常遲到的……」

老師問到這個，好像很興奮的樣子，也好像完全忘記他來是要洗澡的了，他就坐在那裏，也沒有在做什麼，眞是要命，我一直怕的就是我中午才被老師罰做伏地挺身，怕被他認出來；我們都很氣伏地挺身，但是青面的最喜歡罰我們做，每次體育都在中午，我回家吃飯，媽媽去賣菜都來不及回來煮，我就遲到被罰，很多次都只有我遲到，所以我剛才就在怕青面的一定會認到我。他一直問，我起先沒有想到，不要想就會回答，本來已經漸漸沒有緊張，後來被我想到，我就怕，就簡單回答，趕快要讓老師問完，沒有話再問，可是老師怎麼還是想到啦？

「你中午上課爲什麼老是遲到？」

老師這次比較和氣問我，平常大都不問我，他戴黑眼鏡，看不到他的眼睛，我每次都很怕，因爲看不到而怕的，他轉過頭來，我也不知道他有沒有看我，就趕快自己趴下來做十個；有時候他會用鼻音問我：

「嗯——爲什麼遲到？嗯——」

我起先不知道，就要說理由，結果都沒有說完，就被罰，罰比較多下，我就知道體育老師問的意思並不是要我說理由，但是我如果給人家問，不回答也就不會怎麼做，都只有那個去摸頭的習慣，不過好在摸頭老師不生氣，都只罰十個，十個我做很累，但是我比較喜歡趕快被罰，我很怕要看著老師，我又不敢不看，老師一問，我眼睛就直直地看老師，那時候最難過，到後來，老師叫我去做伏地挺身，便好像在釋放我一樣，等到他說「十下」，便好像很快樂去做，忘記是被罰。有幾次媽媽沒有回來煮，我就自己煮，遲到比較久，被老師問的時候，都想向老師說理由，都不敢，老師明明問爲什麼遲到，卻又不是要人家說理由，我就不知道老師怎樣問才可以回答理由，現在老師這樣問，我也不知道能不能說，現在是在澡堂，不是在課堂，沒有在同學面前，而且我現在沒有遲到，那是中午遲到的，而且已經被罰過了，而且老師沒有戴黑眼鏡，我比較敢看，好像比較和氣，比較像眞的在問，我想大概可以眞的回答，便說：

「我回家要自己煮飯。」

「眞的呀？」老師好像有一點驚奇和不相信：「你會煮飯啊？你是男生嘛！」

「煮飯很簡單，菜不會炒。」

「那怎麼吃？」

「澆豬油和醬油吃。」

「那營養怎麼夠？你媽媽不回來煮飯？」

「生意比較好就不能回來。」

「那你爲什麼不帶飯？」

「爸爸天還暗暗就要去中央市場批菜，媽媽要去幫忙搬，早上都沒煮就去了。」

「那你早上沒吃啊？」

「吃豆漿，媽媽有留錢給我們吃。」

「那中午也可以留錢啊！」

「中午吃比較貴，媽媽說我會煮飯了。」

「你怎麼不早跟我講？」

我不敢說老師不讓我講嘛！我又不會回答，又去摸摸頭，傻傻看一下老師，我看到老師的手從剛才就放在最上面的鈕釦到現在，都沒有在脫衣服要洗澡。

「你以後可以對我講，有正當理由就可以了，老師一定要那樣做，不然大家都跑去看電視的布袋戲了。」

青面的說也知道啦！我們中午最喜歡去麵店吃飯啦！可以一邊吃一邊看電視布袋戲，可是我都沒有錢，回到家已經演好久了。可是青面的說也知道啦！

我笑一笑，不會回答，摸一下頭看青面的。

「你洗啊！」青面的好像突然想起來這裏不是要洗澡的嗎？自己終於解開那個釦子，而且接連一直解下去，站了起來，把衣服從褲子裏拖出來，一邊對我喊：「儘管洗你的，不要拘束，不是在課堂上。」

「好！」

我好像被解救，趕快轉身下去水池；水今天好像比較熱，我生癬那裏剛才擦太大力，現在好像針在刺，我忍耐著，沉下去，一直浸到頸子，這才覺得比較安全，好像水是衣服，給我穿起來，沒有給老師看到，又好像在和老師不同國的地方，老師不能管到我。

「今天的水熱不熱？」老師脫下上衣，掛上去後問我。

「不怎麼——有、有比昨天熱一點。」

「你怕不怕熱?」

「有一點點怕。」

老師如果問我一句,他的脫衣就停下來,所以老師脫衣脫得好慢,如果不是老師在問我我不敢洗,老師脫衣的時間我就洗好出去了。眞是要命,一直問,好在我已經浸在水裏,我可以偷偷在水下面搓我那裏的癬,我偷偷的搓,偷偷瞄老師,看他有沒有看到。我忽然想到老師如果下來洗,不知道會不會像一般大人那樣:腿開開、蹲一半大力去洗「那裏」,我覺得大人那樣很難看,又有一點好笑,我想老師也是大人,大概也會那樣,就有一點要笑起來。我又想到:老師站在講台兇兇的,脫光光不知道怎樣?我記得以前我們住在南部,和隔壁放牛的小孩在圳溝玩水,看到公鴨很威風地追母鴨,他們就去追公鴨,把公鴨抓來拔毛,也沒有拔光光,只有拔掉尾巴的毛,再把公鴨放走,公鴨好像很丟臉似地,不好意思地逃走了,也不再去追母鴨,不知道怎麼,看到老師在脫衣,就想到公鴨在被拔毛,但是就是想不到老師會怎樣,老師也沒有在追母鴨呀!我想:普通兇的大概就普通一樣,比較兇的大概就比較不一樣吧?但是,不論怎樣,老師不知道是怎樣?我偷偷想這個,偷偷瞄老師,老師脫掉外衣後去脫外褲,跑出來很白很白的大腿,又瘦瘦的,就覺得怪怪的:長褲脫下來,小腿的肉也很白,上面長好多毛,黑黑的,好像爬螞蟻一樣,有一點恐怖。我偷瞄一眼,老師沒有看到,等到掛好長褲,好像想到我不知道在幹什麼，看到我這裏，我趕快閉起眼睛，假裝在享受，但從睫毛還可以偷看到老師，老師不知道，以爲我沒有在看他，停一下，想一想像決定什麼，又裝做沒有想什麼，去脫他的內衣。

哇！我們老師好排喔！胸部到背部薄薄的，好像洗衣的板，怎麼也在教體育？我看得呆呆，不小心老師也在看我，等到和老師互相看到時已經來不及躲掉，我怕一下，但是老師好像反而不好意思，笑一笑，用左手去搗在胸口，右手找一隻小臉盆走到池邊來，大概怕滑倒，走路好小心，我忽然想起來老師的樣子，哈哈，像電視的頑皮豹。

「住在這裏眞好。」老師好像對我說，又好像對自己說，但我看他對我笑，便想他是對我說，但我又不會回答這句話，因爲我想這句話沒有回答嘛！我便只好傻傻笑笑。

「你有沒有天天來洗？」老師勺一盆水，放在水池岸上蹲下來，不知幹什麼好，肩膀摸了一下，才發現毛巾沒有拿下來，看我一下，好像等我回答，又好像站起來要去拿毛巾。

「比較冷天，沒有流汗就沒有洗。」

老師只等到我開口，沒有聽就去拿毛巾，毛巾在包包裏，溼溼的，用塑膠袋裝住。

「我教體育，」老師走回水池說：「天天要流汗，沒辦法，天天都來。」

老師在說他自己，我也不知道怎麼回答，也覺得不能笑笑，正在不知道要怎樣，好在老師又問：

「我怎麼好像沒碰見過你？」

「我也不知道。」我說。

「天天來洗，就不能去洗個人的，貴死了，又漲價。」老師好像在解釋什麼：「而且個人池很髒，水池小，水不流通，有暗病的人才怕人看見去洗個人的，又不分男的女的，女人洗過男的也去洗，而且——」老師神秘地對我笑一笑：「有人在裏面賺錢，有一次，我還被敲門，問說要不要，去洗個人的，沒有也會被嫌疑。」

老師說完，笑笑看看我，又去看看旁邊別人，但是旁邊別人沒有怎樣，仍然一邊在沖水，一邊在搓，只是翻翻眼睛去看老師，老師的笑僵僵的，好像是剛剛的笑遺留在臉上沒有收去的，人家不要，又留回來對我：

「你洗好沒有哇？」老師用毛巾泡水擰乾，張開來去敷在臉上，一會兒放下，又去泡水，一邊又擰，一邊問我，隨後又不等我回答，又說：「我鼻子不好，會塞住，醫生說熱敷最好。」

我才泡一點點，老師就問我洗好沒有，我正不會回答，老師又說，我正好可以裝不回答，但老師又說鼻子的事情，我也不會回答，我不知道靑面的爲什麼給我講這麼多他自己的事情，我有一點感覺他給我講這麼多的事情好像也在脫衣服一樣，多講一項，就好像多脫去一件衣服，我就覺得越怪，好像老師是一個什麼東西，會一層一層脫落掉的。因爲啊！我發現老師都不像在學校說話那樣都說「老師」了，老師好像一直都說「我」，我不知怎麼，突然覺得我如果不回答話，老師便變成一個人自己在講話，覺得那樣老師好可憐，老師會很難看，因此我的鼻子就好像自己大力地吸了兩下，試試看通不通；老師看我試鼻子，就說：

「你的行不行？」老師對我笑笑，我也不知道我究竟塞不塞，隨便搖搖頭，老師又說：「我的鼻子原來好好的，後來我的一個朋友的媽媽因爲鼻癌去世了，我就覺得鼻子塞塞的，就去看醫生，醫生不知道用什麼去鼻孔給我燒，以後就不行了……唔！你通常可以泡多久？」

老師在說他的鼻子，又停止不做什麼，說了鼻子，又問我，我覺得比較好答又比較不好答，就選擇後面問的回答：

「很久，到會流汗。」

「有時候我只沖沖，不敢泡。」

老師把水倒去沖脚丫，又勺一盆，又沖沖脚丫，說：

「我常穿布鞋，布鞋不通風，都患香港脚，溫泉沖下去，好舒服，癢癢痛痛地。」

老師說著，就一直沖，還用手去扳脚趾，在脚趾中間搓，搓一搓又去沖。

「嘿嘿！好舒服喔！」

老師對我笑，有一點像我們小孩，臉比較不靑。

「好在有溫泉每天泡，不然脚要爛掉了。」

老師話好像也沒有要我回答，我又不會和老師說話，老師就眞的變成一個人一直在說，旁邊新來洗的人，不知道老師在和我說話，都奇怪地看著老師，老師好像也感覺到了，忽然就說一句我應該要回答的：

「你們今天沒有功課嗎？」

「有喔，好多喔！」我趕快回答，因爲我看老師有點要讓人家知道他不是在自己說話的樣子，而且我害老師被人家誤會，也有點對不起老師，但是我的回答大概比較大聲一點，別的人都來看我，我比較不怕被別人看，因爲我是小孩子，我比較不好意思的是大概我回答的樣子有一點像回答老師的樣子，大家看我一下，馬上又去看老師，眼睛好像在疑問老師是不是老師。

老師看大家都去看他，趁勺水的時候，偷偷看一下自己的內褲，這一盆老師沖高一點，沖到大腿，把內褲沖溼一點點。

「很多趕快回去做……」老師好像在趕我，好像又感覺現在不是在課堂，有一點不能那樣說，所以又說：「泡那麼久行嗎？」

「可以，」我回答老師說：「個人池才有限時間，大池的隨便人家泡。」

「不是，我是說身體受得了嗎？」

「可以啊！浸著不要動，根本不會熱。」

「不會熱？」老師好像有點不高興，大概不高興我說根本不熱，老師不是說他太熱不敢泡嗎？老師好在只是不高興，不是在生氣，所以又說：「會把你的細胞燙死光光。」

我想到我那裏的癬，我就是要把癬泡死光光，所以我就偷偷說「正好！」但是只敢在心裏說，不敢說給老師聽到，老師看我沒有再說話，又說：

「你有沒有聽說過？溫泉泡太久，皮膚會爛；市場一個阿文師不是專門給人家治被溫泉泡爛皮膚的病嗎？」

「是，但那是起來沒擦乾淨才會，阿文師來洗常常說給人家聽。」

「弄到髒也會，你要泡那麼久，不然——你到水頭那裏去泡。」

水頭水太熱，我不太敢泡，而且，我泡在水裏不能動太大，動太大會燙到受不了，就不能泡了。但是老師在說，好像在命令我，也好像是爲了我好才命令我，我便小小的動一動表示有聽他的話，但是老師看我只小小的動，大概想我不聽他的話，好像生氣起來，兇兇地又說：

「去啊！給你講這裏水尾，水不乾淨，沒聽到呀？嗯——」

我又聽到老師又在用鼻子講話，好像在上課那樣，怕起來，偷偷去看老師，但就被正在瞪我的老師的眼睛盯住，我最怕的那個眼睛，好像又有黑眼鏡戴上去，冷冷地，不知道要怎麼的樣子，我一看到那個眼睛就恐怖到傻傻，好像脚自己就大力移動起來，眼睛被老師盯住，神魂也好像被老師釘住，也不感覺燙了，也沒有注意旁邊人的脚，絆了一下，跌倒下去，沉一下，喝了半口水，臭臭鹹鹹的，拚力掙一下，水一攪一下子燙起來，我差不多是跳出來的，忍不住叫起來：

「哎喲！好燒！」

浴室的人看我狼狽，都笑起來，並且一邊看老師，老師就好像對著大家說話那樣說：

「你看，你皮都燙紅了。」

老師的眼睛有一點說：「你看！就不聽話！」的意思，但是嘴巴卻說那樣，好像在說我活該！我低頭去看，身體一直在冒煙，嘴巴吃到溫泉水，雖然一直吐，還是臭臭的，像口水乾了的味道。

「還不快去擦擦冷水！」

老師好像在罵我，又好像在關心我一樣地說。但是我其實還沒有浸夠，還想再浸，就又走向水池旁邊。

「不行！」

老師好像知道，我要再浸，停止勺水，瞪著我吼。

「人家，我要拿臉盆。」

老師一吼，我嚇一大跳，立刻假裝是在拿小臉盆要沖水，小小聲說。

我有在想這裏是洗澡間，老師又不帶黑眼鏡，而且，嘻嘻！只穿內褲，不要怕他，但是，老師好像就是老師嘛！好像獅子一吼大家自然都要怕，而且，後來一想：好險，好在可裝出去拿臉盆，不然老師記帳到上體育課不就慘了？

「擦擦就好。」老師好像覺得剛剛他太兇，所以現在就比較不兇地說：「天這麼冷，不要沖，而且你剛剛泡得毛孔都張得開開，一下子沖冷水會生病。」

我覺得很沒有意思，人家我每次都是用沖的，也沒有生病，人家這是習慣就好，用擦的根本就擦不乾淨，還會癢，去抓癢，抓破皮就會患洗溫泉的病，但是老師好像認爲他是好意，所以在浴室也在命令，我又不敢沒有聽，後天就要再上體育，老師開始好像很好，現在好像又很兇，那後天不知道會怎樣，多半是會很兇，那怎麼可以沒有聽？我懶懶去勺一盆水，蹲來下去擰毛巾，抬起眼皮去偷看老師，老師正用毛巾去撈水起來往身上擦，內褲都弄得溼溼，貼在身上，有一點像沒有穿一樣，害我看一眼緊張了一下下，我擦了兩把，覺得好像沒洗一般，還是想沖，老師雖然沒有看我，但一沖會有水跌下來的聲音，老師一回頭就會看到，那老師又會生氣，說他的好意我也不聽。我就趁老師沒有在看，偷偷移動到靠近冷水槽的一根柱子後面就沖起來，沖一盆，我不敢從柱子出來，等一下，探頭看老師沒有在看，溜出去，勺一盆又跑進柱子後面沖，我這樣沖，要沖十幾盆才會痛快，有一次人家就對我說我們小孩子洗半票，怎麼可以沖那麼多水，說自來水要錢的，但是我才不管，他們大人還不是沖更多，人家浴室貼不可以洗衣服，他們還在洗，沒有公德心，又在浴池旁邊的排水口小便，也在管人家。我現在才沖第二盆，還要沖很多盆，所以又探頭去看看老師有沒有在看我這裏，看到老師正好拉開內褲的鬆緊帶，把毛巾塞進內褲裏，專心地搓著，但是因爲穿了內褲不怎麼方便，看起來好像在掏什麼。我看老師沒有看到，跑了出去，勺盆水要回來柱子後面的時候，被老師看到了，但我還是把自己躲起來，可是我不敢立刻就沖，等了一下，再偷看老師沒有看到再沖下去，其實，我在想老師才沒有那樣笨，他一定聽到了聲音而知道了，不過我又再去勺第四盆水的時候，並沒有被老師罵，老師一定是知道的，水沖下去的聲音很大嘛！老師沒有再罵我，我就想老師一定是不要我沖給他看到就好，因爲他已經命令我不行沖，我再沖給他看到，就是故意給他不好看，我雖然還在沖，但是已經有怕他而躲起來，有怕他就好，「過得去就好了。」有一次我們上課排隊不好，他罵了我們之後，好像這樣說過。

「沖夠了沒有啊？」

我正在這樣想的時候，老師忽然這樣問，我還沒有回答，老師接著又說：

「浴室裏空氣這樣潮溼，吸太久也不好哩！你們小孩會受不了。」

老師說的我其實都知道，那些大人每次都會教新來的人。其實我已經在擦身體，可是我發現到拖板忘記在老師那裏了，正在想怎樣去拿回來；剛才給老師一罵，嚇一跳，忘記穿了，現在有一點怕去穿，老師……的內褲溼溼，好像沒有穿……而且，老師正在擦「那裏」，老師那樣說，我更不敢去穿，好像故意的……我想：反正不會丟掉，我在想：等穿好衣服再去穿，穿了趕快走，那時候，我有穿衣服，老師沒有穿，我會比較不會怕。我也不知道怎麼，好像衣服就是膽一樣，穿上去就比較有膽量。

我要去穿衣服，故意把臉盆大力丟下，使老師聽到，知道我去穿了，但是老師大概誤會我的意思，在我跑開時又說：

「咦！那是眞的呀！」

我沒有去看老師的表情，平時老師在「咦」的時候，眉毛都會突然從黑眼鏡框下面揚起來，我們最怕這樣，老師的眉毛好像會看東西，一揚起來，就有人會倒楣，好像老師要處罰人，先派眉毛出來看看是誰一樣。所以聽到老師在「咦」，我實在很怕，趕快跑去吊衣服的地方，趕快要穿，一面注意聽看看老師有沒有再說什麼，好在大概臉盆不是學校的，老師沒有再罵。

平常我沒有注意，大概平常我也不一定把衣服吊在這裏，因爲這裏是走道剛要進入浴池的地方，如果在浴池靠近外面這一個角落泡的話，會看不到自己的衣服，而且，這裏是走道，風都從這裏吹進來，比較冷，所以比較少人吊衣服，大概我也比較少吊，所以沒有注意，我在注意聽老師有沒有在罵時，一邊在拿衣服要穿，才看到有一面鏡子吊在掛衣服的木條上面的牆壁上，那鏡子長長的，像我們坐的課桌那樣，有一半伸入浴室，一半在走道上，伸入浴室的那一邊有一點模糊，被水汽蒸了。但還可以看著穿衣服，還有，嘻嘻，竟可以看到人家在洗澡。……很多人，脫光光的被人家偷看還不知道，嘻嘻！

我一邊穿衣服，一邊偷偷看鏡子，結果把內衣的前面穿到後面去，脖子好像被勒住，很難受，我照一照鏡子，那樣很好笑，好像犯人一樣，我正要笑起來，看到老師站起來，緊張一下，就沒有笑起來，我偷偷轉一點頭，用勾的，從肩膀去看後面的老師沒有在看我，就大膽去看鏡子的老師，老師回到他吊衣服的地方，內褲因為淋到水溼掉了，變成重重的，所以就有一點掉下來，我看到老師的上身一下子長起來，樣子怪怪的，我又看到老師褲子垂下來露出來的腰的地方好白好白……

哎呀！老師要脫褲子啦！我的心砰砰跳起來，有一點不敢看，怕老師就要變成不是老師了，趕快把頭低下來，但已經看到老師的三分之一的屁股的地方，卻又忍不住，偷翻眼再去看老師，看到老師好像想到了我，往這邊回頭看一下，我趕快往通道外邊縮一縮，沒有讓老師看到……不是！不知道有沒有被老師看到，因為我怕的時候，眼睛離開鏡子，就沒有看到老師有沒有看到我，等我怕怕地再看鏡子的時候，老師已經浸入浴池到胸部的地方，老師動作怎麼這麼快呀？我覺得有一點好像生氣自己又好像失望又好像幸好……

我又站出來一點，看到鏡子裏面，浴客很多，脫光光，汽一直冒起來，使在鏡子裏看起來好像在很遠的地方，有的在泡水，有的在沖水，有的坐著，有的站著，也有蹲著的，有的脫光光才在做體操，也有脫光光還在抽菸的，大家不管別人，都很忙碌地在做事，很專心地，不怎麼講話，水面上黏著一絲一絲飛不起的水蒸汽，脫光光的人走來走去，鏡子用框框框住，看進去，像是在孫悟空的書上看到的什麼妖精洞。

老師浸入水裏，我忽然一下子找不到老師，在浴池中，每一個人只看到一個頭，有的黑黑，像被大水流走的小了一點的西瓜，有的光光，像丟在水裏的電燈泡，如果是光光的電燈泡就比較好認，老師卻是黑黑的頭，我認來認去，就是認不到，就把衣服全部穿好，想要去拿拖板，但是我覺得還是要把老師找到才好，不要去拿的時候，才看到老師就在旁邊，浴池的水清清，浸著也看得清清楚楚，等一下老師以為我故意躲起來……我忘記了說把衣服一下子全部穿好，這樣，我現在站在鏡子前面找老師，就好像專門跑進來偷看人家洗澡的什麼狂了。我就有一點怕起來，趕緊找，我是站在鏡子中間稍微靠近外邊的地方，老師的位置是在鏡子的右下角，我在原來的地方沒有看到，就沿著右邊一個一個往左邊認，忽然！在鏡子的左邊靠近中央的地方——也就是我正對面的地方，一隻手指從水池裏伸出來，對著鏡子裏的我的鼻尖的地方一直點著，我回頭一看：

唉呀！

我小小驚叫一聲，起脚就跑出浴室，老師原來已移到我背後，不知道已偷看我在偷看鏡子裏人家的洗澡多久了……

——原載《台灣文藝》

「夜尿」症者

我，是一個「夜尿」症者！

這樣大聲宣告出來，假如你知道「夜尿症」就是晚上睡覺的時候，會撒尿在褲襠裏的一種毛病，你一定會哈哈大笑，因爲我已經國中二年級了，而，我們大家都知道，那個毛病，是我們小學一、二年級的時候，共同的秘密呀！又，假如你有足夠的靈精，留意到我加在「夜尿」兩個字上下的提引號，並且國文好到充分了解到提引號的妙用，你一定要說我瘋了！

的確，我差不多要瘋了，但是，假如我再不這樣宣告出來，我就不是「差不多」要瘋，而是眞的會瘋掉。

事實上，我已陷入半瘋狂狀態了吧？不然，爲什麼不敢對任何人「偷講」的事情，反而對大家「宣揚」出來呢？

眞是不可思議啊，說出來的現在，不但不感到難爲情，反而感到很舒服，而且，這舒服，嗯，竟和那感覺……

白紙印上黑字，事情是瞞不過的，但是，這樣太過分了，在十八班時，也沒壞到這程度——

名次不用提了，平均八十二點三，還想排在第幾名？八十二點三，意思是說：每科都在及格邊緣而已，當然，分數是平均下來的，也不是沒有九十分以上的科目，但是被英數一拉——咦！非但英數，國文竟也只考了八十五分！這樣，在十九班「吊車尾」也就難怪了。

「行百里者半九十，考試像過河一樣，要游完全程，爬上對岸才算游過，游百分之六十，甚至到百分之八十就不游了，還是要淹死的，新的同學要入境隨俗，我們這一班的「風俗」就是自力更生，自己把河過完，沒有及格分數……」

剛從次優的十八班插進最優的十九班，十九班導師在第一次訓話時就這樣「唬」我們，但是「善者不來，來者不善」，既然能在調動十幾名的情況下，擠進十九班，才不會那麼容易被嚇著呢！

「不要聽他蓋！」

何況，又有鄰居的阿聰偷偷說導仔是在「臭蓋」的：

「他自己都游不完全程，所以八十分就及格了。」

阿聰又說：

「他告訴我們說他是只能游二十公尺的救生員。」

「我聽不懂你的意思。」倒是，阿聰這話把我說得一楞一楞的成爲傻楞子。

「就是說他只能在你游到八十公尺時才救得了你。才妙呢，他說：假如你把目標放在建中，萬一考壞了，還有附中好讀，假如自己把及格分數提到八十分，一不小心考垮了，也還有個七十幾分。」

這樣說，總算懂了，依照這樣的「歪理」，我甚至私下規定自己的及格分數爲九十分，這也不算強己所難，還記得第一次月考，全班各科總平均高達九十二點三分呢！這還不稀罕，做爲競爭對手的女生班的最好班！第一月考輸了零點二分後，發奮圖強，第二月考竟考到九十四點五分，連教務處都不敢置信，還要求以後出題老師要出深一點的題目。

而今，這些輝煌紀錄突然間，成了「當年勇」了，英數考得差些還勉強說得過去，本來英數就差些，拿手的國文也只考個八十五分，實在太沒法兒交代了。

「拜託你們故意錯一錯嘛！」這是第一月考完，國文老師看了全班的分數後，心滿意足之餘開玩笑說的話：「不然，寫作文時，至少也寫一、兩個別字嘛！」

學國文老師說話的口氣，班上國文成績實在好得「不像話」，要在作文之外的題目批出一、兩個錯處，還眞不容易，國文分數的高下便只能在作文一題上比出來，作文分數佔百分之二十，平常作文如果是九十分，在考卷上就是十八分，也就是說，如果在考卷上的作文打個十五分，就表示那篇作文只得了個七十五分，國文老師說，這眞使他爲難，因爲我們全班作文的水準，至少也是八十分，然而，八十分，在考卷上就只扣了四分，如果其他題目全對，國文成績就是九十六分了。

「以後解釋題如果照課本一字不變作答的話，要扣分！」國文老師說。

但是這也是玩笑話，事實上，平常國文老師的要求正是要我們一字不漏地作答，他說「高中聯考就是這樣考」。

唔，知道了，這次國文分數這麼慘，一定就是出在解釋題，尤其是成語，簡直要我們的小命，不但要寫出意思來，而且必須寫出典，而最要命的偏是，每一句成語的出典都是深僻的文言文，不是《春秋》就是《左傳》，不然就是《國語》，我們國文老師也不知是什麼居心，常常在課本的註釋上只引一句的，他偏偏要去查出全段，抄在黑板上，如果那一課是文言文，老師抄的那一段往往要比課文長。

當然，考試的時候，並不須將老師引的寫進去，但是討厭的是，老師的引文雖然幫助了對成語的了解，但卻也干擾了對註釋的背誦，像這一次，好幾道題，我就是懂得意思，而引不出課本的原註來的。這樣搞下來，也不知道要謝謝老師還是要怪老師了，因爲有時候也會覺得由於懂了，變成懶得去背原註了。尤其在最近，老是感到精神不能集中的時候。

本來這是很僥倖的，擠進十九班，第一個賞識我的正是國文老師，這是很不容易的，還要拜國文老師也是「新來的」之賜呢！其實應該說所有新舊十九班同學都是新來的，因爲國文老師據說是每年教二年級最優的男生班的國文，據說，二年級最優女生班的國文也都是由一位李老師教，大家都是新面貌，才有機會在國文一科脫穎而出的吧？那是第一次作文，老師的題目剛好是今年聯考的題目：衣與食，我也不曉得哪裏來的靈感，想起課外讀過的一位外國作家的話，說我們人類白天的行爲其實都是晚間所思想的，我並未充分了解這句話的深意，但是，卻信筆就引用出來，並且，照國文老師所稱讚的「神來之筆」，在最後一段說：我們外表行爲光明，實際上內心黑暗，所以，我們會說漂亮的大話，但是心裏想的全不是那回事。

那一次，老師發作文簿時，第一個就叫了我，但也沒說什麼，只是深深地看我一眼，等到我到講桌前面去拿回作文簿，老師才說：

「你的作文很好，但聯考時不見得能得好的分數。」

作文簿拿回來，我發現最後一段被紅筆圈得密密麻麻，分數八十五，但是評語中說「很有見地，卻並未十分切題。」

作文簿發完，老師大略就這次作文做了講評，竟舉了我做例子，說明好的作文是什麼樣，聯考的作文又該怎麼樣，說全班的作文都是好的聯考作文，只有我的作文才是眞正好的作文。

被老師這麼稱讚，就不好意思馬虎應付了，因此國文科總能保持好的成績，國文老師也好像寄我厚望──有一次，還借我文學書看呢，這一次，也實在沒法兒，但另一方面也是仗著老師的讚美，希望僥倖過關，誰料看來考試的事兒是沒有僥倖的。

豈但考試的事兒，我發現，在十九班，簡直沒有任何一事可以僥倖。

「不要心存僥倖，競爭是絕對殘酷的。」

這是導師最常訓的話，十九班的確有許多不同，比如說，在十八班，導師的講話，常常在班會的時候，十九班的班會，不用說了，「我們哪有閒情逸致開班會？」導師說：「其實，我們哪一天不開班會？」

確實是這樣呢，如果班會的意思就是給老師訓話，那麼十九班確實天天在開班會呢，而且，在十八班導仔是地理老師，每個禮拜只上三次課，十九班的導仔是數學老師，又兼指導活動，加上班會，天天可以見面，聽說這是特別安排，其實不必聽說，因爲誰一看到都可以明白，在學校裏老師也是能力分班的。

就拿現在的導仔來說，他不但是數學教得好而已，他有一些點子，是很「罩」的，比如說，成績單，別班是用家長蓋章的，他卻要我們家長用簽名的。

「你們不要以爲這樣好混，老師唸了一年警官學校，會鑑定筆跡，章子你們可以偷蓋，父母的簽名你們總不會偷簽吧？」

其實，根本沒有人會去做這件事，大人們常說他們忙得「沒時間生病」，我們根本忙得沒時間假冒，因此，更不管老師眞唸了警官學校沒有？

但是，現在，我發現，根本不是沒時間假冒，而是不必假冒，大家成績都那麼好，全班五十幾人，最後一名實際上也只是二十名左右，因爲同分同名的太多了，像現在，跟我一樣吊在車尾的就有三個，而且，都是短程的——隨時「下車」離開十九班的，成績好的同名就更多了，有一次，第二名就有十五個，最倒楣的是第三名了，因爲第二名有十五個，第一名的有三個，分數是第三名的，名次就掉到第十九名了……

竟有那麼倒楣，有什麼話說？

以爲神不知鬼不覺的，把晚上換下來的內褲拿到浴室去，並且正在用水將褲子沖溼的時候，不防被母親發現了。

「怎麼又換褲子了？昨晚洗澡沒換啊？」媽媽問。

冷不防被發現。

一時之間，吶吶地竟答不上來。

「撒尿啦？」媽媽看到我發窘，自尋答案問：「有沒有撒到床上？」

我趕緊搖搖頭。

「叫你菜多吃一點，你就要水牛公一樣灌湯。」

媽媽這樣唸著，顧自就忙著她的事去了，媽媽和爸爸一起在罐頭工廠上班，姊姊去年國中畢業就到城市的阿妗開的皮鞋店幫忙，平時並不回來，一早媽媽起來，要忙的就是我們三人的便當，暑假，我們的暑假進修只上半天，便當就只有兩個，因爲工廠有蒸煮的設備，我不帶便當，媽媽便不必煮飯，只將昨天晚上的剩飯煮成稀飯，另外弄點乾菜，除了早上佐餐，也用小飯盒裝起來，帶到工廠去，大飯盒則只裝了一些生米。

媽媽說，工廠的蒸鍋可以將生米煮成熟飯。

自從被媽媽發現那一次之後，大概有十來天我不敢再做那件事，可是，那件事好像不做則已，一做之後，你不做，它也自己要做似的，兩個星期後，它自己「尿」出來了。

這下使得我十分煩惱了，除了害怕褲子被媽媽發現外，過去並不留意的那些什麼丸什麼丸的廣告全都鑽進我的腦海裏來：

——本人於三年前服役時，犯上不良習慣，由於體力透支，不知如何補充營養，體力漸漸衰退，身體大不如前，不但小便白濁，腰痠背痛，頭昏目眩，整日全身疲勞，機能無力，因羞於啓齒，而心生恐懼，都不敢面對現實……

這是忸怩作態的。

我的記憶力原就不錯，這些廣告又是強迫推銷，當然如數家珍地，在腦海像字幕一樣地打過去了。

在床上躺著，我不肯起來換掉褲子，雖然那感覺很不舒服，但是我起先是爲換下來的褲子放哪裏而擔心，後來爲廣告詞中千篇一律的「病發」原因而懊惱，最後因爲附會了自己的症候而爲後果痛心不已。

最後，還是起來把褲子換下來，但是，有了上次被媽媽撞見的經驗，我變得膽怯心虛起來，不敢拿出去，就把它摺成小小一團，塞在床角，用棉被掩起來，打算禮拜天或兩、三天後媽媽用洗衣機一次洗的時候，拿出去。

但是，究竟家裏人口太少，我想：雖然是混成一團的衣服，還是被媽媽發覺多了一條內褲了。

「喂！你每晚到市場去繞，看到那賣土龍粉的，也買一些回來給咱阿成吃。」

有一天，吃過晚飯，我回到房間做功課，聽到媽媽這樣吩咐爸爸。

土龍粉我知道，我放學回家經過市場時也看過，那是有點像鱔魚的一種動物，炸得酥酥地，再研成粉的東西，我記得賣的人是一個四十多歲的中年人，戴著眼鏡，頭髮缺乏梳理，中等塊頭，講話聲音宏亮，攤子用一塊紅布鋪在地上，攤子外緣弄了一些粗劣的相框，嵌了一些剪報，一些也不知是「土龍」還是鱔魚的照片，有一幀竟框了一個惹火女郎的暴露的彩色照片。靠近內側，散置著一圈圈像蚊香一樣盤蜷著的「土龍」。

「囝仔偷撒尿、手槍、夢洩，轉身轉不過；大人酒色過度，放尿打顫……」

反正和所有補腎丸的廣告是一樣的說詞，有一次輔導課早了一節下課我擠到最前面，蹲在……嗯——那張有彩色的照片前面：

「啦！吃一口試試看，香酥香酥眞好吃。」

那個人說著，就舀了一湯匙送過來，香是很香，但是看到放置著的烏黃焦黑的土龍卷，趁那湯匙還沒送到跟前來的時候，我趕快溜走了。

哪裏想得到如今竟要買那「土龍粉」來吃呢？搞了半天，什麼是「土龍」也沒聽那個人說清楚呢！

吃「土龍粉」，我自己心裏十分明白，未必有什麼用的，但是幸好也未必有什麼壞，媽媽是當做治夜尿的藥買來給吃的，我自己倒把它當成「鈣粉」吃了。當成鈣粉吃，我得意了一下，覺得自己是「學以致用」了，「健康教育」不是說我們這種年紀需要鈣質，又說到鈣質可以取自動物的骨質嗎？如此這般，我相信「土龍粉」因爲是整條土龍炸酥研細的，必定富含了鈣質的。

然而，吃了土龍粉後，我更感驚疑，料不到它眞的有「補腎」的功能，或者，它根本毫無功能——或者，莫非……我眞有點心驚膽跳了……莫非已經過度而病入膏肓了？總之，吃了土龍粉的第三天，又「夜尿」了，而且，也不知道是不是英語考壞，在學校被罰跑了五圈操場，一時太累的緣故，這一次的「夜尿」只是恍惚感覺，夜裏並沒有醒過來，而是第二天醒來，發現褲子上有一灘褐黃色地圖一樣的痕跡而已。

雖然很驚心，但心中卻也爲不必再換褲子而稍覺寬鬆；然而，這一次「夜尿」的刺激是夠大的，我眞的搞不清楚那「土龍粉」究竟是有效還是沒效，說有效嗎？爲何又尿了？說無效嗎？「那裏」又好像愈來愈不規矩……在學校的厠所裏，竟也玩起來了。

土龍粉吃完了，爸媽也沒再問什麼，因爲他們不知道我又「尿」了。

以前被母親撞見，被當成眞的夜尿固然很窘困，但是感覺到還有個依靠，感覺到受關懷，沒有「尿」之前，其實和被認爲「夜尿」好了的此刻是沒什麼差別的，反正功課、規矩從來也不必被操心，身體也還健朗，一年到頭難得感一次冒，一家子人口簡單，像星球各自在自己的軌道上運行一樣，從未覺得有任何不足或什麼需要，也不知怎麼搞的，被認爲「夜尿」好了之後的這一陣日子，竟感到異常的孤獨。越是不方便說的，越是希望有個訴說的對象，心裏頭懷藏著秘密，無疑地感到心情的沉重，因而愈發感到孤獨的深切。

就是這樣自己一個人憂悶著，到處去尋求解答。

開頭是報紙副刊彩色版上的一些所謂醫學「講座」、健康「指南」，我覺得大家都很好心，但是都是一般性的東西，我們的健康教育也多多少少提過，由於是一般性的東西，便好像這也有理，那也有理，搞得他們越「講」我越「做」，他們越「指」我越「難」，後來又找一些姊姊「信箱」之類的東西看，可是，那又太個別性了，附會一下，便覺得這個也像那個也像，結果，又弄得越「信」越「想」，而最讓我感到困惑的是：同樣一件事，爲什麼有一些人說到那麼嚴重？有一些人又說沒有關係？說沒有關係的人卻又說不要過度，說有關係的人，本來就說「過度」而怎樣怎樣的啊，這樣說來，還是有關係啊！而且，就說沒有關係，不要過度，卻又沒有說怎樣是過度？比如說多久幾次啦等等，我眞花了不少時間，偷偷去看這一些東西，而始終沒有答案。好想找個人問：我這樣這樣是不是就是書上或報上講的那樣那樣？指導活動的課雖然都拿來上數學，但是有課本在我順手也曾翻過一翻，知道有事可以去指導活動室問指導活動老師的，我們學校指導活動室就在我班教室到教務處的中間，指導活動室裏面還有一間諮商室，但是，雖然好想問問人，卻從未想過要問指導活動室的任何一位老師，因爲，怎麼開口嘛？指導活動室的老師都是女老師呀！而且，聽說那個諮商室是個「密室」，是「特殊分子」進去的地方，同學會說這些分子特殊，是因爲很多人發現：這些「分子」裏面包括了綽號「冷面閻羅」

的訓導主任，同學們決然相信：「冷面閻羅」出入的地方，不會是個好地方。

而更讓我困惑的則是：在這些文章上，我始終找不到一個解決的方法，總是說要克制呀！要轉移注意力呀！問題就是克制不住呀！注意力轉移不開呀！是那樣一翻開健康教育的那一頁，就胡思亂想，是這樣一靠上棉被就蠢蠢欲動的呀！

在國文老師面前，我雖然「紅」，在導仔目中，也許，我只是一條「黃魚」的吧？——也就是在十九班們背地裏笑我們的「流動戶口」——隨時又會遷出十九班的人，不然，怎麼從來不聞不問我們這些人的呢？有人說是因爲我們沒去他家補數學，我起先不相信，現在，我是有一點相信了，因爲我發現，導師雖然極少在課堂上或學校裏和同學們個別接觸，但他和許多在十九班的同學似乎又極有默契，很多事情好像他們已在哪裏談過一半才移到學校裏來似的，常常那麼沒頭沒尾地，一個話題就在課堂上續下去講，眞的親得一家人一樣，我在想：假如不是課堂上不便說方言，而導師的國語又欠高明，因而使氣氛顯得正式的話，導仔的訓話是很「家常」的。

阿聰就曾告訴我說，在導師家補習，是「雙聲帶」的——也就是「國語之不足，補之以台語」，阿聰說：奇怪的是這樣好像就比課堂上容易懂呢！還說，導仔跟太太說話都是台語，這常常使我想像到教二十二班國文的方老師——她就是我們導仔的太太——想像她說台語的模樣，奇怪的是！我竟覺得她說台語，一定顯得很俊俏。

我知道我現在很糟糕，都喜歡亂七八糟想，而且……我也不好意思說了，我也很想去補習，爸爸也問過我需不需要去補習？可是，我，我因爲會那樣想像我們現在的導仔的太太，就不太敢去，加上，她剛好是我國一時的國文老師。

而且，我不知怎的，就是有點排斥這種必須靠補習才能獲得的成績，而且，也不知道是不是受到報紙常常登的禁止補習的影響，對於現在的導師，始終不能從心裏喜歡他或敬佩他，我認爲他教的數學成績好是當然的，因爲他除了在學校教，在家裏也教，而且教的是同樣的那些學生啊：唔！這也是我還在十八班時，我們一起的想法，當時十九班還說我們是酸葡萄心理呢！

其實，我記得在報紙上的講座也看過，說像我這樣的小孩，不自覺會去排斥我們的導師，因爲他娶了我初一時的國文老師……這些，我不知要不要承認，反正，這一陣子，我看過的奇說怪論太多了，我已經搞不清楚是這些奇說怪論先有呢？還是先有所謂青少年的奇問怪題，我甚至認定這也是鴨生蛋或蛋生鴨的問題了。

說到方老師，我還懷疑我們的週記一定是她替我們導仔改的，那個字跡語氣，我是很熟悉的，因爲有這樣的懷疑，我也就不方便在週記上面寫什麼了，尤其「夜尿」的事情，一方面方老師也是女的，一方面，在十八班時，我的國文方面的「才華」並沒有表現出來。這就更少了和導師「溝通」的機會了。

成績掉到這麼壞，導師會注意到我了吧？到這樣的地步，我才突然發現，自從到十九班來之後，差不多就沒有朋友了，十八班一起升入十九班的一共有七個，我和其中的阿倫、阿江在十八班的時候，是三劍客呢！到十九班後，竟「自然而然」地拆夥了，在十九班，競爭是個人的，在十八班目標是十九班，會成爲三劍客，就是因爲我們三人放學後天天留到五點半訓導處廣播趕同學回家時才一起走，當然，我們功課一般好也是原因，在十九班，一放學，他倆都去補習了，而在學校，我發現：我們除了上厠所，差不多就極少離開座位，我們總是有做不完的功課，考不完的試，有一次，我們竟從第一節到第七節都考試，中午還有教務處的午間英文小考，我只在中午上了一次厠所，下午的小便則留回到家裏才解。

此外，我還感覺到十九班後，十九班的人因爲我們是「侵犯者」而排斥我們，離開的十八班則又好像怪我們是「離棄者」而冷視我們，甚至說我們驕傲——就像我們以前說十九班的人那樣。

如現在還是在十八班，還有朋友，也許不會「夜尿」的吧？或許也會「夜尿」，但不會這樣徬徨無告的吧？

啊！好想又讓媽媽發現，可是，總不能再用偷換褲子那個方法了吧？媽媽究竟是眞的認爲我是夜尿呢？還是……買了「土龍粉」，難道不是……可是，如果有疑問，爲什麼買了那麼一次就眞的相信好了？

可以說是爲了引起媽媽注意的吧？我現在睡覺就開始學姊姊鎖門了，本來媽媽只是叫她掩一掩，可是姊姊後來乾脆鎖起來，姊姊開始鎖門睡覺，我就很少進去她的房間，後來有一次媽媽把姊姊房門打開，我發現姊姊房間已經貼滿了男影星的照片了。

我這樣做，好像東施效顰，而且，也許我是「自轉」慣了，或者是媽媽認爲當然，竟問也沒問我爲何開始關門睡覺，眞是大失所望，於是，我又將洗澡時間拉長，這引起了反應，因爲妨害了爸爸上街的時間，可是，媽媽卻是問我「在生蛋是不是？」而不問我在幹什麼？後來，我乾脆改在睡前才洗，這樣更沒人管了，有一次差點在浴室裏睡著了，因爲我、我在洗澡時又犯了，而那樣之後，是很想睡覺的。

「林木成，老師的家，你知道嗎？」終於，老師開口了，因爲我的成績單沒讓爸爸簽字，這是「現行犯」立刻有收成績單的服務股長報告給導師的，不像「僞造犯」要等導師自己鑑定筆跡，因此收成績單的當天下午最後一堂課——指導活動——下課時老師就叫到我了。

由於是蓄意的，所以老師叫到時並不驚懼，但是老師卻問知不知道他的家，這就……

「林木成，老師在問你呀！」

呃！最近眞要命，老是一下子就想到別處去，被老師追問一次，趕快搖搖頭，之後，立刻又發覺搖頭是搖錯了，怎麼可能不知道？全班五十幾位同學，一半以上在老師家「輔導」，不知道也問得到。

「不知道沒關係，班長，今天你們順便帶他來。」

老師說完就走了，到他家——我實在不敢亂懷疑老師是要強迫我或暗示我參加輔導，我想，老師是太忙了，大概沒時間在學校和我談，哎呀！我的心一緊，到導師家，方老師不就知道了嗎？糟糕，搞不好，是交給方老師去「了解」……

導師的家本來離學校不遠，後來因爲補習的事，被告了一狀，給學校增添了不少麻煩，教務處勸阻不了他，退求其次，請導師把「爐灶」起遠一點，導仔就把自己的家租給了同事，自己到學校的學區外去租了一棟兩層樓的房子，在樓上又開張起來了。

我隨著班長到達老師家的時候，同學大都還沒到，導仔也不在家，只有方老師在。

「林木成，升到十九班也不跟老師說一聲。」方老師說：「你先樓下坐坐，你們導師馬上就回來。」

不知怎的，見到方老師，一直感到很忸怩，方老師看來並未換下上班的衣服，只是把上衣拉到外頭來，並且穿了拖鞋，雖然只有這點點不同，卻感到……我也不知道怎麼講，也許就是我前面說的「俊俏」吧？

樓下是住家，班長上樓後就留在「教室」，剛才方老師是在樓上的書房，我一個人下到客廳，簡直手足無措，幸好方老師一下子就下來。

「咦！沙發上坐呀！幹嘛像小姑娘一樣？」方老師說：「怎麼搞的，這次考得那麼差？」

「老師也知道了？」我只好怯怯地問。

「老師當然知道，你們班的成績通知單是我刻的鋼版的呢！」

「……」一下子沒了話題。

「你們國文老師好欣賞你！」方老師又說，她在我旁邊坐下，我們中間隔了一個小茶几，但是，我可以聞到方老師的香味：「你的作文進步好大。」

「老師也知道？」我問出來後，又立刻懊悔，怎麼只會回答這句話嘛！

「你們國文老師坐在我對面，好的作文，大家就互相傳閱。不過你們國文老師說得對，你那種作文在聯考恐怕要打點折扣，不過，這倒無所謂，它所佔的比例究竟有限，彼此之間成績的差別也不多，而且我相信，可以做你這種作文的人，到時候一定可以做好升學的作文。」

方老師一口氣說到這裏，我們導師回來了。

「買不到莒光號的，我買了自強號。」

導師一進門，脫下安全帽，掏出兩張火車票，交給方老師說。

「自強號？爸爸他們不知道敢不敢坐呢！老是出毛病，」方老師站起來，把車票拿進房間放，一邊說。

「叫他們放心，那個或然率太低了。」導師一面說，一面在方老師方才的位置坐下：「怎麼啦？林木成，成績掉得那麼厲害。」

「我也不知道。」我能夠怎麼說呢？

這個時候，方老師又從房間裏出來，並且把頭髮放了下來，而顯得十分嫵媚。

這是我在一下的時候就發現了的，方老師有點瘦，但整個體型看起來，因為並不顯得太高，而且很會穿衣服，因此，並不覺得瘦，但是如果她把整個頭髮都紮到腦後，從臉上就透在瘦削來了。

「怎麼不知道？是不是想女生？」導師盯著我說，使我慌了起來，猜想他已經看穿了我對方老師的心思。

我趕緊搖搖頭，把頭垂下來。

「我聽方老師說，你國文程度很好，可是，你這次國文也考得很差，所以，特地叫你來問問，導師看了看坐在對面的方老師說：「你有什麼問題要說出來。」

「我也不知道……」

雖然垂著頭，也感覺得到導仔的逼視和方老師的盯視，我更不敢說什麼了。

「是不是——」導仔又問，但他把問題揑住，等到我抬起頭，才致命地用台語問：「打手槍？」

唉呀，導師怎麼這樣？我差不多要癱瘓下去，瞟一眼方老師，然而，方老師好端端地坐著，一點也沒有嬌羞，而且，也沒有責怪導師的意思。

我在剛才和方老師談話的時候，本來在夢想也許可以告訴方老師我的困惱的，卻不料是這樣粗魯地被導仔問到，我狼狽地面對方老師，又望望方老師，急急否認。「老師沒時間，你和方老師談談。」導師說完就上樓去了。

「你們導師忙得不得了。」方老師說。「所以同學有問題都叫到家裏來。」

那個問題被提出，然後被孤單地扔下，我感到更加的侷促。

「他時間少，問話就直截了當。」

方老師好像很習慣這樣的粗魯似的，但也一直在替導仔解釋。

這就是整個歷程，我差一點有機會說出來的；導師雖然不是暗示或強迫我去補習，但是那樣粗魯地戳穿，又在方老師面前，方老師為什麼會習慣這樣的粗魯呢？

啊！我知道：我又有得想的了……

——原載一九八〇年三月三日《民衆日報》

譴

我不知道我為什麼會做了那種事，我現在懊惱得不得了。那一個瞬間，雖然我懷著惡戲的心念，可是我怎會料得到：一隻鵝，竟會像一個人一樣，以不回家來抗議我的殘忍呢？

媽媽就要回來了，媽媽回來，就會發現少了一隻鵝的。媽媽就是那樣，從田裏一回家，就先張羅禽畜吃的，平常雖然沒見她點數，但是，少了一隻鵝她就會曉得；有一次，一隻不到一個月大的小雞，不知怎麼，被踩死在雞塒內，媽媽都可以去找出來，現在，少了一隻大鵝，更不可能瞞過媽媽了。

唉！我眞不曉得自己為什麼要幹那樣事兒？我為什麼那麼蠢？難道、難道我眞的變成「書呆」了嗎？

呱——呱——呱——

突然，鵝羣聒噪起來。

回來了吧？那隻鵝……

我放下英語單字簿，趕快出來後院探看。

是一隻癩痢狗，土頭土腦地站在橋頭張望，也許是喪家之犬，聽到鵝羣起聒噪，竟也膽怯怯地不敢貿然進到我家來，看到我出去，竟像心虛的賊子，站一站都不敢，一邊回頭，一邊拔腿就溜了。

只剩下……唔，七隻。

我再數一遍，就是七隻。

是七隻的吧？我哪裏來的印象是八隻呢？

可是，那一隻呢？那一隻最兇的……

不可能說那麼湊巧，跑了那一隻，卻來了另一隻湊數吧？

也可以看眼睛的呀！

我一下子穎悟起來，歡快了一下，是的，我怎麼沒想到？從眼睛一定可以辨別出來的吧？

誰知道？動了那個念頭，不是也想看看發生在鵝身上會怎樣的嗎？也許根本不會怎樣……

不可能的，發生在人身上都那麼厲害，發生在鵝身上，應該更嚴重才對，尤其是在眼睛的部位。

不要動，不要動來動去嘛！

好像沒有呢，而且，眞的，就是那一隻最兇的，老是潛著頭，把脖子伸得老長要啄人的那隻：哦！是隻黑褐相間的毛色，黑灰褐相間……要命，竟有四隻是灰褐相間的，而且，討厭死了，動來動去，晃個不停，看都看不清楚。

那隻最兇的……

哼！要不是那麼兇……

但是，是不是眞的爲了那隻鵝那麼兇呢？會不會是……嚇！會不會是心理變態？會不會是變癡呆了？或是變兇殘了？

可是，我不是故意的呀！

起先，是因爲功課……可不是？因爲功課的壓力，心智起了變化，變得癡呆，在某些刺激之下，做出兇殘的行爲。

胡說！因爲功課，是說讀書讀累了……

其實，我也是希望禮拜天到田裏幫幫忙的呀！媽媽就是那麼好強，其實，隔壁阿寶有什麼了不起？

人家小學成績輸你，到國中……

才國一，怎麼能憑準？倒楣！我只不過智力測驗輸人家。智力測驗怎麼能憑準？也不是不會做，是沒有要領而已。

「把書唸好，再編班的時候，好編到最好班！」媽媽說：「到田裏，不過『鬥鬧熱』而已，白費時間」。「鬥鬧熱」是台灣話，媽媽的意思是說我只有越幫越忙而已。

現在，可不是越幫越忙了？

「看好那些鵝，不要給跑到後面溝裏，你嬸婆的鵝在圳溝裏被偷掉了三隻去呢！」如果放到後面溝裏，也許就沒事。其實，也不全是讀書讀累了，而是突然想起了鵝，卻聽不到鵝的聲息……

但是，假如不是那隻那麼兇，要啄我……

不！那隻鵝兇，不是已先懲罰了牠了嗎？雖然那麼兇，其實，還不是呆頭鵝？脖子伸那麼長，那麼低，一脚就把牠的脖子踩住了。

是那隻蜜蜂，對啦！就是那一隻該死的蜜蜂，如果不是牠工作得那麼專心……

不要怪東怪西了吧！還不全是因爲自己的手，人家蜜蜂忙著採蜜，干你屁事？

可是，牠爲什麼能夠那麼專心？屁股翹得半天高，整個頭都鑽到花朵裏面去，連翅膀被人家捏著都沒有察覺；被拖出來了，還像個偷吃糖的小孩，弄得一頭一臉的花粉。

「假如鑽研學問能夠那麼專心就好了！」媽常這樣說。

眞的是……竟然觸發了「童心」，雖然很緊張，很驚恐，究竟「功夫」還在，躡手躡脚地走到蜜蜂背後。

聽說，刺被拔除，蜜蜂也就完蛋了……

這樣說，不是也害死了一隻蜜蜂嗎？眞的把刺拔掉，蜜蜂就完蛋了嗎？怎麼從來沒有想到問清楚這件事？若是沒有死掉，會不會再長一根？

唔……對啦，活該那隻兇鵝倒楣，幹嘛牠這麼不識趣？我不犯牠，牠竟屢次要犯我，捉著蜜蜂的時候，竟從後面要偷襲我……

「嘿！你不在家裏唸書，出來幹什麼？」

要命！看到媽媽的時候已經躲不掉了，我怎麼跟媽媽說是出來找鵝呢？

「讀好了，」我只好撒謊：「出來找阿文……」

「成天找阿文，你要是跟他們阿寶好一點，說不定功課還有希望。」

氣死我了！媽媽只知道阿寶在好班，就是不相信我的功課比阿寶好；他是二十二班的溜尾仔，我是二十三班的頭，我們班的前十名在二十二班可以跟他們的前二十名爭名次呢！阿文也是我們班的頭，他的成績在二十二班，恐怕可以排前五名。

「書哪裏是唸得完的？」媽媽繼續嘮叨：「還不快點回去，等一下你老爸回來看到你沒有唸書又要生氣。」

我怎麼敢現在回去？媽媽一回去，就要弄禽畜吃的，不馬上被她發現才怪！爸爸我不怕，爸爸比較理解，他才不會要我死讀書呢！

不趕快找回來怎麼行？讓媽先去發現好了，只要把牠找回來就好了！

「人家去找阿文討論數學！」只好又向媽媽撒謊，又怕媽媽嚕嗦，又說：「阿寶又不同班。」

總算把媽媽打發走了，趕快循著溝岸往上游尋找，可是水溝裏，半隻鵝也沒有，一直往上走，直到木仔叔的店頭，還是沒有半隻影子，暮色已經四合，鵝們也已經都回去了，而且，恐怕都已經在享受牠們的晚餐，因爲竹篰裏，不時傳出鵝們熱烈的聒噪。

呆瓜！如果有，老早被媽媽找到了，媽媽不是打這兒回去的嗎？

突然間，想起來，看到夜色來得這樣快，不禁也急起來，而對剛剛的浪費懊惱起來。

而且，說不定發作得很厲害，隨波逐流而去，那不就該往下游去找的嗎？

趕快掉回頭，突然，我驚喜了一下：木仔叔店後草堆的間隙中，我瞥見了一隻鵝的尾巴！

趕緊趨前一探，但是，我失望了，是一隻全白的鵝，而且脚是瘸的。

不禁踢牠一脚，雖是瘸的，卻也躲得快，而且呱呱高叫，彷彿在控訴一個國中生，在欺負一隻瘸了脚的鵝！正在倒楣，可不要被誤會是要偷鵝的小毛賊才好！極顧四周只是一堆一堆草堆，沒有半個人影，正是最容易惹嫌疑的「瓜田李下」。

鑽出草堆，竟心虛得怕被人碰見，而且竟微感冒汗。

這一折騰，怕不又耗了五分鐘了？倒楣，趕緊沿著水溝往下游找去，經過自家橋頭，聽到媽媽撮尖了聲音在招呼雞仔們吃晚餐。

糟了，要被發現了！

雖然還不到鵝吃的時候，但是，鵝們是不會管那麼多的，牠們還是會去湊熱鬧，跟雞們分一杯羹。這時候，媽媽一定會發現的。

爲什麼竟想不到呢？弄到人那麼痛，弄到鵝當然也那麼痛呀！何況是在眼睛上？可是，怎麼會想到？牠竟像要去跟誰告狀一樣，張開翅膀，哇哇地朝馬路外跑出去，而且，把其他的幾隻也像起鬨一樣引了出來。

如果早一點發現牠沒回來就好了。

可是，誰又料得到？不到五分鐘，牠們又歡呼一樣的揮著翅膀跑回來的呀！

也許，受創的那一隻根本就沒回來的？爲什麼竟一下子忽略了牠呢？

而且，究竟是七隻還是八隻呢？究竟哪裏來的印象是八隻呢？

下游也是一樣，已經到出了村莊的橋頭了，也是半隻鵝影也不見。

頭頂上，成羣的野蚊聚得低低的嗡嗡響著，也不飛下來偷襲，但卻成羣地隨著人動，嗡嗡嗡！嗡嗡嗡，響個沒停，好像魔音穿腦而入，嗡嗡嗡，嗡嗡嗡，漸漸地，竟成了是我自己腦中的嗡嗡了！

老實說，我已經逐漸絕了望了，至少是已不再奢望能找到牠了，隨著這個念頭轉，我發現我升起了一個僥倖的心理：

說不定是七隻而不是八隻……

不定已經自己回去了……

說不定……說不定……

七隻？

八隻？

七隻？八隻？

可是，由於回到家就要面對這個問題，我還是十分忐忑，而不能坦然回去。

七隻？

八隻？

說不定根本不是弄到自己家的，阿寶他們家的不是常常跑過來嗎？連小豬都會跑過來……

可是太晚了，恐怕都已經闖到鵝舍裏面去了……而且，到人家附近探頭探腦的……

而且，要怎麼去認出來呢？灰褐相間的顏色？高腫的眼睛？

雖然，到人家附近探頭探腦很不自在，因爲是同村的人，大概不至於被誤會是小偷，所以，我在從村外走回去的路上，還是彎了一下，到每一家的竹籬外去探尋了一陣，可是，結果是預料中的徒然。

雖然，只是一隻鵝，但是，也不知是不是一隻鵝可以賣好幾百元，還是一隻鵝可在過年的時候殺來拜拜，並且請了好幾天的客，還是那隻鵝究竟是自己養大的，還是什麼……雖然，只是一隻鵝，不但是夠挨母親罵的，而且，夠媽媽東家西家地找了半個晚上的。

所以，不能說只是一隻鵝，這一點，我是知道的，因此，我只有更往僥倖裏去想：七隻吧？八隻嗎？

可惱的是，現在不可能去求證了，好可惡，竟眞的弄到七上八下了，而走回家的脚步也就愈近愈小，愈小愈軟了。

還是老實招供吧！

可是，是那樣可惡的行爲！

小小地撒一下謊……

小小地？鵝自己跑去了？你在專心讀書……

快別惡上加惡了！

可是，怎麼說……

反正鵝是丟了……

不必先招認，媽媽問起來再說吧！

也許媽媽沒發覺……

可是，也許今天發現還找得到，明天……

不！明天也許就自己跑回來了！

也許連鵝毛都被賣掉了，明天！

會不會死掉了？死掉了，被水流走了。

不會那麼嚴重吧？剛剛忘了探探橋底下……

搞不好，就卡在自己家橋下，或者就躲在那兒……

哪裏會那麼脆命呢？只不過那麼小的一隻蜜蜂……

可是，很難說哪！蛇不是也很小嗎？爲什麼那麼厲害，而且，又是在眼睛上……

哦！恐怕眼睛瞎了，找不到路回家……可是，只弄了一隻眼睛而已呀！

還是回到橋頭上來了，終於必須面對問題了，我最後的決定是以不變應萬變的不吭聲，雖然，我心裏清楚而強烈地自責，但是，因爲搞不清楚是七隻還是八隻，而在最後抱了一絲絲的僥倖。

儘管如此，因爲原先曾想到卡在橋底下或躲在橋底下的可能，因而，我還是不放棄任何一個可能地蹲到橋頭的路側去探看，可是，因爲無處攀手，根本看不到橋洞的深處，我便順手撿起身邊的石塊，朝橋洞裏丟，但是並無任何動靜，我換了一個位置，到橋頭上來，趴了下來，手攀在橋頭稍稍高起的石岸，倒栽葱一般地垂頭去看橋洞，但是，橋洞黑麻麻地，根本是白費力氣。

正想爬起來，不料被田裏回來的父親看個正著。

「在做什麼？玩水啊！」

「鵝……」

情況出乎意料之外，路上的盤算完全派不上用場，一下子就把心中的憂慮漏了底了。

「鵝怎麼躲到裏面去了？」爸爸把車子停在橋面上，用脚支著：「不會用竹竿去趕牠？」

「……」

「不是啦……」

一警覺說漏了底兒，話就說不順暢了。

「爸，我們是幾隻鵝？七隻還是八隻？」

怕爸爸問，先下手爲強。

「我怎麼知道？都是你媽媽在餵。」爸爸說：「怎麼啦？」

「沒有啦！好像少了一隻……」

「小孩子，不去讀書，管這些幹什麼？」

「不是啦……」唉！眞是百口莫辯。

「回家吃飯吧！回頭叫你媽媽去找。」爸爸說完，撐著車子的脚一划，騎了車就要進去。

「爸爸……」

事情就要爆破，我想叫爸爸不要叫媽媽去找，可是，我囁嚅了一下，爸爸遂沒聽到我叫。

只好回去了，天色已經全部暗下來了，快到厨房的地方，我聽到媽媽說話的聲音，原來去「約會」的姊姊已經回來，聽媽媽說話的聲音，好像並沒什麼事情發生。

我從前面回到我的房間，定定地注視我仍舊攤著的單字簿，深切地懊惱著我下午的行爲，責備著自己爲什麼會突發那樣的惡念，心裏頭亂紛紛地……

吃飯了，我不敢不出來，雖然準備了被責問的心情，卻也希望著爸爸不要問起媽媽來。

我食不知味地扒著飯，並且藉著飯碗的遮掩，從碗的上緣偷偷地瞄媽媽的神色。

好像並沒發現呢！爸爸，希望您不要問起來……

心裏頭，這樣喃喃唸著，誰知，姊姊，唉！卻多嘴起來：

「媽媽！我們那一隻在孵蛋的鵝……」

什麼！

「啊！對了，我們是幾隻鵝？」爸爸也突然插嘴。

糟了！

「幾隻？你們就單會吃現成的。」媽媽半調侃地說：「被偷跑了幾隻大概也不曉得。」

嚇，被偷……

「吃到火雞肉是不是？」爸爸不文不火地保持著他的溫勁兒。

這一著果然很妙，媽媽被爸爸問得一傻，姊姊不禁「噗哧」一笑：

「就是吃到火藥啦！」

「吃到火藥」媽媽就懂了，想到爸爸竟發明了新詞彙，又好氣又好笑。

「養了半天鵝，也沒吃過半塊鵝肉！也沒吃火雞，火氣那麼大！」

「鵝屎好不好？」媽媽說：「總啊共啊也不過那八隻，那裏養了半天……」

八隻……哦，八隻……那隻在孵蛋的……

啊！可恨！怪不得那麼兇！

我趕緊扒完飯，偷偷溜到鵝舍。

一、二、三、四……

可不是八隻！

眼睛……

我趨近孵蛋的那隻，冷不防牠一傢伙啄過來，閃躲不了竟被牠在小腿肚上結結實實的啄了一口，也就在那一剎那，我看到那半閉著的被蜜蜂螫了的，腫得半天高的左眼，我雖然放了一千二百個心，但是兩眼卻不期然地熱辣辣起來……

——原載一九八一年十二月《關懷》雜誌一卷三期

第二輯　癡情

事件

我們只好不再去那個池子洗澡。

在這個以熱騰騰冒著硫磺氣聞名的小鎮上，旅館和澡堂櫛比林立，我們所以選擇了那一家距我們住處頗遠的浴室去光顧，除了它的泉水冷熱適度，管理完善妥切，浴池深淺合宜等澡堂應具備的條件優於別家之外，我們還喜歡它不兼營理療按摩的行當，當然，我們也是貪它收費的便宜。

可是，有時候我們也會厭煩它經常的客滿，在並不頂寬濶的浴池裏，老老少少脫個精光擠在一夥兒，如果我不是經歷過軍中生活，我的確卸不下自己的短褲仔的。大概是它門關得早，而那一段不很長的開放的時間怕是人家才吃完晚飯的時刻，所以它的生意實在興隆。我們三、四個人中只有小張一個是未服過兵役的「孩子」，起初，他一再吵著要換一家看看，跟他較相知的嫩江看著小張可憐兮兮的穿著內褲怪彆扭的泡在池裏，也曾提議改到一家叫「珠淙」的浴室去洗，但是我們終究堅持下來，每天騎十五分鐘車子去那一家躲在溫泉區最僻角的龍泉洗澡間洗了將近半年的澡，事實上也不是全爲了上述那些原因，關於這個，幾個人中誰都願告訴你：那個賣入浴劵的小女孩委實太好了，連同他那乾爹，也同我們混得很熟。

其實，我們先認識的是那個老頭兒，因爲我們剛去光顧的前幾週都是那個老頭兒賣票的。我們誰也不知道他姓啥，只曉得是外省籍的退伍軍人，是就業輔導中心介紹來的吧？記得他曾這樣告訴我們，而我們一直認爲在誆我們，因爲那一次的閒聊，他也曾告訴我們他的年紀，使我們意外不置，他說他都六十八歲了。我們都叫起來，因爲我們四人對他的估計頂多也不過五十歲模樣，這差距太離譜了，怪不得我們起鬨，連帶著，他所說的一些話，我們就全打著折扣聽。

高高的個子，塊頭又壯，臉色紅潤潤地，不禿頂，不長鬍，怎麼看也看不出六十八道歲月輾過的轍痕，但是你聽他說：

「老囉！都舉不起來了。」

聽他這樣長嘆著賣老，我們總對他嘩笑著說：「誰叫你私德不修？」

他脾氣也夠好的，我們這樣冒犯他，他不慍不火，顧自直著嗓子吊他的平劇調調，掉頭朝裏走進房去。

後來，我們喊他高老頭，好像就只為了他的喜歡賣老，一些高中學生聽我們喊他高老頭，以為他姓高，買票時都執禮甚恭的喚他高先生，其實，我們喊他高老頭只為了他長得比我們誰都高了一些兒的緣故，還有我們幾人其時正好借到巴爾札克的那本《高老頭》的小說輪著看。

這樣繼續著，直到有一天，高高的櫃枱後換上一張稚氣的小孩臉，我們才清楚前兩、三天浴室沒開放的原因。我們趴在櫃枱上盯著小女孩看，把人家瞧得腼腆不安才問她說：「老頭翹了？」

「你們是問我乾爹？」女孩忸怩的說：「他在高雄，還兩天才回來。」

「你是他乾女兒啊？」我們又給楞了半晌，齊聲追問：「老頭也有這福氣？」我們心裏眞不服氣；女孩淸淸秀秀，初中才畢業的樣子，雖還是淸湯掛麵卻可從輪廓看出將來的媚氣。

「高老頭你他媽的，打哪兒撿來這麼一個現成的女兒？」後來，老頭回來，我們問他，口氣帶點揶揄。「以前沒聽你談起過。」

「這些小子，口出不遜。」老頭喜形於色，得意洋洋的說：「高雄認回來的哩！」

「這下可有人料理後事了。」我們趁他高興，損他。

「你們要有誰中意就少損我兩句。」老頭滑稽的說：「擺在櫃枱後，誰弄得走她，喊我一聲老丈人就行。」

慢慢的，我們跟女孩也混熟了。她實在好玩，尷尷尬尬的年紀，似懂非懂，格外惹人愛拿話逗她。

老頭也眞是，大概一輩沒當過爸爸，也不知道放尊重點，看我們逗得他女兒羞紅著臉低垂著頸，居然也學我們吃他女兒的豆腐。

我們一天八小時的班上下來也夠累的，尤其少精神上的慰藉；幾個人，瞎鬧很行，找個正經的女友就差勁得要死；如今，每天下了班，吃過飯，來高老頭這兒，泡泡溫泉之餘，吃吃豆腐，原先吵著換家洗洗看的小張，這下也不再蹭蹬著不來了。

可是，如今，我們誰也不敢再去龍泉洗澡間泡了，好端端的高老頭不知怎的溺在深僅及胯的浴池中死去。起初，我們以爲可能高老頭的身體情況發生意外，比如心臟痲痺啦，羊癲瘋啦，或著如他所稱的那種年紀配上他那樣健壯的身體所最可能的腦溢血等等毛病，使他溺死在池裏。「那眞是不可思議的見了鬼了。」我們都說。他死了，我們也有過一陣黯然的，雖是吵吵鬧鬧，畢竟也算得交情一段，因此，並非全基於道義，我們也去給他拈過香，另外也安慰了他乾女兒阿秀幾句話。

議論當然不免，但聽在跟老頭稔熟如我們的耳中，除了覺得好笑，我們還不齒人們的無聊，一樁意外，你可想像所傳聞的自然不會是很雅致的故事，有一些話，我們還以爲甚至高老頭在地下聽到了，都會從棺材裏坐起來吹半天鬍子瞪半天眼兒，就依他那樣不慍不火的性子。

你看，六十幾歲的老頭認個十來歲的女兒以慰晚年有什麼不妥呢？可是，居然有什麼曠男怨女的閒話；更甚的還繪聲繪影的說阿秀是老頭花五萬元買來老少配的，你說這些人厚不厚道？

「兇手！兇手！」小張在法醫用草席覆上阿秀青紫水腫的臉以後神經質地掩臉大叫，原是一張秀氣的臉的啊！

我們奮力將精神錯亂終致癱瘓的小張拖開現場，半途，他才冷靜下來，但我們還是攙著他，木然走著，一下子閃現阿秀暴突的怨懟的眸子，一下幻映露在草席外頭的阿秀的脚掌。

「流言殺害了她。」小張憤恨的說：「那些蜚短流長的讕言。」

「可是法醫怎麼說？」一直不吭聲的小陳冷冷的冒一句。

法醫怎麼說？那是我們不願去相信的。但我們都聽得眞切：一屍雙命！把肚子裏的水都壓出來後，阿秀微凸的小腹顯現這個事實。

阿秀這孩子，不！高老頭這糊塗蛋。

我們齊聲狠咒著死去才兩個多禮拜的高老頭，我們終於才明白何以那樣淺的池子淹得死高老頭這個大男人。

我們有理由確信阿秀的肚子是他乾爹搞大的，因爲我們突然都精明過來，那天，我們送完高老頭的葬，傷心欲絕的阿秀就曾惹我們狐疑，我們見她一把一把抛著豆大的眼淚，就有「阿秀是哭她自己」的這種感覺。

「他不該自己先走。」

這話實在不是一個小女孩能說的。是的，我們走後，在半路，我曾掉頭去看被蒼冥暮色緊緊裹住的阿秀的孤孑的背影，我就覺得透著一股不祥，阿秀，那個稚氣的阿秀，好像被什麼攫住往上提似的，一下子長高了許多，那是她自殺的前兩天。

一連串的死亡事故，全是自己扼殺自己的，我們有理由確信，絕非起初有人訛傳的說是池子裏冒鬼，如非他們堅持不讓浮起，那池子是淹不死人的。

「我們也爭辯過，」阿秀似乎也哽敍過這樣的話：「他說，可是那些名分，那些名分啊……」

那一定是有過事端以後的爭吵，爲了阿秀的肚子逐漸要宣布不可告人的秘密。如今阿秀也死了，我們才如夢初醒般，頓開茅塞。

喊他老頭久了，說來奇怪，我們眞的相信他自己說的舉不起來了的話。我們如今都驚異他也會有這方面的情感，而且這樣執著，這樣痛苦，一切全像是早計畫好了的。阿秀是否眞如他告訴我們的才十五歲不到？我們不能確知，老頭的除籍是我們幫阿秀到鎭公所辦的，戶籍記載他確是民前出生的。老頭，我們也弄不明白我們此刻對他的觀感是好是惡了。生前，他是滑稽的、諧趣的、溫吞的，此刻，當耳旁微聞阿秀生前的嚶嚶啜泣時就不禁要咒罵他的糊塗和怯懦，甚而覺得嫌惡。

一切全像是算計好了的，就好比政府的德意未被完全了解前的地價自報，有些人愛以多報少，有些人喜以多報少，高老頭，我們總覺得他是以多報少，爲了掩飾他的企圖，阿秀則被以少報多了，把老少之間年紀拉遠了，至少比較容易避嫌的，總之，一切像是早預謀好了的……

——原載《台灣日報》

暗鬼

我幾乎敢於確定：只有女人才能眞正了解那潛藏於女人內心深處的憂患和恐懼。所以那些婆娘才知道僅僅這樣的一句話就夠了，就可以將我置於何等悲慘的境地了：

「你要當心喔！有漂亮的小姐和你先生聊得很開心哩！」

要命的是：所謂漂亮的小姐，竟然是家裏那女人相熟而且也承認自己的姿色風貌確乎遜於對方的一個女孩子。

「那女孩是誰？」

「教過的學生。」

「旁邊的那位小姐呢？」

「不知道，大概是阿姨或姊姊吧？」

「很漂亮不是？」

……

都還沒有結婚，有一回在路上遇見那位「漂亮的小姐」，小姐身邊帶著的小妹朝我行禮，就惹來了一番盤查，害我都要疑心是不是自己的眼睛不規矩或什麼的了。後來結了婚，一個她來學校代課的機緣，使我們夫妻倆都與那位「漂亮的小姐」相熟，她便有點「過敏性的反應」，因爲她會和「漂亮的小姐」認識是透過我的關係啊！而且我沒有否認在某些話題上，我們很談得來。

「你不要太接近人家。」她屢次告誡我：「人家是個小姐。」

「小姐怎樣？」我給說成丈二和尙，我在她這樣告誡我的時候並未「太接近人家」呀！我只是有一次疏於戒惕，在她面前由衷的讚賞小姐的風度和穿著而已。

「你會妨害人家尋找婆家。」

這是違心之論，我知道她心中的隱私。她知道小姐姓啥名誰，可是她都是「人家人家」地指稱著對方，話語裏有掩捺不下的敵意。我沒有戳她隱私，我只是好笑，而且慨嘆一個女人最大的敵人竟然眞是另外的一個女人。

「從實招來！」那天她打外頭歸來，把皮包往沙發上一甩，立即興師問罪：「人家告訴我，你在學校和女孩子講話。」

「又不是和尙學校。」我涎著臉說，但是我心裏已經意會到她指的是誰：「學校那麼多女同事，職務上難免往來。」

「別賴，你知道我說誰。」

「你又不是不知道我和她說些什麼，昨夜她的『他』來了我們家，他說的話你也都聽了。」

「我不管，讓人家說你的閒話我就丟面子，」委屈的眼淚在眶裏打轉了：「你就對不起我。」

「如果因爲這樣，我道歉，但是我要聲明我的確沒跟她說什麼私話。」

「哼！人家說你們說得很歡洽，上課也談下課也談，丟著學生不管，輕聲細語，嘴笑目笑的，鬼才知道你們談些什麼鬼話。」

「你是信你先生呢？還是信旁人？」

「人家說她們看不慣。」

「你眞傻，衆目睽睽的，我能跟她說什麼？就是自問光明磊落，才敢不避耳目啊！」

「吃得到天鵝肉你去吃好了。」

「你別這樣！這不是瞧不起自己嗎？」

「黃臉婆了，怎比得上人家狐狸精？」

「哎！你怎麼這樣罵人家？」

「怎麼？你心疼啦？」

「你這人也眞是！你也讀過一些書，怎麼和鄉下女人一般見識？」

「本來就是女人。見識有什麼用？哼！先生給人家迷住了。」

「你不要說得這麼難聽好不好？以後不同她說話不就得了？」

「笑一笑也不許。」

「是！」兩腿一靠，站得挺直，充小丑。

這樣總算緩頰下來了，可是我心有未甘，便問：

「誰告訴你這些事的？」

「田不說話，田岸也會說話。」她得意地冒出一句老掉了牙的土諺。

「你不要賣關子好不好？」

「你別夢想我會告訴你。」

「你當下怎麼表示？」

「我謝了她。」

「你這人眞糊塗！你應該表示你知道我和她說些什麼，讓她討個沒趣。」

「我才不糊塗哩！這樣以後你再圖謀不軌，她們才會再來密告。」

「你這不是……」

「正是，你不知道你們學校女老師都是我的情報員嗎？」你看！這不是「陷害忠良」嗎？我承認只有女人才「認識」那可咒詛的一句話可以製造出什麼樣的「效果」來，不要綑綁，不要鐐銬，我就不明不白的被扔進一座監牢裏頭了。在那座透明的、無形的監牢裏，我參加朝會、升降旗、上課、打乒乓、「哈」茶、看報紙，同別的男女同事開玩笑、聊天、逗逗學生玩兒，有時或有或沒來由的教訓教訓學生……我做任何一件可以和旁的同事做的事，生活一如每位滿腹怨氣的小學教師。但就是不能同她交往，我被監視了，彷彿有一對銳利的眼神盯在腦後，然而捕捉不到，我無從確定那是誰的惡毒的眼睛，但是我被監禁著，被那兩隻惡毒的眼瞳……

事實上，我仍擁有任何一位自由人一樣的自由。她只是茫茫衆生中的一位女孩，我認得她，學校的每一位同事也都認得她，除了她，我也認得許多別的漂亮和不漂亮的女孩子。有什麼不同的話，也只是我倆同時尋求到一些共同愛談的話題罷了，要說有什麼「不可告人」之事，那也只是我在盯住她聽她講話時，能從她薄唇的美妙的開闔裏，領受到聆人演講時所未曾有過的愉快和喜悅。

我自忖不再同她講話應不是頂難辦的事。現今她的教室離我甚遠。由於是代課的教員，任課科目或班級常有更調，原先還擔任我班藝能科的課務，閒聊的機會多，後來帶二年級，上半天課，偶爾也會在我沒課時彼此談談，更後來因爲她，我認識了她的一位男朋友，而且因為興趣的相仿，我同她的朋友居然很快熟絡起來，我們談的就深入一些些了，她有時會同我提一些些情感上的困惱，有時我轉告一些她的朋友的口訊予她，接觸得比較頻仍——雖然最後她被調至最邊遠的教室帶四年級，可是因為到辦公室的路上必須經由我班，我們的確會停在走廊上說兩下，有人看不慣，大概是我們礙著人家的門路了。

不通往來，我實在設想不出會有什麼困難。說是笑笑也不行，那是氣話，自然沒有不通人情至此，我委實設想不出有什麼困難。

可是，一天過去，我即感出有些不對，特意不做一件事和刻意要做好一件事一樣，都是對自由意志的一種橫逆，我覺得被「剝奪」——從我自身。然而，檢點一番，我清查不出究竟被剝奪了什麼去。

日子原是流水一般暢順地淌流著的——在未有過禁制之前，朝會、升降旗、上課、打乒乓、「哈」茶、看報紙，同別的男女同事開玩笑、聊天、逗逗學生玩兒，有或沒來由的教訓學生，同她磕牙，平淡而順暢，沒有水花，沒有漩渦，「空虛得很充實」——沒有胃口卻有肚餓的感覺一樣底虛虛的充實感，不一定每天都完成了那一串事，不一定漏幹了哪一樁事，沒有誰特意去留意那些，沒有一定得做的，或一定不許做或不要做的……總之，沒有禁制，沒有強迫……

現在，有一件特意不要去做的事情，由於過度的當心，忽然覺得日子漫長而難熬起來，好像去期待梯響後第一眼呈現的「足尖」那樣難耐，我不知道我有什麼好待的，也許我在期待一天趕快過盡吧？但是，一天過盡又如何呢？我也並不知道啊！我而且好像有點逃避，又不知道確實在逃避什麼，好像是那對監禁我的眼神，又好像是她。原只是合在一天裏的芝蔴綠豆事啊！猶如一部大機器裏的一個小齒輪，可是爲了不讓這小小齒輪轉動，整部機械都停頓下來了，連我自己也不免怵然驚覺，錯認自己的日子好像只爲她一個人過的。

隱在遠處的她忽然鮮明起來，我陡然覺得她的重要，呵！好像日子裏再也少不了她似的，我陸續有許多驚奇的發現：她的教室和我的正好是一個等腰三角形的兩個底角的位置，從我擺在教室後的事務桌透過教室前門數過來的第二扇窗望出去，穿過遠遠的她的教室後門，正好可以望見坐在她教室左前角的位置的她，從教室走到辦公室，她好像都改走橫過籃球場和操場，走最短的直線距離。早上到校的時間是七點五十分，來時是走學校邊門，從教室後邊繞出來……我還有更讓自己震驚的發現：我好像對在教室後頭觀望她發生了興趣，不！或許已經養成習慣。這些，都是我平素未曾留意到的，我得承認我現在似乎有點注意她，我敏感到她似乎已覺知我對她有所顧忌了，我驚異地發現到她比我更決絕地連招呼也不同我打了，我必須坦承我實在有點在乎她這樣的改變的，我甚至擔心我傷害了她的尊嚴什麼的，因爲她對我說了不少私衷，我怕她會有被欺哄的難堪和氣怒……甚且我感到挫敗後的沮喪，因爲她居然也就不再同我說話了，我曾偷偷冀望，冀望她會來找我說話，然後告訴她爲什麼。

呵！一截距離在我倆之間騰出，一道牆在中間堆砌起來，一重阻障，一層隔閡。即使默然對望，眼光也無從交流。

我感到恚憤，關於那道眼神，腦門上未剃去頭髮即貼上膏藥的極難受、極煩躁的感覺，一隻狗尾隨在身，如影隨形，亦步亦趨，揮之不去、驅之不走的被促狹的惱怒，以及芒刺在背的苦楚。

牢壁越築越高，我越來越覺得無助和絕望——這種監禁……主要是不能確知那對眼神長在哪窩眼眶……

每一對眼睛都可能是，每一對，都指揮一張利嘴，都閃著狡譎，每一朵笑都是一坑陷阱，露出來的牙齒都是森森獠牙，定睛處，每一張利嘴都怪異地尖長起來，張開來是張血盆大口，鱷魚一般的醜惡，吐出來的話語是最具爆炸性的核子彈，將人家夫妻之間的諧和炸成無從清理的戰場。

啊！毫無道理的監禁，我領受著從未有過的不愉快！

似鉛重的雲層俯在頂上，欲雨而不來，我的敏銳的感官，使我快舒不出氣來，何等的刑罰啊！無形的監禁。

或許我應該檢討，我哪個地方開罪了哪位女同事，以致結下了我不自知的深仇大恨，而蒙受了這樣慘酷的陷害。對方或許還非常得意，因爲她在暗中充任著最能滿足自己虐待意欲的劣根的執刑人，我整個人的無告和驚惶和鬱悶，毫無遮攔地暴露在她惡意的眼下，恚憤之外，我又領受著被洞察的羞赧和無處藏私的窘迫。我這樣完全處在挨打的局面，嚴重地威脅著我男性的尊嚴。

我似乎應該拏另外一些事情來充抵這件小小的可是卻演變成非常嚴重的生活上的宰制。比如說：我可以把注意力轉移去尋訪環布在我四周的「奸細」，一天的生活如果眞是因爲這一件事情被取締而失去平衡的話，也就是說一天的生活必須朝會、升旗……這十幾件要素來構成，而今缺失的是裏面的一項「微量元素」的話，補充一件事情進去是對著症下的藥。這必然是一樁有趣的遊戲——緣於這件事體本身的神秘而可能導致的撲朔迷離。

我們再歡洽地談話，暗中留意哪一對可見及的眼神異樣地發亮……可是我發現到一件困難：我沒有可以邀請她無間地合作的資格啊！我們看來很歡洽，其實自知之明告訴我，我是不夠這個交情的。

我試圖龜縮在我教室裏，一整日，我不涉足辦公廳，我想只要躲開那對眼神……而我確信那對眼神無疑地是嵌在辦公室的某張臉上的，然而，躲開是毫無意義的，如果我不想或不再怎樣……

這樣的不愉快，我瞎自疑心：不單單是在那件事體上被禁制了，所有的不愉快，我發現是因爲整個平靜的日子被打亂了，整個事情未發生前的生活全被剝奪了啊，一件小事的失調：所謂牽一髮而動全身。

這種懲罰令我悚然，牢獄之災隨時伺伏，我陷了進去，卻不知道是因爲趕早了一步或慢了一步，也無從肯定是斜了左或偏了右……循一定的路線，跨一定的步幅，不能隨心，不能縱欲，啊！這樣龐大的體制，難道不也是一具巨大無朋的牢獄嗎？可是我們溫馴地順從，因爲我們初生就被置放在這樣的牢獄裏，我們已習慣於這種方式的禁制，習慣使我們得以在牢獄之中仍做悠遊的徜徉，「習慣」是長短自如的繩梯，幫助我們獲得如同越獄了一般的自由。

那麼，我感受到的被監禁的痛苦只是因爲我尚未習慣而已，我被扔在一個勢須重新適應的境閾裏，我所有的不快，都是我拙於適應的結果所激盪起的。我被排拒出來，因爲我擁有了一個新成員的信靠，我和「漂亮小姐」之間有她們無從知道的秘密，這「秘密」損傷了她們的某些尊嚴，她們進不來，於是敏銳地升起被摒拒的難堪，乾脆一脚把我倆踢開，不幸，我倆在團體中是一個少數。

我居然升起一份憫恤之情，可憐，向她們宣告我們談話的內容吧！原無什麼不能告於第三者的啊！她和男朋友有毛病，我在充當魯仲連……可是，一重敵意已然形成，我面臨另一種無由抗拒的情境：越解釋越糟糕。而且我更深一層的厭惡使我想到我爲什麼要公開我自己，我有什麼必要那樣做？我知道她們希望我那樣做，我卻更知道那是一口更惡厲的陷阱，要將我的解釋和宣告渲染成是我的妥協，而且硬稱我承認了她們的指控，爲免陷她們於那樣卑劣不義的地步，我覺得我的承擔這種紛煩和不快有著一種德性上的滿足。

「可憐可憐她們吧！」我最後請求自己：「既然她們的眼睛無處張掛……」

可是，不行，那天我行過中廊，那面供人整肅儀容的大鏡子整個兒把我的儀容扭曲了。那是一面不平整的哈哈鏡，我從後門對著大鏡子走進來，我盯著鏡子瞧，瞥見鏡中一對完全陌生的眼瞳，詭怯而驚惶，我虎步上前，企圖一把攫住它，可是不平整的鏡片忽然一下子把我扭曲掉……

——原載一九六九年《中國時報》

奔喪

我大概很有點悲慟，也許不是……總之，我已經沒有心思來肯定什麼。我要趕去台中讓亞塵「見我一面」，雖然電報只說是亞塵撞了車，很危急，但既然又說是吵著要見我一面，恐怕……所以，我懷的幾乎就是奔喪的心情。

靠窗的位子坐了個任怎麼寂寥的旅途上也撩不動什麼遐思的女人，我挨著她傍著走道坐著，女人把車窗推到頂，整筒整筒的風潑進來，我有些承當不了，我穿得很單薄，接了電報，就那一身子趕了來，手上的書夾子都沒來得及丟下。我轉過臉去盯一瞬身旁的女人，希望她能知道我的意思，但是對方無動於衷地倨傲坐著，我只得豎起膝上的書夾，在肩頭摒住半邊臉。

我知道自己的臉色必定十分難看，睏倦、蒼黃、陰鬱、冷鷙，我懷疑身邊的女人可能受不住這張臉才冷然推開車窗的吧？儘管我無心眷顧周遭人事，但身邊這女人在我落座的那一瞬間，一下看看車窗，一下瞧瞧我的側臉，然後費力去撐開映有我側影的車窗，那神態，我是感覺到了的。

把自己沉埋在舒適的沙發車座中，突然以爲自己置身在一間曠敞闃寂的客廳裏；除了壁鐘的滴答脆響，不聞別的聲音。又突然覺得自己發脹的腦袋就是這樣一間冷肅的大房子，通亮澄明得轉成茫白，血脈的博動成爲巨大的聲音迴響在腦際。哦！不，當列車引一串嘹亮的笛聲滑過一座鐵橋，所謂客廳，原只是一列飛馳的對號快車裏一節華麗寬敞的車廂，那節奏明快、清脆悅耳的響聲，也只是輪子軋在鐵軌上的呼應……

我揑拳輕敲自己發痛的腦門，竭力制止自己去想像急救室裏的狼藉景象，可是我沒有辦法，一只紮滿繃帶的白腦殼老在眼前浮沉，或遠或近，或高或低……於是我噩夢一般呻吟起來，哀痛地喚起亞塵的名字。

……

亞塵，什麼事情可以奪去你的生命呢？一場該死的車禍？很多有名的文人也死在車禍，但是，更多更多草芥一樣卑微的人也死在車禍，所以，亞塵，車禍，而非年紀，不應該是你投降的對象。

有一些人早該死去，一些人應該活下來，亞塵，你是應該活下來的那種人，因爲你可以使很多人的生命同時生動起來。

除了接獲電報的那瞬間，我可笑地落淚之外，亞塵，這一刻我竟沒有半絲傷痛，對於生命，你一向不拿莊重的態度來對待；對於你自己的死，我希望你也只不過拿它來開次玩笑罷了。

如果意外眞在你身上發生，亞塵，那是我的罪過。這一陣子太久沒有給你祝福了，像我這樣一個對上帝滿心嫉憤的人，我知道：祝福，如果得仰上天臉色，祝福實在好笑而且俗不可耐，可是，亞塵，那是一份心意，一個人全心的祝福，如果我沒間斷給你，沒有事情會發生！亞塵，如果有意外，這意外是因爲我的荒疎而遽不及防地撲上你的。該死的是我，若是懲罰——上帝對祂叛民的懲罰，這罰應該由我來承擔，這上帝是應該咀咒，因爲看來祂也是怕惡人，祂不敢罰我，便去罰亞塵這比較忠厚的順民，而所有的理由只是亞塵是我要好的朋友。老天你眞無眼，是我，是我猛烈地詈罵你的啊！

所以，亞塵，即使你無言，我也會自譴……呵！如果我青鳥一般慇懃地探問你。

亞塵，你好笑嗎？一路上我盤算的是如何去面對你的慘狀，首先我面臨的困難是：我不知道你對自己這次意外的眞確態度，我是應該「祝賀」你呢？還是應該勸慰你，甚至欺哄你？我可以想見我將會在衆多眼神的睽視下去勸慰你，叫你別急，沒什麼了不起的傷勢，然後在謊言被死神拆穿時嚎啕大哭自己的俗惡可鄙和愧對故友，嚎啕大哭自己的悲哀，眞的，亞塵，如果你死，既然你已死去，悲哀便只由我獨啖。死，把悲哀猛力擲向我！且叩擊在我薄薄的胸板上。

亞塵，我也怕看到你對死亡的態度的抉擇，我聽說不管人如何堅硬，在死亡眞正駕臨的當兒，怎麼也灑脫不起來的，亞塵，你嘴算夠硬的了，我怕你也難免要畏懼，如果你畏懼，我們以前種種對老天和死亡的嘲笑便要成爲最嚴重的、不堪忍受的對自己的譏誚。

我是卑劣的，我害怕我無法勇壯地面對死亡，便去冀望你能夠，而我更可惡的，幾乎是偷偷地暗施陰力強迫你坦然面對它。

亞塵，我預知面對你我會怎麼做，我甚且會假惺惺地罵你說什麼傻話啊！亞塵，那個時候，我不會去悲哀你將永別而去，不會悲哀將孤單活下，那一刹那，我會悲哀在你瞑目之際居然還得露一次假給你看，而我拚命要保持的是一丁點兒的璞眞。

亞塵，我一直沒有什麼特別的寂寞的感覺，因爲我有你知我，今早，我倏然淚下，我實在是一瞬間傷懷到自己將孤寂地活下。

亞塵，你會分派給我一點你的東西嗎？你會問我要不要一點你的東西嗎？哦！我要你的一把骨灰，要你的一幀照片，要你所有已成未成的著作，要你所有的書，還要你即使已撞得稀爛的機車。

生平，我受你的東西最多，你知道嗎？今年夏天，我是穿你的花衫度過的，但是，那些只給我受惠的感戴。我幾乎無法感覺到你在我心中有多貼近，呵！如果不是你說出來，沒有人會知道、會相信我倆是世界上是親密的知交，他們只知道你很照顧我，是我的恩人。你是我的恩人，應該這麼說，但是，不應只是恩人。

亞塵，你現在死，我只替你擔憂一件事——依你目前的成就，你怕沒法不朽——你會遺憾的不是？你始終不說你也希望能夠不朽，但是你希望的不是？你原可能不朽的，因爲我們的目前並不是我們的最後。我們都還不夠務實，而，只要踏實地努力，誰能限定我們的將來？誰能依目前而評斷我們的最後？

年輕？如果你死，誰說我們是年輕人？既然死不只是老年人的事？

亞塵，你是純情的，又是至性的，不然，死不會單單是一樁悲哀的事。你有母親——而你母親，呵！你母親去年已先上路去黃泉等你，所以，死應當也有値得你歡欣的，不幸，你又有太太、兒子——你另一種形態的母親，在陽世界賴著你。

你會要我替你做什麼事呢？有一個人你應該讓她知道而你也許不想，但是你應該讓她知道，你會讓我去通知她嗎？

「阿嘉，我要死了……」亞塵，這會是你最後的言語吧？而你最後的臉容是雙眼裏噙著眼淚，並且因爲強不讓墜下來而痛苦地把臉扭曲著。

「亞塵，你不會的……」這是你聽到的最無聊最可氣，不幸卻是最後的言語。

「混蛋！明明就要嚥氣了……誰比我更知道我……」這是你最後想的吧？「很抱歉，亞塵，不得不這樣安慰你……」這是我必須以一輩子去告饒的話。啊！也許什麼事情也沒有，他媽的！我一定要這樣罵一聲亞塵——如果眞的什麼事情也沒有……

也許什麼事情也沒有嗎？窗外陽光是這般耀眼，風景這般可人，海浪這般花妙……喬幸嘉會在這時候失去郭亞塵嗎？

對於「見一面」有了不同體悟的我，亞塵，我仍舊要猜想你要見我一面的心理，亞塵，見了面，如果你勢須死去，見一面又有什麼意義呢？你徒讓我傷腦筋要拏哪一副臉容呢？如果我能預先擇定或擺定，我便沒臉見你了吧？

亞塵，也許你只是怕我遺憾，所以要給我見你最後一面的吧？不是你要見我，是要讓我見你，的確，亞塵，我到前如果他們就將你殮入棺柩，我會哭嚎著擂你棺板的。

亞塵，此刻我突然又讓眼淚湧上來，我突然構想到我一定會在見到友莉時先把眼淚哭盡，然後紅著實在掩飾不了的眼眶進去見你，你也許會說：

「幹！阿嘉恁地無用，流什麼目屎！」

但是，亞塵，目屎不是製造得出來的，因此，也不是遏忍得住的啊！

明日、明日，亞塵，這不是頂虛幻的嗎？說什麼來年去日，下一刻你在什麼地方都難預定。

亞塵，你這就走了嗎？你眞的就走了嗎？這也是我非得相信、非得接受的事實嗎？亞塵，我第一次無告得想從一面報紙上找尋你撞車的消息，可是一面報紙可能提供什麼眞假呢？我有著荒昧的感覺，這感覺全來自我現刻底無助，這世界這等廣濶而繁複，我卻儘是孤單啊！放眼所及，竟無處探問亞塵你罹禍的眞假。

亞塵，我搭的這班對快在我的左前方就是衛生間，不知道爲什麼，那個門忙碌非常，我眞痛恨，那麼多只會進出廁所，進出廁所也不會敲個門的人也不死幾個，就死一個郭亞塵。

亞塵，你自私嗎？你愛友莉嗎？你在死前捨得下友莉嗎？你過去有一度背棄她，但是，死前我想你會發現你眞實的愛應是誰。好！不管你愛不愛她——如果你煩我在最後的時限裏，仍拿這也許很難答的問題問你，我們就別管它——別管它，但是你仍要完成一樁功德，你不要管友莉的意見，你必須咐吩她另外去嫁人，也許你會忘記跟她說，但是，我將提醒你，這是你必須親口對她說的兩句話之一，至於另外的一句，你要爲以前的背棄她去尋夢，負疚地對她說一聲對不起。

我的周到其實也便是我的庸俗。但是請原諒我，亞塵，我是在完成一個至善的你，一個在我心目中應該是至善至美的偶像化的你。我還沒說我另外還想出你的詩集哩！不管它會是幾年後的事，也不管它會不會在時流的衝激下屹立下來。

哈哈！其實亞塵只是受傷而已，我卻儘說成他快死或已死了，我也是太該摑耳光了，這樣毫不忌諱地說亞塵的死，居然不忌諱成爲讖語？如果亞塵就這樣死去，我怕又要內疚他是被我咒死的了。

不過，我這樣淡然地縷述亞塵的死，也許因爲我覺得亞塵壓根兒就不可能死，不可能的，一點預感也沒有啊！

啖著飯的時候，居然想不起任何悲懷的有關亞塵的事。人，應該悲哀的應是：人的生死究竟抵不過一種本能的需索。或是：我居然只爲了一頓飯即將哀事暫忘？

台北到台中這段路的長度是：你在台北懷憂，一路惶急和悲哀，到台中時早就痳木了。從車窗望著台中的郊野，心中木然無覺，有什麼不幸，總得面對時再說；這是我此刻的意念。

當然懷一點怯情不是沒有，但是不可避免要面對的，情怯又待怎樣？

久不履斯土，竟不辨西東，心中有一份荒謬的感覺，哼著一支不知名的歌的口哨，不覺好笑這樣的滄桑。

他當然躺在醫院裏，我想，不！我根本想都沒想就認爲當然如此，如果讓我想，怕要想到太平間的冰堆或棺材裏的冥紙堆裏哩！

因爲來電沒提哪家醫院，抵中後，我只得再轉一趟巴士到他家去問個訊。

其實，我不曉得爲什麼，心裏一直想著一家名叫「順天」的醫院，所以，我可說只去「問」了一聲便轉身趕到郊區的醫院裏去了，路上我只是奇怪亞塵的外甥怎的在舅舅車傷的當兒還那般自在地哼著〈媽媽送我一隻吉他〉，渾像沒事人似的，我甚至還掀起一絲絲不滿，一絲絲類似「商女不知亡國恨」的憤懣。

說是並沒有這個人，連因爲車禍送來急救的傷患都沒有，那是一家掛著癌症防治中心的木牌的醫院，我這才發現我根本沒聽進去亞塵的外甥說些什麼，我好像只見他不應該的開朗的笑和一排森白的牙齒，只「見」他答了話便以爲他說了這家醫院便跑了來。問不到人的這時，我終才記起我逕自記住這家醫院原是爲了亞塵的母親棄世前就是躺在這家醫院裏領受了一年有餘的皮膚癌的折騰的。

我終於在南台中另個朋友家裏尋到亞塵。咳！我最好別再告訴你們什麼——諸如找到他時，他們正在幹什麼以及他們爲什麼要找我來等等——我們都讀過狼來了狼來了的故事，哈哈！我就是那上當的農夫，只不過我沒有惱怒就是了，我逕自傻乎乎咧嘴笑著，「狼」沒有來不更好嗎？不過，一定不只爲了慶幸的理由，必然還雜了些別的……我一下子楞呆了，大概是，否則我怎麼說不清楚究竟還爲哪些椿？呵呵！我只是傻呼呼笑著，逭不住嘴頰肌肉，一任一張嘴咧得開開的，神經病一樣從台中把他媽的他媽的郭亞塵口香糖一般嚼回到台北。

——原載一九八〇年七月十九日《民衆日報》

癡 情

大門進去是一條寬潔的大道，行道樹筆直地肅立兩旁，路的盡頭有一棟主要建築，透亮的鑲大塊玻璃的門緊緊抵住，堅不吐露它是一家精神療養院的身分。路的右側隔一塊草皮橫一列從屬建築，陰鬱著臉拒斥著一羣羣好奇多於憐憫的狀甚冒失的訪客。左側一塊蕪地上搭了座涼亭，一條小徑從筆直的大路岔開，蜿蜒通達那六角亭，亭子四周是一片沒脛荒草和沼地。

一羣人或坐或躺的睡在和煦的陽光下的草地。草皮鋪在大路和從屬建築中間的空地上，修剪得齊整有致，躺或坐在那兒的那羣人，有的張著嘴，有的板著臉，但卻是一個模式底空漠：嘴巴動著的，與其說是在說話，不如說是在夢囈。

一個瘦高個兒的年輕人站起來，清癯的臉上透著憔悴，他站起來，一種遺世孤立的味道，把同伴丟在身後，朝大路走去，一朵空洞的、不拿來表達什麼的笑綴在嘴上，一手握拳，一手箕張，一脚高一脚低的木然走向通往六角亭的小徑。

六角亭裏空落落的就是一個亭子玉立在那兒，沒有石桌沒張石椅，他走進去，在亭子中央蹲下來，放開拳握的那隻手，撒出一把透黃的碎紙，用右手的食指去撥弄它。

「哼哼，哼哼！」他乾冷的笑兩聲，臉皮抽了兩下，因了自己的笑，把細碎的紙吹得揚了一揚，他趕緊張開雙掌去護住它們。

不要逃，不要逃喲，寶貝……

他喃喃地說，口氣慈軟得膩人，像在哄個小寶寶入睡，他沒有注意到紙片的飛揚是自己乾笑的緣故，以爲是野地上旋起的一陣風。護住紙片，昂起頭四下顧盼一回，埋下頭去，一片一片的又把碎紙撿到左掌上去，撿乾淨後，也沒站起來，蹲在地上，屈著兩腿一步一步的挪著脚步，像鴨行一般笨重地窩到柱子脚下去，瘦瘠的背板面外，遠遠望去，就似一個人蹲在那兒如厠。

還好，呵呵……還好。

他挑出一片小紙片，那紙片太小，他用拇指和食指揑住根本就不見了紙片，只見他豎著黏在一起的食拇指在鼻尖，眼中露出異樣的神采盯住那焦點，沒頭沒腦的哼唧著：

妳第一次喚我名字，嘻嘻……

眞的嗎？我沒喊過你名字嗎？

沒有，你從不稱呼我，我卻日呼夜喚的呼喚你可愛的小名。

你不要高興，我指名道姓的寫高還好哩！

你不會的，是不是？你不會的。

他自說自話的對答著，說著不會的，不會的，卻緊張而專注地拏粗大的手指去撥弄那一堆碎紙，間或挑起一片來合著先前捏住的那片紙，對出來不是他掛意的那個「高」字後，欣慰的丟下它，呵呵的拊著胸笑兩聲。

你那名字不好……

是嘛！我爸爸差勁，不，聽說是祖父取的，我祖父那老迷信，給我取這土名。

稱不稱呼你那麼重要嗎？高還好，高還好有什麼好稱呼的？

不！看是什麼人稱呼，而且要看怎麼稱呼。

眞嚕嗦，還要看怎麼稱呼。

我可以從稱呼裏聽出來自己在妳心中有幾斤重。

呵呵……

他一邊自己說著，一邊一片紙一片紙的夾起來湊湊看，突然不知哪來的靈機觸動，他把細細碎碎中的兩片對上了，他歡欣得忘情地高笑起來，湊近臉一看卻是「笨拙」兩個字，好不容易湊起來兩片紙，卻是「笨拙」兩個字，他不覺光彩盡失的萎頓下去。

她一定說我是大笨牛一條，她常常說我是笨蛋，啊！我是笨蛋、笨蛋、笨蛋……一個混帳笨蛋！哇！嗚……

說哭就哭起來，而且淚如雨下，全然無須醞釀，撲簌撲簌掉淚，他一下糊臉，一下揑鼻涕、甩鼻涕的時候，猛然發現自己掉下來的淚濡溼了一、兩片小紙片，把用鋼筆寫的一、兩個寫好後又被撕掉的、不完整的字弄模糊了，趕忙歇住哭，無限惶急的連迭著說：

糟糕、糟糕、糟糕……

打你耳光，愛哭鬼，打你嘴頰，愛哭鬼，這麼大了還哭，不要臉，再哭，再哭，看你敢不敢再哭……

他自怨自艾，煞有介事的摑自家耳光，刮夠了耳刮子，把手揷到褲袋裏，站起來，呆立在涼亭的陰影下，忽然又想起什麼，拉出插在口袋裏的手，蹲下來，亮出一捲透明的膠紙，撕下一小段，把方才拼好的「笨拙」兩個字，用膠紙接起來。

要去拼一個、兩個字實在不容易，那些紙片實在太細碎了，有一些甚至只有一個字裏的一畫，那樣小的紙片，散攤在地上，稍稍呼點氣都可能飛散掉。

他顯然很有點困惱，有一些字還完整，他便去瞎猜它們的意思，由猜出來的意思試著去拼字，不過那個方法也不很靈光，他發現光一個「我」和「你」字就有九個，有一片一面寫了「我」一面又寫了「你」，全部的紙片共有七十三片，除了我你之外，「除了」好像有兩片，「笨」有三片，「拙」有三片半，「溫柔」有兩片，「愛」有四個，「忘」有一個，「了」有三、五個……另外還出現了「武器」的字樣，更令他難受的居然還出現了一個男孩子的名字，好在她從來不喊他的名字，這一回居然找到三片，呵呵……

淚漬都還未風乾，他又傻笑起來，似乎零零散散的這些小紙片就盈含了他所有的情緒。

許是又叫他拼出來兩個字了，他又在那兒笑，又取出來膠紙。

這回兩個字他完全憑一種靈犀點通的，拼起來的兩片紙中有一片還只是五分之一個字都不到呢！他像是做積木一般去湊紙片的形狀，一面凸一面凹，他把它們湊上去居然跑出個完整的「苦惱」兩個字，雖是「苦惱」，他卻爲這「成就」樂開來。

本來就是啊……

難道你絲毫樂趣都得不到？從我身上。

不能同他在一起，同誰都沒有兩樣。

眞只是苦惱嗎？眞眞只有苦惱？

女人的一生，她只能認眞地愛定一個人，對不同的人不可能說同一些話……能夠對你說的話早先對他一個全說光了。

這樣傻！你這樣待他他知道嗎？

我不知道他知不知道，誰都對我好，就他不。

這小子……

是否我們只稀罕那得不到的……

不知道，我不知道……，我不知道，哈哈……

其實，這拼出來的不是「不知道」，而是上下兩行連是兩個「不該」。

不該就是應該……不該，我知道你要說的是不該相識，我知道，「不該」相識就是說

「應該」分手。

可是，相識是錯誤的嗎？相識只是晚了點啊……

嗚嗚……

根本是不可能的，認識伊始就得準備分離……

老是綠著，樹都會嫉妒……

可是蓋了郵戳……蓋了郵戳就不能再投寄了，你是蓋了郵戳的男人……

如果太太之外還能有個……

不要如果了，盡想些不實際的，如果，如果，如果盡是如果，這世界就不是這樣子

了。

可是如果沒有一個接一個的如果……可是沒有如果接、一接、個如果……果哼哼哼哈哈……

他有時光是冥想，有時又喃喃自語，有時又好像與誰熱絡地對談著，那些話有時是胡言亂語，有時又有條不紊，更奇的是在話裏居然透出了他似乎有著並不太壞的學養和思想上的訓練。

此刻，他被自己迷亂掉了，他說不清楚自己要說的，也拼出不少的字了，就是茫無邊際，他一片一片的對，就對不出個名堂，他在想：應該有個關鍵的字，一拼出那個字，她這張紙條應可豁然而通了，他用心地對，耐心地找，就找不出一個想要的字，那想要的字是什麼自己又說不上來，可以說他並不是在尋求一個字，而是在探一個無從著手的謎底……他腦子漲得滿滿的，卻又是混混沌沌的。

「傻瓜，笨蛋！」他握起拳頭猛敲自己腦袋，菲薄著自己：「蠢人啊！笨蛋啊……唉！」

隨著沉重的一聲嘆息，他仰身躺了下去，枕著自己的胳膊，才待闔眼眠去，一陣風突然颳來，吹得他機泠泠打了個冷顫，想起了紙片，一骨碌彈起身來，眼前的涼亭裏卻什麼都不見了，他「哇」的一聲嚎出來。

你逃掉了！嗚，這回留不住你了，哇……

哭著哭著，哭累了便旋轉身來，面向亭外跌坐下去，垂下頭，想把臉埋進手掌中，突然驚喜地發現那堆爛紙片就浮在眼前，他瞠直了眼睛凝注著它良久，過後還一把捧起它湊在眼下，哈哈哈的發狂地笑著，原來他剛才仰身躺下時，剛巧把那堆紙片壓在身上，適才一陣風吹過去，半片紙也沒被吹走，只是後來他彈跳起來時，正好把那堆紙片拋在身後，此刻，他背後的衣服上還沾了一片碎紙哩！

我爸爸發神經病，把我送到精神病院來。他睜著眼對醫生說。

醫生笑一笑，點點頭，示意他說下去，他就滔滔不絕的卻可能是語無倫次的侃侃而談。

我太太說她愛我，但是她盡做氣我的事……

她實在漂亮……是整體的美，身材臉蛋，還有靈魂。

我差不多一眼就連靈魂都看穿了，你要不要看一看她？可是她說不敢給我，不，好像說是不能給我照片，你買車票我們去看她好嗎？不過……她一定給關在家裏，可是，她一定給關在家裏，可是，我們可以守在她家附近等她出來，我們在背後偷偷看她，看看背影就好了……

「她？」醫生在厚厚的眼鏡背後睨他一眼，問：「她是……」

蓓蒂，我太太的敵人，嚇嚇，我的情人啊，我們沒有辦法，我已經結過婚。

他不太喜歡說肯定一點的話，但是她做，我知道她，但是我們不想怎樣，我們不想怎樣，我們不能想要怎樣，如果想結合，馬上會被逐開……

眞是傻瓜啊！女人那麼多，都那麼可愛，卻規定只能要一個，只能要一個，可以愛很多個吧？

不知道是誰規定的，他太太一定很兇，也許養很多面首，像鷹犬一樣去監視她男人。

在心中愛別的女人，太太不曉得，嘻嘻，偷偷地，眞有意思，嘻嘻，如果蓓蒂也不曉得，嘻嘻，更有意思。

但是，她終於曉得，那也沒有什麼不好，不過，很多的傻氣的事仍不能讓她曉得，讓她曉得就不是傻氣了，變成好像故意做給她感動的，就不眞誠……

說是神經病，那些人才是神經病，喜歡一個人有什麼可怪的嘛？就是做一些自己以爲那樣做才足以表示愛她的行爲，也不是做給她看、給她高興的，甚至是做給自己高興的，好像稍稍折磨自己才特別感受到甜蜜的，在帶苦澀的甜蜜中汲取滋潤，自己覺得活在愛裏……

再見她而且可以親近她的時候，她的辮子已經剪去，好在她原有的也只是高貴，並沒有辮子可以流露出來的稚氣。

一年前見她就偷偷想她，想大丈夫當妻如是，一年後見她，丈夫已結髮妻，一年間並非全無波瀾，曾經算準了時間去她經由的路上正面迎她，但是自己不是那種容易給人深刻印象的男人，曾經同妹妹走在一起時碰見她，在心裏偷偷竊望她會、她會……嘻嘻，比如呷醋等等，呵呵。

實在也沒有什麼好懊惱的，如果沒有結婚，親近會更不容易吧？結婚的好處便是讓女人不再提防你……一切全是命定，不要怨懟什麼，沒有以前的種種，今日不會是今日的這樣兒，這樣兒應該很滿足了，第一百下才敲落一塊礦石，如果不是已經敲了九十九下……

她已經「做」了許多，有一些愛情是用「做」的，有一些是用說的，只是表達方式的不同而已，可是我太貪心，又要做的，又要說的……我要她說一些，又怕逼到最後她不但不說而且不做。

但是，哈哈，她竟然也說了，有一天，她終於也說了，用她的筆說，但是她說了，又不讓我聽，哦，本來就聽不到的，筆寫的哪，該是用看的，但是。沒有用，唉，哼！她不讓我看……

不是給你，不是給你寫的，她急急說，急急把它撕破。

不是給我的，我說著廢話：我就不看。

我是有一點怕看，眞的，有點膽怯，女孩子，「漂亮」本身即是罪過，你想要她，別的男人也想要她，應對過別人又應對你，應對著你又應對著別人，你只好大方點、坦蕩點，醫生，這叫做灑脫不是？紅顏自古多薄命，大夫，是這樣說嗎？還是說自古紅顏多薄命？哦，都一樣嗎？怎麼都一樣？噢，只是顚倒來說而已？喔喔，我知道了：紅顏多薄命，大夫知道爲什麼嗎？好，你當醫生的還不曉得，好，你聽好我來告訴你，顏紅即是不祥啊！美麗的即是哀愁的……

撕了又撕，撕了又撕，扔進字紙簍時偏又說：

其實是給你的。撿出一片寫了我名字的，亮出名字的殘骸給我看。

那我要看！

不行，不讓你看。她說，再撕。

不要緊，我會拼回它們。

不要，不要，不許你拼。

那麼，今天就不要。

我看我還是自己拿出去燒掉。

用不著，你不要我看，我會依你。我不會去拼它，今天。

明天也不行。

好，明天也不要，我說，心想：那麼就後天。非拼起它不可。一種最難的積木，一種愛的遊戲，一種考驗，考驗自己的耐性，從耐性裏去析知自己對她的感情有幾分眞誠。

慢慢兒來，既然每一片碎紙中有一張伊可愛的臉容，慢慢兒拼，慢慢兒想可以想久一些。

可是……可是這捉弄……可是怨也不敢埋怨……可是悲切得很，忠良被人欺弄，這偏又是伊。

已經拼起許多片了，我都背下它們，不容易的哩，好在我腦袋好，沒頭沒尾的，不好背哩……事實上，也可以勉強猜得她寫了些什麼的了，但是不能確定……這便是要她除了「做」也要她「說」的理由，一種不眞實的感覺，一種似夢的空幻……毫無把握……沒有呢喃在耳畔的愛語……（對於你）的煩惱，除了一旁聆聽之外，竟覺得自己好笨……（我）甚至不能像你一樣，在一旁傻笑著，當然……？……希望能幫助你……

……女人最大的……是溫柔……

哈哈！大夫你等一下，我接上去了，我拼過「武器」兩個字等我把它找出來湊湊看，喔你瞧——

……女人最大的（武器）是溫柔……還好……（我沒有）你想像中那麼（好）……

……這無奇不有（的世界）？……知道該說一句話……我不該不寫……

……但願我有（？）……

……我幾乎忘了他……（誰？噢！一定是他，唉！如果忘了多好）

……愛著想著……男孩……？

他有時蹙眉有時展顏地一抑一揚的自語著，抑的部分好像是他自己爲了背誦的方便私自加上去的，揚聲說著的大概便是被他費盡心機千辛萬苦拼出來的那幾片紙吧？他背完便伸手去掏口袋，許是去掏那些用膠紙拼貼起來的紙片，哦不是，是一本燙金封皮的小記事本，精緻非常，噢，原來他把那些寶貝全夾在小記事本裏，他取出它們，一片、又一片，取出一片，就扳一隻手指去數應該還有幾片，可是，正當他全神貫注地逐頁翻尋著它們的時候，突然間又吹來一陣風，替他把那些紙片全翻出來，連原已翻出來擱在地上的一併颺自亭外，他電一般射出去想截住它們，才踩到草地，即撲跪下去，原來一隻脚被陷到泥沼地裏去了，他根本不辨自己身置何處，一逕以爲自己正同醫生個別攀談著。吃了滿口泥草，拔都拔不起腿來，眼巴巴望著辛辛勤勤拼湊起來的紙片，花蝴蝶一般翩翩飛遠，幾片大點兒的還存心逗他氣惱似的，在不遠的草葉上停了一停再飛起……

我要殺死她！

我非把她殺死不可！

不是她死就是我死……除非死，思念便不能終止……

可是……不能，最好是一起死去，那麼……只要我死去就行了，我死去，她也就死去了，因爲她就沒有一顆全屬於她的心好活了……

那一陣風是她吹起的……原已是一口枯井……

不是，醫生、醫生，你聽見我說嗎？我是說方才那陣風，也不是方才，就是每一次我快拼出來一句話或一個字的時候就來吹壞的那陣風。

醫生，你說是不是她的作弄？唔！你怎麼知道？你們只能從聽診器裏收聽點動靜。

如果不是她便是罡風，天阻止我們——但是既然安排我們認識，祂應該努力撮成。

不是的，不會的，只許別人壞，我最可愛的蓓蒂是最善良的人兒，一向是被欺壓的孩子，蓓蒂，你不會那樣戲謔我吧？——在我快尋出個蛛絲馬跡的時候，一口氣把紙片吹散。

好像任何人都可以把罪過加在我身上，我哼都不許哼一聲的……蓓蒂，我道歉，我說你戲謔我是不經意的……我是要來分擔你的痛苦的，我不該怪罪你什麼，我應該逆來順受，我是要來分擔你的痛苦的，所以，把你的痛苦交出來，快！交出來！分擔你的痛苦是我莫大的快樂。

可是，醫生，可是……她寫了紙條，好像說並不是不愛我，又好像說因爲不能幫助我，所以最好是離開我，然後在我眼前一晃逗一下我，等我搶著要它時卻又說是寫給別的男孩子的，然後一把撕碎它，然後又讓我確信那實際上是寫給我的，讓我心痛得猶如被一手扯爛。

大夫，聽說女孩子說「不」的時候就是「好」的意思是不是？可是我不敢，她說不許我看應該是允許我看的吧？可是我……我不敢，我怕搶了它看會惹她生氣，可是又想不去搶它看也許要被認爲並不熱衷她，大夫，你說怎麼好？

你這人盡有那麼多的顧慮……她說：我們常在一猶豫之間失去許多東西。

我沒有在她撕下前抓住她的手，唉唉，當我想定了該不該抓住她時，紙條已破成片片了。

實在講我弄不過她，我的性格有點刻板，我是因爲反正不是來「弄」什麼玩意兒的，所以我就效飛蛾撲上去了，可以耍一點計謀的，可是，不要等耍出來，才想到要耍點什麼計謀就先被自己斥退了，喜歡就喜歡，愛就愛，就去親近，不懷半點鬼胎，不夾一絲雜念，這才是最純、最眞的感情，混混濁世，保持半點純眞好像就値得一生了。

然而，不知道蓓蒂膩不膩這樣傾心而出的全愛？有時候聽說太多太多的表露要嚇退人的……心傾巢而出，落落的胸腔正好住進了整個完完整整的蓓蒂。

哎呀！不管它了，我愛蓓蒂是我的事情，蓓蒂愛不愛我是蓓蒂的事情，讓不讓我愛也是蓓蒂的事情，她不讓愛就偷偷的愛她，她讓愛就叫她知曉，只管自己愛不愛她成了吧？偷偷地愛一個人，挺什麼什麼詩、什麼意的。

求於蓓蒂的並不是在一起時所做的那些，可是在一起總難免要做那些，好像獻了什麼慇懃就爲獲取那些報償似的，簡直有違初衷，可是，雖然愛的開始不是爲了身體，但是愛到了身體也便是愛的至極了吧？

不受吸引是不可思議的，愛的正常的表示正是那樣，所以，罪惡感盡可以祛除的……

哈哈！大夫，那一陣子眞瘋狂，我們成天見面，可是爲了一些忌諱，我們正眼都不敢多對看一眼，天天見面，卻仍有著渴的思念，人說一日不見如隔三秋，我常常想：那個「見」應不只是瞧一眼或泛泛的扯淡兩句吧？見面，這樣說來，見面並不是用眼睛去見的了。是的，那距離太遠，遠到沒有實感；見面應該在一臂之處，用手掌可摩挲到她的面，那樣，即使她不承認她屬於你，因爲你可以捧住她的臉湊到眼前來瞧個眞切，你也可以自己想像她已全心全意屬於你的了。

醫生，我說的你懂嗎？你這樣老一定沒有愛過，你們這樣年紀的人大都沒有愛，你們同聖人鬧同性戀，你們不太敢愛女人，在太陽下。你們只愛你們說的聖人，愛聖人，聽聖人的話，說女人和小人爲難養，視美人如蛇蝎，你們沒有愛過，沒有！從來沒有，你們結婚常常迫於各種需要：性的需要，父母的需要，兒女的需要，媒妁的需要，勞力的需要，做孝子的需要，你們不知道愛，不爲愛而結婚，你們如果說愛，也只是愛個女人，而不是愛某一個女人，你們不懂，你和我父親他們一樣，所以，你們以我的言行爲怪異，你們眞無聊，眞是神經病，哈哈！神經病……

神經病，神經病，喂！醫生！我罵你是神經病，你怎麼不對付我？我父親他們會甩我耳光哩！而且把我門在房裏不讓出來，學校不讓我教書，不讓學生親近我，騙學生說我開刀去了……爲什麼你不對付我？你不要光會笑好不好？老神經病！哈哈！神經病！

什麼？你不是神經病？哼！不是神經病爲何長年住在精神病院？而且穿死了人時穿的白衣服？你家裏是不是死了人？沒有？那麼你就是神經病，神經病才說人家是神經病……不不，不敢，大人饒命！饒命，小的下次不敢了，小的再不敢罵人了，警察大人，不！不……嗯……是的，是的，我殺死她了……

你殺死她了？

是啊！是的，我殺死她了，她被抓去關起來了……嗚嗚……蓓蒂，我好殘忍，蓓蒂，你不要突著眼瞪我，我來給你闔上眼，我在你身畔哪！蓓蒂，怎麼你死不瞑目？誰欺負你？我去替你報仇……

嚇！是我？你說是我欺負你？我把你殺死？沒有，大人，沒有，嘻嘻！只不過在心中把她殺死罷了，蓓蒂，走出來讓這位警官看一看，對對，好好轉個身……

你看，我怎麼捨得殺死蓓蒂啊？她是我的小心肝。

你們這些強盜！把蓓蒂還我，你們別想用小包車搶走她，我可以用跑的追上你們，我會扭你們上法院，什麼？你們在車頂上披幾根草、幾朵花就想瞞過我？在下受過軍訓的，那樣的僞裝還不及格。

嚇！你們怎麼把蓓蒂煮爛了端在桌上吃？你們這些魔鬼，上帝會割去你們的舌頭，拔去你們的牙齒，剖你們的腹，剜你們的心，喲！你們看：蓓蒂披上白紗，冉冉向天上飄升，上帝寵召她了，她在天上將成爲天使的領班，受上帝最高的寵幸……

蓓蒂，蓓蒂，只要你幸福，只要上帝佑你……

晚飯的時侯，管理人員毫不費力的在六角亭上找到他，嘴上依然喃喃嘮叨著什麼，異於尋常的是這回他是端端整整地跪著的，而且面朝西下的太陽，在透過雲彩的霞光映照下，臉上似乎布了丁點兒神色，好像就是「虔誠」這東西。

在會客室，一個五十多歲的男人拘謹的坐在那兒，臉上透著憂戚。

醫生走進來，那人便站起來迎上去。

「有進步。」醫生神色爽朗的說：「有進步。」

男人湧上一泡眼淚，跟在大夫後頭，從左後側窺著大夫的側臉說：

「實在感謝，你們的盡心……」

「別客氣。」大夫對那人說：「近一個月來，變得很沉靜，話說起來也有條理。」

「那頭上的毛病呢？」男人問。

「頭上的毛病？」大夫愣了一下，隨又說：「呃！他不說，我們也不問他。但我們留意過他，好像並沒有頭痛那病苦。」

「紙片還拼嗎？」

「紙片早掉光了。」大夫說：「在六角亭叫風給吹跑了，爲了追回它，跌了一身泥回來。」

「不打緊嗎？」男人說：「我們偷過他的紙片藏起來，害得他神不守舍的。」

「開始幾天簡直不行，人消沉得好像快沒脈了，後來還吵著要人家賠他，詛天咒地，戟指沒蹤沒影的風詈罵。」

「後來呢？」男人用手肘擦一把眼淚，顫著唇問，無限心疼的樣子。

「誰也沒法賠他，他便成天呆在涼亭，眺著沼地上的萋萋荒草發楞，我們派人連著留意他一個星期，怕他想不開什麼的，後來看看沒什麼問題了，便由著他去，直到兩、三天前，突然跑來對我說：他把蓓蒂殺死了！他不止一次瘋瘋癲癲的說著他要殺死她或哭嚷著說他殺死了蓓蒂了，我們都沒有理他，但兩、三天前的那一次卻很不平常，他很冷靜，說蓓蒂已經嫁人，他沒有理由讓她再活在心中，所以把她逐走了，他說來神色嚴肅，清楚地明告人他夢魘已醒，他要把瘋狂的稚氣的愛化成持重的、成熟的、執著的思念，所以，我說高先生，您近日裏或許可以來帶他回去了。」

「這，這孩子……」男人激動地說：「來前去同王先生討過商量，借他們媳婦兒幫個忙解救他，人家朱小姐——就是王太太——很幫忙——」

「這個——」大夫吟哦一下說：「我想就不必了，不管好的壞的，我們還是避免給他過重的刺激爲宜。」

「可是已經……」男人遲疑著似乎想說什麼，終於沒說出來：「好在把她留在咳！差點白養了這個孩子……」

「眞可怕的執著……」大夫說：「我們這就探望他去如何？」

男人應聲立起來，兩個人步出會客室，穿過陰矮的廊廓，向著病房走去。

男人望向廊外一個個獨自沉湎在他們自己世界中的人們，想起自己兒子曾也是他們之中的一個「獨立國」，大概不免有一個隔世之感吧？瞧，他嘆口氣，不住地微微搖頭的那樣子。

「這個世界並不是一個世界。」他記起他兒子的滔滔雄辯：「這世界是千千萬萬個世界，每個人活在他自建的世界中，發狂的是那些個喪失掉他自己的世界的人，更狂的是那些拚命想突破人家世界的人。」

他並不很懂他兒子的話，他一直把它當成「囈語」，但是，這次他從醫生那兒知道每一個人都有他的執著，這執著超過程度就是異常，他兒子把一把碎紙視同寶物，拚力往那堆紙片裏鑽，鑽到最後就抱頭打滾，大嚷頭痛，脾氣乖戾異常，他看到這些在草地上呆坐的人，每一個人好像一個國家獨立在那一席地上，他終於明白什麼是「各自的世界」。

「我也有一個世界的吧？」他不覺低聲叩問自己。

「你有，」大夫說：「我也有，但是我們的世界是開通的，他們的是閉鎖的，而且偏執得把每一個來叩訪的人都視爲頑敵。」

「噢！」男人若有所思地答：「我兒子的終於被您打通了。」

「也不是這樣說，要不是他自己把門拉開，我們強要進去的話會有傷亡的。」

「眞可怕，好像一場噩夢。」

「也許是美夢哩！哈哈。」大夫開心地笑笑，來到一扇門前，推門進去。

「還好。」進了門的大夫對著一個背影喊：「你父親來接你。」

「還好。」男人驅上去，停在他兒子面前，端詳著自己兒子：「委屈你了，大夫說我們可以走了，你母親差點想……想壞你了。」男人差點說溜了嘴，支吾一下，才把想瘋了的「瘋」字嚥了回去。

「爸爸……」兒子吞吐了半晌，緩緩的抬起頭來，癯瘦的臉上閃著堅毅的神色：「過去的，兒子道歉。」

「過去的不要掛意它了，」父親說：「我們今天就走好嗎？」

「爸爸，」兒子說：「爲什麼不帶媽媽來？」

「你母親……」男人有點意外，以爲兒子在怪罪他，歉意地說。

「爸爸，我不是那意思……」兒子有點猶豫，咬咬下唇，終於說出來：「我想……不回去了，您怎不帶媽媽來讓兒子瞧瞧，這折騰也夠她憔悴的了。」

「不回去!?」男人瞪大了眼，看看兒子又看看醫生一臉的悽惶和迷惑。

「是的，我已經仔細想過，」兒子說：「爲一個女人弄成這模樣，實在沒有面子回到太太身邊告饒，而且我的困惱可能解脫，『瘋子』這稱呼怕永遠洗不脫了，您曾經有過一個瘋兒子，就是一輩子有這個瘋兒子了。」

「以前只有氣惱——人家叫我瘋子的時候。現在，氣沒了，惱也沒了，卻升起畏怯，我怕，他們不用嘴巴喊我也會用眼睛喊我。」

「我已同這裏的院長長談過，他收留我在這兒打雜，這裏很好，沒有誰喊誰瘋子。」

「可是……」男人才開口，大夫卻示意他讓兒子說下去。

「就麻煩跟媽媽解釋一下，請她老人家寬心。」兒子歉疚地欠欠身：「爸爸這兒走走嗎？我來陪您。」

三人立起來，大夫領先跨出病房，在兒子又彎下腰繫鞋帶時，抑著聲音對男人說：「不要操心，讓他多住幾天，我們來勸他。」

大夫說完就率先離去，男人癡然木立在門口，目送大夫走遠，直到兒子補上大夫的位置。

「那些紙片不全。」並肩走去的兒子幽幽地對父親說：「眼看她全丟到紙屑簍裏去了的，我全都挑出來了啊！就是拼不全。」

「那些紙片太細碎了，」父親說。

「不是，再零碎我也有信心拼起它們，一定掉了不少大塊的………」兒子說：「來這裏以後頭不再脹痛，就是我硬強迫自己去確定這個事實，後來紙片整個兒被風吹跑了，就什麼牽掛也沒了。」

「可以說是絕望吧？」兒子對父親笑笑：「絕望也能拯救一個人哩。」

「咦！我們怎麼走向大門口？」兒子訝然止步說。

「我想這就回去好了，」父親有點傷感，回頭望一眼這家環境幽雅的療養院，嘆口氣說：「幸好沒告訴你媽說今天帶你回去。」

「對不起，讓大家失望，」兒子說：「我送您到大門口。」

「不用不用，」父親想起什麼，慌忙阻下自己兒子：「你回去同大夫說一聲謝，告訴他我走了。」

說完，匆忙抬步，存心擺脫他兒子，走了十幾步遠才回頭，望見他兒子艱困地挪步走回去，垂下頭，便照直走出大門外來。

「如何？」一個小巧的女人從大門右側迎出來，關愛地探問。

「喏！」男人努起嘴，向身後示意，發現大門門柱擋住視線，帶著女人往外移兩步，說：「在那進去的路上，不肯……」

「嚇！」

他們一起跳了起來，原來他兒子不知又想到什麼，悄沒聲息的折身跟到大門口來，彼此一照眼，一起被對方嚇了一大跳。

「還，還好……」兒子鐵青的臉讓父親著了慌，那父親不知所措的結巴著喚他兒子。

「鬼，還魂了……」兒子全身顫索，一步一步後退，暴突著眼球瞠視著那豔麗的小女人。

「還好，是我，蓓蒂呀！」女人見他嚇成那樣子，軟著聲音上前招呼他。

「媽呀！」見到女人逼前來，他哀叫一聲撒腿奔向來路，歪歪斜斜的，邊逃邊叫：「我把她殺死了，她來索命了，救命呀，王爺，菩薩，上帝……」

在拐向病房的彎兒上，他跌了一跤，爬起來，瞥見他父親偕女人跟蹤而至，趕忙又跑又叫：「陰謀，陰謀……」聲音淒厲刺耳，哆嗦著脚步奔回病床，抓起被蒙著頭打顫，哀鳴著，而且據說一輩子再沒跨出過醫院大門半步。

——原載《文壇》月刊

第三輯　垃圾戰爭

神經病

雖然上面沒有指示，他是清楚：像這種差使是越快交差越好，當然，揑個理由住一宵旅館，也沒有什麼不可以，無可無不可的情況下，一個刑警押一個人犯去投旅店，你信不信也是無可無不可的。

旅店和火車站只是一街之隔，在這個小鎮上，許是討了地利的便宜，許是本身條件優於別家，這一間叫「隆興大旅社」的客棧，算得上是生意興隆的了。

三層樓的建築，除開外表砌上的磁磚的配色尙鮮麗之外，內部根本談不上什麼裝潢，幾塊匾額是少不了的飾物，自然，那必須是縣議員（最好是省議員、縣市長）等鄉紳名流的題款，有旅館就不少女人，櫃枱內坐的是年紀大點兒的，老闆娘模樣，進門右側長沙發上坐著四、五個年輕的女侍，客人進來，就像誰打門外面扔進來一塊腥肉，沙發上的女人登時像蒼蠅一般，嗡然飛撲上去。

刑警遠遠走來，身旁並行扣著手銬的犯人，亮晃晃的手銬引來一羣野孩子跟在四周，眨呀眨的閃著小眼睛瞄，犯人垂頭喪氣，只剩朝頑童們翻白眼的氣力，這種鳩形鵠面的人，像是像煞了壞人，可是誰見了也要納悶：那樣要死不活的神色，究竟會犯下什麼滔天大罪來？

頑童們笑鬧由他，刑警目不斜視的，理都懶得理，顧自一會兒超在犯人的前邊走，一個兒落在犯人的身後跟。

女侍們中止了磕牙，被逗到門外看稀奇，她們不曾接待過這種客人，她們迎出來只不過驚奇一個人怎麼跟一般人如此不同地，被人家套住手，像猴子或狗一樣扯著走路？她們是被手銬所能代表的意義所吸引、所震駭，如此而已。

刑警偕犯人沿馬路右邊走著，旅館在路的左側，把大門開向路的正面，刑犯兩人一路走來，遠遠地只見刑警瞄一眼旅社的招牌，也不露投不投宿的聲色，直走到旅社的正對面，才突地轉了個直角，朝旅社正門逼近來，犯人被銬鍊一帶，側著身子仆轉過來，女侍們這才看清楚犯人和刑警之間是靠一副手銬聯繫在一起的。

她們讓開路，任刑犯兩人長驅直入，連招呼也忘了，跟在他倆後頭圍向櫃枱，掌枱的站起來，擠出一臉諂笑。

「給一間雙人房。」刑警說。

「是的，好的。」手銬和人犯突出地表達了刑警的身分，是警察局的，掌櫃的招呼起來就加倍的殷勤起來了。

「把那些野狗趕走！」說這種口氣的，一定是老闆娘，轉身領著刑犯兩人逕上二樓，攆走了野孩子回到門裏來的女侍，早不見了那兩位殊異的客人了。

「是小偷吧？」一個女侍說，一屁股坐回沙發。

「搬一部電視都缺力氣，要死不活的，說殺人的更不可能。」另一個說，挨著前一位也坐回去。

「八成是吸毒的，看他鼻液都掛下來的死人樣。」

「哈！一定是鴉片鬼，跑不掉的。」

就這樣，一個人在她們的眼裏，像什麼往往就主觀地被判定成什麼，而且準確得邪門。

刑警扔一包菸給他，他哆嗦著從床上撿起它抽取一根，打著顫塞進嘴裏去，四處摸不到一根火柴點燃它。刑警又把只剩兩根的一盒火柴丟給他，他劃亮它，手也抖著唇也搐著，頑拗地湊不到一起去，他費了九牛二虎之力，也只把香菸薰了一星小黑點，連煙都不曾冒一絲，就讓火柴熄掉了。要劃第二根時他緊張了，含著菸，他算計一根火柴劃過來大約的距離，把煙固定在那一點上，拿穩了火柴劃了一下，只冒了一蓬煙差點燃起來，第二回更緊張，加點力的結果把火柴梗弄折了，好在也「叭」一聲劃亮了，雖然差點燒焦了他野草似滿腮蔓著的鬍椿，總算在一個迅雷不及掩耳的應變下，讓他在火柴驟燃的瞬間取成了火，他深深的吸了口氣，猛吹出來的煙霧都微微波動著，彷彿也染成毒犯癮發時不自禁的抖顫。

「喂！你想些別的。」從扔菸給他開始，刑警一直觀察著犯人的舉動，見著犯人那種焦渴難耐的猴急樣相，刑警心中也替他難過，便好心的建議他：「把心神分一分。」說罷，刑警又將在車上買來的一份報紙也遞給犯人，犯人接過來正眼也不瞧一下，就把它棄在枕旁。

「你拿起來讀給我聽。」刑警並不以爲忤，又說：「找件瑣事忙，別把一生葬在煙霧裏，報上有另外的世界。」

「我不！」犯人抗聲答。

「你可以更大點聲音嚷。」刑警存心磨他，笑笑說：「嚷累了也好好睏一覺安穩的。」

「不——要。」犯人一根接一根的吸著紙菸，也不知是壓制不下癮發時的焦渴躁烈或是煙薰的，犯人的淚都聚到眼泡上來了，刑警要他大點聲音嚷，他這回回的卻是蚊子一般細弱的聲音，好像自知磨不過刑警的耐性似的。

犯人無意識地吭哼著，連最後一根菸都要燒光了，他不安地站起來四處看看，又坐下，又立起來，做出欲逃的姿態，狡詐地偷瞄刑警，刑警頭也不抬一下，便說：

「乖乖坐在那兒，你一出房門，任誰的脚都可以絆倒你。」

犯人頹然坐回床沿，滿聽話地，抓起報紙，一下折摺著，一下捲成圓筒當望遠鏡望，一下當扇子揮，剩下那小小的一截菸屁股刁在唇上，「珍惜最後」地輕輕吮著，一頭直愣愣地逡巡地板上十幾截方才棄掉的菸蒂，過了一晌，又將報紙甩在床上，蹲下來撿那長一點兒的接到吸著的那根，重又把菸屁股點燃，一手捏住一截，輪番啜吸著，人乾脆溜下來跌坐在地板上，後來還一個大字的仰天平躺下去，朝天花板吐著煙圈。

可以再吸一遍的長點兒的菸蒂都吸過了，眼看一星火快續不下去了，犯人慌恐起來，這裏看看，那裏瞧瞧，突然一把抓起報紙，也不管正刊副刊的就撕下一塊，隨手一丟，把報紙棄在床脚下，蹲回地上，攤平撕下來的那塊報紙，挾起零散在四周地板上短得不能再短的菸屁股，就像剝花生一般剝開它們，將菸絲撥在報紙上，慢呑呑、抖顫顫地剝著，附近的菸蒂剝完了，挪著屁股找那邊一點兒的，末了剩下床底下的一截挾不著，便整個人趴下來，蹶著屁股用手去床底下撈，可是只怪自己剛才彈掉它時太用力了，那截菸蒂這刻縮在牆根不肯出來，他手搆不著，便笨拙地掉過身來用脚去勾，但仍然搆不到，這時，刁在嘴上的菸屁股再沒地方好燒了，惡狠狠的把他的嘴唇炙了一下，慌忙唾掉它，呸呸呸的一邊兒人一邊用口水去潤著被燙痛的地方，這才再度被提醒火柴已用盡，讓吐掉的那星火熄去，即無火傳續下去，只得忍痛放棄床底牆根那截無望的菸蒂，趕在火舌把菸蒂舐盡之前，慌忙捲起他的「紙菸」。

十幾隻菸蒂湊到一起，倒也夠他捲成半截多普通香菸長的克難菸，他將它捲得很緊，緊到不使菸燃不起來的限度，這樣，待會兒吸起來就可以耗得久些。

犯人把捲妥的紙菸放在手心掂掂，試試滿意了便含到嘴上去，吐在地上的菸蒂都快成灰了，根本沒有置手的地方，他只好委屈的趴下來接引那含在嘴上的自製菸。

用報紙捲成的克難菸，自然沒有公賣局出的受用，他蹙起眉頭來「享受」那略帶焦紙味的聊勝於無的煙熏。吸一口，心疼的眈視著火舌在他歙嘴的當兒，老實不客氣的分享著他眞正的、絕不寬貸的最後的紙菸。他不能不吸一口歇一口，因爲才半截紙菸長的自捻菸枝是經不住三、兩口猛吸的。所以儘管他痛恨火舌在他歙嘴的當兒那樣傲慢自大地大剌剌的舐著他無比珍貴的菸枝，他也只好吞忍一點，乾嚥兩口口水。他眞恨自己開始時無端地浪費掉一根火柴，否則此刻便可抽一口捻熄一次，蹭到憋不住時再點燃它，這樣就可以不用忍受火的「示威」了。他眞是非常地心疼的，以至於莫名其妙地痛恨起火柴來，好像他必須忍受這痛心，全是他媽的火柴的罪過。

眼不見爲淨，他存心不去理火在他歇嘴時究竟燒走他多少菸，別轉頭時無意間見到那份報紙，百無聊賴地將它取來折成半張大小，看看剛好夠遮去自己一張臉，便埋下臉漫不經心地瀏覽著,但是他一個字也攝不進眼中,反使自己有面貼一堵牆的侷促和不耐；他把報紙略微移了一下，使眼睛透出來，剛好可以從報紙的上沿窺見刑警，偷偷窺視刑警，心下突然升起偷溜的念頭，因爲他窺見的刑警是多麼大意地闔著眼打盹。才閃現這念頭，刑警的眼皮就掀了一下，露出威嚴的眼神瞅他一眼，他慌忙把報紙往上提，擋刑警獵犬般機警的眼光在「牆」外，心中驚疑莫非刑警身上藏了偵測器什麼的，可以探悉他心中的任何詭秘。

想著不服氣，便用香菸把報紙對正右眼處燒了個瞳仁大小的孔，瞇起左眼，從小孔中往外窺探，這回他不敢想要偷跑；不！是強自把那份狂囂的心念壓制下去，刑警果然不再抬眼，膽子壯了起來，又在左眼的地方也燒了一個洞，張著兩眼，大大方方地盯著刑警瞧，忽然記起有一次在火車站窮磨時，聽到初中學生「蓋」給高中生聽的：他們的英文老師如何在有一次的監考時高擎著報紙看，但是許多作弊的同學都被逮去記了一個大過，下課，同學們才在老師剛剛看著的報紙上找到兩個黑洞的話來，於是他想：這玩意兒看來不只可以唬初中學生，而且連刑警也唬得過哩！

喔！不行，刑警動了一下，勾一眼這頭，嚇得他手足無措的又拿起就要燒光了的香菸，一面湊到嘴上啜吸著，一面順勢在兩眼的中間燒了一道豎的，權充鼻子，噴出煙的當兒，索性又燒它一隻嘴巴，這樣，一份報紙居然成了一副黑臉了，自己看了也覺好玩，便把最後的一口菸繞過被燒成面具的報紙，由外頭隔著報紙，把菸塞進嘴裏吸它一口「告別的」，這般把玩著，忍不住在面具背後赫、赫、赫的神經質地笑個不停。

刑警被犯人乾冷的笑聲所蠱，抬起腕錶看一眼時間，不知不覺半個晚上已耗去了。夜半三點鐘，他下意識地忌諱起來，生怕三更半夜的擾攘了人家，便拿眼光制止犯人，要他別把聲音弄得太響。

但是犯人大概恐慌於連最後一截自捲的香菸也熄了，或者毒癮實在抗不住了，甩也不甩刑警的眼色，停了半秒，又赫赫的笑幾聲，而且聲音愈來愈響愈促愈尖，間隔的時間也愈短。

「不要鬼叫！」刑警被逼，只好慍著聲音喝止他：「當心吵了別人。」

「偏要！赫赫赫，偏要！」犯人被他來自五臟六腑的需要攫住，根本不在乎刑警不刑警。

「閉住你的鳥嘴！」刑警火起來，用比犯人的乾笑聲還響的差不多是「吼」的聲音叫。

「偏不！赫赫赫……」也不知是哭是笑的犯人，尖著嗓子嚷，發的是笑聲，眼淚鼻涕卻撲簌撲簌的墜下來。

刑警皺皺眉，爬起來想去制住犯人，犯人瞧他走近，一把抱住刑警的腿，一邊乾咳，一邊把眼淚鼻涕朝刑警的褲管抹。

刑警嫌惡地要去拂開他，只一掙腿，犯人即被掀翻在地，心存耍賴的嚎哭起來，聲音又尖利又刺耳。

刑警拿他沒法兒，踱到房門旁，凝神諦聽外頭走廊上的動靜。

恍惚聽到有人開門咒幾聲王八蛋。這是無可奈何的，雖是刑事警察，而且服著勤務，半夜三更吵得人家睡不安寧，挨幾聲王八蛋的臭罵，也是「分內」的事啊！

他踱回床岸，抓起通話機喊醒瞌睡中的門房，問門房這刻有無北上的快車？他告訴門房不打算住到天亮了。

「犯人怎麼了？」臨掛上電話，對方問：「底樓都聽得到咳聲，刑警先生。」

「對不起，你可以送包菸來嗎？毒癮像針一般炙著他。」

「我身上半包現成的夠吧？無處買哪！這時分。」

「哪怕半根也比沒有強。」刑警說：「火柴順便帶上。」

才掛上話筒，門房就在外頭叩門，白天拴在廚房後頭的兩條狗尾隨著門房，也上到朝哭鬧著的犯人汪汪的吠了起來，把那個犯人愣了一愣。刑警把門房讓進來，不妨也摸進了一條狗，鑽進來的那條狗繞過門房，溜到犯人身旁嗅了一嗅，突然二樓來，晚間門房換了個男的，他習慣解了那兩條白色的矮狗幫他守夜。

門房遞出香菸，趕忙去驅他的狗，兜著犯人，人跟狗竟捉起迷藏來，狗一邊躲，一邊還死命的猛吠著，門房趕急了，恨得隔著犯人一脚朝狗腹蹴了過去，那條狗倒也機伶的讓過，但這一脚卻把狗惹得更惱了，踞下前脚，狗擺出撲擊的姿勢，又朝人犯又朝門房狂吠，最後連刑警也吠進去了，聲勢嚇人，直可奪魂攝魄。門外另隻被擋住的狗，聽得門內的同伴狂吠著，也在門外走道上瞎吠起來，更糟的是牠在外頭尋不著可以鑽進房裏的狗洞，一會兒樓上一會兒樓下的竄著叫著，好像一條義犬在向主人告急一樣，這門那門撞一下的到處吵起房客。

整個旅店頓時鼎沸起來，二樓上的惺忪著睡眼側身在門縫裏，看著那條狗竄過來又竄過去，覷不透外頭發生了什麼變故。樓下的人緩緩地遲疑著圍向樓梯口，仰著脖子，無限好奇的企望樓上，布一臉教徒虔待神蹟的愚誠。

門房把刑警的房門拉開，讓房裏那條狗逃出來，兩條狗一「會師」更是張狂，一緩一急的見人就吠，三樓上也有人溜下來想窺個究竟了，二樓通三樓的樓梯上載滿了人。

人們熱烈地交換著他們的想像力，他們大都自女侍那兒獲知自己投宿的這家旅館，同時宿了一個吸毒犯，所以腦筋全兜在刑犯兩人的身上轉：有猜犯人逃跑了的，有說大概犯人企圖自殺吧？有更偏激的一口咬定是刑警「修理」著犯人。後來還是由一個女人猜對了：毒犯犯癮了。

觀衆七嘴八舌的把間旅館搗得燈火通明，刑警又氣又急，一把揪住犯人往床上摔，心頭懊惱自己不明不白的產什麼玩忽的心理住進旅舍裏來，又恨自己又恨犯人，犯人偏不見勢的依舊嚎鬧著，以爲有多光彩一般。刑警沉不住氣，「啦」的一聲，狠狠的一記耳光摑到犯人臉上去。

「媽的！死了人！」刑警摔過耳光，咬牙切齒地罰咒：「再哭吧！他媽的，把差事同你豁了。」一巴掌意外的將犯人懾住了，他原吃定了刑警不敢動他的皮肉的。吃了一巴掌先是一昏，聽得刑警說要同他拚命，忙斂住哭聲，駭得氣兒也不敢吭一聲。

「你們看：有的人就這樣賤。」刑警指點抽噎著的犯人，臉朝房門口死死堵著的人們說：「非要人家凌辱他不可。」

房門口的那些人是二樓的房客，原先躲在門後不敢出來，現在因爲哭鬧突告中止，驚奇的圍了過來。

犯人不哭，狗也不叫了，眞怪！好像狗是犯人的共犯似的。

人們還不肯散去，被擾了起來，什麼好戲也沒瞧著，心有未甘的耽在刑警房門口審視著犯人，不再哭鬧的犯人此刻仍被來自生理和心理上的需索焚燒得咈咈直叫，而且不時的氣結了一下。刑警把自身收拾停當，把手銬扣住犯人的雙手準備起解。這時刑警住房左鄰的房門驀地呀然洞開，一個盛裝的著一件鏤花淡綠旗袍的四十開外的胖婦人先刑犯兩人闖出房門，肉團團的臉繃得緊緊的，拎了一隻大皮箱蹬蹬蹬走向樓梯口，經過刑警房門，惡狠狠的瞪了刑警一眼，回過頭朝埋在人堆裏的門房叫：

「結帳結帳，倒了八輩子霉，住你們這間瘋人院。」說著環視一匝訝然瞠眼的人羣。

每個人都傻了一下，這不是一竹竿挑落一船人嗎？女客們方待開口回敬一句，先前的兩條狗已首先發難，纏住女人又狂叫起來。

樓下的人剛才沒盼到什麼熱鬧的，才待散去，沒料吠聲又起，間雜著女人的叱叫，忙又聚回來，在樓梯的欄杆上更熱切的往上凝睇。

有人突然雜在人叢中驚異不置地叫：

「咦！是女犯人啊？」

衆人忙踮起脚跟來瞻，先是看到兩隻高跟鞋，接著看到的是廟柱一般蟠龍踞虎的婦人底暴浮著青筋的脚和八隻毛茸茸的獸蹄，再接著是大皮箱的一個尖削的稜角。

許多人眨著眼吶著嘴，一瞬間串不起來究竟是怎麼回事，狗從女人出來後一刻不曾停歇地歪纏著女人。衆人還傻愣愣仰著臉上望時，婦人已躁怒地下得樓來。

梯旁人羣沒男沒女的默不則聲地被女人吸過去，最後緊緊的將她擁住，你推我擠的箍得水洩不通，彷彿事情全是這女人惹起的。

婦人惱火透了，踢了一脚瞎瞪著她的矮狗，忿然頓下皮箱，叉起一隻手在腰眼，戟指著另一隻手，像一壺滾沸著開水的茶壺，潑辣辣的罵道：

「你們要怎樣？你們想要怎樣？」

擠在前頭的幾人，像被開水燙到一樣一下子跳開，婦人似乎早料到這一罵會罵出一條路來，拎起衣箱，嘀咕一聲「莫名其妙」，搖搖擺擺從重圍裏撞去，大家一霎時像個木頭人，瞠目結舌的讓出一條人巷，縱讓婦人揚長而去，連兩條狗也只零星地吠兩聲「下台」的，就夾住尾巴，半晌狗屁也不敢放的溜回屋後牠的老巢去了。

婦人走到門口，一部計程車適時開來停在女人跟前，像是早同女人串好伺伏在附近暗處候她似的。婦人由著司機把皮箱堆到後座，自己開了前門，鑽進去坐在司機旁那位置，等司機侍候好她的皮箱回到駕駛座發動引擎，她才砰的一聲閉起車門，同時悻悻地探頭朝擁在旅社門口的人羣，恨恨地碎了一口：

「神經病！」

等衆人驚覺自己又被女人吐一口污痰在臉上時，女人早被黑暗吞噬了去，徒然剩下兩盞殷紅的車尾燈醒目地亮在暗黎中，像他們那滿布紅絲的惺忪睡眼。

——原載一九六九年《中國時報》，原題〈羣衆〉

無賴

燈光幽微裏，也可從逐次緩下來的車速覺知前路是一段斜坡。坡度雖不太陡但長得可以。以他這部三千元買來的六三年的五十西西本田女車，這樣盤山而繞的長坡眞夠它瞧的。

指針落到十英里時速時，他換回第二檔，然而，未見揚升，他關上油門，再猛一旋開，機車吼了一聲，卻只微微頓了一下，爆炸的聲響更見脆弱，他把油門開成最大，依舊無濟於事。指針跌回五英里時速，他慌忙閉起油門，踩回空檔，心下想著空檔，手上卻猛加了一陣油，弄得機車狂叫了一陣，並且在屁股後頭揚起一陣黑煙。趕忙再向後踩了一下換到一檔，機車猛烈的頓了一下，不吭聲了。

這眞是惱人的事兒，幸好只是自己一個人騎它，若是後頭搭了個初識的小姐，這才是洋相出足了哩！

不過一切該怪自己鄙吝，叫車店估過了，只消三、四百元即可以將它修回來的，卻總是先挪了他用；只要馬兒跑，不叫馬兒吃草，自然不成。

他抓緊前煞車，不讓車子往後溜，右脚支在地上，身體前後帶動車子，用左脚把排檔踩回空檔，懶洋洋的跨下車，費力推動車子，來到一個彎路前，人又跨上車子，右腿踩住脚煞車，騰出一隻手來，這個口袋那個口袋掏著，最後掏出一張狹長的紙條，就著昏紅的車前燈照著，但是機車的蓄電池也太老了，要不，便是他五塊錢都捨不得花，三年四個月沒給充充電了，他左翻翻右倒倒，連肩胛都探出擋風玻璃右側去了，仍瞧不清楚紙條上究竟寫了什麼，他把紙條收回短大衣的口袋裏，下得車來，把車子推到前頭十幾公尺遠的一株路燈底下，跨坐在車座上，又去讀那一張紙條。

「嶺頭。」

他終於把紙條所寫的第一個地名瞧眞切了，自語一聲，抬頭看看左近可有公路局車的站牌。但是除了一株株被罰站在凛風中的路燈之外，他沒法找到可以告訴他目下身處何處的站牌之類的東西。他又向後望望，來路黑洞洞的，幾株怯怯的路燈也翦不盡這漫天蓋地而來的暗黑。

他略感沮喪的掉回頭來，黑漆漆的夜不知何時竟悄悄地貼上他車前及眼高的擋風玻璃上來，不！不是躡足而來的夜，他猛一抬眼，發現貼身而來的是不知從何處鑽出來的穿了冬季制服的那種我們馬路上常見的戴白頭盔的交通警察。

「請問……」

雖然嚇了一跳，想想自己幸好未患心臟衰弱症，馬上被將探知身處何方的喜悅代替了被驚嚇的嗔怒。

警察站得挺挺的以小腹頂住兩手握著的講義夾，頭盔的帶子套在下唇下去一點點的地方，顯得威嚴無比。

「請問這兒是……」他一手送上去紙條，一頭問。

「馬路上。」警察冷冷的，抓住原子筆的那隻手豎起一根食指，指點著地面。

「對不起，對不起。」他連著陪了兩聲不是，把車子往邊上儘量移一下，又問：「嶺頭這地方……」

「這兒不是嶺頭。」警察說：「車子怎麼可以隨便停在馬路上？」

「是的，是的！」他唯唯諾諾：「我是藉著這路燈……」

「這兒是大馬路上，你知道嗎？」警察說。

「知道的，」他答應：「我是……」

「而且是轉彎的地方。」警察說。

「我想這路邊……」他辯。

「你想，你想的就妨礙了交通。」警察說：「看你是不行，有駕駛執照嗎？」

「有的，有的。」他答著慌忙去掏口袋，可是人一慌，東西全都躲掉了，他掏了半天仍沒把執照掏出來。

「拿出來我看看。」警察看他慌亂的樣子，不知是得意自己的料事如神呢？還是滿足於自己的威權，竟傲然泛起冷酷的笑意在嘴角：「我看八成是沒有吧？」

「有的，有的。」他急得臉孔都脹紅起來：「前天才領到的。」

說著，從短大衣的內袋裏掏出一大疊東西，走了一眼又待放回去，警察眼尖，趕忙替他把嶄新的執照挑出來。

這下警察沒話說了，從塑膠套中抽出淺藍色的大型機車的駕駛執照，正面反面的仔細瞧了一陣，翻開講義夾，扳開原子筆就振筆急書。

他更急了，把車子豎起來，剝去手套，湊到警察身旁低聲下氣的央道：

「拜託拜託，實在不是故意的……」

警察沒理他，寫好了名字又去寫性別年齡。

「而且，我已經停得很靠邊了。」

住址又被寫好了。

「實在只是停了一下，又沒禁止停車的牌示。」

警察嫌惡地瞟他一眼，讓他想起來上山前自己在下面餃子館裏吃了大蒜，趕緊退後步，摀住口鼻又說：

「對不起，剛剛貪嘴吃了點大蒜……」

警察叉開雙腿，一截鐵塔般屹立在那兒，寫完車輛種類後，側彎下腰去看車後的車牌號碼。

「拜託一下嘛！錢實在不好賺……」

「你在哪裏教書？」警察在寫完職業欄時突然問。

他寬了一下心，忘了臭，又趨前一步說：

「北投，北投一家小小學校。」

「教書的怎麼這樣不長見識？」

他媽的！原來是要教訓人，他眼看對方軟的不吃，頓時長了起來，硬起口氣說：

「你這是什麼意思？」

「我們是吃什麼飯的？」警察也不好惹！不！本來就是惹不得的，兇著氣焰說：「喔！你這樣求求情就放了你，我們還算什麼？」

警察說著，低下頭來，把違反交通管理地點寫好，又說：

「也不看看已經寫好一半的通知單了，難不成我還把它撕掉？」

他看看接下去就要寫「違反交通管理事實」了了便抓住重點，同警察理論起來：

「好！我這樣停車有什麼不對？你說說看。」

「你停在馬路上。」警察說。

「不停在馬路上，難道要停在半空中？」他鄙夷地反駁。

「我是說你停在馬路當中。」警察好整以暇地說。

「那麼，你說什麼地方才算馬路邊？」他粗著脖子說：「山谷下是不是？」

「不妨礙別的車輛通行的地方就是馬路邊。」

「我這樣妨礙了嗎？喏！那部計程車爲何不撞上我們？」

「萬一開來一部大型車輛就礙上了。」

「當然！你若把航空母艦開到陸地上來……」

「你到交通法庭去申訴好了，」警察把筆尖擱在最大的一欄空白上：「我沒空跟你嚕嗦。」

「用不著這樣費事，你說啊！這兒不能停車，哪兒才能停？」他力爭：「你拿白灰撒上，我們找人來鑑定好了。」

「聽到沒有？我不同你嚕嗦。」大概他的論理妨礙了警察的「文思」，那警察把筆擱在那欄上，一下子寫不上什麼字，可是因爲一下子被窘住，所以遷怒到他頭上，便火著聲音吼：「就不寫你『任意臨時停車或停車』你又如何？」

「那就得了，」他緩下口氣來說：「我又不闖紅燈，又不闖單行道，又未超速，未亂鳴喇叭，未擅自變更裝置，未無照行駛，未未帶行車執照，未夜行不燃燈，未侵越快車道，未逆向行駛，未並行競駛……」

他一口氣背出十幾條交通禁制，企圖嚇一嚇警察，心下卻得意著自己還不算太差的記性，已經考過半個多月的駕照了，當初準備考駕時背的條文居然還能一條條清楚記住。

可是，他這叫班門弄斧，孔老夫子跟前賣《詩經》一般可笑，他忘了眼前攔路的是「吃什麼飯的」傢伙了啊！

他那廂背著條文，這廂交通警察的頭兒像搖鼓一般直晃。

「乘坐人數超額？」

搖頭。

「裝載超重？」

搖頭。

「裝載超出車身限度？」

搖頭。

「彎路地段不減速？」

搖頭。

「推著車子走，有毛驢不騎？」

搖頭。

「轉彎……」

搖頭。

「不……」

搖頭。

「設備不全。」

搖頭。

「你不用想唬倒我了。」警察大概搖累了頭了，制止他說：「你不用擔心，我們沒有麻煩好找，不服氣的話把車子發動，我讓你服服氣氣的回去睡得下覺。」

他是負了點氣的。背了半天條文，以爲可以因自己對交通規則的嫻熟，邀得眼前這位警察大人的好感，放他一條生路，沒料那腦汁竟然是白絞的。於是他負著氣，一腳便跨上車座，扭開電門，右脚用力一踩把車子發動，也許心中有氣，把手勁加大了點，油門扭得過猛，車子遂爆出一串吼聲。

眼看車子發動，警察便走過來，右手從把手中接過轉油門的那頭把手，示意他下來，然後警察自己坐上去，扭了兩下油門，讓車子發了幾聲哀鳴，在嘈雜的車聲中，警察揚著聲音說：

「這滅音器有問題。」

「你自己下來看看好了。」他說著，從車肚裏取出工具要交給警察。

警察沒理他，他恨得把兩頭大中間小的骨頭一樣的工具高高舉起來，警察可能從反光鏡裏窺得了他的舉動，閉起油門高喝一聲：

「幹什麼？」

他一瞬間瞥見頭盔掩蓋下的蠻橫臉孔萎了下去，打心眼裏冷笑起來，便順著手勢，抓著工具揮了兩圈，然後左手揑拳，輕輕敲兩下右肩關節。

成了驚弓之鳥的警察，許是惱恨他狡獪的捉弄，也可能是惱恨自己輕易的露了底兒，狠狠的一扭油門，摩托車震天價爆響著，排氣筒裏瞬時排出一筒黑煙，車聲弱下去時，警察擺出一臉陰霾說：

「排出黑煙超過濃度。」

「還有嗎？」反正，今日的書是白教了，不只是今日的，據說目下最起碼的罰鍰額是一百五十元，那麼，明、後天也是白上班的了，他便使出一副死活都是定了的姿態去磨警察。

警察把引擎關掉，試兩下遠近燈，又試一回左右燈，沒找到毛病，下來之際踩了一下煞車，回頭去看到煞車燈沒亮，好像頗爲得意的一邊下車一邊說：「煞車燈損壞未修。」

「什麼煞車燈？」他指指車尾紅燈說：「這不是亮著？」

活該他倒楣，你說這不是嗎？連煞車燈都不曉得的傢伙，罰他百把元的實在太便宜了。

「什麼煞車燈，」警察說：「哼！你也是騎機車的，以後跟在別人車後留意一下人家的車尾燈就知道了。」

彼此出過一次醜，他遂無話可說，警察看他不說，便問：

「現在還有什麼說的？」

他實在沒話可說了，既然如此，趕緊要回來被扣的駕駛執照是正經。

「那麼你塡吧！」他說：「你自己千萬別穿便裝騎機車。因爲我兒子也是當交通警察的。」

警察可能沒聽到最後那兩句話，否則，依這警察的性子，不把違反交通管理事實塡成最嚴重、罰鍰額最鉅的項目才有鬼，他，前前後後屈指算來，二十七歲都不到哪！而這個事實，警察在方才塡到被通知人性別年齡時是淸楚的。

「我可以塡你『不服從稽查取締』那樣罰起來是可觀的，」警察好像施了多大恩惠似的：「但是我只塡『煞車設備不全』好了。」

警察說後，要他簽個字，把違反交通管理通知單的通知聯撕下來遞給他，把他的駕駛執照夾到講義夾裏頭去，揮揮手打發他說：

「你可以走了，記住三十號以前去繳款，逾期加倍罰金。」

他沒精打彩的接過通知單，就著路燈瀏覽一下，也沒有走的意思，警察打發不走他，自己先走了，他抬起眼，追尋警察的去向，他媽的！原來自己粗心，因爲拐過彎的地方岔了一條小路，小路口種了一排篁竹，那交通警察就站在那濃濃的陰影下，像一具幽靈，從遠遠望去，就算見得著岔路，也見不到穿黑制服的警察，當然！若你細心，你會見到一球浮在漆黑中的白頭盔的，另外還可以睹得兩盞鬼火般炬亮的眼神，獵犬一樣機警地自暗處窺探著馬路。可是，我們誰這樣當心地防著暗處隨時瞄著我們發射的箭鏃的？

警察說是只記了他「煞車設備不全」，他瀏覽一眼通知單事實欄裏，卻只見一「一—〇〇五」的字樣。

「見鬼了！」他咕噥一聲：「鬼才知道一—〇〇五是什麼符咒。」

「喂！」他喊一聲暗處的警察，但是人家不知是僞裝的還是眞的沒聽見，動也沒動一下。

反正被逮走了，他索性多停一會兒，把本錢夠回來。因此他就慢條斯理的去摺疊那張罰鍰通知單，向內摺時他才在通知單的背面看到警察塡的原來是「代號」。既然要夠夠本，他便把通知單又攤開來去找那一—〇〇五那項下究竟是怎麼寫的。誰知，不看猶罷，一看之下，把他愣成丈二金剛，一—〇〇五項目寫的竟是「越區營業」啊！

「他媽的！」他有點啼笑皆非的咒道：「我又不是新北投的那些限時專送車夫！」

於是，他溜下車來，擺著車在原地，拿著單子到前面岔路找警察改去。

「又來幹什麼？」不等他走到跟前，警察即嫌惡地發問。

「我這車並不營業，哪來越區營業。」他揚揚手中通知單說。

「什麼越區營業？」警察說：「你少死賴活賴的，百多元什麼了不起的？」

「話不是這樣說……」他說：「該怎麼著就怎麼著，一—〇〇五是越區營業的代號。」

「好罷！」警察抬起講義夾來，探手把他手上的通知單搶過去說：「話是你說的，該怎麼著就怎麼著。」

說著，在原來的代號上畫了兩筆，改塡乙二—〇〇八的字樣後丟還給他說：

「你這是不知好歹。」

他在半途截住那飄在半空中的通知單，頭也不回的走回車旁，狠力一推，跨上車座掉轉車頭溜下山來。

什麼地方也不去了；乙二—〇〇八，他方才看過，是不服從交通警察指揮，他媽的，這還不容易，你多吭兩聲就是「不服從交通指揮」……

「還說我死賴活賴。」

他眞氣，狠狠踩下二檔，原是空檔的輕靈地滑行的機車，突然被重重地牽扯一下，後輪被拖著磨了一來尺，刺耳地發出ㄔㄔ的輪胎磨擦澀地的噪音：「死賴活賴，死賴活賴，他媽的！這不是無賴嗎！」

——原載一九六九年《中國時報》，原題〈吵車〉

郎中

老天的臉好陰鷙，雲層壓得低低的，彷彿扣在人的眉心。

「今天歇一天吧！」望一眼烏沉沉的天際，他對自己說：「沒有個禮拜天便把雨天來當……」

「可是日子呢？」他嘆了一口氣：「下雨天，日子也要打發的啊！舊的要過去，新的也要到來。」

說到日子，瞬時幻現許多手在眼前晃動，一隻隻暴長出來的手，像廟庭上、橋頭畔那些要飯們的髒手，像龍蝦那對異長的索食之手。

他想起來，並不是沒有禮拜天啊！但是禮拜天，他想：禮拜天在他來說只是日曆上的，一直抱怨沒有禮拜天，只因爲心裏頭不得一天的安寧罷了，今天歇一天吧？歇一天沒有什麼不可以，問題是：他向誰請假去？

那些探到眼前來的手要的無非是錢，睜開眼便要錢，日子要錢打發，那些手這樣告訴他。於是，他緊緊將眼睛閉住，那是一種逃避！他知道。但是，好像不要看見他們便也不被他們看到似的。很駝鳥、很掩耳盜鈴式的。糟的是：情形似乎愈來愈壞，像這一刻：他閉上眼了，耳畔卻清楚地響起這些聲音：

「如果有錢……」太太說。

「如果有錢……」兒子說。

「如果有錢……」母親也說，含蓄地。

「是的！」於是，許多時候，當他摀上耳，閉緊眼還是逃不開那些煩擾的時候，他也會對自己說：「如果有錢……」

所以，他還是將鋪蓋卸下了。有錢才去買個假日吧！豔陽天的假日。

激濺的鑼聲響過，人全都攏了來，看見人數齊了，他嗯哼嗯哼理一理嗓子，把嘈雜的語聲濾淨，自忖差不多了，立起身來，兩手抱拳，彎彎腰朝四方拱拱手，唱了個喏：

「諸位！在家靠父母，出外靠朋友……」

老套！人羣騷鬧起來，好像他騙了他們什麼似的，他趕緊放開手，重把那面銅鑼撩在手上，噹噹噹連串敲了下去，把人羣的騷鬧聲壓制下來。

「先生太太歐巴桑，您先別趕緊走，好戲給您看，小弟等下就要……」

不行，這一急，嗓子全乾了，丟下銅鑼，提起小小茶壺，嘴對嘴咕嘟咕嘟灌了三口，嘴巴一抹，兩手一拍，掄起銅鑼，喝一聲，唱起對句：

「上行蘇澳宜蘭，下行恆春打狗，」

噹噹噹噹……

「中部直透阿里山埔里社，」

噹噹噹噹……

噹噹噹噹……

「小弟一行兩三名，」

噹噹噹噹……

「工夫要給你大家攏知影。」

噹噹噹噹……

「來！小的，準備露一手漂亮的……」

噹噹噹噹……

又猛敲一陣銅鑼，回過頭去看，身後半個鬼影子也沒有，轉回來！突梯的笑一笑：

「嘿嘿嘿，唸對句的，在下單操一個，闖的單幫，太太兒子來了才夠兩、三名。」

「來！」剁下銅鑼，再直起身來時，手上拈了一份貨色：「做人做好人，賣藥賣好藥，好藥不用多講，好虎不用多打，若是這味袂好的膏藥，不是，若是賣好的膏藥，就擔包好的責任，小弟這味傷嗽神藥，專治蚊蟲叮到，死、死蛇咬到，冷滾水燙到，樓脚跌到樓頂……」

一陣哄笑，使他感到一陣暖意，很久沒有這樣熱烈過，他甚至爲方才的開場白得意起來。打些譁吧，打些譁吧！打次譁有什麼關係？他心想以前只會正正經經的……在笑聲的鼓舞下，他陸地賣勁起來：

「老伙子嗄嗆喘不離，久年鬱傷，嗯哼嗯哼苦苦嗽，膀胱虛冷，一暝放尿放到天光，手尾脚尾冷吱吱，仙睡都睡不燒，囝仔人著猴損，歹搖飼，滲青屎，面色黃丕丕，少年人手槍風騷，致了五癆七傷，放尿白濁白濁，精門無力，陽萎早洩，太太講你不夠力無路用，房間裏不和睦，腰痠背疼，未老先衰，小姐胸部平平駛飛機，赤白帶多，查某人暗森病，不豐滿，淋病梅毒……這都是要緊症頭，著要趕緊來治……」

「鏘！」他用力拍一下胸脯，作勢嗯哼一聲，裝出毫無干礙的神色來：「來，若是犯了這些症頭，請您來用這味聖藥，囝仔來吃不夜尿，會快長，少年人吃有九牛二虎的活力，給太太爽歪歪，中年人吃，恢復青年，太太嘴笑目笑，夜夜新婚，老伙子吃了活到百二歲，小姐吃了胸部豐滿，屁股圓鼓鼓，面色柔嫩，臉帶桃花，太太吃了赤白帶無，顧子宮，養卵巢……」

他忘我地賣著，把所能想到的全謅了出來，天花亂墜，口沫橫飛，早不記得自己賣的是啥等貨色了：

「平時吃預防傷風感冒，戰時！不！病時吃袪病兼離癆……可以吃可以抹……」

恍惚聞得耳邊鈴響，又彷彿聽到女人悄悄提醒：

「阿祥他爸，講漏氣了，你……」

「女人家嚕嘛什麼？」他在心底詬一聲：「回去奶孩子去！」

然後又賣：

「五千，不！五萬年祖傳秘方……」

說得更久一些便更神秘一些，更容易唬人一些，既然要吹，便吹漂亮一點，待會兒抬價些，好賣些……他想，微微懊悔著沒有吹成五十萬年的。

「……若是嘴齒痛就抹下頦，目睭痛抹目眉，腹肚痛抹肚臍，現抹現知，保證藥到命……病除，若是不信者！來！」他一彈指挑開瓶蓋，舀一小調羹，把手伸得長長的繞了個半圓：「免費試用，清涼好吃，現考現試，無好免錢，來！現考現倒，現倒現扛走……」

「這樣一罐要賣好多？十元？不免！九塊半？不免？八元？不免！統統不免！來！人客！今夜要和各位交關一下，吃得好倒相報，吃不好給趕跑，保證原封……原金退回，所以，來！不免驚，綁緊褲帶，當掉老婆，交個朋友。」

「來來來！十元、八元不免！噹！要賣好多啊？俗喊俗賣，一罐不多兩罐不少，要多少？噹！七塊半！」

噹噹噹噹……鑼聲響過一圈……

「零散錢不想要賺，交關一下，五角銀不要算，七塊錢買兩罐，買一罐送一罐，要的人即喊聲……」

四周靜悄悄地，半聲也沒誰喊，他闔上眼皮，說是不敢看人們棄他而去，其實是怕看自己這慘不忍睹的淒涼吧？不幸，這樣緊閉著眼也並未就不知道一圈圈箍起來的人牆一層層的在崩走，因為他感知原來濃濁的空氣好像愈來愈稀薄，到最後，居然有冷風拂上臉來，他睜開眼，四周人全溜光了，攤子上只剩自己光禿禿的立在孤燈下，像一株撤去帆篷後的桅桿。

他摜下銅鑼，兩掌併在一起，摀住臉，然後慢慢讓手滑下來，由於臉皮被朝下扯，額上的皺紋被舒平了，慢慢的又露出一對變成倒眉的粗黑的濃眉，我們可以想像到：如果命好，那現時成個「八」字形的濃眉霜白後便是長命百歲的壽星眉了，手再往下滑，一對眥張的白眼也露出來了，然後是被壓扁拉長的鼻子，然後是被扒開的唇齒，當指尖觸及下頦的時候，他把手停在那兒，展平下頦，微微晃著頭，用粗硬的椿鬍去摩挲同等粗糙的掌指，半晌，吐一口氣，定定地盯住前方，眼中一垠空茫，呆呆的站一會兒，回過身來，用脚把銅鑼拂開，蹲下來，嘆口氣自語：

「人的耐心越來越少……也好像愈來愈不快活了……」

受了采聲的鼓舞，他想既然人愈來愈不快活，逗逗大家笑也勝似賣了藥吧？不管怎樣，笑終究是快活的表示，所以謅得興起，諢話便全抖了出來，不過，雖是存了心要逗大家笑樂，在心中，他也曾偷偷想望逗得大家高興時多賞幾文錢，就是不全爲了買藥的話……

發現自己不知何時起變得很少開心地笑，便也去留心旁人，讓他十分驚奇的是旁的人也並沒有他笑得多。他開始懷疑：緊緊地把臉綳住是不是早成了一種風尙或疫病？下肢露得太多，上面便少露一點，是這樣的嗎？當下面全露的當兒，上邊還綳得緊緊的嗎？

他苦笑一笑，大概笑自己的無聊吧？怎的把念頭轉到那上頭了？人總是摒緊房門才露那下面的啊！他自然無從窺及，那麼自己呢？嗤……

要死了……越老越不正經。

哈哈！老太婆了，還不許他亮著燈！實在沒道理啊！在至極的歡暢時露齒地笑一笑都不許在亮光下的。

赫赫！他忽然彎下身，把臉湊在電燈底下，惡意地強笑兩聲，說是笑，那樣兒卻更像哭。想到自己耍寶時圍了那一大堆人，輪著賣藥時一個個溜得精光，一種被衆人欺弄了的難堪和憤懣，使他的臉色僵得好難看，可不是被欺弄了？開始時，他們笑得多熱烈。

「愈來愈難了……唉！方才還賣什麼狂呢？」

怪起方才自己的胡扯，想起剛剛正謅得高興時，好像聽到老婆的叮嚀，這才倏然全醒過來。

哪有什麼老婆兒子呢？全送回娘家去了，一攤子的土貨還不夠重嗎？這一埠那一埠的趕著，女人挨得下苦，老丈人可捨不得掌珠，說是送回去的，不如說是被逮回去的。

老婆不在身邊，但是，剛剛倏然醒轉時，好像老婆就窩在身後，幽怨的白了他一眼。

方才賣什麼狂呢？正正經經地賣，一百、兩百不敢想，三、五十元總會有，三、五十元，三、五十元總撩得熄某些慾望了，唉！方才賣什麼狂呢？

規規矩矩的，順順當當的，盡多的人這般活過去了，而你，打什麼譁？使什麼性子呢？

他有點懊惱，說什麼打一次譁有什麼關係？想什麼岔岔道有什麼不行？問什麼一定得按牌理出牌嗎？我們的一生……什麼叫正道？好了，眼前事實擺著，攤頭上冷冷清清，這就是「關係」，就是「不行」！就是「正道」，這等寒薄的命，撐什麼傲骨？使什麼性子？這不叫同自己過不去？

總得受一點教訓才學乖，眞賤！這骨頭，總得吃點排頭什麼的……

他喃喃私語，在越陷越深的懊惱裏，無端憶起許多人的規誡：

「不是女孩子不好，他們幾乎全這般說詞：是你這工作不應該。」

「你他媽的，自己後顧無憂了就說這種渾話！」他倒是理直氣壯的粗著脖子吼：「這工作什麼不應該？」

「不應該就是不應該，沒什麼道理講，你不是不知道，我們這種收入……」

「我知道！我知道！我知道我結過婚也會勸人家別結婚！」

「你這是抵死不悟，你得搞清楚男人駕馭女人只拿兩樣寶，而我們半樣也沒有，金錢？哼！另一樣，甭提了，提了洩氣，不飽不暖的哪來淫慾？」

現在，老婆娶了，命眞得賣了，老婆倒是滿體己的，半句怨言也不發，但是，這樣要死不活的拖下去，丈母娘怕不還人了。

他怵然一驚，身旁撈起銅鑼敲起來，他不知道自己究竟發的什麼呆，沒有什麼正經的，除了幹活。

懵然抬起手敲下去，應是噹噹的嘹亮鑼聲，卻恍惚是噗噗噗的韌厚的板子拍在地上的聲響。

不管它了，什麼聲音都好，只要引得觀衆駐足。

這回，這一回得規規矩矩地來……這一回……

「來來來，佛要金裝，人要衣穿，可以充禮數，可以當抹布……」

咦！他警覺嘴巴吐出來的話似乎不對頭，但是，他又犯了火了，也許他是不由自主，聽說他們那種人，話一出口就似水開了閘。

「……眞正粗俗的西裝褲，AB褲……」

他媽的，就當發神經病吧！（唉！今夜怎麼搞的？）他自覺莫名地委屈，委屈得有點泫然。

「來！賣俗褲，賣好布，識貨的請留步，大廠出名牌，來！」他一手垂了那面鑼，一手舉著敲鑼的鎚子揮舞，嘶著聲大叫，神情有點錯亂：「不賣俏，不打誑，老實人做實在生意，識貨的才來買……」

有幾個人停下步，愣愣地瞧他，現在，只要有人駐足，也便是很大的安慰和鼓勵了，因此，停了話的他，感激地望一眼那些人，用溼溼的鼻音又嚷：

「一領卡其褲的價錢買一件筆挺的西裝褲……保證合穿，尺寸齊全，舉鋤頭的來穿，捏筆桿的也來穿，囝仔來穿，大人老伙子也來穿，宴會穿、種田穿，跑車趕路都來穿，遮風擋雨，耐磨耐穿，不消風，不失重，不朽不臭……」

「來！」強打起精神，狠狠猛擊一下掌，把精神全擊了出來：「免洗，噢！不是，好洗快乾，免熨不皺，來呀！七、八十塊也是一領褲，三、五百塊也是一領褲，買回去穿才知影，三年四個月不敢擔保，一年、兩年擔保不起毛，眞正的毛海特多龍，不穿不破……」

嘡嘡嘡嘡……他想他在敲鑼，其實他只是擊著掌，嘴上學著鑼響的聲音而已，那一面鑼，不知何時已摔在攤上，鑼槌滾得邊邊的，用脚勾都勾不到，鑼被反轉來扣在地上，圓凸起來的鑼背，那常常被敲擊的小圈亮亮的中央映在燈光下，閃著冷利的金屬光芒。

「爸爸！」

「嚕嘛！」

「爸爸……」

「……」

「爸……老……」

「……」

「老——爸……」

「？……」

「老師！」

「呃」

「老師，天好暗喔！」

「呃……不會把燈開開？傻瓜！」

日光燈閃了兩下，六支一起亮了起來，燦白的燈光打在他臉上，使他一時瞇起眼來，再亮開眼睛，嗬！他發現自己正站在講台正中，五十幾對澄亮的眼睛睇住他，他胭極地把背斜貼在黑板上，一百多道眼光突然銳利起來，一瞬也不瞬的，像釘子一樣，把他張成十字釘在黑板上不能動彈，一本薄薄的《公民與道德》的課本掉在講桌下遠遠的地方……。

——原載一九六九年《中國時報》

要飯的

火車站的廣場上停了一部鎮長候選人的宣傳車，老遠老遠他便辨出來紅底白字的布幛，斗大的字寫著「③劉順水」。宣傳車由一部敞篷的吉普結紮而成，四壁豎著高高的三夾板，中間就繞上寫著三號劉順水的那塊紅布。不知是助選員還是候選人，站在車裏面就只見一個頭顱和一隻抓著麥克風的手掌。人雖然「藏頭露尾」的見不眞切，經由麥克風擴散出來的聲音卻是滿響亮的。

「拜託，拜託，請將神聖一票惠賜劉順水，拜託，拜託。」

他快走近宣傳車的時候，人家剛好演講完，擴音機裏聲嘶力竭的傳出另一個粗嗄的嗓子，沒命的喊著「拜託，拜託」。

「勞工出身，勞工出身的劉順水，才知道勞工的疾苦，拜託一下，勞工是絕不能丟這個面子的，火車站的弟兄們，支持一下，很危險啦，四邊包圍過來了，被逼到水邊去了，快要落水了，攙一下，請攙一把劉順水。給他有更大的機會替勞工界服務，拜託拜託，拜託拜託。」

他繞過宣傳車，存心躲開綁在車尾上端的大喇叭，偏巧他快越過車子的時候，宣傳車開動起來，而且一掉頭，恰恰又把車尾的大喇叭對準他的耳朵。

他「啐」一口，把嚼得鬆碎的檳榔渣吐到騎樓外的排水溝裏去。就在檳榔渣沾到水面的當兒，他頭頂上突然唏哩嘩啦爆起一串爆竹，把他嚇了一跳，炮杖屑還掉了好幾朵在他肩上。

他張開口，想咒一聲粗話壓驚消氣，沒等他咒出聲來，擴音機排山倒海的聲浪湧過來，把什麼聲音都掩蓋住，就只見他開口，不知他咒沒咒人了。

「多謝鳴炮，多謝鳴炮，多謝，多謝……」

「各位父老兄弟……」

一部車還沒離去，另一部由女人掌麥克風的宣傳車，斜刺裏滾壓出來。原先那部宣傳車本來走的斜右的那條熱鬧的小街，還沒轉進去，碰上迎面開出來的這一部，半掉了個車頭，往正對火車站的那條大路開去。

鞭炮聲又熱烈響起，也不知是歡迎誰的，只聽到兩部宣傳車都直起嗓子叫：「多謝鳴炮，多謝鳴炮。」

他快步遁進車站裏去，仰起脖上尋著北上的列車時刻。時間叫他尋著了，卻找不到車站的大鐘對照隨即要來的這班車應是幾點幾分的，因爲他並不確知這一刻究竟是幾點幾分。

候車室裏坐了不少人，但還沒有開始剪票。他想時候大概早著。候車室裏兜兩圈，又出到車站大門口，待了一下向左邊去找到公共厠所，解了一下手，又沖一把臉，再回到剪票口，剪票口依然閉得緊緊的，從月台那邊扣了一副青銅鎖，冷冷的。

他望著那青冷的銅鎖，探手口袋裏，三枚銅板伶仃地縮在褲袋的角落裏，撥弄兩下也只怯怯的孤弱的響兩聲。說是聽到那聲響不如說是感覺到。三枚銅板有一枚還是五毛的，只夠買一張最起碼的票子。他恍覺被那副扣在剪票口外的銅鎖白了一眼般地，覺得好沒意思。於是他車轉一個身，把屁股給銅鎖瞧，自己斜著眼睛去看車站外頭廣場中央才開來的那部宣傳車。

「一號林義成，」先前那女聲嚷著：「一號林義成特地來拜候各位父老兄弟，看那在走廊下的高個兒，他就是林義成，一號，一號林義成。」

站在站門口，他循聲望向車站左側那排店戶，一個西裝筆挺的高個兒沿門挨戶的打躬作揖，從遠遠的那一頭走過來，手上戴了副手套，聽人說手套正中繡著選票上的號碼，作過揖，把手掌推向外人家就看到那個號碼。身後跟了一大堆人，見人就塞一張傳票。

他冷眼瞧著這一號的林義成，誠摯倒滿誠摯的，可是像煞了被誰用繩子繫住拉一把就動一下的傀儡。

「林義成來拜候各位，懇求各位惠賜神聖的一票，懇求各位給他服務的機會，身體最強壯的林義成，資本最雄厚的林義成，他要把這樣勇壯的身軀貢獻給我們的鄉里……」

聽人家標榜身體，他不由得低下頭，瞥一眼自己排骨崢嶸的胸膛，這先天不良後天失調的身子，使他悲哀起來。

「眞是資本！」他酸酸地想。「最好我們牽一頭牛去坐鎭長寶座。」

這姓林的候選人表演精采，好幾家店鋪不僅爆起掌聲，並且又報銷了一串連珠炮。

他被完全的吸引了，他站在那裏呆了，耳朵只聽到拜託拜託、多謝鳴炮、拜託拜託的聲音，至於車站女播音員反覆播了好幾次的開始剪票的聲音，他聽都沒聽見。

「好，現在那街道的店戶快被走盡了，看他還怎麼做。」他好像在觀賞什麼好戲。

在最後第二間店鋪門口，原跟在候選人身後的助選員突然趨前在候選人前頭，跑到車站這邊來。

「拜託拜託，」第一個助選員嘴上錄音機一樣反覆著這一句話，一邊不由分說的朝他手上塞了一張印有候選人的傳單。

「拜託拜託。」還來不及看一眼，手上又被塞了一張。

「拜託拜託。」又來一張。

他放眼望去，後頭的助選員陸續向這邊跑來的還有三、四個之多，趕緊把傳單塞進褲袋裏，回身便逃。

可是不回身則已，一回身卻把他慌出一身汗來。列車早已進站，此刻站上的電鈴聲激烈的飛濺著，催人斷腸的離別訊號。剪票口的木栅門開在那兒，站務員手上抓了隻亮晶晶的剪子，百般無聊的四下顧盼。

他拔脚奔向剪票口。剪票的先生只見一條身影打眼前掠過，來都來不及制止，他已經躍上列車，讓自動關閉的車門把他銜走。

沒有手帕，也不帶衛生紙，他潦草的用衣袖在微微出汗的額上抹一把，深深吐納了一口氣跨進一節比較疏落的車廂，尋個可以探視到車尾那個門口的位置坐下，頭一靠，把自己埋入那高靠背的舒適的沙發椅中。

「不許睡著啊！」他關照一聲自己，然後把眼闔上，然後，不到五分鐘，呼嚕入夢了。睡夢中，他自然不再記掛自己未曾買票，也不再警覺地探視車廂兩頭的門外是否走來隨車的查票員。

一個站過去，兩個站也晃過去了，他的口水都掛到胸口上來。

他實在太累，說眞的，他拙於生活，從小，叔祖輩就看準他有朝一日會淪爲要飯的叫化子，後來長大了，叔祖輩也老去了，他怵然自覺自己果然艱於生活。人人都說他懶，是的，他這樣無所事事，竟日遊蕩，可是你聽他說：

「生活？我知道有一種日子適合我過，至於你們眼下過慣了的……那也叫生活嗎？」

那麼他要過的是哪一種生活呢？

「我不知道，有必要知道嗎？在全然不可知的情況下並不是就過不下去啊！」

「誰說……」

沉睡中的他被一強有力的手搖醒，醒來之前，他還喊了一聲夢話。

他微啓眼皮，窺知搖醒他的正是他睡前極力提防著的查票員時，趕緊閉起眼皮，佯裝睡得正熟。

當然這個賴他是耍不成的，越耍賴越是告訴人家他沒購票乘車！這些隨車人員，什麼花樣沒見識過？

不過，我們別小看他，他肚子裏頭是藏有詭計的，所以他不動聲色的一任查票員捉弄他，反正這些人總不至於一傢伙把剪子敲上他的腦袋。

列車氣勢洶洶的吼了一聲，越過一座鐵路橋沒多久，慢慢緩了下來。他在眼皮的遮掩下，偷勾了一眼車窗外的世界，亮花花的陽光刺激得他一下子皺起臉來，這下馬脚露出來了。查票員抓住機會：

「先生，把你的票借看一下。」

「唔！」他不得不站起來，通了一下鼻子，從靠窗的位置移到靠走道的這邊，手伸進口袋裏胡亂掏著，掏了半天不見車停，便彎下腰去，在椅子底下找尋著。車子的引擎關掉了，只剩下滑行的速度，他把屁股朝向查票員，後退著把查票員用屁股頂離椅子通到走道的出口，好了，車子這時已停下來。他站起來，故示驚慌的說，「是華埠啊！對不起，對不起，我應該下車了。」查票員一把撈住他的腰帶：「別慌，看了票再走。」

「來不及下車要越站乘車了啊！」

「不會，這兒是大站，而且要會車。」查票員說著把裝在後口袋的成冊的票子掏到手上來。

「我買了票了啊！」他扭著腰，使勁揮著，一邊說：「方才打盹，票掉到座位底下去了。」

「你分明是沒有買票。」查票員不聽他的。

「你把手放一放好嗎？」他別過頭對查票員說：「補票就補票，什麼了不起。到連鎮好多？」

「你有沒有票根？」查票員問，把手鬆掉。

「有票根還補什麼票，又不發神經病。」沒好氣的說。

「沒有票根，誰知道你坐了多遠的霸王車。」查票員翻開車票簿，把複印的兩張票對好，讓剪子的獨齒對著一個站名：「這車從高雄開，你得從高雄補起。」

「這不是搶人嗎？」他心下發慌，高雄補起，這還得了，把衣服脫光送進當鋪都不夠：「我是板鎮上車的啊！」

「誰知道你是不是板鎮上車，你也可以說才上車。我們信哪個？」

「這，這，哪有這回事。」他四下焦灼環顧著，希望可以找個人替他證明他上車的站名，然而車廂寥落，椅子靠背又高，他找不到一個見證：「你們總該講理吧？」突然一擊掌，開朗地說：「我是因爲差點趕不上車，才沒買票啊——」

「你應該一上車就到後面列車長的地方補票。」查票員不同他嚕囉，不讓他把話講下去。

「是應該那樣，可是我忘了。」停了一停又說：「板鎮的剪票先生一定認得我，你們可以搖個電話問一下。」

「你爽快一點，就從台南補起總可以吧？」

「我千眞萬確是從板鎮上車的！」

「鬼才信你。」

他不曉得怎麼辦，把手揷進口袋裏，碰到袋底的時候，他被一團硬硬的紙觸動靈機，迅速將它掏出來：「看這一張是什麼？板鎮鎮長候選人林義成，我不是從板鎮上來，哪來這玩意兒？」他如釋重負，笑得非常開心，隨手一塞的東西竟解了他一次圍，他可以確定，他已無須從高雄補起了，壓在大盤帽底下的臉孔，見了他的傳單之後，顯然緩和了許多。

他果然只補了最起碼的一程票，但是也已傾囊而出的了，除了他自己以及他在家鄉的惡名之外，他果眞身無長物了。

既然補了票，他便很安心的坐回舒適的座位上安安穩穩的睏它一覺，可是怪事！這回他怎麼也眠不下去，一些念頭在腦海裏漂著、泛著，他想起一些工人和兵士們都是席地而臥，呼嚕呼嚕的就打起鼾聲來，卻儘有睡席夢思的達官貴人千金小姐非要安眠藥送他們入睡不可。

他稍為有點懂得他要的生活是什麼了，但是他並不急於去弄清楚它，更不急著去理它，另一個更動盪的念頭在他心中翻湧。

總歸要被索回去的，為什麼不在此時多揩他們一點油？只要活得了命，原則不一定要維持。

於是，當列車再度靠站，他毫未猶豫的跳下來，沿鐵路走到欄柵的盡頭，出到一個可以聞得「拜託拜託」的市鎮上來。

「老闆，給點辣椒好嗎？」

他已囊空如洗，然而，此刻他大大方方的踞坐在一家小吃店中高聲吆喝著。面前疊著兩隻空碗，另外兩隻一大一小的，大的滿滿的裝著蚵仔麵線小的裝著被吃了一半的油飯。桌上胡椒罐、醋罐、醬油罐的，這廝還在那兒嚷著要辣椒。

「來了來了，對不起，對不起，人手實在太少。」老闆不敢開罪，手上捏了一撮紅辣椒跑來：「擺在那兒？」

他比一比蚵仔麵，等老闆把辣椒撒上，說：「不是錢賺多了就好。」

他早已成竹在胸，進來以前，他已經站在街口研判了半天，判定馬上會有候選人來「沿門托缽」的，於是他才大模大樣的坐下來大嚼特嚼。只是他沒有料到幾碗油飯幹掉了，還不見候選人的影子。要來的辣椒全部擺進蚵仔麵線裏頭，存心讓蚵仔麵線辣得不能入口，然後一根一根挑著吃。

他很想到店門口去探望一下，可是他怕店家誤會他是站起來會鈔，那才窘人哩，一動不如一靜，反正店裏頭有他叫不完的油飯，慢慢兒吃吧，一天當中總有三、兩個人來拉拉票的。

辣椒實在太辣，全部擺在蚵仔麵線裏，使他進不了口，他勉強挑了幾根，火辣辣的兩片嘴唇感到的異乎尋常的難受。

「拜託，拜託。」

來了，他精神一振，豎耳傾聽，確定不是自己想昏了頭而生的聽覺的錯誤後，不自覺的咧開了嘴微笑，辣椒也不辣了，嘴也不火辣辣的難受了。

「拜託，拜託，萬事拜託。」

他望出去，一個古代弁差模樣三十開外的男人，一路過來，一路散發著傳單。

「別客氣，」小吃店的老闆像是非常相熟，接過傳單，往灶上一擺，一頭應著：「老兄弟，這一票是鐵的。」

「多謝多謝！」那個弁差打恭作揖的道謝：「自己人，自己人……」

「自己人應該請客。」

他正想接那助選員的話敲一頓竹槓，不料有人先他接過去了。他趕緊四下裏逡巡，但是他找不到那個「同志」，幾乎只剩他一個人沒開腔，所有店裏吃東西的人都叫起來了。

「請客，請客，反正是自己人……」

他這回樂了，看來這個油是揩定了，瞧那助選員在店門口那姿態，八成是逃不開的。

「小意思，小意思。」助選員大聲朝店裏的衆人說話，然後掉過頭，吩咐一頭大汗的老闆，「通請，記我們老大的帳。」

店中衆人全嘩然歡躍起來，有幾個大約有急事，順手抓起助選員放在他面前的傳單抹一下油膩膩的嘴，站起身走了。

他最後一個離開小吃店，手上抓一把在桌上撥下來的打蚵仔麵線挑出來的辣椒，一跨出店門，巷口正好開進來一部宣傳車，車上的麥克風正聲勢浩壯地對著並不寬敞的街路，傾瀉著「拜託，拜託」的聲浪。

他步出月台，已不記得是第幾個月台了，站在出口的走廊下，待拿起左手遮在眉頂時，才發覺手上還抓著一把切得細細的辣椒，他隨手一撒，想起還只不過是揩了一頓油飯和蚵仔麵線的下一個下車的站而已。這一程睡得倒安穩，沒查票員來擾夢，一覺居然睡到太陽西斜。

如果只爲活下去，生活看來並非頂難的課題，他把撒掉辣椒的左掌伸到褲帶裏去擦乾淨，一頭瞎想：如果只爲活下去，那生活的內容只是一樣——吃飯啊！而看來吃一碗飯並沒有人家形容的那麼難。

他抽出左手，擋在眉頂眺向蒼茫的車站的廣場外，是一個不起眼的小市鎮，他打起眉結，有點懊惱在這兒下車。

好在肚子已經有點餓意，肚子餓便得下車，這是頂理直氣壯的理由。

勁遒的西風咻咻吹起，細細的沙子掃在臉上，竟然微微發麻。這印象不可能美好的。路口靜悄悄的，彷彿構陷一樁陰謀，竟然一部宣傳車都不見，倒是電線桿上糊紅貼綠的滿是海報。

「拜託，拜託……」

嗨！他鬆了一口氣，浮起一抹笑，慶幸晚餐有了著落。

辨明了方位，迎著競選的宣傳車開來的方向走去，耳畔逐漸清晰地響起：

拜託拜託

拜託拜託

……

不知不覺的和上脚步的節拍，又不知不覺的幻出小時候見過的那些揹著蓆編的大草袋衣裳襤褸的乞丐羣，那一張張邋遢的黃臉，扮一臉哀傷、愁苦……

「頭家，頭家娘……囝仔兄，拜託拜託，一點點分咧……拜託拜託，拜託拜託……」

他摔摔頭，企圖摔棄灌滿了一耳朵的求乞的哀聲，可是聲音卻愈來愈大，像奔騰的激流。他摀住臉，卻從疏漏的指縫間窺見一張分割了的臉，定眼一瞧，卻是自己乞丐一般邋遢的瘦臉，眼睛一閉，又變成劉順水的，一眨眼又是林義成的……

「幹！乞食——」耳畔無端響起一串粗嘎的男聲：「乞食、叫化子、要飯的！」

唔！乞丐、叫化子、要飯的，他想，他是要飯的，可是，可是，一陣排山倒海的聲浪湧過後，他又想：誰不是要飯的呢？

——原載《台灣文藝》，原題〈誰是要飯的〉

金交椅

廖銘龍又升了。

辦公室裏嗡嗡地響著，廖銘龍這一次的升遷，和上一次引起的反應，在口氣上是不太一樣的，上次，當廖銘龍從櫃台的辦事員升爲坐辦公桌的科員時，同仁們的反應是：

廖銘龍這小子竟升了！

小子是小子，升得倒挺快的，不禁讓大家狐疑：這小子是不是有大的來頭？三級跳一樣地，升得大夥兒心頭怪不舒暢的，酸酸地說著「廖銘龍又升了」的同時，大家都感覺到頭殼上被重重地蹬了一脚似地，探手去搓了一搓，並且神不知鬼不覺，自動自發地把「小子」這稱謂取掉。

「嘿！這一次是這一張了呢！」

曾經帶廖銘龍見習的余又興，含著一根牙籤，學廖銘龍當年因爲過度專注地工作而一時直不起腰來的樣子，姿態有些兒蹣跚地踱到廖銘龍就要升上去坐的那張股長的座椅，一屁股坐了下去，臀部向前一滑，兩手擱上從及肩高的靠背上一氣搭連下來的扶手，身體一窩，整個兒埋到舒軟的黑皮沙發座椅裏頭去，當背部抵及靠背時，忽又一挺身，若有所悟地叫了出來。

「哈！沒有那種屁眼兒，就不要吃那種瀉藥！」

李方華看到余又興猛一挺身，不禁笑了出來，想起當年余又興嘲笑廖銘龍的情景，就拿當時余又興笑話廖銘龍的話孝敬他。

「這不是陰溝裏翻船嗎？偷坐了半輩子長字輩的椅子睡午覺，還被椅子嚇了一跳，廖銘龍這——傢伙眞這麼靈顯？他的位置是不能碰的？」施以仁竟顯露出有點敬畏的神態。

「他媽的，我才不是廖銘龍……」

余又興才待辯解，李方華就搶白他：

「偏就不是廖銘龍，所以你還只能坐你那張沒有扶手的破椅子。」

「這也沒什麼稀奇！」余又興說著，就重重地往後一倒，因爲用力過猛，把帶了輪子的座椅帶得往後溜了兩步，同時把椅座底下的彈簧壓得整張座椅大幅度地往後仰，余又興以爲椅子要倒了，兩手一按扶手，一個魚躍，倉惶地要跳離，不料帶了輪子的椅子，經他用力一按一推，整張座椅竟朝前趴下，把個余又興顛出了老遠，踉踉蹌蹌地，還打破了一個女職員的茶杯。

「嘿嘿！人家廖銘龍不過被嚇了一跳而已，可沒你這樣狼狽喲！」李方華刻薄地說。

「所以——」施以仁更刻薄地接腔：「人家升了。」

「我才沒有嚇得臉色發白呢！」余又興邊拂拭著溢滿一桌子的開水，一邊力圖扳回一些。

「人家可是白臉書生，哪像你豬肝臉色。」李方華又說。

「喂！你剛剛的表演太精采了，求求你好不好？再來一次。」施以仁一臉輕薄的神色。

「還再來一次呢！要的話，你來吧？」余又興緊兩下子拭乾桌上的水漬，然後凝神去聽從樓下傳上來的上樓梯的脚步聲：「聽聽是誰來了？」說著，誇張地去支動他那只會上下抖動的左耳。

「誰來了，還會是別人不成？」李方華說：「當然是你那新的頂頭上司。」

「可不是？」施以仁說：「他媽的！這下可累了，天天這麼早回辦公室，咱們連剔牙的時間都沒有了。」

「放你一萬個心吧！」李方華邪門地笑笑：「新官兒嘛！三把火燒燒而已啦，趕下週起，還不是飯後一杯咖啡——午餐會報？」

「可是人家廖股長可眞是『數十年如一日』，眞正地『以公司爲家』的喲！」施以仁學一腔董事長嘉勉同仁們的話。

這回沒有人笑，這很叫施以仁失望，因爲這是他們樂此不疲的諧謔話，是老闆的口頭禪，他們把它學來，末後加個「中午」，這樣小小的諧謔，就很能撫慰他們眼睜睜看人家升的胸中的塊壘了。

原來是脚步聲已經迫近，他們的玩笑在自自然然的情況下瓦解掉，誰也沒露出色厲內荏的窘。

上來的是張宏仁，辦公室的凝重氣氛把他嚇了一跳，所以跨進辦公室的脚步遲疑了一下，可是，當他看到裏頭不過是余又興、李方華、施以仁等三隻小貓時，他明白過來了，不禁哈哈大笑，並且促狹地說：

「各位，各位，請便，請便，不必拘束，自己人，自己人。」

「他媽的，」幾乎是異口同聲的：「原來是你！」

「不然你們以爲是誰？」張宏仁嘻嘻地笑：「都去這樣了！」說著，做了一個喝咖啡的動作。

「午餐會報！我就說嘛！」李方華這下又抖了：「還等下個禮拜。」

「眞的午餐會報嗎？」余又興突然問。

「你他媽的怪不得只能『數十年如一日』地帶人見習，會報個屁！還不是——『嘻嘻！上次山田先生來的時候……』這些。」

「山田先生來的時候怎樣？」余又興又問。

「他媽的，你是眞不懂還是怎樣？」李方華倒被余又興搞昏了：「怎樣？還不是去那樣！」

李方華說著，併著手掌做了一個「馬殺雞」的動作。可是余又興眞的不知是故意還是眞不懂，竟意會成鋼琴彈奏，所以又問：

「聽演奏幹嘛要那麼神秘？」

這下，張宏仁也不耐起來了：「他媽的，去北投聽什麼演奏，聽雞叫還差不多。」說完，走進洗手間，去擦一把臉，出來逕自佔據了剛剛余又興被摜了一跤的那張椅子，把頭一仰，擱起二郎腿就要打起盹兒來了。

大家玩笑開久了，意興也闌珊了，就著他們已經佔到的椅子就要午寐了。

「老張，要當心那張椅子喔！」當大家都闔上了眼皮之際，施以仁卻又開口說話，只是睏意竟一下子滲到話裏頭去了。

「怎麼？廖銘龍這麼小氣嗎？」張宏仁睜開眼問。

「倒不是那樣說，那張椅子有靈顯哪！」

「有什麼靈顯？」

「老余剛剛被摔了一跤哪！」

「那是老余八字不行，一樣摔了一跤，人家可是往上摔哩！」

「咳！說的也是，咱們要幹到哪一年呀？」

「不要英雄氣短好不好？」張宏仁說；「人家考進來的職類就不一樣，現在講究的是學有專長的青年才俊，咱們趕早了又怪誰來？」

「不過，人家升得也沒有話說，」施以仁睏睏地，但還是說著，語氣裏反倒透著誠懇：「瞧人家的幹勁。」

「是啊！自家的公司也不是那樣幹法的。」

「還有呢！聽說被你現在坐的那張椅子吃了一嚇之後，曾經發誓說十年內要把它『坐鎮』住呢！」

張宏仁搖搖頭，略微感嘆地說：「五年都不到，好快！」

「要說坐到那種椅子，聽說坐得更早哩！」施以仁說：「被嚇了一跳之後，領了第一個月薪餉，就去買了一張一模一樣的擺在住處坐。」

「唔！」張宏仁若有所思：「難怪我總感覺他走路的味道就是不一樣。」

「去你的！你就這樣迷信。」

「實在的呀，難道你不覺得？不管是埋在這些椅子裏頭也好，站起來走走也好，那派頭就是不一樣，唔，好像走路都有風的樣子。」

「哪裏的話，你是神經過敏了，那是職位的威嚴，可不是什麼椅子的不同。」

「不！我總是感覺什麼椅子要什麼人坐上去才配，像我們現在不也坐著這些椅子，可是就沒有他們坐著的派頭，就好像咱們這種料，就只配坐我們坐的那種破椅子。」

「所以，我說關鍵不在於椅子，瞧瞧人家的志氣！換你，你想到嗎？就是想到，你敢去買一張來坐嗎？」

「唔！也許就是，那個不同……」張宏仁點點頭，闔著眼想像著廖銘龍平日的神態。

「嗯！有志氣，眼睛就會亮，每一步踏下去，都好像定了根下去一樣。」

「對了！」施以仁突然說：「我們的志氣呢？」

「我們的志氣？」張宏仁還在神遊。

「是呀，我們是怎麼失去的？」

「失去？」張宏仁反倒迷惘起來了：「我們有嗎？」他的眼睛望出緊閉著的玻璃窗外，像在追索一個去得遠遠的身影。

「沒有嗎？是不是我們還沒有長出來就被打消了去？」

「事實上是：我們只是會玩鬧而已，我們甚至連不滿都沒有。」張宏仁說著，望望已沉沉睡去的李方華和余又興；「我們只會逞口舌之利，在一起就比賽似地互相挖苦，掩藏彼此對別人或對自己的不滿。」

「嗯！的確，小廖的確不常和我們鬧在一起。」施以仁懇切地深深的點了兩下頭。「說是不滿，其實也說不上，」張宏仁停了半晌，又說；「人家升上去了，我們沒來由地充滿了敵意，說穿了，我們不過是又羨又妒，爲什麼我們不能由衷地爲人家高興並慶賀呢？」

「是啊！」施以仁應和著：「我們其實並無惡意，對不對？可是，爲什麼我們大家在一起的時候就會只是叫叫嚷嚷，笑笑鬧鬧，爲什麼我們過去都沒有想到？不能像現在我們兩個一樣，靜下心來研討一下呢？」說著說著，施以仁的表情，不！甚至他臉上的線條都不同了而且興致也愈來愈高，就劈哩啪啦一路說下去；「我們總是一下子就感染了我們當中一個人的情緒，我們不但附和，而且慫恿了它。」

「只怪我們自己露了隙兒，才會被邪惡所乘。」張宏仁感慨地吐了一口氣，又說；「想一想，小廖年紀輕輕地有那樣的幹勁而且不會一味的蠻幹，也眞不容易，我們可從來不因爲他做了事而引起不快，是不是？這個不容易的哪！也就是說他沒有引起排斥，大概是這樣，使得他的志氣得以常保不洩的吧？」

「排斥像一根尖針，偏偏志氣像個飄飄欲升的汽球，小廖好厲害！竟知道要去提防被針戳到，而我們恐怕正對著針尖去吹氣球呢！」

「喂！你看咱們是不是應該賀賀他？」張宏仁好像並不管施以仁的感嘆，截了施以仁的話，突然問。

「賀賀他？」施以仁有點意外；「好像不方便吧？我們錯過了上回賀他的機會，現在，他是我們的上司了呢！」

「我們爲什麼總是慢一步？咳！」聽施以仁那麼一說，張宏仁嘆了一口氣，想想也是，如果這一次是升到別的股去，倒還不惹嫌疑，誰叫上次想都沒有想到呢？但是，張宏仁又想：誰又料到他升這麼快呢？升這麼快也好，沒這麼快，也不會受到刺激，那不知要執迷到幾時呢！

「喂！老余，他媽的，你不要再睡了，你的腰圍已有三、四個月的身孕那麼大了。」施以仁這才發覺余又興和李方華竟然置身於他們的談論之外：「你曾經是他的直屬上司，你該醒來表示表示一下意見了！」

余又興怕是眞睡沉了，被喚醒後，還是好夢正酣的模樣：

「誰是誰的上司？」余又興撈著一截話問。

「誰，你呀！」施以仁忍著笑：「你是小廖見習時的指導官呀，屬下高升了，長官理該申賀申賀呀！」

「這就是不方便的地方。」李方華突然開腔，大概方才施以仁喚醒余又興的大嗓門，一併也把他吵醒了：「現在相反了，小廖是咱們的直屬上司了。」

「是呀！咱們上回沒有表示，這次才表示，就顯得有點什麼了。」余又興說。

「哦！」張宏仁說：「我們除了老慢一步之外，還有一個毛病。」

「什麼毛病？」余又興問。

「現在這個毛病呀！上回怎樣怎樣，這次就……」張宏仁說：「咱們就是這樣誤了青春年華的。」

「我還發現：我們更大的錯誤是：我們還沾沾自喜，以為這正是我們的敦厚可愛之處。」張宏仁摩挲一下自己的粗鬍椿下巴：「鬍子長得比剃刀還硬了，做事還這麼嫩，有什麼可愛？哼！還可愛哪！簡直可恨！」

「別自怨自艾，我們就是常常放著正經事不辦，空發議論才蹉跎掉的，書生造反，三年不成，咱們就是議論太多、實行太少。」施以仁同意了先前張宏仁的意見，又反過來勸慰他：「他媽的，我們說了有一世紀那麼久了，到現在，我們可曾買過半張獎券？」

「好，好，那麼我們現在就開始好了，洗心革面，做個『有為的青年』。」張宏仁說。

「他媽的」，李方華叫：「開始就開始，還說什麼有為的青年就是故態。」

「你開口閉口還是他媽的，也是故態。」施以仁頂他。

「你們這樣打情駡俏才眞正是故態呢！」張宏仁：「我們開始罷！」

「好呀！」余又興趕快掏出一個五塊錢的銅板：「我們四個人剛好，一人一聯。」

「唉！」張宏仁的這一聲嘆得好響：「我們恐怕病入膏肓了，什時候我們才能避免露出我們這不正經的劣性呢？余又興，把你的五塊錢收起來吧！誰要和你一人一聯呀？」

「剛才施以仁說的嘛，我們上一次不是要合組買獎劵有限公司嗎？」余又興又讓人摸不透他是眞是癲。

「還組呢，幸好我們慢一步還有個好處，不然恐怕被抓走了，你們有沒有看到警方已經抓了獎劵黃牛？我們差點也要被看做黃牛了。」李方華說。

「不要再扯到黃牛去了。」張宏仁催大家：「你們究竟怎樣？是不是決定表示表示？」

「可是怎麼表示呢？」余又興問。

「請他吃頓飯吧！」施以仁不假思索就說。

「說著倒容易，也要看人家有沒有吃飯的時間。」李方華說：「小廖晚上補著阿拉伯話呢！」

「唔——我有好主意，」施以仁又拿了一個主意：「我們——嘻嘻！送他一張椅子！」

「什麼!?」其餘的三個人都驚叫起來。

「送他一張椅子，」施以仁鎮定地說：「他那張股長的椅子一定小了，我們給他弄張科長的……」

「你不是尋我們開心吧？老施。」張宏仁比較持重，但也忍不住，疑惑地問。

「尋開心的人是烏龜的孫子！」施以仁鄭重地說：「算是我半輩子玩世不恭的報應好了，正經一次反而被認爲開更大的玩笑了。」

「就是怕這樣呀！」張宏仁說：「老施，都怪我們從來不正經。不過，就是正正經經的人恐怕也不能送那個禮物吧？」

「可不是？」李方華嘿嘿笑了兩聲，又說：「說不定越正經的人送他越誤會呢！如果董事長送，說不定他反而誤以爲老闆請他走路了。」

「這不是更適合我們來送嗎？你們越這樣說，我越覺得是好主意！不冤你們，我們錯過了成千上百的機會，這一回，就只這一回是給我們整個補救過來的機會。」施以仁一副胸有成竹的樣子。

「你少賣關子了，他們的午餐會報就要結束了，咱們的檢討會也該收場了，你就直截了當的說吧！」李方華半央半脅地說。

「也沒什麼關子好賣的。」施以仁說：「我覺得我們要洗心革面，也得把所有的『理由』拋開，理由使我們不能承擔任何事，至少讓人覺得是這樣，所以，我們根本不必去管爲什麼，像這件事，其實我只是一個感覺，也可以說是福至心靈，覺得這是天賜良機，因爲升的是小廖，如果是別人，就沒有椅子這件事可以當背景，如果不是我們平常愛開玩笑，也不十分方便送那麼意味深長的禮物，這一次的機會至少給我們表現一下我們是很風趣，很有人情味的，不單會輕薄人家而已。」

「可是，我們當初好像惡意取笑過他，而且，是我們把他那件事喧騰開來的。」余又興心存顧忌地說。

「我想當初怎樣應當不是重要的了，我們要問的是我們現在的用心是不是還是不懷好意。」施以仁又說。

「可是，當時他多麼怕人家發覺啊！而我們不但沒有假裝看不到，還故意讓他知道我們已經看個眞切了。」李方華有點悔罪之意了。

「我覺得我們中國一句古話說得很好：誠於中，形於外，我們只問我們現在是不是誠心抱歉和慶賀，我們自個兒弄誠心了，我想小廖一定可以感覺到我們的誠意，說不定他的志氣是被我們的嘲弄激出的呢，何況，四、五年都過去了……」

這時候，樓下又有脚步聲傳來，他們看看壁鐘，離上班時間還有五分鐘，他們緩緩站起，每一個人竟都不慌不忙地就他們的位，而且就位之後還頗有默契似地會了個眼神，他們知道：這回上來的一定是廖銘龍不會錯，只有廖銘龍才有那麼輕捷的脚步聲，哦！他們又互望了一眼，好像在怪剛才怎會被張宏仁那有點滯重的履聲所欺蒙，瞎緊張一陣。互相用眼神啐罵過彼此之後，他們都把頭埋下去，準備整理他們的業務，可是卻又略略翻著眼盯著入口處，等到廖銘龍的脚步聲表示出已走完全部的階梯時，他們乾脆整個兒仰起頭來，拿眼神大方而友善地迎向入口處。

那天下班之後，四個人又聚到一起，在晚飯席間，他們取得了決議，決定就照中午討論的去辦，於是，照著他們公司的牌子，他們找到了跟他們科長的座椅一般大小的椅子訂了下來，給了訂金和地址，約好九點半左右要送到廖銘龍的住處。由於暢意，也由於要消磨廖銘龍去補阿拉伯語的那段時間，他們進了一家在家具店附近的咖啡屋。

「乖乖，不少錢呢！」才坐下，李方華就說。

「不然派頭怎麼顯得出來。」施以仁說。

「好像是股長和科長這一級的價錢相差最多。」李方華又說。

「科長到總經理這一級相差才多呢！」余又興說。

「那當然，」張宏仁說：「總經理只有一個，科長可以有好幾個呀！」

「小廖這次恐怕有得等了。」李方華說。

「那難說，小廖還年輕，年輕會有許多不可思議的事情在他身上發生。」張宏仁：「不能光看椅子的價錢！你們怎麼了？」

「你們看小廖能不能當到『總的』？」李方華說。

「嘿！我看還是老張那句話：年輕，什麼都有可能，這一點，我們都不曉得厲害。」施以仁說。

「我們乾脆打電話去換張總經理的椅子送他算了，一樣要花錢。」李方華建議。

「這個太過分了吧？小廖有沒有那麼大的胃口？」余又興說。

「胃口我們來刺激他呀！」李方華又說。

「那太早了，太離譜的話，恐怕誠意又要被懷疑了。」張宏仁答。

「他當見習的時候買股長的椅子坐，跳的級比現在多啊，那不也是太妄想了？」李方華說：「我們誰敢想望呀？」

「股長和總經理的條件不一樣。」張宏仁說：「股長要年輕幹練的幹，總經理恐怕眞要文火慢慢燉才上得了的吧？」

「我想這個事情是這樣：他自己可以想，不明表出來，那是志氣；我們卻不能那樣做，我們把它掏出來，就害人家成爲妄想，那就是惡意，連諷刺都談不上。」施以仁說。

「說不定這又是我們的多慮。」李方華說：「我們上不去，『總的』的位置成爲可望而不可即，就把它的靠背看得比一片牆還高，說不定那樣的位置在小廖的眼光中和股長科長不過相當而已，我們自己矮了下去，就顯得是對方高了起來了。」

「我們還是不要冒失，我們正在學習莊重。」張宏仁究竟比較老成。

「走吧！」施以仁看看錶：「時間差不多了。」

四個人從咖啡店出來，攔了一輛計程車，往廖銘龍的住處開去。

花了不少錢，三千多元一張椅子，但是由於大家的竅都通了，而且都亢奮著，竟不覺得多麼心疼。上了車，大家的話逐漸稀落下來，車程漸近，他們靜靜地靠在椅座上，體味著自己心境上的微妙的遷變，發覺到過去，即使是獨處，心都沒有這麼寧靜，這麼落實，亢奮雖然依舊，但都能夠各自控制著，後半截路的靜默，把他們的表情都嬗換過來了，竟然眞的顯得十分莊重愼持的了。

待計程車一停，他們發現家具店的小發財貨車已在進廖銘龍住的小巷子的路頭。

張宏仁和司機招呼過，留下余又興和李方華幫司機把椅子卸下來，他和施以仁進到小巷裏，按址找到廖銘龍的住處，回頭看到椅子已快卸下來了，就伸手去撳廖銘龍的電鈴，廖銘龍倒也應門得快，不等他們兩位相顧一眼，廖銘龍已經把門拉開，一見是張宏仁和施以仁，有點意外但卻很熱誠地就讓著他們進房，張宏仁因爲記掛著後頭的余又興和李方華，所以，雖然小廖熱誠地讓著，張宏仁卻顯出心不在焉的樣子，倒是施以仁已經一下子進了門，彎下腰去解鞋帶。

「怎麼？」廖銘龍看張宏仁有點心神不寧的樣子，關切地再招呼一聲：「後頭……」小廖是要說後頭是不是還有人。可是張宏仁不知怎麼搞的，一下子竟說不出「送了一個禮」的事，一種直截的反應竟是要加以掩飾，所以聽小廖又加意招呼他，不等小廖問出來，趕緊收攝心神，模稜兩可地回答：

「是、是……呃!!」

因爲已把頭轉回來，就無可避免的面見了小廖的單間套房的全般擺設。

可是，他儍住了！因此不等答出話，就驚愕地「呃」叫了一聲，喉頭一緊，眼睛也眨也不能眨的瞠住了：眼前擋住他視線的黑黑的障礙物正是剛剛在咖啡店時，李方華提議要打電話回家具店換的、總經理的、靠背到頭那麼高、一個人窩上去抽著菸、從後頭，只能望見裊裊地升騰著的煙的，凝聚著無比威嚴的椅子！

張宏仁稍稍恢復神智時，趕快用膝蓋頂一頂施宏仁高撅著的屁股，可是施以仁的鞋帶的結打死了，正專注地去解著，絲毫無覺於張宏仁的暗示。

「請進、請進！」廖銘龍一個勁兒地讓著，而張宏仁穿的雖是不用繫鞋帶的那種所謂的懶惰鞋，可是一時之間，由於慌亂，踩了半天，右脚就是踩不到左脚的鞋跟，以致脫了半天鞋子脫不掉，這樣的慌亂，使他窘困極了，他一邊努力地脫著鞋子，一邊在心裏頭思量著，一雙眼睛死死地盯著那張彷彿有著生命的大座椅，可是，他竟只感覺到腦子裏煩煩亂亂的，又好像空空洞洞地，什麼問題都不能面對。反而是施以仁費了九牛二虎之力脫了鞋子，直起身來，也見著了那張座椅，也錯愕地大叫一聲「啊！」之後，立即失態地，不顧一切趿了鞋子就要跑出去通知，可是，遲了，李方華和余又興已經踽踽地抬了他們合買的那科長的椅子進來，而且，走在前面的李方華也已一眼瞧見廖銘龍那張座椅了，他幾乎是一種本能的反應，本來往裏走的，突然反而往外推，這樣的這些失態，已叫廖銘龍瞧了個眞切，他不禁就要莞爾笑出，卻不防外竄的張宏仁恰好一頭撞在施以仁身上，把施以仁往回推的力量又加了一道，走在後面，而且探出半隻頭來困難地尋著路的余又興的下顎。吃不了椅子這強力的一撞，痛得立刻鬆一隻手去摀住下顎，兩個人端在手上的椅子一斜，登時摔了下去，說也奇怪，那椅子竟好像摔在一隻碩大無朋的金屬的空桶上一樣，發出了震耳欲聾的「噹！」的一聲巨響，把先是尷尬地，繼而是相顧失笑的五個人的大笑聲，淹沒在那依稀有著的——不絕的迴響裏……

——原載一九七六年九月十六、十七日《中國時報》

峙

早上，我起了個絕早，隔壁的劉公公正踞立在自家房門口打太極拳，總算讓我見識到劉公公不久前同我講解過的「起式」了，記得劉公公說過他打的那一套孫派的太極，開始的時候，必須兩掌輕按丹田，輕微地彎立，緩緩吐納一番的，今早，我見到劉公公時，他正凝神做那動作。

前兩天的強烈颱風，把我和劉公公家之間的界籬颳垮了，兩家的房子都是繳房錢租來的，房東不住一起，要修起來就沒那麼講求效率了。

平時隔開的兩家院落，一旦撤去藩籬，顯得分外曠蕩，劉公公平時管照得很有致的一個庭園，被颱風肆虐得滿目瘡痍，盆栽破的破，倒的倒，樹折的折，斷的斷，更慘的是那些爬滿一棚子、籬笆的爬籐類花卉，被風摧殘得柔腸寸斷，這就怪不得劉公公要心疼得不顧劉婆婆的勸阻，一會兒忙這一會兒忙那地轉個不停了。

「劉公公早！」

我用很響的聲音同掉過頭來的他打招呼，劉公公也不知道聽我聲音還是看我表情的朝我點兩下頭，趕緊又專神地打他的太極拳去了。

劉公公的耳朵不管用，據劉婆婆講是害病壞的，害的是肝病，喝酒惹來的。在一家私人機構當英文秘書，別瞧他七老八十的，洋文洋信呱呱叫，兩耳失聰後，去配了一副助聽器，平時不戴，劉婆婆說他同老闆講話時才戴。

「你不要同他講話，同他講話要累死了。」

劉婆婆有一回衝著我說，他是看我同劉公公比手畫脚，半天仍不得要領後忍不住同我說的。也是，我們毗鄰而居，半載有餘，我迄未拿準須用好大的音量才能同他把言語講通。

「老弟！」劉公公總是這樣喊我，我正在扶一株仆在地上的仙人掌，有人頭那麼高的仙人掌，稜角上全是扎人的硬刺，我小心翼翼地，也不知劉公公何時擺完了架式。

聽得呼喚，我把仙人掌靠圍牆立著，拿眼光徵詢劉公公的意圖，劉公公見我停了工，從簷下走出來，對我說：

「等等幫我把那刺籐的根挖掉行嗎？」

他自己耳朵不方便，也怕我聽不眞切，走到被鋸得只剩一截粗根的刺籐的地方，指著它轉臉又說：

「不要它了，這東西不好，全是刺。」

我輕快地點點頭，劉公公又搖搖頭苦笑說：

「年紀大了，不管用，這兩天夜裏，我這兒痛得不能動。」他用右手探過左肩，按按背脊：「前天你們很幫忙。」

我搖搖頭說：「哪裏哪裏。」

劉公公見我搖頭，大概誤會我沒聽懂他的話，便用他自己也能聽見的很大的音量重說一遍：

「我說啊，前天你們幫忙……」

我怕他又誤會，改以點頭表示我領受了他的謝意了。

劉公公很過意不去的樣子，在我身旁站了一會兒，見我用力去扳那截粗大的刺籐根，忙走開去，等他拿了一把圓鍬同來，我已把它拔起來了，劉公公見我提著那截不算輕的連根帶土的刺籐，羡慕得直說：

「還是要年輕，什麼事情，還是要年輕……」

我家對面橫了一座不頂高的山，但是因為太靠邊了，就常錯覺它有泰山那麼峻。隔一條小巷，上一個土坡，有一條大馬路通山上的外僑住宅區，大馬路實際上就是這座叫臥龍山的腰帶。

上大馬路的土坡長了一些蘆葦草，種幾棵油加利和一株鳳凰，差堪擋住從大馬路往下眺的視線，可是由於土坡並不太陡，許多山上下來的工人，喜歡從我家對門溜下來，到村子裏的公路局車站去搭車，積年累月的，把個沿馬路邊長的蘆葦踩出一道缺口來，這樣就很討厭了，因爲那道缺口正對我們臥房的窗子，而我們又是一對新婚的夫婦……

爲了這樣，所以我提著劉公公要我挖掉的刺籐就矚意將它植在那土坡上，如此，它將來長成時不但可以攔住工人們抄短路溜土坡，而且那刺籐在春天來時，會把或紫或紅的小花開在枝梢，布一樹的喜氣或憂鬱，直到夏末又來颱風侵襲。

一個颱風是遠颺了，天色可始終霾著，聽說遠海又釀了另一強烈風暴。早晨六點多鐘了，天還不見臉，像雨又像霧的水氣山腰裏飄著，我用一把種田人家砍田塍邊上雜草的大刀子起勁地對正蘆葦缺口稍下的地方掘著，土坡原是風化了的鬆石，樹還種得活，大圓鍬卻挖不下去。我力氣用得大，收效卻很小，因爲關刀一樣的田塍刀畢竟不是掘土的傢伙，每一刀下去，掘出來的土也不過一捧左右，而我必須一小撮一小撮地把土挖出來，直到有一台尺方圓，一尺來深才能埋下那粗根。

我費勁地挖掘著，由於那是我睜眼後的第一件工作，而且那截禿根亦已在我心中滿開一樹紅花，想著明年或幾年後的亮麗的夏晨，撥開臥室的窗帘，即有一簇豔紅或鬱紫舉入眼簾，我每一刀子戳下去便都是力。

工作幾乎是忘我的，偶爾停一下把刺籐放進窟窿裏比一比，埋深了據說要爛掉，植淺了又會枯死，你必須將它拿捏得很準。

也不知是第幾回去提樹根，在我又探手去提它時，赫然一雙黑布包鞋映入眼簾，這村子裏的老年人大都穿它，這一刻它就站在土坡下的小巷口上。

我想這也沒什麼稀罕的，散步時打這巷子路過，見到一個年輕人這樣難得地透早即勤奮地勞動著，好奇而感動地欣賞著吧？這樣的老者在這山邊幽靜的新村裏，隨處可見，剛才就有許多位邊聊天，邊蹒跚地打坡上的大馬路邁過，而且間雜著幾聲弄得很響的咳嗽，年紀是他們的鬧鐘，起早一點讓日子顯得長些，是這樣的吧？

繼續的幹活，我絲毫未以一個老人好奇的觀望爲意，但是記得經過許久的時候了，在我又去比那樹洞時，那雙布鞋依舊擱在那兒。我不禁狐疑起來，驚異自己幹著的這事情眞有這樣經看的？遂好玩地涎著一臉笑意，抬頭打量那老人。

黑布包鞋，黑襪子，淡藍色寬管長褲，深灰色長袖呢衣、粗脖子方下巴、濶嘴、蒜鼻，眼泡奇大，雙眼皮腫脹著，眼下和眼尾皺紋奇多奇深，長臉、耳刮子還算大，頭髮也許染了的，還算黑但不亮，理得很高，後梳，平時許是戴眼鏡的，此刻沒戴，瞇著眼冷漠地盯著我挖的樹洞，一臉的平板，木然癡立坡下，我的笑在打量到他臉上時立時僵住。

對待這種莫名其妙的人，最好的方法是不去理他。我浮起這想頭來護衛我微微的悚懼，我有一點驚怕老年人那滿是刀削皺紋的臉——如果他們不慈祥地咧嘴笑著的話。我想我是小時候看多了童話故事，被那些可怕的巫婆嚇壞了，以至於看到魂一樣游著的老人就發毛。

我的想像力很快活潑起來——陰鬱的天，寂寥的清晨，荒涼的山邊的土坡，幾棵高大的樹下，一個滿臉皺紋的冷峻的陰氣的小老頭兒……

我愈不想理會他，那雙黑鞋就愈扎眼。

還不走！還不走！我負氣地扔下挖土的工具，直起腰來面對面瞪著老頭兒，勇敢地去捕捉老頭兒冷颼颼的眼光，可是攫獲的竟是一絲責難的意味，我明確地看見老頭兒在我不敬的瞪視的當兒，皺了一下粗短的眉，表露他被人瞪白眼的不快。

我也迅速在心頭升起一絲不悅，一個愉快的清晨被破壞淨盡，一天怕是完蛋了，一日之計在於晨啊！

我無畏但心虛地帶一份不滿怒視著老頭兒，空氣瞬時凝結，兩個人一上一下的對峙著，像兩座啞默的互不交通的山。

你是什麼人？

……
你在看什麼？
……
這有什麼好看的嗎？
……
你是什麼意思？你啞巴嗎？
……
你聾啦？
……
我猜你是中風，半身不遂。
……
別以爲你年紀大沉得住氣。
……
你什麼了不起嘛？
……
他媽的！我罵人了，你敢怎樣？

……年紀大就可以瞧不起人嗎？

……你想說你過的橋比我走的路長嗎？

……要不然吃的鹽巴也比我吃的米飯多嗎？

……他媽的臭傢伙，你要人家捏住你鼻孔才肯吭聲嗎？

……你那大蒜鼻捏起來可不好玩哩！

……你不是在夢遊吧？你那兩泡眼泡難看死了，好像一輩子沒睡飽。

……你還沒看夠嗎？

……你沒見過人家種樹？

……

你是死人，不會講話的？

……

你怕年紀大了，要死了，要多看點稀奇？

……

你想一個年輕人這麼早起來工作很奇怪？你沒見過這樣勤快的年輕人？

……

你去死吧！看什麼？看！

喂！你以爲我在替你挖那個坑是嗎？

年輕人休得無禮！

喔！不想想你自己，年紀大就可以那樣盯著人瞧嗎？

你是什麼人？這樣放肆！

放肆？笑話！是什麼人又怎樣，你說你是什麼人？

我問你爲什麼你不說？

你是誰？說！

我是，我是這間小學的老師，你想怎樣？

小學老師怎可這樣無禮？

……

小學老師都是這樣放肆的嗎？

……

看什麼？看！哼！去死吧！

雖然埋著頭挖土，當那老頭兒離去時，我還是知道的。那看來似是養尊處優的老頭兒，有心地把拐杖敲得脆響，而我知道，那老頭兒拄了那根拐杖，無非想藉它來表達他自己的尊貴的身分罷了。

我發誓我一直沒去理他，除了開初瞧他兩眼以外，我根本理都沒理他，眞的，並未有事發生，直到那老頭兒在轉角處消失，直到脆響的拐杖點地聲逸失，實實在在，什麼事情也沒發生。

「那人是誰？」

種完刺籬下來，劉公公不聲不響的站在他家大門口望著我微笑，我指著在轉彎處消失的那人的背影問他。劉公公把右手掌擋在右耳後，傾過頭來示意我重說一遍。

「那老人是誰？」我更大點聲音問。

「王委員，立法委員。」

「他在看什麼?」我又問。

「他看你在挖土，雨來時會使土坡坍壞。」

「我在種樹哪!做水土保持。」

「什麼?」

劉公公沒聽清楚後頭那句話，尖著嗓子問。我便用非常大的聲音說：

「水土保持!」

說完，我被自己這麼大的聲音楞了一下，劉公公卻不知是聽懂了我的話或僅是看我自己被自己嚇得一楞一楞的，只是古怪地一個勁兒直笑。

——原載一九八〇年六月八日《民衆日報》

一場骯髒的戰爭

阿蒼十分興奮，不要說別的，光是弄來的這一身味道，回去時，就夠娘兒們騷的了……

他有點兒顧盼自雄起來，環視一回四周，把高度再提一提，煽一煽翅兒，更起勁地朝前飛去。

風兒，風兒，不要吹……

阿蒼因爲急切起來，感受到了些許阻力；但是，阿蒼想：阻力倒無所謂，這一點兒阻力算什麼？不想想自己的風頭，不展翅則罷，一飛起來，哪一次不是像電視上「車有百百種，這一種最好！」的機車廣告上的那一輛一樣，永遠跑第一？可是，一想到這風兒吹呀吹的，吹到巢穴的時候，這一身氣味豈不清潔溜溜了？哪還有什麼騷頭？所以，阿蒼側過頭，左右吸一口氣，感覺到氣味似乎淡了些的時候，不禁在心裏頭求了起來。

風兒，你在輕輕地吹
吹得那滿園的花兒醉
風兒，你要輕輕地吹
莫要吹落了我的紅薔薇

想起了風兒，就想起了蠅兒，那一朵嬌豔的紅薔薇。嘿！這一身回去，可是衣「錦」榮歸的哩！蠅兒。蠅兒！你在輕輕地睡……

每一次想起，阿蒼的耳畔就迴響起那個漂漂亮亮的男生軟軟的娘娘的腔腔唱的這首歌！阿蒼哼著，哼著，就忘記了辛苦，就飛得更起勁、更高、更快、更遠，把大夥兒拋到後面去的時候，就輕薄地把歌詞兒改了，偷偷地哼了出來。

想起了那天，在板橋火車站前一口檳榔渣附近躑躅：一個歐巴桑背上揹了一個孩子，手上又拖了一個，因爲趕車，嚇！阿蒼心有餘悸的想：剛好停到那口檳榔汁上去時歐巴桑拖著的小孩的小脚倏然地下了來，驚飛起來的阿蒼，心神稍定，很高興地瞥見差點踩到他的小孩，竟有著一顆許久不見了的癩痢頭，阿蒼屁股一扭，頭一轉，翅膀一拍，立刻跟了上去，就在歐巴桑買票的當兒，阿蒼已經得其所哉地停在小孩頭上一處最癩痢的地方，磨拳擦掌，準備好好享用那淌出來的濃濃黃黃的膿汁，可是，阿蒼的鼻子好尖，正要下手的時候，從歐巴桑揹著的小孩的屁股上，傳來一陣糞香，不用說，阿蒼立刻放棄了那顆癩痢頭——事實上，他也不能不放棄，因爲他磨拳擦掌的時候，不小心，觸動了小孩的痛處，小孩猛然一甩頭的結果，阿蒼差一點就被甩翻一個跟斗，好在阿蒼早就學會了「處驚不變」的絕活，眞氣一提，兩翅一搧，垂直升了上來，再一展翅，叮了上去，隔著揹巾，猛舔孩子的屁股，非常地莊敬自強起來，雖然歐巴桑買了票，急匆匆地剪了票，鑽地下道，但是阿蒼他知道：這回他可站穩了一塊好地頭了，雖然他現在只能隔著揹巾去舔那滲出來的肥水，但是沒有關係，阿蒼又知道：這是一塊相當相當肥沃的「地頭」，等下解開你們就知道！何況，有什麼關係？坐一山望一山，有什麼更好的天地，拜拜，才不稀罕你這一個小屁股呢！

然而，阿蒼沒有人家的命那麼好，不料，歐巴桑鑽出地下道，列車已等在月台邊，站務員的手已經舉起來，揿上發車的電鈴了，歐巴桑把拉的小孩先推上去，自己跳上車的時候，車門「呼」一聲已經關起來了。

阿蒼死叮著那個飄著異香的小屁股，神遊域外，不防歐巴桑進到車內，尋到一個空位，剛好車子一個顚盪，一個跟蹌，一屁股坐了下去，黑壓壓地山河變色一般，阿蒼這一嚇非同小可，什麼處「驚」不「變」！阿蒼吃屎的力都使出來了，仍然脫不開這變局，一隻脚被壓斷了不說，整個出路都被封鎖了，好在，在小孩的屁股蛋和椅背之間，還有一條小小的間隙，夠阿蒼容身，卻不夠他展翅，他幾時受過這種苦楚？但是，「人」在矮簷下，不得不低頭，處此困境，阿蒼也只有想辦法在夾縫中生存了。

阿蒼在夾縫中悶得氣都快透不出來了，夾縫的兩頭透進來兩道細細的光絲，他知道那就是出口，但是，他在行動以前，自己先就跟自己爭執起來。首先，他居然貪棧起來，因爲天塌地變之後，他的嗅覺恢復過來，更由於夾縫中，不太透氣，那小孩拉出來的糞香就更濃郁，阿蒼想：雖然舔不到，但是聞一聞也聊能止饞，總也算偏安的局面；等到久久不能動彈，感到腿痠手痺，才憬悟偷安究竟不能苟活，於是才有蠢動之思，可是，往哪邊跑呢？沒關係，現在是痠，再來是痲，等到痺的時候，也就不感無覺了，痲木不仁了，怎麼樣又怎麼樣？你要怎麼樣也不能怎麼樣了。

阿蒼就這麼著，窩在夾縫上自慰，而且由於心理因素，手脚果然迅速痲痺起來，並且一路緩緩上痲，逐漸形成催眠狀況，使阿蒼昏昏然欲睡起來。也不知道列車轟轟然地已開到什麼地頭、什麼時序了，阿蒼最後一個轉過的念頭是：保守派原來是這樣形成的。

然而，保守是不成的，因爲攻擊是最佳的防禦，你開始思想保守的時候，你就開始在散失你所要保守的那個可憐的利益。

阿蒼才轉完最後的一個念頭，開始要安逸地保守下去的當兒，列車卻戛然而止，阿蒼隨即驚然發現自己完全暴露在一片燦然亮麗的光線中，哦！原來列車停靠在歐巴桑要下的站上，歐巴桑已經起立，雜在紛沓的人羣中，施施然下車去了。阿蒼一時無法適應這情勢的陡變，眼睛也無法看清眼前的情景，他本能地做出的反應是張開翅膀，先逃離他所在的位置。可是，才一展翅，他立刻驚出一身冷汗：失靈！他最靠得住的傢伙——翅膀，在最危急的時刻背棄了他！他再使勁一搧，還是不成！阿蒼這一急非同小可，這是從來沒有經驗過的，阿蒼從來的經驗是：情勢突變時，先逃開所在的位置看情勢，安穩了再回去，這是阿蒼的族老們在他開始學習飛行時就敎的觀念，「轉進！我們的翅膀，要這樣地善用，那是我們優良的傳統」，族老們這樣強力地灌輸，使阿蒼的思想僵化，不會自己思考，如今處境危險，阿蒼眞成爲沒頭的蒼蠅了，他趕緊運氣行功，但是，翅膀卻是死穴，功力所最難運之處！阿蒼血液逆流，差點走火入魔，好不容易發覺手脚活絡回來了。阿蒼連滾帶爬，一屁股翻落椅子背後，調順了氣息，再去試他的飛翼。

嗯，行了，阿蒼像死裏逃生一樣，興奮地把翅膀抖得嗡嗡地響，這時，月台上發車的鈴聲也鈴鈴地響起來了，驚魂甫定的阿蒼，這時嗅覺也回復了，大難不死，必有後福，嘻！瞧瞧這是什麼味道？阿蒼迅速地搜尋著，而且立刻發覺車上的人也都皺起眉頭，嬌弱一點的人甚至已經掏出手帕，摀住口鼻了。

不必用鼻子，光看車中人們的眉頭皺得多緊就可以知道了，阿蒼想都不必想，就知道：除了腐屍，沒有什麼東西有這樣強烈、濃郁、中人欲嘔的氣味了。由於氣味濃郁，阿蒼立刻就又判斷出氣味來自車外，阿蒼一刻也沒有猶豫，振翅一飛，在車子緩緩滑出的當兒，從人們紛紛關閉著的車窗中，適時地尋到一扇才關到一半的窗戶飛身而出，車子像一條長蟲，扭著身軀，蜿蜒著往南行去，阿蒼吐了一口氣，停在一塊白色的牌子上，四下望望，列車駛離後的車站，難得地顯著空曠，因著空曠，阿蒼發現：從自己薄透的翅膀上，眞切地可以感到風的流動，阿蒼不怎麼放心地吸了兩口氣，嗯！還好，濃濃的腐屍的氣味，使得四處流動的風成爲濁風，好像那濃濁的溪水，只能緩緩地淌動，而不能清暢地流。阿蒼貪婪地吸了一口，又吸一口，彷彿那濃濁惡臭的空氣就是什麼補劑，使阿蒼神智清明、體力豐沛。阿蒼用前脚這裏那裏地把自己梳理著，爲自己方才受的委屈稱幸，先苦後甘，最怕辛苦一番而無報償，有了這一番償報，阿蒼很滿意地打點著自己，停當之後，抬眼一瞧自己停靠的這塊牌子，哦！原來正好是一塊車牌，靠得太近了，只是黑麻麻一片，覷不出什麼名堂，於是，阿蒼使出傳統法寶，飛離原地再看，哦！阿蒼這回可清楚地看到兩個字了，可是，他只認得其中的一個「中」字，另外一個字卻是不認得的，仔細再瞧，唔，卻是一旁有個「土」字邊的有點偏僻的字，阿蒼只好有邊讀邊地把這個地頭記成「中土」，然後，「嗯」一聲，愉快地朝站外飛去，他十分有信心，他聽說過「中土」是一片樂土。

才飛出火車站，阿蒼不禁愣住了，他從未見過這麼壯觀的場面，有一次，不錯，看過一個鄉下地方中元普渡時排了一路的牲禮，嗯，不錯，那個場面，差堪可以比擬今日的盛況了，就從火車站大門出去，整整一條街的兩旁，隔不到五公尺，就是一堆垃圾，分列式一般，一字兒站開，也不曉得堆置多少天了，有一些塑膠袋破了，三三兩兩的野狗拔河一樣，撐著四脚，正努力地要從緊壓著的垃圾堆中，拖出牠們尋獲的獵品。

阿蒼飛呀飛的，倒反不急著歇下翅來了。他如今感到十分好奇，懷著興味，他一堆一堆地飛越而過，到得第一個十字街口，他往左右看去，哇！一樣的壯觀！尤其這條橫街，大概是順著風向的關係，每一堆的垃圾竄出來的一些有顏色的紙片、布條，在微風的吹拂下，都伸長了脖子，在風中晃動著腦袋，使得整條橫街竟有著慶典的熱鬧繽紛的景象。

阿蒼隨興之所至，在轉角的一堆有著一隻老鼠死屍的垃圾堆上歇了下去，這隻死鼠，少說有三天了吧？肚腹已經腫脹起來，眼睛已經開始腐爛，流出的臭汁，早引來一羣阿蒼的同類弟兄，大家忙碌地吸吮著，誰也無暇去理會新到的阿蒼。阿蒼像要吃西餐一樣，把前面兩隻脚抬起來了，這時阿蒼才發現，他的拿叉子的那一手只剩了一截，唔，一定黏在小孩的屁股上頭了。

阿蒼苦笑著，搖搖頭，就要享用他的佳餚，不料垃圾堆下，兩隻狗吵起架來了，其中較弱小的那隻被咬了一口，大叫了一聲痛，倉惶之間，撞動了一下垃圾堆，把阿蒼的弟兄們驚嚇得全飛了起來，這一瞬間，阿蒼瞥見在他的弟兄們爭逐的死鼠的腐眼四周，也已聚攏了一大羣「好鼻司」的黃螞蟻。這把阿蒼的胃口都倒掉了。他最恨和這些「好鼻司」爭食了，這些「好鼻司」的螞蟻，也不知道是眼睛不好還是怎的，吃著，吃著，常常放著獵物不啃，竟啃到阿蒼和他的弟兄們的脚上來了，而且慣常以多欺少，一上來就是幾十隻，眞正是猛虎難敵猴羣，最討厭是你甩都甩牠們不掉，你飛到空中，牠也跟你上去，弄得你又癢又痲，渾身的不自在，於是，阿蒼在衆家兄弟搞清楚是怎麼回事再飛回來時，牠也就掉頭飛掉了。

阿蒼飛呀飛的，停停歇歇，像夜市吃小吃一樣，這一攤吃一點，那一攤嚐一些，不知不覺，阿蒼感覺到肚子脹得飽飽的了，吃睏無分寸，才感覺到飽肚，睏意隨即襲了上來，阿蒼慵慵地煽著翅膀，尋找著可以歇息的地方。

既然要歇息，阿蒼想：就該找個清爽安靜的所在，咦！甜味！阿蒼四處張望，發現甜味發自街角一家西藥店的走廊上的一張桌子上，阿蒼俯衝下去，唔！是冰淇淋哩！

阿蒼貪婪地吮了五、六口，抬起頭打量，原來這家西藥房剛好位在丁字形街的轉角上，走廊顯得特別寬敞，藥房主人就在走廊外緣砌上短牆，裏頭塡上泥土，種一些矮樹，津津有味！

走廊上擺上桌椅，兼賣起冷飲、冰淇淋來了。這陣子並沒有什麼客人，幾公尺之外就是兩、三堆發著惡臭的垃圾，在室外走廊上，山珍海味也吃不下的吧？阿蒼這刻卻吃得津津有味！

「要死了！又來了一隻。」

阿蒼突然聽到一個女聲這樣咒詛著，什麼？又來一隻？莫非正在說我？阿蒼意識到情勢危急，後腳一蹬，往前竄飛出去了，還是老招式，先「轉進」再說。

「啪！」

人在空中，阿蒼膽子就恢復了，循聲望去，慘！雖然不是拍打自己，但阿蒼卻見到自己的一位弟兄，在那一聲清脆的拍擊下，粉身碎骨了。

「才一隻？媽，那裏，那裏，快！」

阿蒼原來只看到一位中年老闆娘模樣的女人，聽到又有一個小男聲叫出來，循聲望去，原來擺滿西藥的玻璃櫃後面的事務桌上，還有一個國小五年級模樣的女生，（唔！不是男生）這時正指著玻璃櫃上一隻爬動的弟兄。

「快！快逃！」阿蒼焦急地叫出來。

「啪！」

「又是一隻，怕不有一千多了？」

老闆娘用拍子，把蒼蠅的屍體挑入一只塑膠袋。

「嚇！乖乖，」阿蒼一看那半袋蠅屍，臉色都變了，顧不得物傷其類了：「怕不有半斤多？」

「這個市長，我就知道……啪！死了吧！」

老闆娘顧不得把話講完，因為同時又飛進來四隻蒼蠅，老闆娘有點顧此失彼，不知從何下手，不料，有一隻竟有眼無珠地停到拍子上，等於是自尋死路，老闆娘只消把拍子朝下一擊就應聲斃命了，阿蒼氣得直跺脚，那拍子，那麼多冤魂縈繫在上頭，怎麼是歇脚的地方呢？難道竟聞不出那「死亡的氣息」嗎？

「可是，媽媽，我們校長說他是好人呀！」

「好人？魔神才知道！好人在做市長，怎麼會做到全市都是糞圾？這些死劫蒼……蠅！」

這回「蠅」和「啪」的聲音雙聲齊下，這些兄弟也眞在劫難逃，又是一隻命喪當場。

「該死！啪！啪！啪！」

老闆娘也不知道在罵自己還是罵阿蒼的弟兄，而且，也不知是罵得火起還是兄弟們一下又湧進來三、四隻的關係，狠命地左拍右擊，心浮氣躁起來，這回可就一隻也沒殺到。

「明天，你上學的時候，把這包蒼蠅拿去交給你們老師。」

「不要——我才不敢呢！而且，和老師也沒關係。」

「怎麼沒關係？教你們說市長是好人，他就有關係，好！明天我自己拿去送給市長。」

「送給市長？送給天皇老子都沒有用。」一個大嗓門的中年男人的聲音響了起來：「這些垃圾不拖走，神仙的拂塵也趕不走這些蒼蠅。」

走進藥房的中年男子穿一件短褲頭，短袖淺黃運動衫，透紅的、暗黑的臉龐閃著旺盛的精光，嗓門大，中氣足。

就在他走進去的當兒，五、六隻蒼蠅，如影隨形一般，也混進藥房裏去。

「拜託，你不要把蒼蠅帶進來，好不好？」

敢情大家很熟稔，老闆娘半帶打趣，半帶無奈的說。

「這蒼蠅不是誰帶的，是這次選舉帶的，許的去哪裏？」

「去哪裏？去開會呀！什麼死人會，等他們開好會，咱就被垃圾活埋了。」中年男子說。

「剛好，臭名萬世，所以，我也懶得再去跟他們耗時間了，」中年男子說。

「你敢不去？下一任你不想選了？」

「做這種市民代表，三代人臉上無光，而且，看破了，你再怎麼選，也選不過他們，伊娘的，要做也做帥氣一點，差那麼十幾票，誰會服氣？愛人幹又怕痛。」

「喂！喂！李代表，市公所不衛生，你市代表也傳染到了？我有後生在著，你嘴刷乾淨一點。」

「氣不過呀！只顧著打官司，不顧全市的人要斷氣了。」

「不能怪人家呀！也不知道當得成當不成，萬一又敗訴……」

「哎呀！怎麼會敗訴？法官也是他們那一夥的。」

「前日宣判不是敗了嗎？」

「你會不會看戲？虧得您的許的也在做代表。」李代表這時，猛然刮一下自己耳刮子，捏著拳頭，咬牙切齒，把握拳的那手往地上一扔：「兩隻。」李代表面露得意，一脚往前面被他隨手一抓並甩昏在地上的兩隻蒼蠅踩去。

「嘿！比楚留香武功還好啊！」

「最近開臨時會練的，」李代表說：「你不知道，來開會的蒼蠅比市代多不知道多少倍，冷氣房，牠們也不知從哪兒鑽進來的，開會不開，代表們都在抓蒼蠅比賽，你許的也練得差不多了。伊娘的，這一審敗訴，敗的是我們市民呢！再上訴，再宣判，我們的垃圾堆要裝電梯才合建築法規了。」

「要裝，爲什麼不去裝在舊的垃圾場？用輸送帶送上去，不就可以堆得更高？何必在新的垃圾場還沒找到就急急關閉舊的？」

「哎呀！你哪裏知道？不是新的沒找到，是擺不平，發生變卦了。」

「這也沒道理呀！總不能他們在那裏爭，就把全市市民丟去和蒼蠅爭呀。」

「老實告訴你吧！有人要給他們好看好看……哼！要在我們這兒站起，那麼容易呀！空降，嘿！這次可降到屎坑了吧？」

阿蒼聽到「好看」，又聽到「屎坑」，精神都來了，他飛起來，停在門外的一扇玻璃上，左舐舐，右舐舐，一邊豎起耳朵，要聽李代表又透露了什麼內幕。

「開會，開會，你們一天到晚開什麼碗糕會？」阿蒼聽到老闆娘說：「常會就害我們許的少做了許多生意，現在又開死人臨時會，生意都快死棋了。」

「協調會，」李代表說：「市內的各級代表都到了，因爲我們有一塊地在隔壁鄉！所有權是咱的，地點也適合，不過隔壁鄉不答應。」

阿蒼聽到這麼錯綜複雜的關係，而且市內有臉的人都齊聚一堂了，興致高漲，立刻飛離西藥房，尋往市代會去，但是，阿蒼以爲行政區應該是最清潔的，所以盡找那些較乾淨的街道飛，可是，哪有什麼乾淨的街道？二十幾天沒有處理的垃圾，早把可以佔領的空間都佔領了，阿蒼根本無法認取一條路飛行，眼看時間將暮，他心下有些焦急，怕看不到熱鬧，好在正是日暮時分，好些人拎了垃圾就往外丟，但是，就中有一位五十開外的婦人，雖也拎了兩塑膠袋的垃圾，卻不一丟了事，塑膠袋敢情扎破了，兩袋的垃圾都一路淌著水，那婦人卻耐性地拎著它朝外走，途中，她碰到了另一位中年太太，只聽中年太太說道：

「王太太，你還往哪裏丟呢？如今，丟哪裏不都一樣？」

「往哪裏丟？我要去丟在市公所的路上。」

阿蒼這下喜出望外，趕快飛過去停在那包垃圾淌著臭水的破洞附近。

這王太太也沒走多遠，前頭就是十字路頭，王太太走到路口，把垃圾往右邊奮力一甩，丟到一堆已經有半間屋子那麼高的垃圾堆上。非但沒把阿蒼停靠的這包丟上去，還順帶著把堆上的兩、三包打了下來，把原本草草綁著的袋口弄開，已經腐臭的垃圾散了一地。

阿蒼看到了一截已經長了他們幼蟲的腸子，但是他已經又飽又醉，他現在只喜歡看熱鬧，因爲他已經吃飽了，沒事兒幹了。他飛到王太太的鼻尖，想給天太太表示一下謝意，不料王太太不識好歹，看到阿蒼飛來，像見到魔鬼一樣，忙不迭地又甩頭又拂手，阿蒼笑笑，別了王太太，趕緊往市民代表會飛去。

市民代表會就毗鄰著市公所，阿蒼才飛到市公所的門口，就看到一夥人簇擁著一位身著青灰青年裝、個兒高大、略顯肥胖、臉色凝重的人走了出來，公所轉角處，並且無聲無臭地滑出來一部黑色的福特一六〇〇 CC 轎車，那人剛走到市公所玄關，車子剛好開到，兩個人搶著去開後車門，那人遲緩地坐進車中，開門的人恭謹地就想把車門闔上，車上的人卻發話道：

「照剛剛的決議，你們自己設法，必要時請縣警局支援，今晚就要將它們處理掉。」

「是……是。」送駕的有些遲疑，但是就在他的遲疑中，被送的已經自己關上車門，吩咐車子開走了。

阿蒼感到很失望，所謂的協調會一定已經結束，這一回卻沒趕上熱鬧了。正想回頭，市公所裏頭卻傳來了喧嚷聲，阿蒼立刻迎了上去。

「沒關係，地是他們的，路是我們的。」一位瘦皝個兒，臉孔黝黑的三十開外的男子衝動地揚聲道。

「阿發，不必激動，我們回去想辦法應付。」被叫做阿發的黑臉膛男子旁邊的富泰中年人說。

「鄉長，這哪是協調會？這是鴻門會呀！如果只是要訓示我們一頓，一張公文來就可以了，何必再要我們看他臉色？他有沒有搞錯？他要不要連任呀？」那阿發仍然忿忿不平。

被喚做鄉長的富泰男子仍然平緩地，對身旁另一位四十多歲，看起來有點耿直的男子說：

「秋仔，你小弟的那輛鐵牛仔，今晚借用一下。」

「阿發，」鄉長又吩咐：「鄧代表、黃代表那邊你去聯絡一下，晚飯都來我家吃好了，今夜，我們好好商量對策。」

這夥人五、六個，走到市公所停車場，分乘了兩輛轎車回去，隨後又出來三、四個人，也是有一個耐不住性子，在進入車子前，忿忿地說：

「大家撕破臉皮就沒什麼好顧念的了。」

「是呀！欺人太甚了，屎放在我們田，稻子他們割去吃，還要我們揩他們的屁股。」

「軟土深掘啦，張議員，這回你可知道厲害了吧？」

「是啦！沒什麼好顧念的啦！」那叫張議員的重複剛剛的話。

這一車的人走後，停車場上，還停有三部車，阿蒼沒跟剛剛那些人去，他循剛剛那些人的來處飛進去，在市長室旁的會議室找到還沒散去的十數個人，他們已經亮起燈，他們應該是得勢的人，但氣氛卻沒有應有的活絡。

「市長，今晚就行動……」

「王隊長，再不行動，這個行政責任我這個小市長可負不起了。」

「可是，市長，您沒聽到他們說要回去商量對策？」那王隊長又說話了。

「王隊長，地是我們的，令是縣長下的，我們還有警方支援，再倒不成垃圾，我們只好向垃圾堆討生活了。」那市長看王清潔隊長還在猶疑，甚爲不快，便加重聲音說：「你們在這兒待命，待會兒叫便當吃，沒到的，王隊長負責聯絡，我到代表會和張委員、李議員他們再商量一些細節問題。」

市長去了之後，場面變成了清潔隊王隊長的了：

「老林，小蔡的傷較好沒？」

「燒是退了，傷的地方卻痛得哼哼哈哈！」

眞是見鬼了！王隊長嘀咕：活了大半輩子，生耳朵也沒聽過這種怪事，更不必說親眼看到了！誰知道那麼衰，才當了這清潔隊長不到一個禮拜，竟親身碰到了，這不是見到垃圾鬼是什麼？伊娘的好好的垃圾場來關閉，新開的垃圾場附近的人不給倒，伊娘的，你們在分派，我們清潔隊又沒在分派，垃圾也沒有在分派呀，吵來吵去，最後竟叫清潔隊自己想辦法「偷倒」，清潔隊員是淸淸白白的人，靑天白日收垃圾爲衆人服務，三更半暝偷偷去倒又是爲誰？被抓到了還要喊打，比做賊仔還要悽慘，倒了就跑還好逃脫，還要求澆汽油放火燒，明明是做了賊還叫人來抓嘛！弄得遍地狼煙，比歌仔戲褒姒戲弄諸侯還鬧熱，假如火燒屋了又要叫誰負責？這小蔡就是做人善良，恐怕火燒草埔沒有放了火就跑，被當過街老鼠追打跌傷的，不過擦破了膝蓋上一塊皮，誰知卻變成破傷風，差點嗚呼哀哉，難道是因爲我們「清潔隊」的比較骯髒的關係嗎？伊娘的！對抗垃圾本來是爲清潔的戰爭，如今扯上政治恩怨、選舉糾紛，反而像是一場骯髒的戰爭了，因爲現在爭戰的好像不是垃圾了，難道說：和垃圾扯上關係，什麼乾淨的事情也會變髒？還是說：因爲和政治扯上恩怨，垃圾才會變髒？看看吧！今天晚上搞不好要七步干戈，五步流血……

王隊長想到這兒對大家說：

「我看今天的協調會並不協調，晚上等於是霸王弓，恐怕沒那麼單純，既然有地方頭人出面，而且警察會來維持，咱就好好聽令，待命在此，不要去惹上什麼事端，當那衰小的替死鬼，咱是吃頭路人……」

阿蒼聽到了這話，預料到一場精采的好戲——空前的「垃圾爭倒戰」，就要登場，想到「獨樂樂，不如衆樂樂」，而且，更不如和蠅兒倆樂樂了……於是，他即刻飛離了市公所，要回去把蠅兒和大夥們趕緊帶來。

阿蒼飛在這條市公所的路上，看到堆了垃圾，又積了人怨的烏煙瘴氣的這個街市，想到自己爲弟兄們發現的這個「新世界」，倒眞是可以和蠅兒終老於斯的「世外桃源」，就十分地得意起來。雖然，心裏急切著要回去把大家領來，但是，想到路途遙遠，又想到自己自從來到，事實上也並沒有眞正享受過一頓大餐，而且，更重要的，至少也得弄一些氣味在身上，才可以「驕其妻妾」的呀！於是，阿蒼在暗晦中，尋到一隻已爛得腸破肚流的小雞降落下去，沒頭沒臉地和一羣蠕蠕而動的蛆蟲們爭起食來，片刻之後，從市公所駛來的三輛轎車的疾風和塵土把他驚起，他才饜足地追逐了一陣那三輛車，直到遠遠地，望見那三輛轎車緩緩停在一家過早地亮起霓虹燈的大飯店左近，他才調轉航線，朝火車站飛去，搭上一輛擠滿了「志願無座」的旅客的比普通車還雜亂的對號車，在萬家燈火時分，回到了板市。

阿蒼果然風光得不得了，回到了窠穴，娘兒們嗡嗡地叮著他飛，把急著和蠅兒親熱的阿蒼搞得煩不過，阿蒼被這樣一糾纏，差點忘了時間，好不容易擺脫了大家，和蠅兒單獨在一起時，經蠅兒一問，才記起來好戲就在今晚要上演的呀！

阿蒼一忖時刻已經誤了一大段，心中懊惱得不得了，和蠅兒兩個，趕緊去喚醒大家，連夜要趕到阿蒼所說的「中土」什麼的市鎮去。

大夥兒動作倒快，一聲呼嘯，不一會兒便已趕到板市火車站了，阿蒼也不管帶了多少個弟兄，只見到了車站，這裏那裏一停，黑壓壓地一片，頗有山河變色之概。

可是，他們終究是慢了，最後一班客車剛剛開走，再要有車，要到第二天上午五、六點左右，阿蒼因爲見識到那個盛況，並且感受到那劍拔弩張的氣氛，所以惱恨得直跺脚，猛怪自己「貪色誤事」。

倒是蠅兒很是體貼，看到阿蒼懊喪的樣子，提議大家慢慢兒飛去，忖度著大家的體力和速度，應該比等在火車站耗到明天快得多。

於是大夥兒在阿蒼和蠅兒的帶領下，浩浩蕩蕩地往南飛去，飛到鶯鎮時，後面趕來一輛貨車，並且在鶯鎮停靠下來，阿蒼這回惱恨自己更甚，覺得自己太缺乏領袖的氣質了，居然就沒想到這夜行貨車，惱怒歸惱怒，大夥兒不等阿蒼吩咐，自動自發地歇了上去……

火車又開了，一路轟轟地奔馳下去，不一會兒，遠遠地陣陣腥風臭氣透過薄薄涼涼的夜氣，一縷一縷地鑽入大夥兒的鼻孔，望梅止渴一般，惹得大家猛嚥口水。

唉呀！這怎麼回事？這列貨車在中土什麼市的竟然不停，穿越那濃濃的臭氣層，這列車也好似在逃一樣，用更快的速度奔馳而去。

太快了，又沒心理準備，大夥兒都沒來得及下車。

阿蒼這下再也沒氣好生了，他喪氣地停在貨車廂右前方的柵木內側，露出半隻眼睛算著一站又一站的飛馳而逝，猜測著下一站停靠的地頭。

新市！他媽的，欲速則不達，阿蒼沒好氣地喊大家下車，大家因爲剛才見識到那比阿蒼身上的氣味更令他們垂涎的異香，不等阿蒼招呼，一陣風一般，轟地一聲，黑呼呼一片雲似地，望回頭飛去。

可是路途實在太遠了，對這些小不點兒蒼蠅，他們雖然有本事把再大的動物弄死掉，並且將這些動物啃得只剩一堆枯骨，但是，要他們從新市飛到中土什麼市，是一樁不小的工程，好在，他們有他們克服自己弱點的法門——附驥——就是停在千里馬的尾巴上，千里馬跑一千里，他們就跑一千里了，在現代的社會，他們的方法是當免費乘車的黃魚，所以，當他們飛離鐵路，發現公路上還有各種奔馳著南來北往的車輛時，他們也就自動地化整為零，紛紛搭上那些便車，憑各自的運氣，分赴那個垃圾城了。

阿蒼和蠅兒抵達中土什麼市的時候，天已經濛濛亮了，不用說，想看熱鬧一定已經熱鬧過了，阿蒼為自己領航的錯誤，還在自責著，累得蠅兒不住安慰他。

雖然遍地佳餚，但是，他們也都有這種經驗：胃口反而小了，蠅兒居然想吃點甜的什麼，阿蒼立刻帶著她四處尋找那賣豆漿的店頭，就在火車站附近，他們找到了，並且，發現一張報紙的一角吸滿了甜甜甜的豆漿，他倆先在桌上降落，並且在公用的油膩膩的毛巾上拭過手，才慢慢地爬了過去，快快地享用起他們的早餐。

這阿蒼，跟我們許多人上廁所喜歡看報一樣，吃早餐時也喜歡讀讀報紙，這時阿蒼發現他們吮著的是一份《中國時報》，並且是專登社會新聞的第三版，斗大的黑體字使阿蒼不得不飛起半尺高才能看得清楚：

月黑風高中土垃圾進擊大□鄉
路障人牆車隊受阻雙方起衝突
民意代表對陣　通宵展開舌戰場面十分火爆
勞動警方戒備　縣長也難擺平風波陷入僵持

阿蒼仍然認不得有土字旁的那個僻字，另外，雖然他認得那個大什麼鄉的那個方框框的字和《中國時報》的國字不太一樣，卻又認不出是個什麼字來。阿蒼往細字看去，哇噻！洋洋灑灑佔了三分之一版之多，記者的文筆，比那古龍的武俠小說還顯氣勢，剛中帶柔，比那瓊瑤的言情還煽情：

晚上十時，市公所有關人員在市公所內待命出發，縣議員市民代表共十多人則在市代會集合待命，清潔隊的車輛、人員及警方人員也分別作「垃圾大進擊」前的任務提示，所有人都感覺得到風雨欲來前的壓力，而面色凝重，警方人員存證錄影機及警棍、電棒也配備妥當，以防萬一。

十一時正，警方先頭部隊抵達村口，這時一輛四輪已被拆卸的鐵牛車及轎車，停在路口，阻擋了通往預定垃圾場的通路，鄉長、鄉代會主席坐在車上，揚言「誓死不讓……」，縣警局、大□分局、中土分局的警力約四十多人，一再疏導均無效。大□鄉六名鄉民代表及鄉民近百人，圍在現場，爲鄉長壯聲色，場面火爆。

中土市四十多輛升火待發的垃圾車，透過警方無線電傳達，不肯輕舉妄動，停在市區待命。

隨後雙方的民意代表均到場，雙方展開漫長的舌戰，圍觀的鄉民，言詞激憤，但態度冷靜。

零時三十分許，警方無線電傳來局長的指示，「停止強制執行，全力和平疏導。」顯然局長的話與縣長的指示違背，中土市的民意代表深感被人愚弄，於是一聲令下，全體民意代表撤退，往縣府理論。

一行人在午夜凌晨一時許，把縣長從睡夢中吵醒，吵了半小時沒有結果，縣長一火，兩手一攤，中土市籍民意代表一氣之下，到縣府前台階「靜坐抗議」，更有人電請清潔隊將垃圾車開到縣府前「示威」——

「咦！快走！蠅兒！」

阿蒼讀到這兒，不等蠅兒指好嘴，拉了她就跑。

「怎麼了嘛……」

「好戲還在後頭，我們到縣府廣場去！」

蝿兒還待撒嬌，阿蒼已經飛出丈外，不一會兒，阿蒼已經望見縣府廣場一字兒排開二十幾輛滿載垃圾，異香撲鼻，淌著黃湯的「清潔車」了，縣府台階上，坐了一堆不是西裝革履就是青年裝的有頭有臉的人物，馬路旁，則是如臨大敵的全副武裝的警察，哦！還有……更多的是黑壓壓的四面八方飛來的，停滿「清潔車」內內外外、密密麻麻的蒼蝿，像阿蒼一樣，有的是風聞、有的是聞風而來的兄弟，阿蒼雖然知道自己的同胞比那大陸十億人口還多，但因爲沒有戶政事務所的正式統計，阿蒼也不知道確有多少，這一刻看到自己的同胞雨點一般簌簌而下，而且從四面八方嗡嗡地如響悶雷的振翼聲，以及把晨曦整片地遮住的態勢推斷，正不知還有多少同胞要在此齊聚會師，連阿蒼自己都不免悚然而驚。

「討厭嘛！嚇人家一跳！」

阿蒼這一思量，想要停脚的「清潔車」的外皮，已經蝿滿爲患，連立錐之地都沒有了，阿蒼再一盤旋，發現好多同胞「太歲頭上動土」，竟迫降一樣地朝警察的白色頭盔上落去，阿蒼攜著蝿兒往上一竄，停在縣府大樓那用灰大理石鏤刻而成，並塗以金粉的「桃□縣政府」的那個不認得的字上。

蒼蝿繼續像結隊而來的轟炸機，轟轟而來，並且老實不客氣地紛紛降落，一批一批地來，卻零零散散地去，因此，除了清潔車上、縣府大樓的柱子、面門，警察鋼盔、警棍、手槍上已經被先來的捷足先登以外，他們像鴿子一樣，開始停到廣場上去，從清潔車淌下的臭黃湯水處起，順著那臭汁流域分佈出去，一層一層、一圈一圈鋪排下去，偶爾也有那混水摸魚的想插隊混入那先來的領域，惹來大夥兒的羣相指責，但是，摸魚的一被逐去，大家又很快各自歸位，大體上秩序是井然的，阿蒼站高山看馬相踢，目睹了這一壯盛場面，突然生出妄念，想要取代人類，統領這個世界，於是，他舉翅飛下，來到車隊前頭，整好姿態，一聲令下：

散開！

噯呀，所有盤據車子的蒼蠅立刻讓開，從每一處縫隙，一條又一條長可半吋，粗約半指的肥肥嫩嫩的蛆蟲，一條接一條地鑽出來，跳下車，列成隊，腳步齊整地四下散去，越過馬路，銜命而去……

——原載一九八三年一月十一～十三日《台灣時報》

一個球員之死

他兀立在場子中央，四周宏偉的看台緊緊把他鉗住，而且以濃黑的陰影埋他。

腳下一圈兩公尺方圓的白圈是中場的發球圈。剛剛一場熱烈但並不精采的球賽就在這兒引開，現在，大家都走了，一座偌大的體育場闃寂得如同一座廢墟。

他仰起頭，可是他望不見什麼，宏壯的水泥看台使他顯得十分渺小，他望不出去，他感覺自己急遽地萎縮著，萎縮到不等天色全黑就被沓至的暝色舐捲了去。

如果還有光發出……黑暗中如有一絲絲亮光發出……他知道：不管那線光有多細弱，那種存在仍是睥睨一切，可是，光，隨著萎縮的感覺的遽至，早亦黯斂了。

遠遠的天際被火光熏得通紅，夜晚已輝煌地燃起，他睇著那幃幕一般張在看台背後的灰濛濛的紅光，猜測著它是這城市的那一角落。

他有點不辨東西，方才一場球踢下來，身和心都困頓已極，腦袋昏沉沉的，只感到虛軟的脚下踩著的白圈圈異樣地晶亮著。

沒聲沒息燒著的天際，突然閃了一下，像誰眨了一眼，他總算尋到了動著的東西，心懷一點異趣，用心去守視它，一忽兒，它又閃了一下，他在心中數，數到六和七的中間時，它又閃了一下，他終於知道那是怎麼一回事：一排沿鐵路建築的大樓，樓頂平台上矗著的一座巨型霓虹燈廣告。方方正正的，外圍繞著霓虹燈管，夜晚來時，數色顏彩各異的霓虹燈光就在那鐵架上追逐著，一個晚上過去，誰也沒趕上誰，像他們，拚命趕球進門，球進了門，馬上又被取回原先發球的地方，又開始，又進去，又取回……徒然地奔突著，忙碌著。

他甩一下頭，不去想它，像換一張幻燈片，天際又閃了一下，他無意識地數著：一、二、三、三二一，又換了一張幻燈片，一二三四五六七，又閃了一眼……

嘩……

突然一陣聲浪打來，他環顧一眼看台，紅紅綠綠的擠滿了人，采聲自他們掌中擊出，歡呼自他們口中溢出。太陽懸在他們頂上，各色的傘撐起各色的涼蔭，眞個是「冠蓋」雲集。

一二三三二一，一二三四五六七，一二三，三二一，一二三四五六七……啦啦隊嘶吼著，以最高的熱誠替他加油。不要天時不要地利，因爲他擁有最飽和的人和。

一二三，閃一下，嬗換出一條在眼前伸展的碎石小路，兩旁夾道的茂密的甘蔗林，開著蘆葦一般粉柔的花穗，舒風拂過，嘩嘩盪起重重溫柔白浪。

甘蔗皮，牛糞，鳳梨皮，筍乾，蘿蔔……整條馬路曝曬著，一段一段地，像一條惡毒的雨傘節。

全世界的蒼蠅都逐臭而至，在這條鄉徑上討生活，遠遠望去，只感覺整條馬路翕動著，一條羣蟻圍攻著的出土的蚯蚓似地？走近去，沙沙踩曝曬著的雜物，嗡嗡嗡一聲，一羣蒼蠅驚飛而起，黑壓壓朝身上漫來，一頭一臉一手一脚地歇下去……

他狠狠地不住甩頭，兩手交互揮著，嫌惡地驅著蒼蠅，抽得空，還拿手在眼前憤怒地拂著。

年輕的生命如中天之日，耀眼得很，旁人正眼都不敢瞧，一個球輕盈無比，一抬脚就能把它踹到半空裏去，成爲一只定定的酷陽，如果要看，就得撐著花傘來。

采聲起始像花妙的浪，輕輕湧著，輕輕湧著陽光，出其不意的叩上岸來，把自己碎成片片，璀璨地將崖壁綴飾，暈陶陶地懷著奉獻後的饜足迴去。那時節，自己正是陽光，正是崖壁。熬出頭來了，難得回去兩趟，滿路蒼蠅的那條路上，誰碰見他，誰不這麼說他一句？把拇指翹起半天高。有出息，熬出頭來了。

隨後的采聲是成羣惱人的蒼蠅，拂都拂不開，太容易贏得的東西，便成爲糟粕，成為滿地曝著的惡臭的牛糞乾，鳳梨皮，熏人作嘔。

更隨後，他忽然發現自己被人把持著，名聲被利用，許多別人說的話冠上他的名字，他被「製造」成某些人需要的典型，參加宴會的時候比在球場上踢球的時候多，他恍然驚見：釆聲不是糟粕，而是他的名字，他的名姓才是這些惡臭的甘蔗皮牛糞乾，他的名姓才是，以及他的名姓所代表的他這個人。

一二三，三二一……但是沒有辦法，一個球是他唯一的生活，他活在別人的挫敗中，更多的別人，寄生在他的勝利裏。天際又閃了一下，別人捧的是一隻碗，他擎的是一個球。

一個球，靜靜的停在跟前，一二三三二一，他如虎般耽視著球，一二三四五六七，球如虎般耽視著他，燈光一閃，與一個球的友誼閃成敵意，他感受到被一個球挑釁的憤怒，吊起一隻脚，揮脚掃去，一二三，球躲了開去，力道落空，他被自己過猛的力量帶得仰天跌了一跤，可是就地一滾，立刻翻身騰起。

嘩……

歡呼又在看台爆開，他以足尖點地，揮手騰躍著回答滿場呼叫，感覺身軀在膧脹、在暴長，迅速地高過同場的每一個球友，高過球門，高過看台上的每一個觀衆，膧脹賡續著，賡續著，歡呼也賡續著，他感覺自己被呼喝成球場上的巨人，迅速地，就要高過圍住他視野的看台，許多球史上鼎鼎大名的偉大運動員的名字在腦袋裏風車一般霍霍轉過，他感知自己正一個一個超越他們，歡呼把名聲墊得比他們都高半個頭，而且還在增長著，他把頭仰得高高的，眼睛移植到比頭頂還高的地方，差堪探見外頭紛繁的世界了，僅僅差那麼一毫……三二一，眼前閃了一下，歡聲瞬即斂去，僅僅差那麼一絲絲，那要命的一絲絲，噗！他一頭栽了下來，這一摔奇慘無比，他連一個滾都翻不過去。

嘘……

嘘聲在耳後冒出，他趴在地上，翻翻白眼，天際閃了一下，在天際一閃的那一瞬間，藉著一閃即逝的亮光，他瞥見他方才一脚沒掃開的球就在觸著鼻尖的咫尺之地靜靜擱著，而且森然冷冷笑著。

他憤恨地瞪球一眼，想別開臉去，因爲一個小小的球停在睫下就像一座山矗在眼前一樣迫人，他直想別開臉去，可是他的脖子摔扭了，搬不動自己頂過多了球的笨實的頭顱，他有一點無奈地撮尖了嘴，朝著球吹一口氣，可是半寸他都沒能吹動，天際閃了一下，一二三三三二一的啦啦隊的狂吼在幽遠的地方傳來，已經去得那般遼夐了，卻依稀響在耳際，他側耳諦聽究竟還有幾多人，在自己身畔，卻只更清晰地聽到如雷般的嘘聲轟響。一二三三三二一，天際閃了一下，一二三四五六七，天際又閃了一下，一二三三三二一聲音越去越冷，一二三四五六七，閃光愈閃愈弱，一二三……已經快聽不見有人加油了，三二一……歡呼更沒有說的，一二……唔！闃寂在耳廊唧然響起，球場成爲一個眞空世界，成爲埋葬他的墳埔。

一切俱已遠颺，一切。他闔上眼，溢出一顆豆大的熱淚，一個球員，連球都背棄了他……多看一眼那個球都覺錐痛，可是那個球的感覺，冷冷地觸著鼻尖的感覺，一座山迫在眉睫的感覺，闔上眼後卻依然耽留不去，拗蠻地。

淚珠打眼角溜下來，未及墜落即被臉上的皺紋渠分成許多支流，早衰的一張臉啊！一條皺紋是一道球路，滿臉皺紋是半世球齡。一切俱已遠去，繡有國旗的西裝，縫有國號的球衣……翻出來晾曬時，已滿沾熏鼻的樟腦味。再和煦的冬陽，也烘不暖心中冷意，一切俱已遠去，燈光閃了一下，提包和球衣委癱在身旁，一切俱已遠去，一泡淚含在眶中，燈光閃了一下，一隻屈辱的脚印舉入眼簾，汚了那記被呼喝過的光彩的球衣號碼。一場熱烈而不精采的球賽，無端背上輸球的罪咎。一滴淚又溢出來，溢出來的一滴淚又被引成許多支渠。如果沒有他……燈光閃耀一下，我們無法贏這場球，爲何等光榮的理由重披戰袍，被人需要，被人需要是何等令人泫然欲泣的感動……已然退休有年，已然利用登峰造極的聲名謀得一份優渥的生活，燈光閃了一下，同樣的一句話變成……不會輸這場球……如果沒有他……一粒淚又泌出來，立時又被皺紋經緯著的乾旱的臉潤滋了去，一張旱臉已被淚水灌溉成一片水田，燈光閃了一下，閃一下的燈光已非閃在天際

——泡在淚光中的一張被風霜過的臉早是一面剔透的明鏡，明晰地將天際底閃亮映照。一切俱已遠去，熱情，一切俱已遠去，崇拜，一切，歡呼，一切一切，采聲，功名，球迷……最後，連那個球，最後最後……怕連生命也……

他哀嘆一聲，探出手去，撈過來那隻提包，遲疑一下，拉開拉鍊，探進手去……

這樣的命案也眞是，聽說是近況很不理想的球員，但是問題不在少不少這麼一個人，而是行政方面以及球員心理方面的困擾，不過，就警方的辦案觀點來說，在這樣的時候發生這檔子事，命案本身所提供的破案的線索，頗使警方樂觀。

隊友們在事情發生後，都表難過，他們心裏很同情一個「過氣」的運動員，但是他們不能怎樣，一個球隊是一個整體，整體不能遷就個體，而體能是一種天限，不是個己的不服氣或硬撐可以掩瞞得過的。

他們在淋浴時才發現他掉了隊。沒有誰特地去探看他，今天還沒有誰埋怨他哩！這傢伙，把自己守得牢牢的，冷傲得一截白鋼似的，誰理他，誰便是不識趣。

沒趕上一齊淋浴是家常便飯，每一回練球後，總在人家要開飯了施施然踽進飯廳，反正不礙著大家的肚皮，大家也就見怪不怪。

然而，今日卻有蹊蹺，開飯時不見他來，遲幾分鐘或有可能，今天吃那麼多「汽水」，大概脹飽了，大家耐住性子等他。可是，教練都入席了，猶不見他來，教練便差了個人到球場喊他去，喊他的人迅即趕回來了，青黃著臉，結結巴巴的顫著聲音……死、死了、死了……

衆人急趕出去，可不是死了？面向球門，雙膝著地，頭支在前方地上，軟癱後，臉向右翻，憋著脖子，以左肩的力量支撐著身體沒全趴平，兩手泊在身體兩旁的血泊裏，眉頭緊鎖著，上齒嚙住下唇，深深陷在唇肉裏，牙縫裏凝著血絲，胸口上插了一把童子軍刀，被踩了一脚的運動衫已經套上，染了污泥的「3」字上朝，那個在上頭踩它一脚的球員見狀，「哇」一聲掩著臉逃開。

偵緝剋日展開，球隊照常練球，出國比賽則要看破案的時日或辦案的情況。有一些人咒罵，一些人埋怨，一些人悸怕，教練在當場灑了兩滴淚後即凝住臉色，一絲笑容也不露。

每一個球員都被訪問過，但每一個人的供詞都幫不上警方什麼忙，倒是讓警方清理出了一處疑點：隊友們提供的死者平日練球的性向和脾氣——諸如：不近情理的沉默啦，把人摒斥得遠遠的啦……等等，恰恰替教練斷然告訴警方「死者是自殺的」的供詞作了旁註。

「英雄末路……」在警局深沉地低語，然後又斷然道：「沒錯，自殺！」

的禁止過。」

「可是，兇器呢？」

「我們並沒有嚴格限制選手的親友來訪，一、兩次的夜間外出，我也沒有不通人情

「死者近日裏有過外出的請求嗎？」

「沒有，但是報到時，我們並未做行李的搜檢。」

「那麼……會有可能是預謀嗎？」

「這個……這是你們的事了，我只提供可能的合作。」

可能爲了把近況不佳的球員排除掉就出此下策嗎？警方暫時擺下這一道線索。本來他們對教練和球員們在供詞上配合得「天衣無縫」和教練的再三強調死者的自殺曾深表「興趣」的，雖然代表隊的這個教練，在後來又說出他自己也有過的死者在死前這段灰黯的日子的體驗，用以補充說明他何以一下子即斷定死者的自殺，但是辦案人員是不可能了解這種惺惺相惜的情懷的。

辦案小組另外在死者的財務和感情方面也有過搜求，但死者在這方面的來往似乎很清白……至此，警方發現他們開始時顯然太樂觀了些，看來越是單純的案件，越是複雜難斷。

沒有什麼掙扎跡象，死者是孔武有力的運動員……雖然已把體力賽完了，但是人有

一種求生的本能，如果是他殺……最大的疑點就是現場毫無掙扎的痕跡，然而，光憑這一點卻仍不能遽以「自殺」來結案，缺乏有力論證，可憾兇刀已泡了血，否則或可自指紋中驗出個究竟。

代表隊教練又被請了去，警方聽說死者在集訓期間曾有藐視教練的表現，教練退休前又曾跟死者踢過同一個球隊，教練的退休據說還因爲最後一次選拔國家代表隊時，被比教練少兩歲的死者擠掉的。

「你們不要多心，」教練心平氣和地說；「放著正途不走，可別把我們出賽的日子給誤了啊！很多名球員是第一次當選國手的哩！」

「並沒有衝突什麼的，只不過背著他對球員們說過他並不需要我的指導這種話而已。」

「聽說你的退休是被他促成的，可有這事？」

「這麼說也可以，但是，放心，我只有感謝，不會懷恨，沒有那一次或許就不會有今日——嗯！你們如果喜歡費事，何不查一查這一次的落選球員呢？」

教練這句話點醒忙昏了頭的辦案人員了，也眞怪！這麼多專業訓練過的大腦袋，竟全漏過了這條重要的線索。

差一點選上，就差那麼一點點，死者不該再參加選拔卻又參加，偏偏又給選上了，那個只差一點點就被選上的年輕球員有理由挾怨的，而且有「可能」在愚昧的衝動下幹下這等事的，除去他，也許會補上我，年輕的孩子都天眞，難說他不眞這樣做了。

於是警方分頭去訪問了這些人，並且有了重大收穫，因此警方鬆下一口氣，便對外間宣布已經掌握了有力的線索，並預許大衆，破案之日指日可期。

只是說不出來案發當時自己正確的行蹤罷了，有一些人是很會忘事的，尤其在緊要的時候。供出來的幾個「大概」的地方都被否認掉，如果不虧心，沒有必要，也不會亂供一氣的。

警方最後清理出那個「第一落選人」跟那個在死者球衣上踩了一脚的球員有著不僅僅是遠親的關係的時候，下令收押那個不幸落選的年輕球員。

不必要兇嫌坦供行兇不諱，自白書已經不拿來當判刑的佐證，因爲刑供據說尙未絕跡，翻供尙是法庭上常見的困擾，尙成爲警政的汚點。

所以，只要罪證確鑿即可移送，可是罪證確鑿了嗎？警方事實上儘量避免著不必要的肯定，扣押那人，警方的說詞只是「有事實上的必要」。

只爲了提不出案發當時的確實行蹤即以「事實上的必要」扣押了人，說來未免粗率，可是警方有警方的苦衷，國人大體同情死去了的人，尤其死者過去在國人心目中曾保有英雄的形象，這次發生事情又在出國比賽的當頭，儘管前日的表演賽中，曾經很失常地表現過，但是比起「死亡」這件事，把球踢壞了畢竟不足掛齒。因此，催逼儘早替死者伸冤的電話和投書，成了警方人員床頭上的鬧鐘，鎮日叫個不停。也有自稱「關心國是」的，知道命案不破可能害得球隊無法如期出國比賽時，爲了「國家的體面」，由電話頻催，天曉得這一批人士是不是那些新當選的球員們的望子成龍的家長，生怕兒子好不容易登龍了，卻竟外地去不成龍宮。不過，這些都好打發，最要命的是記者對這樁命案所發生的興趣，簡直讓人懷疑採訪這條新聞是否關係了他們的升遷。警方當然知道一樁命案千萬不能釀成報紙上的熱門新聞的，但是，沒有辦法，報館似乎早就吃定了兇手的飯，像壽具店吃定了死人飯一樣，所以不及防制，事情就喧騰開了，警方幾乎是措手不及的。如今他們的苦衷便是面對了這樣龐大的輿論壓力。

案子到此幾乎可以說了結了，幾家專以社會新聞招徠讀者的報紙，甚至擅替警方宣布案子已破，繪聲繪影的，像煞有介事，警方曾在不太登社會新聞的官方報紙上加以否認，但是可以想見：警方的否認只是「存證」一下的性質，他們還是樂見各報的記者相繼著從警局裏撤去的。

偵檢轉入暗地裏做，案關兩個人的生死不說，扣押了一個人可能造成的冤獄賠償，使警方一點也不敢輕忽。

「自殺」並非全未再被警方假設過，只是迭起的高潮使警方手忙腳亂的，根本無暇推敲，根據案情的發展，那也沒有「事實上的必要」。

差不多都在山窮水盡的時候，就來個柳暗花明的轉折，扣押的那個落選運動員，看似筋強體壯的，可一點油水也榨不出來，這種人，硬的軟的兩不吃，拚耐力跑馬拉松，「生意興隆」的警探們才沒那能耐。因此，探目們奉到的最後指示，還是希望能從「厭世自殺」這比較單純的路子去把案子了結。羣衆的熱度只有五分鐘，而且畀靠報紙的煽動；死了的人又幸喜不作興開口抗告什麼，只要找齊了法理上的證據……活著的，誰敢不敬所謂的法理三分？

然而，就在這時，一個漢子走進離那個賽球的城市頗遠的一所鄉間的派出所，自稱參與了這樁命案，害得辦案人員瞎忙一場，快建立起來的資料全派不上用場，這種近乎惡作劇的發展，使得警方不知應該高興還是應該惱怒，這太給人在面子上過不去了。如果讓記者們探悉，嘿嘿！甭說又是社會版的頭條了，什麼辦案效率啦……等等的指責也勢將成爲方塊或專題報導的材料。

好在迄未宣告破案……辦案人員都很慶幸：而且還有過否認，只要在議會上……你知道，別惹惱了「他們」就萬事太平。

所以，兇嫌的押解和審理，都是秘密進行的。兇嫌很和順地同警探們合作。可以說全不用誘導或威逼什麼的，整個案子就水落石出了，這裏是一份整理出來的自白書，從兇嫌的和順來推斷，這自白書應該可以採信，而且，我們也有理由相信：大概也不會有翻供的情事和指控在法庭上發生。

他今日不管怎樣，總是一個球場的老將，若非存心糟蹋自己，便是故意給球迷們難堪，尤其最後那個球，對方兩名後衛摔了一個，剩下一個盡可依法炮製，他卻慌著射門……突然間開始好大喜功，我想他是完了，他不是那樣的，眞的，他不該是那樣的，所以說他太不應該。他有我們應分給他的一份敬忱，對於足球運動，他有著不會被時間磨滅的偉大貢獻，他不應該不自愛……我曾經被他在這種年歲上還不肯退下的獻身式的熱忱感激得掉淚，很多人責怪他不該再出來參加選拔，輿論也有指責加諸評選諸公。他們不曉得他這樣做是一份率眞，他們無從領會，不必說是爲了國家榮譽什麼的，若是爲的國家榮譽，那是赤忱，報效祖國的赤忱，那不同於率眞，而我說的是率眞，獻身給自己的愛，即使那只是一個皮球。

離開球場，球賽還只剩五分鐘，不可能有什麼機會了——即使連罰四個十二碼球。四比零，一個國家的代表隊，那是太笑話，後來聽說還進了一個，我實在有些氣憤，或許不只有些，簡直是氣憤塡膺，你們瞧我這右手掌指節上的傷，那是我離去看台時氣怒得在水泥地上捶出來的。被毫不留情地挫敗的羞憤，加不爭氣的自怨……說不上是什麼情緒，但是我想你們坐在看台上，而且孵出熱誠來，你們會淸楚感知那份複雜的情愫，就是氣憤：卻無好怪責的對象。大家都詬罵三號，甚且開他的汽水，但是那沒道理，輸得這樣難看，不當由一個人承擔戰敗的罪責，大家大概是不甘心他以前竟然承受了他們那麼多的讚美。

不該只是怪責只是怨尤……我想：安慰和鼓勵或許更爲切要，於是，我轉回球場，我不知道自己能幹什麼，因此也就不知道自己轉回去究竟想幹什麼，我不知道的多啦，比如我不知道自己怎麼去安慰或鼓勵他們，不是名花名人，我的安慰和鼓勵不知有幾多效果？不知道怎樣找到他們……我不知道的多啦，最糟糕的是我不知道自己算老幾。但是我還是轉回去，我想：人才散去，打輸的球隊該會逗在場邊痛切檢討一番的吧？然而，沒有，我們的球隊活該輸球的吧？我看過我們很多球隊都是這樣：打完了球就走，理由是一場球賽下來還不夠累人嗎？沒有！我們的球隊沒有在球場稍事逗留，他們比客隊走得更快。

已經是暮色蒼冥了，一座偌大的體育場，以鋼筋水泥的看台，緊緊將一團淒寂箍住。幾乎已看不見什麼的了，我在看台邊上坐下來，兩肘撐在膝上，支著頤瞎想……不怕你們見笑，我竟然在設想著怎樣從足球的運動開始，把我們的體育發展開來，以體育爲楔子，振興我們的國家，我想了很多很多，比如我們天天喊窮的體協，爲什麼國家不給多一點錢？爲什麼體協或各種單項的委員會不請專家來主持？非得聘請一些工商鉅子或有名望的大將軍之類的忙人主持不可？國家代表隊爲何常常爲了經費無著差點不能出國比賽？蓋個市府大廈，翻修個市議會只在議會討一番價，辦一些條件交換即可，蓋座不丟臉的體育館還得我們的明星運動員從外國飛回來一塊錢一塊錢乞討……最後，想起今天在球場上飽受詬責的三號球員的下場。國家不應該縱任一個曾經在球場上爲國家立過汗馬功勞的優秀球員自生自滅的，達到一定年齡或體力上的極限，國家應該輔導他的出路，讓他從理論方面去進修發展，或者給他一個球隊訓練，安排他無憂的生活……我想得正入神，驀然，我聞得一聲重物摔落地上的聲響，我嚇了一跳，定下神來循聲望去，我見到一個黑影在地上一滾，矯捷的又躍將起來，動作優美地彈跳著，我沒有動，也沒有吭聲，我看清楚獨自耽留在球場上的人是誰了，呵！我眞的淌下淚來，三號，三號，我被他感動得無以復加，我就知道，我一直有這感覺，只有他是拿出良心來踢球的，呵！他在那裏跳躍著，然後停下來瞄著眼前幾尺遠的地方，竄過去，揮脚一踢，人又仰天跌下，又爬起來，又跳一陣，又踢……我知道他在幹什麼了，他在複習，在努力攫回在他曾是反掌一般容易的射門的動作。但是，他脚下沒有球，球背離了他，一個球員，被球背棄了……他應該擁有一個，即使躺在棺柩裏，也應該枕著球瞑去。我從看台上站起來，飛奔著離開，掏出我所有的錢買了一個上好的足球又飛跑回去，我差點回來遲了，還好，他才只握住一把童子軍刀……

「住手！」我跨越欄杆大喝一聲，可是我太慌，被欄杆絆了一下，跌到看台下來，球滾在一邊，我沒來得及站起來，攀爬著去把球抱住，跳起來。

「住手！」我再叱叫一聲，踉蹌著使力把球擲向他。

我沒有打中他，但是仍把他喝止住了，我不曉得他是不是要做把我嚇了一跳的那件事，我不能等我知道了才去制止他，我根本沒有時間考慮，更不可能把球瞄準好了才丟他，倒是我沒料的長期訓練所養成的反應，使他張開手，熟練地踩住我那隻還未及他身邊就墜到地上，但仍繼續快速地往他滾躍過去的球，單足著地，極爲瀟灑地盯住我。

我跑著趕過去，喘著氣打住脚，出其不意奪過來他手上的刀子。

「你、你這是幹、幹什麼？」我喘不過來的氣，使我話都不能順暢地說。

「你是誰？」他不甚友善地反詰：「這麼晚來這裏幹什麼？」

「倒要問你，大家都走了，你還留下來幹什麼？」刀子握在我手上，所以我說話膽氣就壯了：「而且，這把刀子什麼意思？」

「沒什麼意思，刮刮癢而已。」

「沒有這樣單純。」我說。

「就是刮癢而已。」

「不跟你說刀子的事。」我說：「我是說你的生死已經不那麼單純，因爲你現在活著已不再單是爲你自己。」

「難不成還爲你活著？」

「可以這麼說，而且不只我……」

「不要給我提國家民族的字眼……憑什麼要爲你們活著？」

「當然要提國家民族。」我說：「每一個人總有他活著的理由，你已經成爲別人的『理由』了，你自己可能也知道：很多球迷活在對你的崇拜裏。」

「那沒有用，那些人已先他們的年紀，更已先我失去看球的興趣，新的觀衆有新的英雄崇拜。『聽說』而來的某人的『過去』徒然成爲某人被唾棄的助因。」

「但是，英雄不全是時勢造成的。」

「我現在已是日薄崦嵫了。」他感傷地嘆口氣。

「別洩你自己的氣，」我說：「英雄豈皆少年郎？」

「我吃的噓聲還不夠受嗎？一個小小的足球像一個雪球，從這端帶到那端，結果是愈滾愈大，愈大愈重，愈重愈踢不動，那黏附上去的你知道是什麼嗎？不是泥不是雪，是噓聲——是噓聲——你們說是年歲。」他語調有些兒激厲：「面對這樣愈滾愈重的球，我自感欲振乏力。而觀衆，如果不用健忘來解釋，我無法原諒他們的刻薄和寡恩。」

「他們都記得你，可是你自己強叫他們早早忘記你。」

「我沒有要他們忘記我。」他突然哽咽起來：「他們太勢利、太現實……」

我在心中猛然湧起一絲鄙惡，我極不情願的見著了一個英雄人物的私短，他不該只會計較別人給他的，不該輕易暴露他的恐懼，而我們從小受到的教導好像給了我們這樣的印象——既是英雄一般的人物，在德行上應該聖人一樣完美的。

「來，」我像哄一個小孩一樣，把球取過來，走向球門，在十二碼的地方把球擺穩，等著跟在身後的三號到來，站妥了射門的姿勢，我便搓搓手走向球門說：「我們來演練演練，你射，我來把門。」

他很安順，完全沒了當年叱吒球場的英氣，把持在球門下，我有一層淡淡的悲哀，眼前這般卑怯的大人，竟也是當年自己心目中的大英雄，一種幻滅的悲涼，摻一絲絲不知是對誰的怨艾。

「你踢啊！」我竟然使出喝叱的口氣。

他很聽話，起脚把球蹴過來，可是很奇怪的感覺詫住我：從他起身到踢球，到球飛過來被我輕易地抱住，整個一霎間應該完成的動作，竟像一個慢動作的電影鏡頭一樣虛幻。球飛過來，我伸出兩手，然後球像一團棉絮輕輕飄落我的胸懷，一點實感也沒有，我的所謂的動作，只不過把手伸出去又彎回來而已。

我的確詫住了，把球從自己懷裏挖出來，懷一份驚詫，用勁甩出去，球卻箭也似的勁直飛走，他略微跳起來，展開胸脯，用胸板把球攔下，並且用脚踩住它。

「再來一次，你用勁。」我有板有眼的指使著他。

還是那種感覺，虛幻地，沒有實感的感覺。

「可是我的球抛出去，一點也不怪異的呀！」我在心頭尋思，然後說：「你不要考慮我，拚你的力踢，把自己恢復過來。」

「你饒了我吧！實在不行了。」

他用脚抵住我彎身滾出去的球，也許他心不在焉，居然被滾地球絆了一跤，拙態畢露，掙扎著爬起來坐在地上，像一個撒賴的孩子，在十二碼外哭喪著臉向我求著饒。

「不成！」我執拗地說：「你得繼續踢下去，你還沒有射進半個球。」

「實在不行了……」

「給你講不成就不成，你得把以前的你踢回來，」我說：「一世功名豈能就此毀棄？」

「功名？哈哈！」他用一種說不出有多怪的聲音重複說這句話，然後兩手往後撐在地上，仰天打哈哈。

我火了起來，把脚步放得很重，走到他身邊，撿起我原先棄在那兒的刀子，抵住他抑平的胸口，威嚇他說：

「你踼還是不踼？」

「你要怎樣？」他放掉兩手，平躺下去身子一翻，滾離刀口下，霍地長起身來，擺出架勢，採取戒備的姿態，端的是一個訓練有素的運動員的俐落和矯健。

現在事情變成原則或是意氣之爭了，他越是不肯踼球，我越是非要他踼不可，我也說不上爲何要同他爭這意氣，老實說，事情演變至此，我眞有點瞧不起他了，同他爭這意氣，我還一邊在心裏勸阻自己說：犯不著，犯不著哩！

「沒要怎樣，你踼不踼？」我揚一揚刀子，逼進一步，他警戒地又低下一寸腰。

「好！我踼。」他說，眼中閃過一線狡詐：「你再去把著門。」

「你這樣下去，我看空著大門你都別想射得進去。」我垂下刀子，輕蔑地睨他一眼：「敢情你是想溜？我看住你踼。」

他放下架式，走過來，用脚把球固定，揮脚一踼，球虛虛軟軟地迤出去，人一撲，跪到地上去。

「殺了我吧！」他迴轉身，意外平靜地說。

球滾得費勁，不情不顧的轉了大半天，終於才有邊角上塞進球門，靜靜偎在球門後張著的網罟下。

「殺你？」目送著球偎入球網，我才聽淸他說的話，怔了一下，問：「我是應該殺你，若爲我自己的緣故。早殺你便可完全保住你在我心中的完美，可是，我爲什麼要在現在殺你？既然已經晚了。」

「不要再凌遲我，」他哀哀求告：「你請成全我吧？」

「誰凌遲你？」

「你，以及說是愛我，其實是迫我的球迷們。」

「偏不殺你，因爲你已不值得我賠命。」

「沒有人會知道。」

「你怎能擔保沒有人會知道？」

「我不要掙扎……」

「那保不住，你已經沒有足以在我面前擔保自己的東西了。」

「求求你，沒有采聲我活不下去。」

「離開球場，采聲會成爲噪音。」

「離開球場？哈哈，你爲什麼不離開你的土地，每一個人有每一個人尋求的棲枝。」

「沒有這樣的事。跨一步路便是一塊新異的土地。你的眼睛已經被虛榮心所翳迷，所以，你永遠見不著你要射的門了。」

「一直被你老驥伏櫪的精神所感動，直到方才才發現你眞該早早退下來了。」

「是的，我已經徹底完了，我是應該退出球場了，但是我請求你一刀子送我進墳場去。球場到墳場的中間地帶令我畏葸、令我不滿、令我厭倦。」

那情景實在有點悲涼，以致我沒能舉起刀子。曾經是自己心目中的大英雄，而今屈辱地向自己索求一死。

還記得高中三年的日子就是被他充實起來的，當然，如果要怪罪他也沒有不可的，要不是他，大學也許不至於考不取，但是，在今天以前我沒有過懊悔，人總有他個己活著的獨自秘密，爲擠進大學的門牆活著和爲一道足球的門架活著相比，並沒有莊嚴多少。

我可以體會出來他那玉碎的心情，一個人，當他失去了唯一的憑藉……是的，一切顯得多麼空幻，但是，我沒能成全他，理由並不全爲了殺人償命或是他究竟值不值得我賠命那種俗惡的觀念，失去了球，他活不下去，傾圮了偶像……呵！到頭來都不清楚誰成全誰了。我沒能舉起刀，那一瞬間，我好像一下子同他聯結起來了，殺死他，我貼切地感知無異於殺戮我自已。

「你們是自私的，卑劣的，盡要求別人爲你們活著，完全忽視了別人活著也要條件。」

「只要人家給，吝得半絲兒也不給人家。」

「英雄也罷，狗熊也罷，總之，在衆人面前表演的，全不如一名丑角。」

「小丑也有小丑的窘，但是他們還多了一層臉……所以……唉！一刀也是這般難求的嗎？」

「沒有過痛快，從沒有過痛痛快快，贏一場球，要忍住九十分鐘的廝殺；要保住一個運動員的榮耀，要克制許多物慾，總得隱忍住什麼，即使瀉肚的時候，做愛的時候，所以，鮮血噴湧而盡！該是最最無比的、暢快的發洩吧！」

「怎麼？你不敢動手？你只怕殺人要償命的吧？你只是怕死的吧？你可知道你鎮日裏處在一種被殺害的狀態下？全身幾千萬個細胞，每一個都準備隨時病變成致命的癌細胞，走在街頭，每一輛車都嗥嘯著瞪住你構思一樁陷害你的陰謀……你只是不敢面對而已，還不眞認爲不值得的吧？」

「你給我閉住鳥嘴！」我不堪被嘲諷，喝止他驟雨一般潑到我頂上來的怨言懟語：「你活膩了，你自己幹去！」

我把刀子丟還他，我諒他不敢朝自己的脖子上抹，我聽說有牢騷的人，不會甘於平白的死去。

但是我錯了，我應該讓他把牢騷發完，我忘記他還有深沉的悲哀，也忘記牢騷沒發完時，一肚子全是火氣，那是很容易燒昏人的頭的。他沒有拿刀子朝脖子上抹，接過我的刀子，嚇！他一把朝自己的肚腰眼上扎。

「喲！」

我失聲驚叫起來，彷彿一刀子沒在自己的腰眼上，兩手按住自己的肚子，蹲下去呻吟起來，我似乎看到自己的鮮血正從現在外邊的刃口上一絲一絲的泌出來，凝成一滴一滴的淌到汚泥裏去……

我見到一件事情終於完成，好像在這之前一層層從他身上散落掉的，因著這一刀子又凝聚回來，我感覺眼前屈伏在地上的他突然澄明起來，我整個的洞察了他，他以他的全部解釋他自己，而且用一把刀子引我進入他的裏面。

一陣陣的絞痛加劇，騰絞出一幅鮮血噴湧而出的慘烈和燦麗的壯觀景象，腦海裏泛起他的瀉肚也不能，做愛也不能的夢囈一般的咿唔，懷著滿懷的悲憫，嚮往著那份壯觀，匍匐在地上，一步一步艱困的挪近他。他幾乎已全無鼻息了，血都還未湧出來哩！似乎在刀子下去以前，他就死透了的。

我趴在地上，從他肚子和地面的空隙間探手進去，摸索到冰冷的刀把，握緊它，猛力一拔……

——原載《台灣文藝》，原題〈日薄崦嵫〉

第四輯　下港人

曳得長長的影子

是那支歌，以它憂傷的旋律，像條綿長的繩子把我縛住了，而那悲涼的歌詞，又像一把巨錘，一記一記猛擊我的心坎，像中了魔魘一樣，經久以來，陷我於悒鬱沉靜的心境中。

那天傍晚，在北投和淡水的分叉路旁的加油站加完油，我緩緩騎著摩托車要回家，都已經騎過頭了，才聽到有人叫：

「這位先生——」

我本來是無心地轉頭，因爲我不認爲我是被叫的人，那聲音猶猶豫豫地，有點細怯，可是，我卻發覺竟是叫我的，我就把車子停住，盯著那個人，等他趕上來。

恐有三十歲上下的年紀了吧？就男人來說，他的體態是袖珍的，五官長得很秀氣，但是，嘴角仍現出一絲抵擋過風霜的剛毅，穿一件還算乾淨的，但已洗得灰白的長袖襯衫，兩、三步就到我跟前，流露著堅強、爍亮的眼光，問我：

「到淡水不知要怎麼走？」

「到淡水，噢！」我朝後頭不遠處的車牌一指：「那裏第一支車牌看到沒有？那是指南汽車的車牌，搭那個車就是到淡水的。」

「我是說——」聽我指示得這樣詳細，他反而囁嚅起來：「用走的，用走的要走哪一條路？」

「用走的啊？」我立刻知道我遇上一個流浪漢了，不禁又打量他一眼，可是他是個很秀氣的流浪漢，給我初見時的好感，因此，我就更熱心的說明：「坐車才五塊。」

我從口袋裏掏出十塊錢，他立即推擋說：

「謝謝！五塊錢我是有啦！但是，也不是多遠，若走得到，我想用走的也可以。」

「車子要走半點鐘，你要走到什麼時候？」我望望天色，都已經日薄西山了，蒼冥的暮色中，各色的車輛打身旁轟轟馳過，要回他們各自的家去：「天都快黑了，你不必客氣，我剛剛加油加到只剩下十塊。」

「眞的不用……」他還是推拒著。

我曾經在台北火車站碰到一些向我開口乞錢的人，說他不夠車錢坐車，說了一大串理由，我因而覺得眼前這個流浪漢有他做爲一個流浪漢的不同的風格，所以，我更執意要給他錢坐車了。

「你把十塊錢收下，也不是多少；你要走路——」我指一指大度路：「從這一條比較近，直直走，到關渡，轉左邊，沿淡水河就可走到，恐怕要一、兩小時。」

「好！那就謝謝您！」他把錢收下，還要說什麼，終於沒說，跟我點一下頭，讓開一步，讓我把車騎走。

我走了一段路，忽然想到剛剛還找了一些銅板！我搜搜衣袋，果然被我摸出八塊半，我立刻有一種沒有盡意的遺憾，覺得幫助一個人還保留餘力是羞恥的，我又看看天色，一樣的黃昏，對他來說是太晚了，對我，卻還早，我想：我還可以帶他一段路，至少帶到關渡應該沒問題，平常騎車兜風都騎到那兒了，於是我又掉頭回去，可是，我在叉路口往大度路望去，大度路又直又寬，只見車輛風馳電掣奔著，根本沒什麼步行的人，我感到我是受騙了，流浪漢哪有什麼風格？還好只被騙了十塊錢，我又自慰著，要把車子掉回頭，卻望見那個人站在前面的車牌下，他早已見到我了，我給他的錢還捏在手上，有點羞赧地舉手招呼我。

我看他確實要到淡水去，也就釋然，騎到他身邊，不等我關掉引擎，他就訥訥地解釋：

「剛好看到一班車——不過，我沒趕上。」

「沒關係！」我說：「我帶你一段路，到關渡那邊去坐。」

他有一點遲疑，我就說：

「反正我也沒事，兜兜風。」我又怕他提防我，掏出那些銅板說：「還有，我剛剛發現身上還有幾塊錢。」

「這樣眞是不好意思。」

這次，他也就不再客氣，把八塊錢銅板收了去，並且跨上我的車子。

「你到台北沒多久吧？」上得車，反倒是他先問我。

「怎麼？」

「不然，怎麼還這樣熱誠？」他以受慣了冷落的淡然說：「我在台北，問一條路都沒有人肯講，」說了，才反而感慨起來：「台北的人怎麼那麼苛？」

「大家都很忙，」我說，把車騎過叉路口：「而且，台北那麼大，出外的人又多，不見得他們識路。」

「但是，你就很熱心，」他說：「你是下港人吧？」

「你怎麼知道？」

「我感覺我們下港人對人比較親切。」

「也不一定，」我說：「你有看報紙沒？現在犯案的少年人，很多都是下港上來的。」

「他們是被台北人帶壞的。」

「難怪台北人冷落你,」我笑笑說:「你對台北人有偏見,其實台北哪裏有在地人?」

「你的故鄉是哪裏?」他問。

「西螺大橋那裏。」

「噢!那比我近,」稍稍一停,又說:「是西螺還是虎尾?」

「不!是溪洲。」

「啊!我們那裏也是溪洲。」他顯得很興奮。

「你是哪個溪洲?」我也覺得興奮起來:「台北也有個溪洲呢!」

「就是,我下午在台北看到開往溪洲的市內車,心內眞艱苦!」

「怎麼會?我初來台北,看開往溪洲的市內車,感到很親切,那時候,車票才一塊半,我還特別坐去看看,根本沒什麼,比我們鄉下的溪洲街仔還不熱鬧。」

「你當然不一樣。」他突然沉沉應道。

「你究竟從哪兒來的?」

「我是屏東的那個溪洲。」

「那怎麼越跑越遠?」我說:「噢!對了,你到淡水究竟幹什麼?」

「我去找朋友。」他說:「我原來是先要找台北的朋友,不料那個朋友已經不在那個工廠。」

「你是不是沒有錢了？」

「……」他沉默了一陣，然後才又說：「在台北，錢眞沒用。」

「那是眞的，光是吃飯，一天五十元恐怕應付不了肚子，何況還要住。」我問：「你都住在哪裏？」

「住是比較簡單啦！」他說：「我的身體勇健，隨便蹲著也可以過。」

「你淡水的朋友住在哪裏？」我又問。

「淡水很大嗎？」他卻反問我。

「大是不大啦！」我被問得感到蹊蹺：「只有一條街仔，但是很長。」

「那樣就不怕。」他說，但是口氣有點提吊。

「你告訴我地址，說不定我知道。」

「我也不知道詳細地址，我只聽說他在淡水。」

「什麼？」我大感意外：「那你怎麼找他？」

「我可以一間一間問。」他充滿信心答。

我不禁感嘆起來，並且替他擔心。

「你朋友叫什麼名字？」

「我也不知道他的正名。」他說著，顯得有點無可奈何。

「什麼！」我尖叫起來，不僅是吃驚了，回頭去看，他竟然有點靦腆：「那你們怎麼做朋友？」

「他對我很好。」他說，我從後視鏡望他，他凝望著遠處，似在回味他們友情的甘醇：「我知道他的別名。」

「你這樣太冒險了。」我頗不以然的數說他：「我們下港的小孩都太莽撞，車都不知道怎麼坐，就要到台北來，男孩都還無所謂，女孩實在很糟糕。」我又說：「但是，你是大人了呀！」

「我不一樣。」他說，卻無意辯白：「我很感謝你，你上台北多久啦？」

「近十年了。」

「這樣實在很難得，我以爲你才上來，才這麼熱心。」

「這也沒有什麼，」說：「這是投桃報李。」

「你是說——」

「就是——」我也不知道怎麼給他解釋：「我是說，我的運氣比較好，都受到別人的幫助，我沒機會報答人家，就來幫助別人，說不定別人會幫到他。」

「噢！你這樣說我懂了，」他似乎又比較坦然一些了：「你這樣說也有道理，本來我以爲台北的人都很沒人情味，但是，我碰到你，好像台北的人也不全是那麼可恨了。」他說說，又好像未能盡意，於是，又說：「本來，我已經起了怨恨，暗中說：好！台北人就不要去下港，但是，現在，我好像不能這樣對付他們。」

「本來就是這樣，」我感到比較寬慰：「台北多少人口？你碰到的才幾人？而且，現在時機不怎麼好，好人人家也不太愛做。」

「你好像很飽學的樣子，你一定在吃高尚的頭路。」

「也不一定，其實，這些話也是一個跑路的商人告訴我的。」

「就是騎重型機車，在縱貫公路上，台北高雄兩地跑著的人。」

「跑路的生意人？」

「噢！」

「我剛到台北，有一次買一輛舊機車，從台中要騎到台北，差不多到苗栗明德水庫的所在，後輪刺破了，拉都拉不動，正不知怎麼辦才好，那位先生從後面趕來，見了我的情形，就替我到前面村子裏載來車店的人給我補胎，而且看著我的車弄好了，才載著那個人離開，我問他姓名，他只告訴我姓林，叫我不必掛意，說他們路上也常受人幫助……」

「我也會記得你的話。」他似乎很受啓示和感動，「前面那裏是不是就是關渡？」

「哦！是的。」我說：「那——你在這兒坐火車好了，火車比較便宜。」我把車子慢了下來。

「好，眞感謝，」他說：「你給我放在這兒，我再自己打算好了。」

「你還是要走路嗎？」我揣著他的話意問。

「我想——既然一半路了。」

「那——算了！」我想想，說：「我帶你到前面店仔買兩個饅頭帶著，再帶你到路頭，免得你走錯路。」

「太麻煩你了！」他說：「有人你向他問路，他卻說：你坐計程車就給你載到了，如果有錢，誰不會坐車？」苦笑了一聲，又說：「我就是不信沒錢就走沒路。」

不但買了饅頭，竟還買了甘蔗，當他發現買甘蔗的錢還比饅頭多一元時，抱歉地說明著：

「甘蔗對我，比饅頭更有效。」說著又問：「你喜歡不喜歡甘蔗？」

我笑一笑，點了兩下頭，頗有一種同屬感，到台北近乎十年了，當我又累又餓時，我最想吃的還是甘蔗，這一點，一直使我顯得很土，像那截削甘蔗時第一刀被砍掉的又硬又鬚的滿是節骨眼兒的蔗頭，於是我就說：

「我是台北人咬不動的甘蔗頭！」

不料他聽了竟開心得哈哈大笑！我問他笑什麼，他竟意味深長的說：

「台北人碰到你這截甘蔗頭，一定會崩牙床！」

我想想他的笑，又聽聽他的話，卻感到辛酸，不知怎的，我直覺得他的形貌不稱他的志氣，而有命乖的淺淺的傷痛。他等不到他預期的反應，警覺他的失態似的又接道：

「這一節五塊，實在夠貴！」

已經上到路頭，我把車子停在瀕淡水河的路旁，太陽已全然沒入對岸聳峙的觀音山後，蒼茫的暝色中，寬廣的淡水河平靜地臥著，偶爾閃一閃粼粼的波光。他一下車就坐在路旁的石板椅上，面見這豁然一開的水天，大大地舒了一口氣：

「啊！眞爽快！」

可是他這個人很知分，所以隨即又斂住，問：

「給你延遲到現在，有要緊嗎？」

「不要緊。」我望著他說：「我是爲你擔心，你找不到朋友怎麼辦？」

「我已經想了兩個辦法，」他倒反而比我輕鬆：「我想找個臨時工，做兩三天，賺夠到台中的錢就到台中去。」

「那……」我說：「你何不到台北大橋去，那裏有人力市場，會有人叫你去做工，做完工，工錢就算。」

「那裏不是都做粗重的工作嗎？」他拍拍他的左脚：「我這一隻脚不怎麼方便。」

他這一拍，才顯出那一脚的褲管很寬鬆。我好像被責備了一下，趕快說：

「呃！失禮失禮！」可是，我又想到他不是說要步行的嗎？於是我又說：「可是，你剛剛說要用走的？」

「路若走，總走得到！」他輕鬆地說著。停一停，好像懷疑我在懷疑他的話，便又說：「有一回，我在我們那個街仔看到一條狗，牠後面兩隻脚都癱瘓掉了，我看到的時候，牠正用牠前面豎著的兩隻脚，一跳一跳地向前挪，不單是我，街上所有的人都停下來，好像恭送一個了不起的人一樣！」

他說到這兒，我們兩頭的路燈陡地亮了起來，我得以清楚探看到他熾亮的瞳子。

「你身分證有沒有帶？」我說：「倒可以去問問工廠，現在缺人缺得很厲害。」

「我是想看看在夜市能不能幫人家端麵或是洗碗。」他說：「錢少沒關係，多做幾天也就有了。」

「不熟不識，恐怕難找。」我再問：「你身分證……」

「就是沒有帶，一時也沒想到。」

「出外沒帶，就很不便了，不然可以請警察幫忙。」

「那倒不必。」他說：「我想儘量不麻煩別人。」

「哪有關係？警察本來就是讓人麻煩的。」我說：「如果眞找不到朋友，我看你還是去找他們好一些，你也不要怕，你脚不方便著，而且也生成很斯文，沒壞人的面腔，大概不會被懷疑。」

「沒有辦法的時候，」他說：「我想回台北，到中央市場，去跟下港來的卡車商量，讓我搭到台中……」

「唉！」我嘆了一口氣：「你爲什麼要離鄉呢？」

他低下頭，吟哦一下，反問我說：

「你有時間嗎？」

我才從車上跨下，停好車，坐在他身旁。

「你有興趣聽啊？」他又問。

「我是怕問你不禮貌。」我說。

「我想，自己的事情，也沒需要跟人講。」他深納一口氣定視已成一座龐大黑影的觀音山，噤默良久，輕吐一口氣，掉頭看看河口那邊稀疏的燈火，張開口，一支歌竟緩緩流出：

船也要回返來　日落黃昏時
去處也無定的　阮要何位去
拖磨的我生命　有時在山野
爲何來流目屎　爲何會悲傷

拋棄的阮故鄉　總是也無惜
流浪來再流浪　風雨吹滿身
啼哭也不回來　青春彼當時
目屎若會流落　叫阮要怎樣

路若行有東西　人生有暗光
雖然日頭在天　不時照落來
春天彼快過去　秋天就要來
可憐阮的青春　悲哀的生命

啊！他唱得實在好，那蒼涼的歌聲，把這猶不見涼的中秋，唱出襲襲的秋意來，側眼望望冷冷僵坐的他，格外感到他的單薄，他不但把感情都揑住了，而且有著歌唱的技巧，我被濡染了那份悽愴，久久，和他跌宕在沉沉的悲涼中。

「啊！對不起！」

他終於被眼中崩落的、熱熱的眼淚驚醒過來，迅捷地用食指把眼淚抹去，亮著淚漬破顏赧笑。而我卻只能訥訥讚他：

「你唱得實在好，有職業的水準。」又想到：「但是，太悲了。」

他一點也不以爲意，一下子就把感傷收拾淨盡，答道：「悲哀的生命，怎有快樂的歌聲？」

「但是，你不是看過那隻狗啊！」

「就是看過那隻啊！」彷彿又望見了，眼睛發著幻彩：「不過，人會想，狗會想嗎？」

「好在——」又說：「我會唱歌。」

「是啊！你的歌——」我說：「是斷腸詩，跟你的人連不起來。」

「悲哀寄託給歌聲了。」他說：「不然哪有生命元在？」凝望河面輕輕漫起的夜霧，良久，又說：「咳！要說，也眞見笑！」

「哪裏？我們是同地名的同鄉。」我故做輕鬆，但馬上就後悔孟浪，歉然說道：「請不要見外。」

「你看我幾歲了？」他卻問。

「三十多吧？」

「我四十了。」

「喔！看不出。」

「也不知是四十歲的不對，還是人生的錯誤。」他眼裏掠過一抹翳迷。停一停，又問：

「你結婚還未？」

「結了！」

「看你的人，你的家庭一定很美滿。」

他那副嚮往的神態，使我覺得承認下來是殘忍的：

「馬馬虎虎啦！」我便說：「還不是那樣過？」

我正想問他同樣問題，他卻彷彿感應到了，一下站了起來：「啊！我怕說得太多了！」好像逃避什麼，又顯得很懊惱。

「怎麼這樣說？」我不禁苦笑：「你根本沒說什麼。」

「流浪也不是好玩的，」頓一頓，嘆口氣：「但是，有望較贏無望啦！」

「……」我一下子感到語言的虛軟和不切實際，感到無濟於事的灰冷，但我還是說了：「我看，我還是帶你回台北算了。」

「不！淡水不是就在前面嗎？我還是得要去。」

說著，望向遠遠的天際，而且就那樣木木地站著，我坐在他旁邊，有了一種錯覺，彷彿他是一棵樹，但不是鳥來棲他，是他去棲鳥，這時候，風噠噠溯河而來，飄飄拂動他那管寬鬆的褲腿，他迎風邁出他的步子，果然是個跛子，雖不十分艱難，但一隻腿是另一隻的負擔則很顯然，然而，路還是在前頭蜿蜒伸著，影子則被路燈打在後側，燈火被他越走越闌珊，一瘸一瘸地，身影，卻越曳越瘦越細越長……

——原載《明道文藝》

落翅仔

再見時還認得她，是因爲先後的兩次見面，她都毫不經意地給了我一些小小的震駭，竟使我輕易地就記住她了。

第一次是在北上的對號火車上，她是離家出走的女孩。

我買的是志願無座的站票，在台中上車，買這種票已經成爲我慣式的旅行，因爲只有這種票可能在開車前十分鐘買到；我已經很有經驗，所以很快就找到一處空位。她是在豐原上車的，尋到我處時，她把已放進皮包的票再取出來對照一下，我立刻站起來，不料，她卻很大方，一邊往上放著行李，一邊顧著我說：

「你坐，你坐，我那個朋友沒來。」

她的個子算高的，行李也不太大，所以，放上去很簡單，拉拉衣襟，拍兩下位置就要坐下，我還是讓了一讓說：「要不要坐裏面？靠窗……」

「不用不用，我以爲是重號。」她嫣然一笑，露出一排整齊、潔白的牙齒，給我印象很深，因爲她的牙齒顆粒很寬，不似一般女人的細緻；未施什麼脂粉，蛋形的臉覆在初初長長的蓬鬆的髮下，透幾分媚氣，我忍不住多打量了她一眼，偷偷地，才發現這媚氣來自她的眼波，因爲她的眼睛很大，雖然雙眼皮並不明顯，但是有點翳迷，讓我感覺這女孩只要稍稍「點化」，就會變得嫵媚，她的嗓子又有點嘎啞，因而帶著磁性的沉。

「我的是站票。」我說，她的大方，反顯得我的拘謹了。

「好在我的朋友沒來。」她又說：「我買了兩個位子呢！」

「謝謝妳。」我說，想起要翻翻上車前月台上買的報紙：「要不要看？」我隨意遞給她一張。

「不要！」她乾脆地回答：「都是一樣的新聞嘛！」

我也便沒有理她，覺得我已盡了禮貌。而且我得承認：我不怎麼喜歡太大方的女孩，我甚至認爲在火車上隨便和人搭訕的女孩不會是好女孩。所以，我就任讓我們之間沉默著，之後，我也就在車子的搖晃中睏去了。

醒來的時候，車子已過新竹，我的報紙在她手上，她看我醒了，把攤開著的報紙合起來要還我：

「掉下去了，我撿起來，順便翻翻。」她說著，伸手從我們之間拿起疊好的另兩張，我發現她看的是有分類廣告的那張。

「妳請看，別客氣。」我正坐起來：「妳在找工作？」

「是，」她簡捷地答：「台北也不見得好找嘛！」

她把報紙還我，攏攏頭髮，笑笑說。我又發現她笑起來時，左頰上淺淺的酒渦也很迷人。

「不錯！」我本來想接道：不然你以爲台北怎的？但我究竟不習慣這樣孟浪，就改口說：「不過要看什麼工作，有些工作找不到人做呀？」

「是不是電子工廠的女工？」頗有不屑一顧的氣概問著。

「不！還有一些小妹。」

「什麼小妹？」突然來了很大興趣。

「餐廳，或……」

「錢多不多？」她問得有點急切。

「我也不太清楚，本薪多半不高，但有小費。」

「他們要怎樣的人？」熱切地湊過半身來問：「我行不行？」

「我不知道。」我有意澆澆她冷水：「那種工作，有的不太正當……」

可是她卻不假思索，立刻就說：

「錢多就好。」

「哦——」吟哦中，我不禁多看她一眼，她大概覺得我的眼光怎麼啦，又補充說：

「只要自己小心一些……」

「妳家裏要你負擔嗎？」我疑惑地問。

「不要。」她平淡地回答。

「不要負擔家庭，賺那麼多錢幹嘛？」

「錢多不好嗎？」反倒是她顯得奇怪了。

「不是不好……」

「是嘛，有錢眞好！」她幾乎是詠嘆一般說出來，那般不稍掩飾，我更加沒話好說了：

「你是台北的人嗎？」她又問。

「是。」

「住在台北眞好！」她透著眞誠的羨慕。

「什麼好？」

「好玩呀！」她的回答仍然那麼直截。

「台北一睜眼就要錢呀！」

「所以有錢眞好呀！」好像她得理了。

面對這樣的女孩，我不自覺地想到她父母。

「妳爸媽讓你出來？」

「沒有，我是離家出走。」

「眞的假的？」我看她說得那樣輕鬆，有點不信。

「當然眞的，」她甩甩頭髮，盯著前方，賭氣一樣說：「我在東勢的工廠做事，我爸爸不讓我離開，我自己辭了就跑。」

「妳爸爸不會知道？」

「我家又不在東勢，等他知道，我已在台北了。」

「你家在哪裏？」

「在下港。」

「妳這樣做實在很冒險。」

「年輕人嘛！」說著，抿嘴一笑，似乎頗自得。

「年輕不是這樣解釋，妳是女孩子……」

「你是不是在做老師？」

我對她的敏感十分驚訝！故意要逗她：

「我是警察！」

「算了吧！」綴著輕蔑，帶點誇張地端詳我。

「你害怕了，是不是？」

「我又沒做壞事。」

「妳離家出走。」

「離家出走怎麼是壞事？」說著，她露出困惑的表情，這樣，反而輪到我困惑了。

「你說話很像老師。」

「怎麼說呢？」

「反正很有那種味道就是了。」

「我不是老師，我只是以一個爸爸的身分想到妳爸爸。」

「你已經結婚了？」

「我女兒都上幼稚園了！」

「看不出來嘛！」

「不然爸爸要什麼樣子？」

她自己大概覺得好笑，就笑了起來。

「我忘記了，我一直把爸爸想成是老老的。」

「妳想錢想昏了！」我也覺得好笑，進而覺得比較熟識一些，就較不拘謹了：「老人也是小孩變的呀！」

「不是想錢，是想台北。」說時，顯得很正經：「年輕的爸爸也認爲離家出走是壞事嗎？」

「不是年紀的問題，是身分的問題，是爸媽的身分，就不會認爲那是好事。」

「那多煩人！」她把頭一昂，順勢靠到椅背：「幹嘛要把父母親的定義變成『限制』或『反對』呢？太累了！」

她的半長不短的頭髮因爲她這一靠，而披散開來，我就問：

「妳學校才畢業嗎？」

「高中沒畢業。」就那樣把頭靠著，眼睛直直望向車頂：「本來出來半工半讀的，跑了一年的台中讀夜校，想想：沒意思，大夥兒都那樣混混。」

「用功的也不少。」我勾起對夜校女生的敬忱。

「而且，」她保持著先前的姿態，又說：「畢業了又怎樣？浪費！」

我不能確知她指的是浪費了什麼，也就沒有接這個腔，想起另個問題：

「妳的那個朋友……」

「他是我夜校的同學，講好要去找他叔叔的，沒出息！」

「那妳自己一人……」

「我不會自己找事啊！等一下被他叔叔以爲我和他私奔，我又沒要嫁給他。」

「他是男的啊？」

「是啊？」她坐起來：「你好像覺得很奇怪是不是？」

「我不太能接受……」

「這也沒什麼，互相利用。」

「……」

「你們男人也覺得男人可怕嗎？」她見我不答，又問。

「可怕的很可怕。」

「廢——那還用說。」

「我是說：如果他對一個女人起了惡念，是很可怕的，女人太弱了。」

「哼！才不呢！」眼中掠過一抹天眞和倔強：「你還以爲弱者的名字是女人嗎？」

「生理上受了限制呀！」我說。

「沒有的事，我那個沒出息的朋友比女生還沒用。」

「妳還是當心一點的好。」

「他沒來了呀！」

「我不單指他，台北太複雜了。」

「聽你這樣說，好像台北很可怕一樣。」

「最好妳還是和父母聯絡一下。」

「那不是更叫他們擔心嗎？」又說：「辭了工廠，他們會罵我的。」

「他還不是可以從工廠知道。」

「不會，我已經拜託同事，以後我信寄到東勢，請他們替我再寄。」

「妳會成爲失蹤人口。」我瞥著她說。

「我已經失蹤了！」她竟然自如地說，然後又望著窗外，這時車行過一片山林，窗玻璃上有她輪廓模糊的面影，她好像對著這個模糊的面影說話：「但是，我人又在這裏，對我自己來說，我到哪裏，我就在哪裏，永遠不會失蹤，哈哈！」

我不太能夠想像她如何有這些詞鋒，她不過才唸完一年的高中，竟有這樣的黠慧，她的哈哈的笑聲有著捉弄人的意味，然而，我卻也沒有什麼難堪，只暗暗揑出一把冷汗，爲她。

第二次是在夜總會見到她。她已是夜總會裏的「落翅仔」。

我幾乎是不涉足那種場合的。我不太能明白人怎會單獨一個人去耗在那裏？而我又相信：你沒有必須招待到那兒去的朋友，也就不會有招待你去那兒的朋友。

可是，我們有一個叫做胖子的新同事，有一次的週末，也不知怎的，大家吹起牛來，他告訴我們他以前當憲兵的時候，曾經在中山北路的酒吧間空手奪白刃，放了一個多禮拜的榮譽假，由於胖子的身材已經叫我們無從想像他當年的英勇，老黃甚至懷疑他是不是眞的當了憲兵，所以最後大家打起賭來：到現場去，如果眞的，我們輸胖子一瓶漢尼士，假的，胖子在當場請我們每人喝一杯。很可惜的，我們已經找不到他說的那家酒吧，繞啊繞的，我們繞到民權東路口的一家兼營夜總會的大飯店，他就告訴我們說那個夜總會是全台北最便宜的，儘管如此，忖一忖腰包，我們還是只能多望兩眼那高不見頂的大飯店，沒有人敢動一下心。可是，他大概窺出我們的膽怯了，有點嘲弄的又說了：「有落翅仔好撿」的話，這使得光棍的老黃他們大大的心動，因爲閒聊中，我們屢屢聽到人家撿到落翅仔的豔遇，大家羨豔之餘，不免怨艾自己的福緣太薄，好像全世界的男人都撿過便宜了，就我們這批人被虧待了一樣，所以，一聽有落翅仔，興致都來了。

幸好有胖子帶路，不然我們簡直摸不到門徑，胖子看來不似吹牛，因爲我們對昏暗的光總一下子適應不來的時候，胖子卻識途老馬一樣，筆直地走去，替大家找到一個位置坐下，並且替大家都叫了啤酒。

我們的眼睛才適應下來的時候，老黃就沉不住氣，立刻問胖子落翅仔在哪裏？胖子就要我們找那只有女的坐的枱子，說那就是。

我們就夜貓一樣，瞠著眼四周打量，果然有不少純女性的枱子，而且都很年輕，有的看來甚至還是一個高中生，她們也在四處瞟著，胖子就瞄著距我們最近的一堆女的說：

「誰去替她們付帳，那一桌就是我們的。」

嬲著要來，眞正碰到了，卻沒有一個有行動的勇氣。

「他媽的，本人御駕親征，逮過來了，可別落荒而逃！」

胖子果眞去了，我們都緊張而好奇地瞧著他，他並沒有付什麼帳，我們只看他禮貌而流熟地和她們說著話，引她們不住觀望我們這邊，然後都站起來了，我們大家你望望我，我望望你，互相使眼色壯膽，老黃看來有點興奮，率先把位置讓了一讓，不料，事情卻有了變化，她們中間一個又坐了下去，其他的四個本已起步，也不知是要回去勸她還是也不來了，又踱回去，胖子暗暗和我們攤攤手，也跟回去，然後，四個又站了起來，胖子卻先走了回來，四個女的在他背後，也跟了過來，胖子並沒發覺，老遠就說：

「他媽的，老陳，她們要你過去！」

這下把我弄得滿頭都是霧水，我們這邊，連我也是五個，他們這些傢伙，不安好心，看她們只來了四個，熱心的要把我弄走，胖子回到位置，才看到那四個跟過來了，就說：

「那個坐著的不肯來，說她認識你，除非你過去。」

他忍不住再細細的打量，可是我實在認不出來，我只能看見側後方垂直的頭髮，還有就是幽暗中也能見得的翹翹的睫毛，我想不起來我認識過這樣的女子，遲疑中，我被迫離開座位，在半路上，啊！我心中陡地一跳：火車上……我想到那個女孩。

「還認識嗎？」她連著椅子轉過來。

「果然是妳。」我就認出那一口白牙，幽微中，那口男性風的牙更顯森白：「頭髮長了，遠遠地認不出來。」

「你們一進來，我就認出了，」她又笑一笑：「你們要裝得自在，更顯得土。」

「不然要怎樣才不土？」

「不要怎樣。」

「妳在這兒當小妹？」我不敢拿胖子說的去問她，不！我甚至於排拒著那樣想她。

「你已經知道了，何必問？」

她還是那樣犀利。她一伸手，我才注意到桌上的半包長壽菸，大概意識到我，又縮回手去。

「落翅仔？」

「落翅仔！」她替我，也替她自己說了，扯一絲自嘲的笑，微翹的唇已抹上胭脂。

這時候，慵慵地淌著的音樂止住了，隨即音樂台上開始奏樂，是〈美麗的星期天〉

的洋曲。

「等一下她們會上去。」

「唔——」我不知道她說什麼。

「上去了。」她用下頦指示我。

坐到胖子的那一桌的只剩三個人。她們熱烈地鼓掌，胖子篤泰地擻頭看著，上台的剛好是他的同座；其他三人，似乎被他們同座的女孩響亮的掌聲弄得有點尷尬，因爲響應的人不多，全夜總會的人都朝她們看。

女孩的洋歌唱得並不好，但是間奏的時候，她斜著肩，瘸著腿，和著拍子一擺一擺的姿態，卻引起客人們的熱烈的情緒，掌聲遂熱鬧起來，把今天的開場弄得很烘熱。

女孩第二段的歌詞竟是閩南語的，好像替她間奏時的動作做註解的歌詞的意思就是說：「我是台北的落翅仔。」

「他們每晚都奏這支歌。」她瞟一瞟舞台上她的同伴：「今天不知怎麼，開始就奏。」

「有什麼關係嗎？」

「奏這歌，一定有人上去客串。」她環顧一周：「這裏落翅仔很多，但是不曾開始就奏，沒有人開始就上去。」

「妳同伴上去了呀！」

「她今天心情不好。」

「呃！」

「你看起來她很高興，是不是？」

「嗯！她表演得不錯。」

「她在糟蹋自己，等一下就會有人找她。」

「找她？」

「對！找她，吃宵夜，弄得她高興，就去開房間。」

「嚇！」

「這也沒什麼，兩廂情願。」

「太可怕了！」

「你是說她那樣做嗎？」

「我是說整個事情。」

「眞的沒什麼，比這更可怕的——你不要那樣看我，你要問什麼就問。」

「妳上去過嗎？」

她笑一笑，我品味到那苦澀。

「你是要問我下來以後，對不對！」她終於點上香菸：「我幹嘛告訴你這些事？」

吸進去的菸，隨著她的講話，一口一口冒出來。

「對不起！」

「不，我是說幹嘛我會告訴你這些？」

「妳看得起……」

「還看得起人呢！」深深吸一口，大大吐出來，瞥著眼，在菸灰缸上敲敲菸灰：「到處被看不起。」

「這才是糟蹋自己。」

「誰知道？人心隔肚皮，說不定你也沒安什麼好心，但是也沒關係，到時候還是會露出眞面目，反正男人全都一樣。」

「那，妳不必告訴我什麼。」我覺得被抹了一鼻頭的灰。

「不，沒關係，反正我已是落翅仔，我告訴你，我就是那一次上台後，才眞正落翅的，我酒喝太多。」

她垂下眼皮，落我倆於一片沉默。

「跳舞嗎？」捺熄那截菸，她望望舞池問。

舞池正熱鬧地歪扭成一團，我不知那是什麼舞，我搖搖頭。

「我們出去，」她收起那包菸說。

我看看我同事那邊，她又說：

「不必管她們，我們總是怎麼來，怎麼去。」

「不是——」

「唔！你的同伴是不是？我們又不是去開房間，怕什麼？」

我們沿中山北路，往士林方向漫步，我不能不承認我是有點畏葸的，她把手揷在緊綳的牛仔褲後袋，舉著肩，一脚一脚數著人行道紅磚的姿態是很落翅樣的，我們讓沉默賡續著，我簡直不知道說什麼？怎麼說？

「以前有人撿過好運氣，」她終於開口，「但是現在人多了，盡是壞運道。」

「？」我沉在我的沉思中，經她擾醒，一下子也沒攪淸她說什麼。

「以前有人被發掘成爲歌星，但那是很久以前了，現在，都變成等人撿去開房間的落翅仔了。」

「妳來唱歌一定不壞，」我想起她頗富磁性的低沉的嗓音。

「那晚，我以爲我撿到好運氣了，那人掏了一張名片……我太醉了。」她猛力踢開一片枯皮：「我們下港人好像歌都唱得不錯。」

我們已經走得很遠，就到動物園了，她扯我一把；「我們到那邊去。」她指指動物園。

「晚上不許進去呀！」

「你眞會怕東怕西。」她說。

「不是怕，是不好強，你們以爲不怕，其實都只是要強、不服氣。」

「我要唱歌給你聽呢！」她現在一片純眞，亮起眼說。

「邊走邊唱。」我感染到一絲愉快：「我們可以走到士林，我請妳喝咖啡。」

「你請我吃飯吧！吃魯肉飯配蚵仔煎。」她以舞蹈的步子躍到我前面去，說完話才回轉頭來徵詢。我看到一閃而過的應該屬於她這年紀的某些東西。

「好！」我鼓勵地說。

「我唱〈下港人〉。」

「吃過飯再唱。」

「餓著肚子，歌聲更亮。」

「誰說的？」

「訓練班。」

「妳參加過訓練班！」

「有啊，電視台辦的，其實也不能算有，我混進去聽了兩天課，被抓到就被趕跑了，他們收費好貴！」說著，竟有點傷感：「我唱〈下港人〉給他們聽，他們很驚奇我唱得那樣好，於是就被發現我是混的。」

她說著，就輕輕唱起來：

出外來流浪到台北，
已經過一年
想起……

「這支歌我知道，是〈流浪到台北〉嘛！」我不等她唱完，就糾正她。

「到台北流浪，就是下港人的運命嘛！」她說。我覺得她這話滿有意味的，就接下她唱：

想起彼當時
和伊來分離……

「你也是下港人嘛！」她又驚又喜：「你以前騙人。」

「哪裏人有什麼關係？」

「我知道我為什麼會給你講那些，你一樣是下港人，我嗅到相同的氣味。」

「妳就是在嗅氣味才變做這樣的，拚命逃開父母身邊，卻又剪不斷臍帶。」

「你好像很無情。」

「不是，我們是哪裏人並無意義呀！妳是怎樣的人才要緊。」

「同鄉較親切嘛！」

「就是給這個親切害到的也眞多。」

「再說，」我又說：「我們的故鄉在哪裏？在下港，是不是？我們現在若在下港，那我們的故鄉又在哪裏？」

我不知道是不是我又讓她感覺我說話像老師了，她又沉默下來，手又插到後褲袋，舉著肩，更其落翅樣兒，一會兒，又把手插到前袋，但是，褲子實在太繃了，不管前袋後袋，都只能塞一半的手掌，大概是這樣，手彎打直之後，肩膀就被支高了。

她吃得可眞多，差不多照單全吃，由於後半截路我們又陷於沉窒的境況，而她依然有那胃口，使我微感心疼，懷疑她不知餓多久的飯了。

我們又晃到福樂冰淇淋的營業站去，這是她帶的路，喜歡這兒這兩處露天的座位。她坐在靠裏的位置，對著路口規律地變換著的紅綠燈，定定地，縱任一紅一綠的燈光在眸裏閃爍。

「妳沒想要回去嗎？」我瞧她入神，就尋話問她。

「你帶我去哪裏？」她木然地問，好像這是必然要面對的。

「妳有點誤會了。」我不禁有點不快。

她轉臉望我，好像在審視一件貨品的眞贋，我看到她眼中逐漸遁出的淒迷，就又諒宥她了：

「我是說回下港的家。」

「怎麼回去？」

「我可以幫妳買票。」

「我不是說票——我是說我。」她從後褲袋摸出一份摺成好幾摺的報紙，丟在桌上：

「我眞正是失蹤人口了。」

我攤開報紙，正不知她要我看什麼，她又說：

「我哥哥上來認屍了。」

我知道她說的是什麼了，迅速瞄過報紙的新聞。

「妳叫秀美？」

「秀美。」

「妳哥哥說不像。」

「不像更不能回去……」她忽然啜泣起來：「眞正死了倒好。」

「不要儍……」她哭，使我無措起來。

「我會被我爸爸打死……」她啜泣得更厲害：「我不知道……我不知道我在幹什麼……」

——原載一九七七年四月十七日《聯合報》

暴　徒

門簾動處，僅能容受兩人並肩擠進的窄門，一下塞進三只頭顱，硬擠的結果，中間那個被綳後了半個脚步，與走在最後頭的另個同伴同時進來。

還都是及役年齡的小伙子，像是在哪個工廠做工的小師傅模樣，進得門來，掛上手提的塑膠袋，就開始寬衣解帶，三個面著牆，一個就那樣對著整浴室裏的人敞現開來，而牆的三個中，有一個嘴裏哼著近期頗為流行的國語歌曲，哼到一半，另一個用洋涇濱日語跟著唱，有人跟唱，那哼著的就停了口，轉過身來的時候已經是赤條條的了，看到他的同伴面著一整浴池的浴客一層層的剝著，就說：

「喂！阿猴，我知道你的排骨美啦！」

「幹！你現在還不是一樣？」被喚做阿猴的那個人說。

「誰像你跳脫衣舞一樣，對著大家一領一領脫。」

「把屁股給人家看，就不是跳脫衣舞?幹!憨川仔，脫光光，前面後面不是一樣?」

阿猴解下最後的一層遮蓋，朝釘子上一掛，四處找不到自己的毛巾。川仔已經下到浴池邊上了，阿猴對著他叫：

「喂!憨川仔，你拿錯我的毛巾了。」

「講古，你娘咧!還未睏醒?」川仔在底下叫：「自己塞在褲袋裏才來賴人。」

「啊!對對，川仔不憨嘛!」

「你娘!你以爲自己最精?」川仔說完，朝浴池對邊一個同伴叫：「發仔，你那邊臉盆拋一個過來。」

浴池對岸的發仔剛勺了一盆子水從頭頂上傾下來，聞聲，用空著的那隻手在身旁摸索了一回沒摸到臉盆，便把自己用的那個從浴池的水面上推了過去，空出兩手來，把搭在肩上的毛巾取下來擦一把臉，張眼又尋著一隻塑膠的小臉盆，勺了水又沖起來。

「熱不熱?發仔。」用日語唱著歌的一邊脫一邊問。

「駛他娘，殺豬剛剛好。」阿猴下得池來，探進一隻脚，趕忙縮了回去，大聲叫。

「幹!人家是牽狗下燒湯，我們是牽猴。」川仔沖了兩盆水後，鰮魚一樣，不聲不響的滑進池子裏，只留一個腦袋瓜漂在池面上。

「你娘咧!有氣魄就泡一分鐘給我看看。」阿猴說。

「一分鐘小可事情，你敢拚一下嗎？」川仔瞇著眼睛朝阿猴說。

「拚就拚，怕你？」

「拚什麼？」發仔興頭也來了。

「有辦法的話，請你。」

「請什麼要講好，幹！猴子最沒有信用。」唱歌的停下荒腔走板的歌曲，揷口說。

「你娘的！自己賭輸還說。」

「好，給發仔講，看誰屁臉。」唱歌的又說。

「不要嚼舌，你娘，阿仁你要脫多久的衣服？等一下一邊走一邊攏褲，讓人家以爲我們是從那裏出來的。」

「那裏是哪裏？」

「個人池啦，還有哪裏？」

「個人池怎樣？」

「幹！裝五仁，你沒聽到在叫：十九號，十六號的人客在叫！」

「你娘，我又不是你。」

「喂！七仔較興八仔。」

「通通興啦！阿仁，幹！他們要拚，你吵什麼？」發仔等看熱鬧，等得不耐煩，怪阿仁。

「他在表演，自己還配音樂哩！」阿猴說：「幹！歌聲讚也不必在這裏一路脫一路唱。」

「你娘咧！瘦猴，人家我是故意慢慢的，要給川仔算時間。」阿仁說著，從吊著的長褲裏摸出自己的手錶，望了一眼，才發現自己的手錶停了，搖了兩下，放在耳畔聽聽，猴子又說：

「幹！抛下來吧！抛到池子裏都沒有人要撈。」

「總比你沒有強，你娘，領錢就交給阿蘭管，也不是你的太太，錶也窮得沒能力買一個。」

「才不稀罕錶仔，要錶也不會買你那種臭錶。」

「有夠無天良——那個阿蘭。」阿仁說：「不跟你講了，喂！川仔，你的錶呢？你們剛才說泡多久？」

阿仁一邊問，一邊隨手取下一條長褲，往袋子裏掏。

「你娘，那領褲子是我的啦！」猴子說。

「幹！臭褲也那麼緊張，川仔，這一件是不是？」

「猴子不敢比啦，回去怎樣給阿蘭報帳？」

「笑話，誰說我不敢比？憨川，你要浸幾分鐘？」

「你看，故意問。」阿仁掏到川仔的錶，說：「浸幾分鐘，剛才不是他自己說的嗎？」

「剛才是剛才，我們要讓川仔自己說才有算，不然等一下心臟停了怎麼辦？」

「喂，川仔，三分鐘行吧？」阿發說：「猴子，剛才講一分，現在給你多兩分敢不敢？」

「拚就拚在怕你？橫豎好吃的不會落到你們嘴裏。」

「川仔，不要拚吃的，要吃猴子的恐怕會餓死。」

「那要賭什麼？」川仔問。

「和阿蘭睏一晚。」阿仁說著，拿眼睛睨著猴子。

「你娘！」猴子用水去潑阿仁，阿仁一下子跳開，水濺到猴子自己的衣服：「有本事你就去睡嘛！」

「是是，我沒有本事，」阿仁說：「領班才有本事。」

「幹你娘！這裏的人要跟你變臉喔！」猴子急起來，繃下臉說。

「阿仁，不要說他的心肝阿蘭，要拚吃的就讓他們拚，他們吃麵我們在旁邊喊燒也好。」

「幹！撿人家的屎尾也那樣寶貝。」阿仁適可而止的收起臉來，把錶舉得高高地說：

「好，現在開始算時間，憨川，有什麼遺言吩咐？沒有？好，預備——起！」

「好，三分鐘是嗎？」川仔閉上眼，嘴角浮起笑意，一會兒，閉著眼問：「現在過幾秒了？」

「十三秒，十四秒……二十秒……」

「幹你娘，阿仁，你不能亂算啊！」

「你娘，誰亂算？四十五秒……一分鐘……幹，你怕，自己不會上來看？」

「免緊張，猴子。」阿發說。

「誰在緊張？我是怕川仔擋不住。」

「你放心，」川仔鬢脚下開始滲出水珠：「這裏的人堪得住。」

「一分半。」阿仁叫。

「好，半碗炒麵了。」阿發說。

川仔瞇開眼，斜猴子一眼；猴子正把毛巾吸了水，在背上貼起來，瞥見川仔不懷好意的偷看他，就說：

「免看免看，堪不住就起來。」

「兩分鐘。」川仔正想說話，阿仁又叫，他就把話嚥了回去。然後阿仁眼睛盯著手錶，高舉左手又叫：

「剩下一分，好，開始讀秒，五十九、五十八……」

「三十七秒……二十三秒……十秒……好，到了，喂憨川，到了啦！」阿仁讀秒讀到一半，阿發接下去說。

「發仔講的不算，」川仔仍閉著眼不動，過了半晌才問：「現在又過了幾秒？」

「嗯——十五秒。」阿川說。

「好了，現在贏定了，」川仔這才立起來，全身燙得通紅，一面冒著熱氣，一面還不住地滴水：「猴子，現在賴不去了吧？」

「你娘，這裏的人敢是會賴帳的？」

「好，你最君子，猴子，那再來拚一瓶啤酒好否？」

「幹！你不要爲了飫鬼去燙翹掉，我你老爸是老了嘿！」阿仁忘了將錶放回川仔的褲袋，套到手腕上就走下來說。

「嘿！幹你老爸，我的錶仔沒有防水啦。」

「無關係，你可以不要做工，跟家人賭浸溫泉就會賺錢。」

「你娘咧！碰上猴子這種芭樂屎，吃狗屎都免想。」

「免激免激，這裏的人激不動的。」

「沒有嗎？輸一碗麵，一個臉就憂結結，算了算了，算我輸你一碗好了。」

「不用不用，要比就比，什麼在著？」

「憨人，浸著不要動根本不燙，」那幾個小伙子正要開始第二回合的比拚，一個不屬於他們的聲音突然介入：「泡一天也不會怎樣。」

他們聞聲，立時停止了玩笑，循著聲音轉頭望去，一個年紀比他們大上一倍的中年人，站在他們方才卸衣的地方，也沒幹什麼，對他們友善地笑著。

他們每個都用很明顯的敵意白了中年人一眼，但是中年人無動於衷，仍維持著他友善的微笑，這使得幾個年輕人有點意外，不覺敵意更重，回過頭來，彼此交換一下眼光，猴子還撇了撇嘴，意思說中年人是狗咬耗子多管閒事。

大家莫名地納悶起來，興致整個衰敗了去，玩笑也開不起來了，默不則聲的東搓搓、西搓搓，然後勺一盆水往身上一沖，沖完又搓。

川仔本已泡紅的身體，經猛力搓過更是紅通通地像煮熟的蝦子，沖過兩盆水，把小臉盆一丟，蹭到猴子這邊來，抑著聲音跟猴子說：

「幹！那是誰？」

「誰知道是啥死人？」

「瘋子啦！」發仔仗著他的話無頭無尾，故意大些聲音說：「幹！你們這些憨人。」

「幹，雞婆，只有他知道？」阿仁搞了半天，總算也讓他蹲到浴池邊上來了。

「不要理他，幹，神經的。」猴子說，用眼尾勾一眼身後。

交換過判斷，四個人又悶聲不響的去搓他們自己的身體，阿仁什麼地方都不急，撐開兩腿就猛搓那話兒；猴子把左胳膊舉得高高的，捉蚤子那樣，邊搓邊撫弄疏黃的幾根腋毛；發仔一盆又一盆的勺著水，仰著脖子，從脖子沖下來，沖得渾身直冒煙；四人當中，只有川仔不怕水燙，在池邊逡巡一會兒之後，又溜到池裏去了，在池裏，川仔闔著眼，抿著嘴，有點老僧入定的氣派，良久才瞠開眼，眼尾的餘光映出那中年人衣冠楚楚的身影，他懶懶的翻了翻白眼，又闔上眼皮，閉著眼動了一下水中的位置，慢慢的川仔的額頭上泌出汗珠來，他細細的汗珠漸漸凝聚，越聚越大，和著髮上淌下的水滴，一下掉到鼻翼來，川仔從水中抽出溼淋淋的手在額上一抹，但是額上的水滴反而愈多，而且老實不客氣的從眉叢中蜿蜒流出來，滲到眼裏去，川仔給硫磺水漬得睜不開眼，趕快摸起糊在浴池岸上的毛巾擰乾，來不及抖開，就放到眼睛上吸一吸，然後打開眼，用毛巾抹一把臉，又把毛巾糊到岸上去。

這回，他猛的發現方才他在水中一轉身的結果使他正對著中年人這邊，由於兩人眼光正好相撞，使他恍覺浴池和掛衣服的地方陡然湊近，距離驟然拉近的結果，中年人的眼光變得有點教人不敢逼視。他有點逃避的把眼珠轉到旁的地方去，忽然想到他自己的錶，連忙又把眼珠轉到中年人的左腕上，看到中年人腕上沒有戴錶，寬了一下心，突然又覺不妥，沒有錶戴才更……

「喂！阿仁，」川仔眼睛瞟著中年人，輕聲喚阿仁：「我的錶你放好沒？」

「怎樣？」阿仁看川仔神色有異，循川仔的眼睛望去，也看到中年人仍待在原來那兒，就用手肘碰一碰身邊的猴子。

「喂！猴子，那個人說還站在那裏啦。」

經阿仁一宣揚，氣氛一下子緊了起來，猴子帶著方才的敵意，另外摻點警覺的回頭盯一眼中年人，不料發現中年人卻以更銳厲的眼光迎著他，他感覺自己的眼光被中年人的頂了回來，類乎挫敗的恚憒在他心中升起。

「發仔，」猴子問：「我們進來的時候，有看到他沒？」

「不知，沒注意咧！」發仔說：「喂，阿仁，你剛才最慢，有看見否？」

「沒——嗯，好像有……沒有吧？」

「幹！廢話。」猴子罵。

「站很久了咧！」川仔爬出浴池說：「我剛浸進去，就看到他。」

「三八，不是我們剛剛在玩笑，他就在了嗎？」阿仁這回說：「幹！定定站在那兒，不知什麼意思。」

「敢情剪鈕子的？」猴子說。

川仔聽到剪鈕子的，來不及擦乾身體，立刻上到掛衣物的地方，找到自己的褲子，探手摸到自己的手錶，放了心，又放好手錶，把丟在掛衣架下給人穿衣服的長板櫈上的髒內衣撿起來，覆在長褲上邊，回浴池，錯過中年人身邊時，警戒的瞄一眼中年人，看中年人有沒有偷看他藏褲子，但是他只看到中年人的側面，中年人好像連頭都沒有轉一下，川仔有一點失望，他是希望中年人知道他是被他們看做是扒手的，然而中年人無動於衷，反而在嘴角漾著笑意，好像在嘲笑他們一樣。

「笑啥？笑。」川仔嘴裏嘀咕一聲：「瘋子！」

「怎樣？在不在？」阿仁問。

「不在哪會靜靜？」川仔說。

「幹！不是剪鈕子的站在那裏不知道要做啥？」

「較注意一點就好。」阿仁說。

「幹！在洗澡又得要注意衫褲就煩了。」猴子說。

「較忍耐點，等一下連內褲都把你偷走你就會現世。」

「他娘的，有夠無良心。」發仔說：「我就被偷穿過木屐。」

「幹！我的若給人穿走，我就去穿別人的。」

「穿別人的？打卻是你在被打。」

「我不會說我的被偷穿去？」

「被偷穿去？鬼才相信！橫豎是你去被抓到。」發仔說：「而且，你的被偷穿你也不能就偷穿別人的。」

「這樣實在有夠衰。」

「才衰而已？人若衰，種瓠仔都會生菜瓜。」

「駛你娘！說還不走啦！」

「你不能趕他。」

「怎麼不能趕他？」

「人家只是在那裏站著而已啊，人家也無在做什麼啊！」

「但是，已經妨礙到我們了，幹，這裏的人去問他。」

「算了，別假衝。」

「不是衝不衝的問題，幹！大家在洗澡，他一個人站在那裏，大家就不能安心洗澡，他一個人，礙著我們這麼多人，氣色壞！」猴子說。

「啊！幹他娘，我想到了……」阿仁突然叫起來。

「鬼幹到！這麼歡喜。」猴子問。

「他娘，有一種性變態的人……」

「啊!幹他娘,他來看我們……那半夜裏就被他姦走了……!?」

「半夜裏被他姦走了?」

「阿西!他來看你脫光光,半夜裏就抱著棉被想像是你……」

「呸!垃圾鬼!駛他娘,有這種人,這裏的人去問他。」

「猴子,幹,我是這樣猜。」

「這樣猜就使得了,他娘,他這樣是犯法的。」

「別假博,犯法?我問你,他犯什麼法?」

「犯——幹伊娘,犯法就犯法,還管他犯什麼法?」

猴子說著,就氣勢洶洶的跑上去,發仔要拉他,因爲身體滑,沒有拉住,就著急的叫。

「幹!猴子,褲子穿起來!」

「穿什麼褲子?」

「幹!你脫光光怎麼問人?」

猴子不理阿發的叫喊,來到中年人面前一站,兩手一叉腰,感覺腰上嫩滑滑的,低下頭一看,還是覺得不對勁,就多踱兩步,提了自己的長褲套上,也不管穿沒穿內褲,鈎上鈎子,一拉拉鍊,就回到中年人面前。

中年人也不知是何來路，猴子這些人在底下的議論，他也不是聽不到，但他就是不走，看到猴子站到面前來，居然還微笑著迎他。

猴子被中年人這副善者不來來者不善的氣勢唬住，先時的氣焰斂下半截，些許的意外使他愣了一愣，膽怯了起來，回頭望一望同伴，看到川仔對他笑——這個川仔的臉有點奇妙，笑起來的時候就流著嘲諷人的意味……猴子一眼就看到川仔的笑臉，自覺收不下臉來，就對中年人叫：

「喂！」這一聲從乾乾的喉嚨迸出來，意外的細弱，猴子覺得很不稱意，嚥一口口水，用很大的力氣問：「你在看、看啥貨？」

這一次聲音卻又不諧稱地大，這就顯得有點色厲內荏，猴子又覺得不滿意，他怕太大聲會搞到下不了台，那就不是他站到中年人面前之後所願的了……發仔說得對……他站在中年人跟前，比出自己塊頭和個子都沒有對方大，就不住地想著這個念頭，他興師問過人之後，緊張地等候中年人的反應。誰知中年人一個勁兒在那兒笑著，似乎根本就未把猴子估計在心裏，猴子等了在他說來直如一世紀那麼長之後，但見中年人泰然自若，無動於衷，對照了自己的嚴陣以待，認為被中年人侮弄一陣，初交手就敗陣，惱羞成怒，膽色回壯了些。

「瘋子是不？笑，笑什麼笑！」

「講瘋話！」中年人笑裏藏刀，忽地一枝冷箭射出來：「我在這裏站，礙到你祖公不成？」說罷，浮上一臉的鄙夷。

「礙到你才知道，人家的衣服吊在這裏……」

猴子冷不防對方施放冷箭，有點失措，本來是要說性變態的事，但匆遽間性和變態一下子組合不起來，只好謅上衣服的事。

「笑話，幾領破衫算啥？」

「破衫是破衫，卻是有人要。」猴子有點懊惱，本來是要攻擊對方的，不料一開口立刻就被對方搶去了機先，明明是對方不應該……對方不應該!?……但是偏偏湊不起那三個字，又不敢回頭，怕看到川仔……終於想到一個「性」字，但也只是一個「性」字，仍無法引開話題……

「講話較客氣點，你有丟掉東西否？」

「不必丟東西，丟掉就無地找人了，還站在這裏？」猴子是被迫應戰，自覺有些忙迫，奈何越急越想不起阿仁說的那三個字，有點詞窮，卻不能不奮戰下去：「這裏不可以站啦！」

「啊！有這樣王爺的？你交一塊錢入來，我也交一塊錢。」

「你交一百元也一樣，你在這裏站不行啦，我們的衫褲在這裏。」

「衫褲在這裏就在這裏，什麼了不起？」

「不是什麼了不起，你在這裏靜靜站著會給我們擔心。」

「又無人叫你那樣。」

「你這樣就叫我們那樣了。」

「說那沒有的，你自己咬到舌要賴人？」

「咬到舌是咬到舌，你在這裏給人不放心，洗身軀未安心就很礙神。」

「礙神是你的事，我在這裏站很爽快，這是我的自由，你來嚕嗦我也很礙神。」

「但是這裏是洗澡的地方，不是要站的地方。」

「你怎麼知道我不要洗澡？」

「你本來就沒要洗澡，我們已經看你很久了。」

「就是不洗澡又怎樣，我既然給人錢進來……」

「這裏是洗澡間，每一個人進來都是要洗澡。」

「那是誰規定的？」

「沒人規定，不要人規定，但就是那樣。」猴子似乎說開了竅，一句來一句去，順暢了起來：「誰規定你吃飯？但是你肚子餓了就要吃飯，就是那樣。」

「講那個笑話，我給伊一元，伊又沒說一定要洗澡，我沒洗他們更歡喜，白白賺一元……哪可以比吃飯?」

「他們歡喜，我們不歡喜。」

「你們要不歡喜是你們的事，既然都給了錢，我們在這裏就都平等。」

「平等是平等，但是不相像。」

「誰說不相像?」

「好，一樣給一塊錢，你爲什麼不進女浴室去?」

「那無相像。」

「正是無相像，所以你若撞進去，她們就會哀哀叫，好，不要說她們脫光光你跑進去，她們穿好好你脫光光跑進去她們也會叫，就是你和她們不相像。」

「但是我和你們一樣啊!你們都是男的，我也是男的。」

「沒有一樣，我們沒穿，你穿，就沒有一樣。」猴子又有點詞結了，剛剛他說出男人和女人的比喻，心裏正得意可以打倒中年人，想不到這樣得意的比喻落到中年人的嘴裏，似乎是擬於不倫哩!中年人說他和大家一樣都是男的，猴子一想也對，但是不應戰下去是不行的，戰端是他自己開啓的，所以就說對方穿衣大家沒穿這樣蹩脚的說詞，說出口，他還有點強詞奪理的忐忑，擔心淪爲對方反擊的材料。

大概是兎死狐悲的心情吧?要不然便是貓哭老鼠，阿仁在這時突然插口說:

「我是男的，清清楚楚可以看到，你穿好好誰知道你是不是男的？」又說：「你如果是女的，我們不就……」

「就是，」猴子突獲救兵，又活了舌頭：「就是這樣不一樣。」

「講漫畫，你看頭髮也知道。」

「哼！頭髮比你短的女人滿街逛，頭髮長得像女人的也是滿西門町。」阿仁說。

「免跟他嚕囌，他要看讓他去看，他的衣服叫他脫掉，隨便他去看好了。」阿發在底下看，首先火起來：「說較明白一點，到哪裏就要怎樣，這裏，你不洗身軀可以，不許你不脫。」

「你來脫看看！土匪。」中年人口氣也不軟：「隨便脫人家衣服，你不怕吃罪？」

「吃你老母的客兄罪，看人家洗澡也有罪。」

「我又不是看女人洗澡。」

「女人看男人也一樣不行。」

「我又不是女人。」

「是不是女人給你說脫下來才知道，你聽無？」

「你脫看看，你脫看看，幹，我自己又不是沒有，稀罕？」

「本來就稀罕，誰知道你有無？」

「你們這是故意惹我，我知道……」

「不是他們惹你，你這樣不對嘛！」浴池裏，另一個中年人冷眼旁觀了許久，看看猴子這班少年人實在成不了事，也可以說不堪他們的騷擾，也可以說看不過去，泡在浴池裏說了話。

猴子他們都很感激，不自覺的流露出求助的眼光望向那人，希望那人可以幫他們把這事了結；尤其猴子，惹上了事才知道燙手，要甩手，卻像麥芽糖一樣黏答答的沾著手甩不脫。

「幹他娘，這麼硬牙。」猴子舒過一口氣，恨恨的對同伴說。

「他娘，等一下出去給他好看。」發仔也說。

「不要等出去，看狀況，說不定在這裏就要做他。」

「那哪有什麼不對。」中年人說：「我知道他們，目的只不過要我脫褲給他們耍笑。」

「偷看洗澡都有罪了，何況你大模大樣。」幫猴子他們說話的那個中年人說。

「誰說我在看人家洗澡？」

「哪要誰說？你站在那兒不是自己在給別人說？」

「哼！這裏不能站的？」原先的中年人說：「我曉得他們的意思，這些少年人，我是好心，反而被雷殛。」

「我沒要和你相辯，人家在滾笑，誰叫你要捙下去，而且，你什麼地方不好站偏偏站在浴室裏，而且還說花了錢的。」

「這樣也有話好說的？」

「這樣意思很壞。」

「什麼意思？」

「什麼意思你自己不知道？他們剛才講的你沒聽到？偷偷給你姦走了都不知道。」

「說那個瘋話。」

「不是瘋話，那是可能的，他們都還很細白。」幫猴子他們的中年人說：「幹！去看戲院的脫衣舞也沒有這麼便宜。」

「他們也不是女的，跳什麼脫衣舞。」

「你不能一直說他們不是女的，不是女的就可以白白給你看？不要鐵齒，你要看，聽他們說，把衣服也脫光光，這才有公平。」

「我也不洗澡，什麼神經要脫光光？」

「您也脫光光，大家才沒有給你看去的見笑。」

「無這種事情。」

「哪會無，他們怎不惹我？」

「他們以爲我是扒手。」

「你都會聽怎會聽無？他們原來以爲你是剪鈕子的，後來又想到被你看去的。」

「他們神經過敏。」

「不是神經過敏，事情本來是這樣啊！你爲什麼要和大家不一樣？脫啊！不然就出去，不要給自己找難看。」

「說那個無的，我沒要洗，爲什麼要脫？本來我只是站站，站厭了就要出去，現在顚倒不要走了。」

「這個人這麼纏，幹，不要再和他講，他不出去，偏偏要趕他出去。」阿發無名火起三千丈。

猴子聽阿發一嚷，上前一步揪住中年人的前胸。

「噢！你這幹什麼？」中年人掙一下，沒掙脫，瞪猴子說。

「要把你教乖一下。」猴子直到這一刻才覺得眞正取到優勢。

「那樣簡單？」中年人嫌惡的皺皺眉：「也不是無王法了。」

「法律管你管不到，我們來管。」

「放手，不然我要叫警察了。」

「叫王爺也一樣，發仔，上來給他整理一下。」

發仔一躍就跳到猴子旁邊去，發仔塊頭比猴子粗壯許多，兩個年輕人在身邊形成挾持的態勢，中年人這才嚴重起來，用手扳住猴子的雙手，使勁去掙。

「免掙免掙，要看給你看好了，」發仔袒一袒精赤的身體：「但你的也要讓大家看看。」

發仔說著就要去解中年人的皮帶，中年人見狀，就放開扳住猴子的手要去救自己的皮帶。這時幫猴子他們的中年人就說：

「放他去，不要理他，理這種人無路用。」

「不行，要教訓一下，」發仔說：「這種人沒吃虧不知死。」

「對，要放他走，也要脫下褲子，讓他去給路上的人看看一樣不一樣。」阿仁說：「發仔，脫啊！」

中年人緊緊抓住自己的皮帶，阿發上前搶皮帶頭的時候，中年人就大聲叫起來。

「喂！土匪，外面的人，土匪啊！」

中年人的聲音並不悽厲，但是外面是聽得到的，可是因爲收錢的帳房是中年婦人，根本不敢進來男浴室，就打發在帳櫃旁長板櫈上坐著只顧和那種女人調笑的清洗浴池的男工進來，男工只在門口探頭看看，雖然看到猴子他們的把戲，可是卻見整浴室的浴客都咧著嘴笑，加上自己年歲已大，就故意想成是在開玩笑，又把頭縮回去。

「免哀免哀，你看沒人要理你，哀有什麼用?」猴子感覺全浴室的人都在支持他，很精神的把中年人揪得緊緊的：「給你選好了，看是要脫光光在這裏給大家看回來，還是要脫褲子去街上現世。」

「或是穿著衣服到浴池裏浸也使得。」川仔補一個主意。

「你們不能這樣做……」

「沒有什麼能不能，只有要不要，看你怎樣。說!」猴子予取予求：「開始我們叫你不要看你就要看，再逞強嘛!」

「好啦，現在給你們拜託啦!」

「現在，現在太慢了，說，看要怎樣?」

「不行啦，會感冒啦!」

「管你感冒，會感冒，我先給你淋淋熱水就不會了，」發仔沒搶到中年人的皮帶，不甘心的說：「阿仁，拿一盆水我來淋他。」

「不要啦，不要啦。」中年人放開褲頭，舉手去遮住頭頂。

阿仁並未去勺水，他出神的看著中年人如何由盛而衰，像看人家耍猴子一樣忘情地笑著，根本未聽到發仔叫他；發仔叫是叫，並無眞心要淋中年人，他只想騙開中年人的手，所以中年人一放開褲頭，發仔就立即把皮帶頭搶到手中。

「那麼，褲子留著，放你出去。」發仔提著皮帶頭說。

「你們是要搶劫是不？」

「讓那沒的，你光著屁股去街仔繞一圈回來，我們就會還你。」

「不要滾笑啦，那會笑破人的嘴啦！」

「不是滾笑，不然你脫下衣服，站在這裏給我們看好了。」

中年人想了一想說。

「好，我脫給你們看。」說著就把上衣從褲子裏掏出來。

猴子和發仔以爲中年人眞要自己把褲子脫掉，就一齊放開手，他倆甫一鬆手中年人一竄就往門外衝出去，把浴室的門簾都扯了下來，阿發跟上去伸手一撈，要往門旁一丟，陡然發現自己的一絲未掛，只好縱任中年人逸走，自認霉氣的替中年人將門簾放回原來的門楣上。猴子看中年人逃脫了，跳到穿衣服的長板櫈上，攀住通氣窗的木欄柵，往外瞧去，中年人正從浴室的大門拐出來，忙大叫：

「快快！勺一盆水給我，我來淋他。」

阿仁身旁摸到一隻臉盆，勺了整盆水趕上去遞給猴子，自己也跳到板櫈上。

中年人沿著澡堂外的牆根跑，來到窗下，感知有熱水噴到臉上，脚下一緊掠了過去。

猴子在通風孔上，見中年人來到窗下，整盆水倒下去，可是因爲中年人太近牆根，一半的水倒不出去，沿牆內濡下來，川仔見了大叫：

「幹！淋到咱自己的衣服了。」

阿仁手快，從椅子上跳下來，趕快去搬衣服，但是已經遲了一步，發仔、阿仁自己、川仔三人的衣服淋溼了，猴子的上衣則在慌忙間掉到地上去，溼是沒怎麼溼，可卻沾滿了浴客們拖板帶進來的泥沙。

「你娘，死猴都是你。」阿仁提著衣服，哭笑不得的怨著。

「他娘的，算他好狗命。」

猴子說著，把臉盆朝浴池裏一丟，彎腰撿起自己的外衣拍著，拍完，往身上一披就叫：

「走啊！等一下眞實叫警察來。」

「幹！警察來難道是我們不對？」阿仁不服氣。

「沒有對不對，我們較少年就會被少年組抓走。」發仔說。

「走？要走去哪裏？」阿仁說：「幹！瘋猴，你內褲不穿啦？」

「對喔！」猴子自己也好笑起來，褪下長褲，抖一下內褲穿上：「紳士人無穿內底褲，沒要緊。」

說著哈哈大笑，笑完，往浴池望去，剛才幫他們說話的那個中年人也被他逗笑著。

看猴子他們看他，就說：

「緊走，不要找麻煩較好！」

「幹！才不怕他咧！」猴子他們不知誰說著。

嘴上說不怕，但猴子一班人還是有點心虛，故示鎮靜其實腳下已有點慌的趕緊離開澡堂。

出來路上，猴子率先趕在最前頭，腳步趕得很緊，阿仁果然掉在最後一邊攏褲一邊叫：

「你娘！猴子，你要去赴死是不？要赴死也不必走那樣快。」

「免走那樣快？幹！你也不回頭看看，等一下警察眞的追來。」

猴子本來是說著玩的，但是正當他說話，突然看到他們背後有個穿卡其制服戴圓盤帽的人，騎著摩托車趕來，嚇了一跳，跑了起來：

「嘿！幹他娘，眞的叫警察來……」

阿仁在最後面，皮帶環弄不進孔裏去，看猴子他們跑起來，叉開兩條腿也跑起來，但是因爲褲子一直掉下去，根本跑不動，索性停下步來，不過心裏著實緊張，豎著耳朵去聽摩托車聲音，並且斜著眼從耳後去勾視身後的動靜。摩托車很快趕過阿仁，擦身而過之際，阿仁很警覺的看清楚車上騎的原來是一個消防隊員，不覺好笑起來：

「幹！惡人無膽，喂！瘦猴，是消防隊啦！」

猴子領頭，發仔憨川稍後，都已經跑到一座拱橋旁邊了，從拱橋過去，就是賣吃的和擺地攤的熱鬧的夜市場，發仔聽到叫，連忙喊住猴子，猴子因跑和怕的緣故，臉上都變了色，憨川就取笑他：

「嘿！褲底都溼掉了。」

川仔的意思是猴子已嚇得滲出尿了，發仔更缺德，笑猴子大概連屎都嚇出來了：

「幹！褲底大概有一泡兩斤多的了。」

「你娘！」猴子緩過氣說：「龜笑鼈無尾，你們不是跑到面仔青損損？」

「對了，」猴子又說：「來去市場和人家擠，他就認無人了。」

「嘿！無講遂來忘記，」川仔說：「一碗麵還未結哩！」

「算了算了，」發仔說：「無那種肛門，就不要吃那種瀉藥，晚上這樣還不夠衰啊？」

三個人邊走邊說，不覺已跨過橋來，回頭一看，阿仁還低著頭整他的皮帶，已經都走過頭了。發仔就叫：

「幹你娘，阿仁，慢過死人，吃屎你都免想。」

阿仁聽發仔罵他，抬起頭來，趕緊回身踏上橋頂說：

「他娘，屎急褲帶打死結，穿不下去啦！」

「抛掉啦！市場賣皮帶的一大堆，那麼窮，我你爸給你買一條啦！」

他們站著等阿仁，好不容易阿仁把皮帶整好，過到橋來，四個人一路繼續相罵。進入市場，轉眼之間就被人潮呑沒了去，果眞連屍骨都無處尋找了。

——原載《台灣文藝》

古董田

「還說呢！」老德丟下手上抱著的一疊蔴袋，瞧一眼天色，自語著說：「沒有割起來，怎麼知道？」

是八月的一個炎熱的午後，陽光恣肆的流淌著，把個澆了柏油的曬穀場，曬得好似微微地泌著汗。

但是火傘儘管張得好大，空氣間卻感覺有股悶溼，更讓老德放心不下的是：這八月中的午後，竟然寂靜得紋風都不動，使得整個午後的天氣，顯得燠悶難當。

老德把身上的汗衫褪除，露出雖還是古銅顏色，但已略欠光澤的上身，橫過曬穀場進到屋裏去。

「割起來？割起來就允當啦？沒有落倉以前都還是天公的！」

再出來的時候，老德左手握著一把補蔴袋的洋蔴皮和一根粗粗的補蔴袋的銅針，右手上拎了一只小茶壺。老德跨入陽光之中以前，才記起了天熱般的，舉起了茶壺，嘴對嘴咕都咕都地喝了兩口茶，抹去溢在嘴角的茶漬之後，這樣又嘀咕了一句，然後才投身於驕陽之中，被曬得滾燙的柏油穀場，燙得老德的脚趾不自覺地往上翹了起來。

回到放蔴袋的牆邊的樹蔭下，老德放下手上的東西，拉一把褲管，彎下腰去，拿起一隻蔴袋，抓住兩個角，熟練地一下抖開，正面反面地檢查起來。

「飼老鼠咬布袋！」老德看到一疊蔴袋，破的比好的多，不禁心疼地咒著，他把破的扔到一邊，好的就順著抖開之勢一甩，蔴袋就像盤旋而降的鷹隼，斜張著翅膀，往地面掠去，平平整整地鋪曝在晌午靜靜的陽光裏。

整好一疊蔴袋當座椅坐下去，解開成束的洋蔴皮，抽出一片，細細地將它撕成一小片一小片的，有五、六片之多，穿好針，埋下頭，就專注地補起他的蔴布袋來了。

小孩們都去上學了，不到上學年齡的，來好的媽帶到新近蓋好的什麼新村的孩子們的嬸婆那裏閒扯，而孩子們的爸媽也都上班去了，沒了孩子們的嬉鬧，偌大的一座老屋顯得闃寂異常，老金德補綴蔴袋那洋蔴皮拉過蔴布袋的磨擦的嘶嘶聲，竟有撕破一張牛皮紙似的響亮。

起初老金德不在意，所以當肩背上頭癢起來的時候，他就放下針探手去抓抓，可是不抓還好，這一抓，才回手繼續補不到兩針，原處及附近又癢起來，因爲才補不到兩針，所以老德決定忍一忍，補好一針又要補一針，可是，當他把針尖刺入蔴袋裏頭時，好像是扎到自己肩背一樣，一陣刺癢，幾乎是反射作用的，老德拋下扎進一半的布袋針，箕張著巴掌，望肩頭拍去，「啪！」的一聲，好響好響，把老金德自己都嚇了一跳。

「伊娘咧！打牛蜂也不要這麼大力……」

老金德罵自己，說到牛蜂，他不覺四下裏的地上找找，說不定眞是牛蜂叮了，就是牛蜂叮到的那種刺癢哪！

「還有什麼牛蜂？牛都沒有半隻了。」

老金德隨卽又想，看到自己乾淨的巴掌，自忖著。然後一陣癢又蠢蠢欲動……老金德這次是蓄勢以待，打算一癢起來就去抓它，好像癢是什麼東西，可以將它抓掉的一樣。

可是老金德沒有注意到：稍稍西斜的太陽光，已經改變了陰影的位置，他坐的那地方，已有太陽光斜斜地透進來，爬在他方才拍下的肩胛背後，把剛剛用力太猛而拍出來的那個五爪痕清楚地映托出來。因此，這一次悄悄鑽出來的癢幾乎是一簇的，老德的蓄勢準備一擊的意圖遂沒了施展的餘地，當癢冒起來的時候，老金德差不多是手足無措地從肩胛上頭抓抓，又從肢窩下面探手去搔。

「啊！」老金德忽有所悟：「伊娘咧！還這樣厲害啊？」

老金德不禁愉快地微笑起來，什麼牛蜂叮到的刺癢？準是剛才抱蔴袋時，蔴袋整疊跌下來時揚起的那陣灰沾到身上，那一陣灰，就是穀子煙，這一陣癢，就是穀子煙沾在身上的刺癢啊！那種稻穀曬乾後，用風鼓篩選時，隨風鼓葉的搧動而飛揚起來的灰塵，沾在身上，一照到太陽或一流汗可不正是這種野野的刺癢？這種癢起來時直想把整張皮翻過來曝在陽光下曬才過癮的奇癢！

「幾冬了？」老德愉悅，卻也有幾分感慨地回憶起來：「幾冬沒收了？就把穀子煙的刺癢忘記了。」

金德由刺癢而想到陽光的照射，然後才發覺到自己露在陽光底下，他移了一下位置，繼續補他的蔴布袋，也繼續東抓抓西搔搔地回味著那收成的喜悅和辛苦。

幾冬了？學校蓋起來的那一年就沒有收成了，學校還蓋不到一半呢！族子裏就出了一個賢人，伊娘咧！代書的林文森，不知道怎麼使弄，把學校接下來的溪圳仔的田弄去塡土蓋新村，蓋得比學校還快，一兩百戶，完工後比學校還要大。

說是土地漲了，漲是漲了，沒有賣，地還不是那塊地！這一落田，從那邊的路頭到這邊，去了學校的溪圳的，還有一半以上呢！沒有塡高學校和溪圳田的土還不知道厲害，學校和溪圳田的公寓新村落成以後，馬上來的雨水期，把下邊的田變成了水塘，連路都漫過去了。淹一下水也沒關係，誰知怎麼搞的，雨停後，原本排得好好的水竟排不出去了，太陽出來，稻子泡在水裏一個禮拜，都泡熟了，幹伊娘哩！都要出穗了哩！

這下代書的生意可好了，書都不代了，專門牽中盤，賺中人錢！沒有等到泡爛的稻子重新抽芽，溪泉的田也填起來了，就那樣把半人高的稻子活活的埋下去！然後，水是越淹越高，次數也愈來愈多，田也就越來越少，喏！德發的田也在填了，連著德發的田，就是我老德仔的啊！

「老德叔啊！」

「呃！」

老德驚愕地抬起頭，四下裏只是悄悄地冒著的蒸騰起來的水蒸氣，並沒有誰喊他呀！

「你不用叫！」老德又低下頭去，是沒有人喊他，但是聲音倒清楚得很，就是昨天晚上，林文森帶茂華建設開發公司的王經理來時喊的聲音。老德此刻還是在心裏這樣抗拒著。

「被包圍了啦！還是投降吧！」

昨天晚上，林文森來，不及落座，就一副自信滿滿的樣兒，狡獪地笑笑說。

「什麼被包圍了？」老德雖然沒什麼好氣，但還是被說得一愣一愣地，呆頭呆腦的問。

「可不是被包圍了？後面的鐵路有一人多高，前面的公路要墊高拓寬，少說也有一米高，德發叔的田也在填了，填起來也有一米高，再下來就是老德叔您的了，不只被包圍了，兵臨城下了呢！」

林文森看起來得意於他這樣的耍弄時興的話來作謔老德叔這樣的老人家，一邊說著，一邊不時拿眼光去瞄一旁訕訕笑著的王經理。

「是啦！那朝陽新村蓋起來，你這塊田就無處透水了。」王經理在一旁幫腔。

「透水？」林文森仍是一口油腔：「老早就不透水了，不然溪圳、溪泉他兄弟爲什麼要塡起來蓋房子？德發叔的田再蓋好，老德叔的田恐怕氣都透不過來了。」

「行情是透明的，」王經理比較持重地說：「須塡土的地，兩間抽一間是沒人有的行情了。」

老德由著他倆搬弄，篤定如現在一針一針補著蔴袋，直到林文森說到：

「不要說颱颱風下西北雨要淹水，恐怕幾個新村排出來的臭水都會淹到。」

老德這才像方才被針刺到一樣，猛然起來反擊：

「你們說得再多也沒有用，很簡單，你們把我的田說成那樣不值，目的還不是要我的田給你們蓋房子，你們說得越壞，表示你們越想要，你們越想要，表示我的土地越值錢，我的田若那樣不值，不就說我老德當年買這塊地，眼睛是龍眼核做的？」

林文森和王經理料不到老德有這樣的詞鋒，兩人相覷了一下，還是中人嘴奸滑，林文森立刻刻薄地又說：

「是啦！做魚池是不錯啦！不用挖，四面圍得好好的，而且又靠近馬——」林文森猛然一頓，好像說溜了什麼嘴一般，改個口，又說：「唔！靠近鐵路，但是，恐怕，也只能養泥鰍吧？」

「養什麼都沒有關係，你剛才說靠近馬路才要緊。」

老德這一番話，把兩人弄得略現驚慌，林文森這才稍稍斂起他的鋒芒，轉圜地說：「說的也是，不過馬路要是拓寬，也會侵到一些土地。」

「不只馬路要拓寬，老德得理不饒人，眼睛盯住林文森，慢慢再移過去盯著王經理，似要仔細讀出兩人的心虛：「我聽我女婿說：鐵路要拆，改成大馬路。」

「這個，我們不是不知道……」林文森說，睨一睨王經理，又逡巡一下老德仔，「官廳的事情很難說。」

「怎麼難講？」老德說：「前幾年，他們說要設學校就設學校。」

「但是，」王經理說：「拆一條鐵路和蓋一間學校不同……」

「是不同沒錯。」老德搶過去說：「因爲拆鐵路更簡單。」

「你看，」林文森朝著王經理說：「他認爲拆鐵路簡單。」

「拆鐵路有什麼困難？」老德振振有詞：「只那兩條鐵軌，一支『巴魯』來挖就夠了，比你們打掉一間大屋不更簡單？」

「不是拆的問題啊！」王經理竟聽出興味來：「是要不要拆這個問題啊！他們還要開會，開會的時候要辯論，鐵路是只有兩條線，但是它連起來好多地方的好多人呀！」

「好啦！好啦！怎麼辯起拆鐵路的事情來了？實際上……」林文森若有若無地瞄一眼王經理：「老德叔，本來我不想說，因爲王經理在面前——咱是自己人……嗯！對半抽，我和王經理談條件的時候，實際上是把鐵路要拆的條件也考慮進去了的。」

「這樣說，林代書，鐵路是眞的要拆囉？」

「不要這樣叫，咱是自己人，以前您不都叫我文森的嗎？」林文森猛套交情的：「鐵路拆不拆倒沒一定，他們設專案小組在研究，不知道什麼時候；但是我們是自家人，王經理是朋友，而且是有錢人，請他吃虧一點沒關係，我們假定鐵路會拆，土地會漲價……」

「你看，這個林文森眞不夠朋友。」王經理以不相稱的熟絡的口氣說著「不夠朋友」的話。

老德不禁冷笑起來，他撇撇嘴角，望望他倆，想起電視上特別節目時就有的雙簧，在心裏頭嘀咕著：「哼，親戚『間』（奸），朋友『中』（忠）哩！」

「事實上，」王經理歇一歇又說：「拆鐵路也不見得就有好處，說不定房子蓋了，還得拆亭脚呢！」

「這哪有一定？」老德說：「你們蓋房子不都是申請得好好的，照都市計畫去蓋的？」

「都市計畫，」王經理說：「都市計畫會變更的呀！房子可是蓋了就蓋了的。」

這時候，林文森瞄一眼腕錶，看看說完話的王經理，最後向老德說：「老德叔的意思怎樣？對半分，要塡土的地，這是再也不能更好的條件，請您和女婿商量商量，我另外約了一個客人在事務所，不能多耽誤。」

老德眼前浮起那天臨走的林文森和王經理快快的臉色。

「當然要最好的條件，」老德狠狠扎下一針：「我這地，地點好啊！三角地是三角地，種田不好管理，蓋店鋪是很吃市的。」

「兩間抽一間，」老德又想：「當然比他們三間抽一間好，但是，我這是店面地呀！」

「而且，他們的地是祖公仔業，我可是自己手頭賺的。」

老德看看補好的蔴袋已經成堆，就站起來要把它們鋪開來曬，發現日頭軟了，影子變得長了些，可是空氣仍然寂靜燠悶，他朝西邊望望，太陽還掛得高高的，瞧不出個名堂，但是一顆心卻老惦著，再望一望，竟忍不住哈——啾！地打起噴嚏來。

「阿公——」

「阿——公！」

小孩們放學回來了，一個六年級，一個四年級，還見不到人影，老遠就聽到粗細不同嗓門兒的兩聲呼喚，然後四年級的阿興先跑回來，一臉紅通通地，汗珠布滿一個額頭，接著阿仁也跑回來了，也是一身的汗水。

「給你們說用走的，每次都用跑的，」老德曬好一隻蔴袋，掉頭責怪著兩個孫子：「不可以就去開冰箱啊！來！阿公這個茶給你們喝，放糖的嗯！」

「哇！放糖的我要喝！」

本來朝屋裏跑的阿興聽到說放糖的，立刻掉回頭說，但是也趕不上阿仁的速度。

「哇！好苦！」阿仁搶過他阿公的茶壺，才灌一口，立刻吐掉，哇哇大叫：「阿公騙人，阿公騙人！」

老德也忍不住得意地笑了起來，阿興沒來得及上當，很高興就跑進屋子，阿仁吐掉茶，伸長下巴抹一抹濡在上頭的茶漬，問他阿公說：「阿公，我們要割稻了？」

「嗯——」老德捺不住內心的高興，但也猶豫著，悄悄地瞄一眼天色說：「大約再過一個禮拜。」

「哇！好棒喔！」阿仁興高采烈地叫起來：「阿公,我們很久沒有割稻了,對不對?」

這時候，阿興已經從屋裏出來了，拿著一根自家做的綠豆冰棒吃著，不讓阿公有回答的機會，就問：

「阿公，還有沒有蝗蟲和大青蛙好抓?」

「你這個小孩！」老德暱愛地罵著阿興：「叫你不可以就去開冰箱就是不聽，沖到了怎麼辦?」

阿興一邊吃著一邊用左手去護在冰棒下方，生怕冰棒崩掉下來，不理阿公罵他，追根究柢問：

「有沒有?阿公?」

「有沒有什麼?」阿公倒給問糊塗了。

「蝗蟲和青蛙。」這次是阿仁問：「還有泥鰍和鱔魚。」

「還有那種罕物?」阿公說：「藥仔那樣噴，房子一直蓋，蛤蟆有啦!水蛇較多啦!鱔魚?還鱔魚呢?」

「哎呀!那我不敢去。」阿仁和阿興都叫了起來。

「你們現在的小孩，比老鼠還沒膽，」老德說：「阿公做小孩的時候，飯匙倩都不怕。」

「阿公，飯匙倩是不是就是眼鏡蛇?」阿興問。

「阿公怎麼知道你們怎麼叫?飯匙倩就是飯匙倩，以前阿公打著電石燈去巡田水，牠就噓噓響著，追過來要吃燈火哩!飯匙倩阿公是不怕的。」

「那——阿公，你怕什麼?」阿仁眨著大眼問。

「怕——唉!現在房子蓋離水田那麼近，阿公怕有雨傘節呢!」

「阿公，青蛙是不是被蛇吃掉的？」阿仁再問。

「蛇哪有那麼會吃？是被農藥和那些髒水毒死的。」

「啊！那割稻也沒有意思！」阿興一邊聽著，突然說。

「怎麼沒意思？你們沒意思，阿公，呵呵，可不一樣哪！嗯！阿仁，你個子較大，把書包拿去放，來幫忙阿公翻一翻蔴袋。」

聽阿公說，阿仁跟阿興就進到屋子裏，但是兩個小孩一進去，卻老久沒出來。老德也不以爲意，自個兒一張一張地翻著蔴袋，臉色也一陰一晴地閃著。

這個心情眞的是不一樣哪！種一世人的田，就是稻稈都仆到地面上的豐收季也沒這快活過，沒這麼迫不及待過——當然，也沒有這樣擔心過。

這種沒有一紋風的寧靜，讓人可以淸晰地聽到心裏因擔心而一下加快，一下加響的砰跳；老德撇過頭望望西天，太陽已經又軟了許多，可能是有水氣吧？竟變得有點可以逼視，整個天空空地，有點透明的感覺。這樣的天，老德心裏咕噥著，兀自擔心著，又不能向人講，生怕講出來就會應了擔心的事。

「是米粒落入穀倉才能說的呢！」老德想：「好像要偷收的一樣，一個禮拜是說給天公聽的，不能說後天就可以收，萬一明天就來了……也不能太高興，」老德轉成自語，而且仰望著空明的天際：「又不是我老德種的，就是我老德種下的，也是天公您讓它長，讓我收的，是不是？」

「老德啊！你不要老癲頹了，種田的人，種到每期的稻種要掏老本去買，會笑破人家的嘴的。」

每一次買穀種，都要惹碾米廠的長興仔的一陣搶白，長興仔沒有壞意，這老德知道。

「做種的，也沒多少，算你便宜一點好了。」

每一次算錢的時候長興都半玩笑半認眞地說，長興說算便宜一點，其實是半相送的，這幾年，落得要買米吃，老德不是不知米價。

「有收成的時候，可要便宜一點賣給我啊！」

要走的時候，長興總不會忘記吩咐這一句。

「有收成？」

老德揹著穀種回家的路上，總忍不住要反覆嚼著長興這句話。老德記得第一次聽到長興這麼說，他心裏「有收成」這話的尾巴上不但是一個驚嘆號，在這話的頭上還加上了「當然」兩個字：第一次沒收成就是學校和溪圳的田蓋好的那一次，等到榮華新村蓋起來的時候，「有收成」的尾上雖然還是驚嘆號，但是「當然」卻戴不上去了；淸江的田被蓋成富貴新村時是第三次沒收成，驚嘆號旁邊自己長出了一芽小小的問號，青林綠邨使疑問號遽長起來，終至整個兒把驚嘆號吃掉了，而同樣一袋斤兩的穀種，老德也愈揹愈重。

現在，德發的田要蓋朝陽社區，要見天日了，老德反而認爲是一個好的兆頭。

「阿公！阿公！」

是阿仁在叫，從屋裏跑出來，大聲嚷著，打斷了老德的思緒。不等老德回過神來，阿仁就嚷出來：

「颱風警報啦！」

「亂講!!」老德幾乎是一種反射，像綳斷了一根絃一樣，惡著聲氣，比阿仁的嚷聲更大聲地叱止阿仁。

「哪有亂講？是電視講的。」阿仁被阿公粗暴的態度嚇了一跳，委委屈屈地說：「卡通做到一半，電視停下來講的。」

「電視知道什麼？」老德頑強的口氣中，透著無可掩藏的虛弱。

「被說出來了，一定會來了，」老德有點迷信地自忖著：「被偷聽去了，不可以太高興的，自己在心裏偷想著也不可以的……」

「怎麼不知道？」阿仁說：「電視每一次講颱風要來都有來啊！」

「電視知道什麼？」老德幾乎是自語的了，回頭看看西邊的天色，太陽已經萎了去，西天燒紅了一大片，老德暗暗嘆一口氣，大一點的聲音說：「都是電視亂說，颱風才來的。」

可是老德說後，自己又覺得話裏有點毛病，才待補充說明什麼，果然阿仁就好笑的說了：

「哪裏，又不是電視台的人自己亂報的，人家那是氣象局的人預測的呀！」

「氣象局，他們上班穿著西裝，躲在屋裏，他們有沒有淋過雨？阿公從小打赤膊淋雨長大，阿公還不知道？」

「可是……阿公，他們用科學儀器。」

老德實在沒有心緒和孫子纏辯，他只是為乍一聽到阿仁說颱風要來時的那一聲峻斥找緩和下來的台階罷了，颱風就要來老德還會不知道？每一隻細胞都可以感應到。

「那還要什麼科學儀器，阿公都可以去當台長，」老德掀掀眉，為自己吹的牛好笑：「使颱風不來才要科學儀器。」

「好啦！這一當收起來就好了啦！」老德睨一眼天色，像是同誰打著商量：「如果眞的不要我種田，他們要蓋就讓他們去蓋好了，這樣可以了吧？」

老德才住了口，就像誰扯了電燈的開關一樣，太陽陡地沉沒下去，西邊的天色，著了火一般燒起一漫無際的殷紅，映在老德的脖子和側臉，使得老德的臉紅得好像才同誰劇烈地吵了一架。

「阿仁！」老德沉吟了一會兒，抬眼不見了阿仁，生怕被丟棄了似地，大聲地喚了一下孫兒。

阿仁從曬穀場右側圍牆邊的小便池上側個身，探頭出來漫應一聲，然後一邊扣著鈕子，一邊跑過來。

「幫阿公收一收，」老德比個疊蔴袋的動作：「收去放在後壁間。」

「阿公去你叔公家一下。」老德走了兩步路，吩咐一下阿仁。

「阿公，你就是這樣頑固啦！」阿仁看他阿公已經走了開去，又像有意讓他阿公聽到，又像對剛才和阿公的一番辯論抱怨地朝他阿公的去向說著。但顯然他阿公已經聽到：

「什麼？」阿公又像是沒聽清楚。

「沒有！沒有！」阿仁連忙推託：「叔公說的。」

老德駐了一下足，聽阿仁說沒有，也就朝屋側的大門外走去，一向剛健的步武，竟顯得有點沉滯。

「伯公！」

老德進到他弟弟文福家大門口，他弟弟的小孫女秀惠剛好從家裏騎著小孩騎的矮脚踏車出來，看到老德，乖巧地跳下車來叫著老德。

「嗯！」老德漫應一聲，就要走過，忽然又問：「家裏有沒有人在？」

「我阿姊在。」秀惠回答，跨上車，彎彎扭扭，有驚無險的騎到大門外馬路上去了。

「伯公。」老德進到弟弟家厨房，他弟弟的唸國中的大孫女秀華迎面叫了他一聲。

「你阿公在不在？」老德問。

「去街上了，去打針。」

「阿嬤呢？」

「去我阿姨家。」

「幾時回來？」

「不知道，」秀華回答：「說要去拿絲被去賣，溪底那邊的人說要三、四條。」

「我爸爸大概就會回來，」秀華又說：「伯公要做什麼？」

「你們那個機器桶放在那裏？」老德四下裏找著。一邊問：「機器桶，知道嗎？」

「機器桶？」秀華一臉茫然地問。

「算了，我自己去找。」老德說著，從厨房出來，秀華把瓦斯關小，也跟出來。

「在這裏，東西都丟在這裏。」秀華趕到前面去，引老德走到大屋右側廢住了的舊屋去。

老德走過去，還沒有進到舊屋，就在舊屋的屋簷下看到用破舊的蔴布袋蓋住的機器桶。蓋著的蔴袋又破又舊，上面沾滿了鷄屎，機器桶露出了一角，也沾了一些鷄屎，金屬的部位全長滿了銹。

「唔！在這裏！」老德指一指機器桶給秀華看：「這就是機器桶，知道嗎？」

老德把「知道嗎」說得很重，聽著自己都覺好笑，就笑著對他孫姪女說：「你三餐都吃什麼呀？」

「吃——吃飯嘛！」秀華摸不透他伯公的話意，吶吶地猶疑地答腔。

「吃米飯，很好，吃米飯的人機器桶都不知道？你伯公像你這麼大時，都拖著機器桶跟人家割稻了。現在的國中是在教什麼？」

一頓話，說得秀華訕訕地窘在那兒：「那是打穀機嘛！說機器桶，人家以爲是什麼機器的。」

「是機器沒錯呀！你阿公是來不及，不然也裝上馬達了。」

老德說著，要去掀蓋在打穀機上的蔴布袋，可是蔴袋垂到那端的那頭被勾住了，老德輕輕一抖，「裂！」的一聲，蔴袋從中間的地方裂了開來。

「都朽掉了！」老德帶一絲感慨，稍稍一拉，蔴袋就斷爲兩半，老德丟掉手上的這一截，那一截也就順勢溜到那一頭去，露出來那長滿了鋼齒的粗木軸，木軸上頭的鋼齒都銹了，老德用手去搖一搖鋼齒，幸好還牢固著，老德用手推了一下木軸，右脚踩了一下轉動木軸的踏板，但是踩不動，老德以爲木軸轉動的方向和踏板踩下去的方向相反，就再用勁一點去踩，仍然沒能踩動分毫，這時候老德才知道原來不是轉動方向的問題，他想：大概剛才掉下去的蔴布袋纏住了，就繞過去探身要撿蔴布袋，這才發現打穀機太靠近牆壁，齒輪頂住牆了。老德找一個可以著力的地方，兩手扳住，企圖獨力把機器往外移，機器是動了一下了，但好像一個呼吸那樣輕微，倒是老德大大地喘了一口氣。老德正想彎下腰再試一次，他弟弟的兒子振永騎著摩托車回來了。

「阿伯！」振永把車子停在老德身旁，關掉油門，叫著老德。

老德看到他侄子回來，鬆了一口氣說：

「竟搬不動了，你看。」

「我來！」振永蹓下機車，豎了兩次才把一五〇西西的機車豎起來，老德看他豎個車都那樣吃力，放心不下，便說：

「一起來吧！一個人行嗎？」

「笑話！」

阿永俐落地說著，老德也就把位置讓出來，阿永就蹲下身去，扳住機器桶，用力往外一搬，機器桶動了一分，可是，半天了，阿永卻直起身子來。老德看他皺著眉，汗滴在額頭冒了出來。急忙問道：

「怎麼啦？」

「扭到了！唉喲！腰啦！」阿永放開扳著機器桶的手，拿左手去扶著左邊的腰，想要直起身來，因爲劇痛，就叫了一聲，趕緊又低下身去。

雖然看起來扭得很嚴重，老德卻噗哧地笑出聲來，但是雖然是笑，卻滿含著一種說不出來的味道。

「等一下。」老德制止振永直起身來的嘗試，趨上前去，一手舒張手掌，貼在阿永扭傷的左腰，一手也是張著掌，伸得開開地作著勢說：

「我打下去的時候，你同時站直起來。」

說著，叫阿永準備，然後就一巴掌朝阿永屁股上擊去，力道出奇的大，以致阿永哀叫的聲音比先前更大，也不知道是不是這巴掌有效還是什麼，總之，阿永在老德一巴掌下去的同時是站起來了，可是這一直站起來，整個背部卻是板板的，變成彎不下腰去撿他剛才猛力挺起來時震落的帽子了。

老德幫他侄子撿起來，拍了兩下，遞還阿永，說：

「田不種，住什麼工廠？變成軟脚蝦了，你看吧！」

振永接回他的帽子，聽著老德的話，人家、人家地支吾著答不上話，臉上竟有著已是有女兒唸國中的爸爸的人不常有的羞窘。

「趕快吧！去用燒水敷一敷，拿薑母醮米酒推一推。」老德支開不知道離開好還是不離開好的阿永，繼續去檢視打穀機。……

可是雖然搬離了牆壁，打穀機還是頑固地不肯動一下，老德左看看右看看，簡直拿它沒辦法，不禁惱火的說：

「要嘛你就動一動，不然恐怕想動一動都沒機會了。」

老德以他的執拗但卻難掩的暴躁去扳一扳滾軸又說：

「看誰還要種田？好啦！就算有人愛種田好啦，四周圍眞蓋了樓房，看誰還有田種？」

「還不動一動？恐怕古物商都不收！到那時候，劈做柴燒都嫌釘子太多。」

正當老德咒得起勁的時候，他的弟弟騎著脚踏車回來了，老德見了，就大著聲音說：

「不轉動呢！不能寵咧！舒服了幾冬，就使不動了。」

「當然踩不動了，放在外面，雞仔晚上就在上頭睡覺，都被雞屎銹住了。」老德的弟弟笑笑說。

「什麼？成了雞巢了？一個機器桶，那時買要多少？最少也要好幾百，現在錢薄，怕不止幾千元吧？」

「是啊！買的時候都是金子，沒用時就成糞土，本來就是這樣嘛，雞仔要做巢還不錯哩！」

「怎麼沒用？」老德正色說：「我要割稻了！」

「還割呢！颱風要來了。」

「沒那麼快啦！」語氣裏，像是懇求他弟弟相信他這說法，好像他弟弟相信，更多的人相信，颱風就不會那麼快就來似的：「你敢情天色都不會看了？」

「還看什麼天色？看電視不更確實？」

「你們都是跟流行！」老德數落著他弟弟：「聽蓋房子的人話，田園蓋房子蓋光光，到時候，看大家吃什麼？」

「哎呀！大哥，這還要你煩惱呀？」他弟弟有點啼笑皆非的說：「有錢還怕沒有米吃嗎？」

「有錢？好！好好的田去讓人蓋房子分，看最後是誰有錢？蓋房子的撈不到好處，他白白給你蓋啊？」

「三間給他們抽二間也不多，沒給他們蓋著分，我們這世人哪一世才有樓房住？」

「三間抽二間！哼！你們都不知道厲害，會被吃掉的哪！土地是祖公仔留下來的，完完整整的一塊，現在三分被人割去二分，那反正不是他們的，而且他們也住不了那麼多，他們會買賣，買賣來買賣去，連你自己的被賣掉了都不知道。」

「哪有那樣的事情，房子是我們的，誰能做主把我們的賣掉？」

「誰能做主！」老德一字一字地咬著說，聲音揚了半階：「土地不是你們的嗎？爲什麼被蓋起房子了?」

「大家都在蓋,」老德的弟弟理直氣壯地:「一落一落一直蓋起來,田也不能種了呀!」

「就是這樣呀,到時候還不是一樣的理由:大家都在賣,厝邊隔壁都是外人,不就一樣賣了。」

老德愈說愈起勁:

「就是這樣崩掉的,將來大廳也會這樣崩掉,你看看好啦!到時看神主牌要去豎在哪裏?」老德嘆了一口氣,又說:「起頭大家都不蓋,都不會有淹水的問題!」

「可是大哥,土地漲到這麼高,擺著就是白白擺著,沒有什麼用。」

「咦!這就奇了,怎麼沒有用?早先我們種得好好的,怎麼突然有問題了?」

「這一點,大哥,就是你失算的地方,」文福逮到說他哥哥的地方,很興奮的樣子:「是沒有人笑你憨啦,但是你的鐵齒是出名的。」

「怎樣鐵齒?」

「鐵齒就是頑固呀!人家勸不聽,還要辯。」文福說:「較早,一甲地割多少?現在一甲地還是割多少,對不對?」

「嗯!?」

「土地漲了，稅金有沒有漲？」

「嗯！漲了！」

「收成一樣，稅金漲了，種田還算得來嗎？」

「所以，」老德聽他弟弟要說的原來是這樣的理，立刻就接道：「我當時就說你們淺想，我就說穀子一定會漲，收成一樣，穀子起價，不是增收了嗎？」

「穀子起價是最近的事啊！」

「沒錯，是最近的事，但是，不過是三兩年後的事情，大家就想不到。」

「大哥，你忘記了，穀子會起價是因爲種田的人少了，穀子的產量減少的關係呀！大家都像你，穀子一輩子也不會漲。」

「好，我問你，是穀子不漲吃米容易呢？還是穀子這樣漲吃米容易？」

「這，這——文福被他大哥問得無話可說，急辯一句：「可是什麼都在漲呀！」

「隨他怎麼漲，」老德篤泰說：「漲來漲去，你說，都爲了什麼？還不是爲了買米吃？而穀子在我們手上，是不是？我們可以不用、不穿，他們能不能不吃？唉！都是跟人流行，都是淺想，土地不要，還保得住什麼？錢放在銀行又會生什麼，蓋了房子，房子會長什麼？而土地會生東西啊！」

「可是土地是死的，不會動，錢是活的，可以流通。」

「就壞在錢會流通，會流通流來流去，就會流掉。」

「你都想到壞的，大哥，你想想，你一年一年地種，一年一年的收，就是那麼一些，還要吃，還要穿，吃剩穿剩的才是自己的，你想，幾世人才能存三、四十萬？你想看看，你們那個電視，儉幾冬才儉夠的？」

「電視、冰箱，還不是一樣都有了，三、四十萬，才三、四十萬？五、六十萬恐怕都不止呢！」

「什麼五、六十萬？」老德的話把他弟弟弄糊塗了。

「一開始，我就有五、六十萬存款了。」

「存款？存在哪裏？」

「存在哪裏？存在『土地』銀行呀！一塊地丟在那裏，每一期每一期收利息。」

「唉！說不動你，怪不得全莊的人都在說你，看你的古董。」

「給人看古董有什麼關係？我也在看他們呀！我一個人看他們全部，就是看，我也較划算。」

「你爲什麼不想一想，大哥，不錯，電視、冰箱都有了，可是你做得半死……」

「哈！說到做，剛剛阿永在這裏，你等一下再看看他好了，看他現在是怎麼下消。」

老德想到剛才阿永的苦狀，就又好笑又悲哀：「你先看你自己吧！到底是做才會半死呢？

還是不做？以前怎沒聽到你一天到晚打針吃藥？」

「這是少年做過頭才致到的毛病。」

「所以說，我們沒那個命，我們就要認，看這一個機器桶就好了，幸好還有我用一用，不然不就要朽掉了？骨頭閒久了會生水，你豈不知？」

「要活動筋骨，也不單靠種田，而且種田也不必那樣種法……」

「什麼種法？你不必再辯，守祖公仔業看各人的才情，我做大哥也沒有在罵你，你也不必唆弄我也蓋屋來分才安心。」

老德說著，再去顧視一眼打穀機，說：

「我們種田人種田就是運動，田不種，難道要去甩保齡球做運動？沒有日頭運什麼動？看看有沒有機器油，替我弄弄看，我去叫工……」

「機器油有啦，阿永摩托車在騎，怎會沒機器油，等一下油滴一滴就好了，也沒有壞哪裏…」文福被他大哥一陣子數落，覺得很不是滋味，覺得有什麼冤屈沒有紓解，又怕說不過大哥，反而惹更多的數說，他想了想，覺得自己也沒什麼錯，爲自己辯白，也望能勸動大哥，他不太能分辯他大哥的話，聽大哥的聲說，好像他才對的，可是弄到全莊的人都在看大哥的古董，他覺得他有責任，最少，他覺得：最少也應該勸勸看，等到大哥的田眞成爲全莊人看古董的田的時候，也有個交代，說自己也死勸過他了，所以，他在老德說要去叫工人割稻的時候，他就說：

「不是我變賣祖先的田業，是土地自己在變，若不是會淹水，變到不能種作，我也不會……」

「哪裏是土地在變？」果然老德又有他的說詞：「土地哪裏會變？從古早，它就躺在那裏，我也沒見它動一下。是人在變，一代一代人不一樣，現在的人，起僥心，想賺大錢。」

「人變也好啦！大家都在變，你不變，你的土地也就變了，變做不能倚靠，穀子種下去也不一定有收成了。」文福說了這話，口氣有些許感喟，頓一頓，又說：「時代是少年人的，少年人不給我們種田，我們死抱住土地也沒用，做墳埔又不用那麼大一片地，說不定我們死了是被抬去燒成骨灰，寄放在和尚廟裏給老鼠做窩呢！」

文福這一下說到老德的痛處了，可不是少年人的天下？老德噤默了去，想到自己一世人的儉腸瘍肚，鹹酸苦淡，一分一厘地掙，把祖業讓給幾個小的弟弟，白手掙到現在這一甲地，誰人不說金德仔感心，感心是感心，恐怕只是自己在感自己的心了。幾個小孩，台北兩個，台南一個，台南那個，小孩都有四個了才被公司裁員裁掉，沒頭路甘願去受雇踩三輪仔送貨，也不肯回來種田，大的在家是在家，甘願去考村幹事，領那幾文薪水，孩子註冊時，還要他兒子來跟阿公說，叫阿公去碾米廠變賣穀子，反而是女婿自己田裏忙過來時回來湊個手脚，女婿好是好，還是外人啊！每一個兒子的信回來，都勸說把土地賣了！還有說給女婿種抽的，怎麼抽？兩個老的抽還是四個兒子抽？女婿家那麼遠怎麼種？還有，將來田怎麼分？分給內孫還是外孫？老德劈哩啪啦地想著，不覺辛酸地嘆了一口氣。

文福看他哥哥落入沉思，也知道自己的話刺到他大哥的痛處了，也有幾分不忍，大哥的脾氣他是了解的，而且從來就十分敬重他，一樣的土地，對他和對他大哥的感情和看法是不會相同的，想到這兒，文福不覺有點歉疚，每一個人都可以看他大哥的古董，唯獨他不該對他大哥太施壓力，別人可以只看表面的現象，做爲弟弟的人不該不了解內面的眞象的，但是話已出口，也不能再事收回，只好緩一緩口氣，說：「大哥，我聽說對方開的條件不錯，考慮考慮也沒什麼損失。」

「怎麼沒有損失？他們要我不要收成，馬上就來塡土，把稻子埋掉。」

「他們又不是不算地上物的錢，他們賠你稻子的呀！」

「怎麼可以做這種事？他們可以做這種事，我也不能收這種錢的呀！活活的稻子，怎麼可以白白糟蹋掉？較早，我們不過把一粒米掉在地上就會挨打了，何況是整區的稻子？」

「但是，現在你看‥你哪一年不是白白的種？你看嘛‥現都要割了，說颱風要來。」

「我照起工去種，有收沒收那是天公的恩情，打雷咱也不必驚；若是天公要收，替天公種植也是應該，稻子長得漂漂亮亮，用土把它埋掉起樓房，樓房也會倒！」

「哪有這種事情？到處都是田塡起來蓋房子，也沒有聽說哪一間倒了，墳仔埔都在蓋房子了，何況是田？」

「這樣說，你自己的樓房怎麼不住？租人家厝租才多少？上次我看你抽的那間的牆壁裂了一條大縫，老鼠都可以鑽來鑽去，竟還有人敢租。」

「那個補了就好，新塡的土消下去都會那樣。」

「才蓋好多久？那種販子蓋的房子怎麼能住？」老德說：「本來，你大嫂也在唸，那些孩子寫信回來也都在說，我也想了一下，可是他們太過分，要馬上塡土埋掉稻子，我就不要，想都不要想了，這些做生意的，財迷心竅了，哪會替咱們種田人的內心想一想？」

「那，這一期收起來，是不是要考慮考慮？」

「唉！收過手再說吧！」

老德聽他弟弟一說，又興起感傷，望一眼天際，天際已被砍得差不多了的竹叢遮去大半，煨紅的霞光在竹梢上鍍上一輪暈紅，原本靜靜的一叢竹子，就在老德望到那輪霞紅時好似微微地晃了那麼一下，把靜止的空氣攪動起來，裹在竹梢上的那輪霞紅就被攪碎，覷著竹隙溜了下來，老德好像被火燒到屁股一樣，丟下那一聲嘆，急急步出他弟弟的家。

文福家的門外就是一條村路，以前牛車都要咿呀咿呀唱著經這條路到大馬路外的那片廣袤的農地裏去工作的，自從那片農地的中間被一條筆直的水泥打的大馬路畫成兩半之後，路的兩旁一間一間地矗起了工廠，牛車的聲唱就稀落下來了，偶爾一兩輛經過，也因爲村路打起了柏油，鐵皮包木的牛車輪換成了橡膠輪，也就沒有那聲淸唱了。村落的外邊就是多少田禾吃著它的水的灌水溝，順流而下就是到田裏去，以前，在清澄的河水中橫一枝小小的竹柯，它就會從牛車出門歡唱到牛車回來，現在，它是田裏那些工廠的排水溝，流經轉角的地方，偶爾也會沉沉地哼兩聲，但多半成爲河裏水族們的輓歌。

老德出了弟弟家門，就走在這條村路上，他是溯河而上，是到莊裏去的。「眞的剩下我那一塊了哩！幹伊娘哩！」老德同誰對著話一般地呢喃著：「也得收一兩次給他們看看呀！」

老德一路走，一路講：「不要還讓他們以爲他們是對我是錯！不要眼看要收成了，你還收得光光，掉一兩粒留做穀種也好啊！不是你也逼我把田來蓋房子吧？」

老德說著，望向路的外邊農地的那邊的天空，天空在大馬路那邊，被一簇書有五福新村的樓房截斷，再也望不過去，風已徐徐的吹來，這邊村路靠人家的這邊，可以聽到從村人保留的矮陋房子的秘處傳出來的受擾的豬仔的咿唔，豬仔是偷養的，畫入大市區之後，畜牲們是不被允准的戶口，但是管區警員們也沒辦法，這些黑戶在畫入大行政區以前就有了。

「豬仔都知道，要做颱風了，」老德聽得懂豬仔們咿唔著什麼似的：「慢幾天才來不知有多好，不然，只是下點雨也沒關係，穀粒都飽實了，風一掃，還收成什麼？」

「咳！到底是蓋房子才對還是種植才對？你的意思是怎樣？明明是種植才對，不是嗎？不然怎樣叫做田地？可是，怎麼好像是我錯了呢？」

「是蓋了房子之後，田地才會淹水的呀！我們種植幾世人了，田地也不曾淹過水。」

「現在，他們土越塡越高，可是房子也越會淹水，以後是不是住到山上，水也會淹上去？」

老德顧自走著，自言自語著，走在這村路上，原也無靠左靠右的習慣，所以不防迎面來了一個五、六十開外的老婦人，那婦人只是垂著頭走著，老德卻是望著天走著，兩個人差點撞個滿懷，把彼此嚇了一跳，女人拊著胸口，揭起頭來透氣，原來是村頭小店老闆的女人，成天瘋著替人做媒的瘋姜仔。

「要夭壽了！走路不看路，差點被你嚇死掉！」瘋姜仔不及看清來人，就咒罵出來。

老德一看是那瘋媒婆，歉都懶得道一下，瞥一眼讓過她，依舊抬著眼走他的路。

那瘋姜仔和老德錯身而過之際，看出是老德，忽地想起莊頭店仔大家的議論，立刻停步要去窺看老德的神色，但老德已走過去了，她抬起頭來就只來得及看看老德木木的背影。

「要衰了！」老德暗忖瘋姜仔諒已走遠，自己啐了自己一口：「見到鬼一樣，無緣無故被罵夭壽，哼！夭壽，五年前死掉也不算夭壽，我老德六十五了！」

「這個老癲頹！」那邊瘋姜仔也在背後罵著老德：「人說人要發瘋都會異樣異樣，莫非眞要發瘋了？」

「老德嫂也要衰了，嫁了這種瘋人，好在不是我做的媒人，」瘋姜仔說了這話，馬上罵了自己一聲：「三八！是老德較大還是我較大？那時候我還要人家做媒的呢！」

自己說說笑笑是長久的媒人生涯給瘋姜仔訓練出來的習慣，也因爲這樣，瘋姜仔的「瘋」字才不脛而走的，現在她倒來說老德不正常了，的確也難怪，大家都勸他放棄土地，只剩下女婿還可以商量，女婿又離那麼一段脚程，這一陣子的抗拒，也把老德練得凡事都找老天商量了，而老天又總是不吭哼一聲，老德便變成自問自答地喁喁自語了。

「死後沒處埋也不用死守著那塊地，聽說三間抽兩間，蓋房子的風水那麼好，做墳墓的風水不一定那麼好啊！失心瘋才那樣！」

「你看，走路失神失神的，不要眞的要瘋了，要跟人講叫人注意他較妥當！」

「會發瘋也是自己尋的，種不起來，種一冬也就知道了，還每冬種！」

「不過，講起來也是可憐，都可以割了，你看，颱風就要來……」

瘋姜仔說颱風要來，颱風果眞就來！瘋姜仔嘴都未閉，一陣急風突然挾一陣驟雨掃下來，瘋姜仔緊了兩步，想到老德，半跑著，半回頭去看，老德已轉入要到清課他家去的莊內的一條小巷路，還是一步一步木木地走著。甚至半舉著右手，像要盛雨一樣張著手掌，頭還是略略地仰著。

「眞的！惱得也會發瘋呢！」

瘋姜仔在只是那麼一陣驟雨之後，就變成牛毛一般細雨斜斜地飄著的風聲中說著，這時老德的身影已沒入籠在緊風斜雨的莊內的小巷路了。

經過在弟弟家的一陣躭誤，來到莊內的清課家的時候，清課他們大都吃過晚飯，聚在客廳裏看電視了，大人們都翻著嘴皮剔牙，小孩倒還捧著飯扒著，眼瞳從碗的外緣翻出來，盯著螢光幕。

風勢有點強勁，電線已微微發出嘯聲，但是清課家的正面側著風向，所以並未關起廳門來；老德走進去，大家都不曾察覺，老德瞥了一眼電視，螢光幕上，兩個武士正誇張地比著架式，招式並未比畫出去，殺聲卻響得把老德半是習慣半是故意的咳聲都壓蓋了過去，使老德頓然有些失據地發窘。

「哦——」老德只好拖長著聲音叫：「清課！」

「呃！」清課被從電視上叫過來，還不及看清來人之前，留戀地再去盯一眼螢光幕，看到兩個武士剛張開嘴要殺過去的時候，兩敗俱傷地被運功散的廣告收拾了去，才愜然地面向有點發窘的老德：「呃，德叔，罕走啊！」

「吃飽未？」老德熟絡地問。

「剛剛吃飽，」清課答著，站了起來，想迎上去，看到老德移步過來，他也就半站在那兒，使喚著扒著飯的小孩們：「小孩子還不快起來讓你叔公坐。」

小孩被他們父親一喊，全都站了起來，老德趕緊說：

「不用不用，站一下就走。」

雖然這樣說著，因爲剛好有個小孩利用廣告的空檔要去添飯，老德也就不多推讓坐了過去，可是不知道爲什麼，也許外頭的風勢已經明告明天一定是個大颱風天，總之，老德就是覺得有些難於開口，坐下去，雖然電視還在映著廣告，竟也直著眼睛盯著看，害個清課幾次側顧了一下老德，也不知道說些什麼好，憋了幾口，清課終於訕訕地說：

「德叔的稻子，這次好像長得不錯嘛！」

清課的話，老德聽在耳裏，心下悚然一驚：

「眞的成了古董了？」老德心中自忖：「種一世人的田，吃到好死了，反而才以種稻風神。」

「好像我老德變成一叢稻子了，見面就只有稻子可以談。」

「長得漂亮也沒什麼用，」老德沉吟一下，說：「還不是天公要收去！」

「咳！」清課看來倒是無限同情：「說來也眞是……不過，能熬到出穗也不簡單，每一個過路的人，熟識的就說：這次穩當的了！不熟識的就說：那是誰的田？種得那麼漂亮，莫怪只剩那一塊不蓋房子了。」

這話說得老德又感傷又受用。

「穩當？沒有落入倉庫裏就不能那樣說，被人說壞的吧？唔！不能那樣說，人家那樣說也是好意，天公要聽去，也沒有什麼辦法。咳！不知道誰說莫怪只剩我這塊田不蓋房子的話？」老德尋思著，不覺欣慰地微微一笑。

「你有空嗎？明天。」老德終於趁勢問了話。

「明天？明天恐怕更忙。」清課說：「颱風要來，工廠今天進了一批原料，屯得比山還高。」

「噢！」老德雖極力掩飾，聲音裏仍難掩些許的失望：「那就免講。」

說完就站起來，把個清課嚇了一跳，以爲自己分心看了電視，怠慢了他，忙不迭地說：

「等會兒，等會兒，再坐一下嘛！」說著自己也站了起來，殷勤地問：「叫工該不是要割稻吧？」

「正是要割稻。」老德決斷地答。

「可是穀粒還沒有臘臘的嘛！」

「差了幾天，」老德說：「又不是要交給農會，沒什麼關係。」

「但是颱風不是要來嗎？」

「就是因爲颱風要來呀！」

「等颱風過去，不是更妥當嗎？」

「颱風來，不知要掃落多少穀粒，而且颱風過去，也不知要泡多久的水呢！」

「可是——唔，現在，要到哪裏叫工呢？阿全、武雄仔、明輝仔都和我同班在做，阿寶在水泥加工廠，也不知道有沒有回來，益豐去木造工廠，義勇在送瓦斯，義輝在罐頭會社，……啊！對了，你看振永看看，他們工廠的原料聽說被我們搶購得光光的……」

「振永？」老德嘴角漾起一絲諷意的微笑，想說什麼終於沒說，笑了笑才說：「好，我去看看。」

這才告辭出來，「說起來話頭長嘛！住什麼工廠，全工廠都是女工，怎麼不下消？」

「現在，」投入風雨中的老德又問問他自己：「要去哪裏叫工？」

「哦!去叫阿瑞仔。」

老德想著,就望莊頭那邊走,走兩步,又停住:

「嘿!不是說才去做牛仔褲的鐵鈕釦?」

但是老德還是舉步往莊頭走去:

「去店仔頭看能不能問到。」老德想。

「怎麼有那麼多工廠?我一世人也沒買過半項什麼東西,那麼多人做出來的東西銷到哪裏去?」

「唉!現在的世間,也眞難了解。」

老德穿過莊裏,走入路面較黑的莊頭的路,在襲來的風雨中,踽踽走著,喁喁說著,莊頭店子的店面正好斜斜地對著這邊去的方向,老德本來有點擔心這樣颱風要來的晚上店頭沒有人要出來坐,這時候,老德望過去,還好,還是滿滿的閒嗑牙的人。

「到店頭就有辦法的!」

這幾乎是老德過去獲得人工的方法,差不多全莊頭,有時候莊內的壯丁,入夜後總要來店頭坐坐,要到街仔才到街仔,有時候實在緊急,又叫不到工人,反正叫工的和被叫的都在當場,就這一主讓一個,那一主讓兩個,大家湊合著趕一趕工也就解決,後來,大家都去工廠,入夜後,不趕工的大夥兒也都來這兒坐,交換一下工廠的行情,小氣的工廠工人就被拉得光光的，大家聲氣相通，儼然一個組織嚴密的工會。可是，想到這兒，老德的脚步猶豫了，多久沒來店頭小坐了啊？好像就是成了「工會」以後就極少來了。

也不知道是眞心的還是假意，但是，老德感受得到那種看不見的敵意，大家一窩蜂擁向工廠，老德堅守著老本行，怎麼知道就是對他們的責備呢？

「我們的神農氏來了。」

就是這樣開始那一次的不愉快的。最後說：

「以後我們的子孫出世要先抱到他的田頭去拜一拜，不然不用到三代，我們的子孫就不知道稻子的樣子了。」

「那時候，田的四面砌上圍牆，開始賣票，大家像看故宮博物院一樣，排隊去看已成古董的老德仔的那塊田。」

「其實也不必這麼！」老德想起這種不快，說：「你們住你們的工廠，我種我的田，我又沒有多話，不然你們不知道土地一直蓋房子，有一天吃米眞會不知道稻仔叢是什麼樣子的，美國囝仔聽說已經不知道女人的奶子是要來飼孩子的了。」

幾番尋思，一下子已經到了店頭，原來談笑甚歡的一個店子突然止了下來，大家看外星人一樣看著他，這又叫老德納悶，老德瞧瞧店裏的人，發現店是瘋姜仔看著的。老德知道個梗概了，剛才大家一定剛好熱烈地談論他，不料他像被颱風颳來的一樣，突然出現，叫大家大吃一驚了，可是，又叫老德迷惑不解的是：大家雖然都望著他，但眼神裏卻都映著關切，氣氛也顯得友善。

「爲什麼大家那樣看我？」老德心裏嘀咕著：「爲什麼大家變得友善？清課說的是眞的了？噢！該死！該不會這瘋姜仔亂說，說我……」

老德有點追悔剛剛對她的簡慢了。老德其實也不是怕什麼，這些年，被當做怪物看，任何場面也已能泰然處之了，只是，這一時大家的眼神，老德反而覺得如果處得過於自如，怕會又招惹來敵對。可是長久的隔閡，終究不是立即可以突破的。老德於是在顧視了他們短暫的一眼之後，揚起了聲音對瘋姜仔叫：

「兩塊糕仔。」

老德要掏錢的時候，才發現自己的狼狽，錢放在丟下來的衣服上不說，現在竟還打著赤膊，褲子也有點潮了，更顯得狼狽的是頭髮已被雨水壓得塌塌的了，老德可以想像，臉上一定還爬滿了水滴的吧？

「原來是這樣！」老德心想：「他們以爲我狼狽到不知寒暑晴雨了。」

「免了。」發現沒帶錢，看店的又是瘋姜仔，老德於是又退回那兩塊糕仔。

瘋姜仔收回那兩塊糕仔，卻去望望大家，這時候立刻有一個人說：

「給他，算我的帳。」

老德一看，原來是阿瑞仔。

「給他請客也講得過去，可是，」老德想：「那口氣好像不對，應該對我講呢？還是對瘋姜仔講？對瘋姜仔講，把我做什麼打扮？阿瑞仔怎麼這樣？他怎麼這樣說話？他是什麼意思？阿瑞仔這孩子不是無大無小的啊！前日，在路上還遇到，還沒有什麼異樣啊！怎麼變這麼快？哼！剛才還想去叫他呢！好在沒去，像這樣，怎麼叫有？」

「你是不是變多疑了。還是敏感？」老德又反身自問：「不！就是不一樣，好像是友善了，但是，敵對的時候，還有一種——啊！對了，還怕我，現在，對！就是沒有那個怕了，沒有怕，就是根本沒有我這個人了……」

於是，老德立刻堅峻地拒絕：

「我不餓，不想吃了。」

這時候，老德聽到一堆人中有人低語：

「到現在，竟還沒吃。」

老德聽著，好像他們是在議論一個不在場或是臭耳聾的人，可是，他是在面前，而且耳朵健全的人啊！

「竟這樣被議論，被當做沒心神的人一樣被議論，像一件東西放在大家面前，大家自由議論一樣！憨呆，什麼關切、友善，他們在可憐你，你還想叫什麼工？」

老德很想對大家說點什麼，可是也不知道要說什麼，就想趕緊離開。

「老兄弟！」這時突然有人叫老德，老德循聲望去，原來是同輩的火旺：「阿瑞仔要孝敬你也是應該，全莊頭，只有你最有資格吃糕仔，因爲糕仔是米做的。」

火旺這樣說著，衆人都哈哈大笑，火旺立刻一本正經的叱止大家：

「笑！本來就是嘛！你們少年的識得什麼？我這次去遊日本，看他們日本的做法，才知道我們老兄弟說不定做對了。」

「德仔，」火旺又轉向老德招呼：「我們老兄弟也坐一下，我講一下厲害給他們驚。」

火旺那樣招呼，老德走也不是，留也不是，猶豫間，火旺又大聲叱責：

「你們這些少年的也眞不識事，竟不讓個位置給我老兄弟坐，阿瑞仔你起來，阿泉擠過去一點，旁邊給我們老兄弟坐。」火旺騰出他身邊的位置，叫老德過去。老德弄不清他同年的眞意，防備地推讓著，防備著火旺，卻不防把來意說出來：

「不用，站一下就好，我還要去叫工人。」

「要叫工人是不是？」也是同輩的欽仔冒出來問：「我們這些老伙仔有啦，少年的就難找了。」

「我就在疑，你老兄弟在走撞什麼，颱風颱雨的撞來我們莊頭。」火旺看老德沒有過去的意思，又叫：「來啦！工人不用煩惱，我給你發落一下就有，我們老兄弟很久也沒開講了。」

老德看火旺能罩住場面，也不敢不尊重他一下，就走過去。

「德仔，」火旺拉老德在他身旁條欖上坐下，說：「我這次去遊二十天日本，我們先生已經過身了，先生娘還在，我在她家讓她招待住三天，先生娘的孫子，已經讀幼稚園了，有一次先生娘開玩笑問他牛奶哪裏來的，她孫子竟說從冰箱來的……」

聽火旺這樣說，大家已哄笑起來，老德也不覺澀澀地一笑，火旺等大家笑過，他自己也不笑，又說：

「我回來的時候坐飛機——我去是坐船——飛機飛到台北，我竟看不到，連山坡都是滿滿是的房子，我才又想起先生娘的孫子的事情，飛機落地，我忽然想到說不定你是對的。」

「我們這些少年的，還認得稗子的，恐怕剩不到三個了吧？」火旺說著，用他幾分威嚴的眼光掃視一圈大家，或許是懾於火旺的威嚴吧？竟沒有一個人抗辯，於是，火旺又說：「是不是，現在的少年人不識稗子，等到現在的囝仔變成少年人，說不定稻子都不識了？這不厲害嗎？」

「這哪有什麼要緊？」不是老伙仔也不是少年人的中年的石仔說：「現在電視一天到晚廣告咖啡，他們那些少年的一天到晚相招去喝咖啡，你們豈有人看過咖啡欉？」

「不要緊？你不吃飯會死，你不喝咖啡會不會死？」欽仔好像是他被冒犯了一樣瞪一眼石仔說「嘿！不識稻子，若有飯可吃，不識稻子有什麼關係？」

「唉！」火旺嘆了一口氣：「有這種大人，才有那種囝仔，我們官廳也眞是，一片地，在紙上一條線畫下去，就變做工業區，本來以為水泥路打下去，可以買一台鐵牛來駛了，沒想到……」

「他們少年的，錢好賺，」欽仔朝著火旺和老德靠近來，他坐的是圓木櫈，欽仔一移過來，除了櫃台那邊的瘋姜仔，三個老伙仔和一干少年的竟現出分明的壁壘來，坐定後欽仔又說：「又沒有掌家，買米吃不會心痛，還是一餐四、五碗拚死命吃。」

「哪裏有？」少年的那邊，阿瑞仔立刻答：「我們現在哪有你們以前那麼會吃？我一餐也才吃兩碗。」

「你們是去住工廠，女孩子看多了，著猴損。」欽仔就是喜歡跟他們謅這調調，少年的也就對他比較放肆。

「哼！你們講歸講，還不是嘴笑目笑，」石仔也幫少年的那邊：「沒畫做工業地，你們那些地哪有那麼值錢？」

「旺伯仔那樣儉省的人，靠收成大概也開不下手的吧？」跟火旺講話，石仔的語態就莊重多了：「是不是旺伯仔？」

「是啦！」火旺被這樣一打岔，想想石仔說的也是實在話，就著剛剛的感慨承認說：「想說錢是流汗流滴賺來的，也就開不出手了，老伙仔就是花得下，少年的也會講話。」

老德坐在火旺身邊，有一點上當的感覺，他覺得他們好像套好要哄他的一樣，火旺雖然平常也叫他老兄弟，但是，老德現在想起來剛剛被火旺叫「老兄弟」時那心中的一動，愈是覺得被騙，他覺得自己好像灌水溝裏的一塊擋水的石頭，水小的時候就被看到，並成爲灌水的農家們爭執著要扳掉的塊壘，水大的時候，就被淹蓋過去，誰也不會注意流過他頂上時水面造成的微微的波紋，剛剛他們辯得起勁，自己在他們面前是不被看到的，當他們無聊到沒有話說時，自己才會露出來被大家議論爭罵。

被騙也是自己要被騙的，老德怪著自己，知道自己又要現出來了，因爲爭辯變做感嘆就是水小了，老德站起來，衆人好像才被提醒老德的存在，火旺也沒有再留老德的意思，任老德站起來，才說：

「天公疼戇人，不會啦，颱風不會來啦！」

老德本來打算噤默到底，但是看到店外瀟嘯的風雨，生氣火旺小孩一樣哄他，就冷冷的說：

「豬仔也知道要來。」

「什麼？」火旺和一干人都沒聽懂老德的話，火旺就再問老德。

老德假裝沒聽到，乾脆什麼也不答，轉身就走。

「嗳！老德仔！」瘋姜仔在後頭叫他，他理都不理，因此瘋姜仔又更大聲叫：「這兩塊糕仔……」

「嗳！你們看！有沒有？我有亂講否？」

雖然風呼呼地吹，電線咻咻地叫，因爲瘋姜仔也仗著這樣而未曾把聲音壓低，因此老德就把瘋姜仔的話聽得分明。

「我看他的眼神還是精精的啊！」是火旺的聲音，老德也分明聽到：「不過，不知他最後那句講什麼，說著風颱，卻忽然說豬仔怎樣，我看得要跟一個人去看看。」

「原來是這樣！」一陣風打來，老德竟也脚步一浮，差點蹎出去：「竟眞的被當做瘋了！原來是騙我去給大家鑑定的！」

老德像一頭從陷阱掙逃出來的野獸，逃離陷阱之後，又驚惶又仇恨地回頭去尋索陷阱一樣，也回頭去看店仔，店仔的人也正瞧著他，老德這時看到欽仔站起來，並聽到他說：

「……我去……伊娘咧！田蓋得光光的，神也無五穀可吃，每個神都有他那塊田吃，那麼呆，怎會種有什麼收成？」

「幹！」一個少年的也站起來，老德一下子也看不出是誰，只聽他破口罵了一聲才說：「神明也沒種沒作，有糕仔吃也該偷偷掩著嘴笑了，還想什麼年冬？」

老德聽到說糕仔，以爲是要說他，聽清原來是在罵神明，就逃避一樣，趕快走遠去。

「眞是作孽啊！」老德喃喃唸著：，朝回路走：，天這時已黑得像踢翻了一罏墨，連絲星光都沒，只見不遠處人家窗洞裏一閃一隱地透著燈光，老德以爲村路上架越竹梢的電線快被吹斷了，脚下就快了兩步，走近一點，才發現是被整叢地搖撼著的竹節擋住了，竹叢一晃一晃的，電燈也一遮一顯地好似明滅著，注意著燈火，不知不覺竟走入要到田裏去而不是回家去的路，想到爲這塊田，連神明都被輕侮狎謔了，老德也說不出心裏有多煩亂，到平交道，老德順著鐵軌走，遠遠另一個平交道過去，老德看到黑黑的在平交道的右前方陷下去的地方就是自己的田，老德又說：

「叫工人？叫死人也比較快！」

說著，前面平交道的警示燈忽然一閃一閃地亮起來，接著噹噹噹的警鈴也響起來，欄栅卻還沒自己放下去，嗚——火車在田的那頭叫了一聲，欄栅才懶懶地擱下，老德等見到火車燈的時候才離開鐵軌，站在路的邊邊背著身要等火車過去，這時忽然有了尿意，提醒了他今天一整個下午，尿都沒撒一泡。

「怪不得這麼衰！」

心裏嘀咕一聲，也不管轟轟而來的火車燈火輝煌，就小起便來，這時火車呼嘯著，挾著風聲雨勢奔馳而過，把老德滔滔撒著的尿水捲起來，打在老德臉上和唇間，老德呸！呸！地連啐了好幾口，隨著火車去向撇首望去，火車曳在屁股後頭的兩盞紅紅的車尾燈，在飄蓬一般的風雨中一眨一眨地，像煞誰人哭腫的一對瞳子。

「要哭無目屎！」老德領受著從唇間濡進嘴裏的尿水的溼鹹溫潤，幽憤地說：「老命都會給你買收去！」

「伊娘咧！再衰也不會撒尿自己吃！呸！」老德用手背抹一把猶有餘味的嘴唇又說：「要凌遲也不必這樣！」

過第二個平交道，老德走下鐵道，到他的田來。

「竟被當做瘋子看待！」看到了自己的田，老德竟有著小孩一樣的嬌嗔：「你怎麼可以使我被當做瘋子看待？」

「給你下肥豈還不夠？不夠怎麼長這麼大叢？全農會的肥料都給你好不好？但是，都不給我收，哪有穀子交農會換肥料？」

老德跟誰商量似地，又問：

「田頭田尾沒給你拜嗎？」老德沿著田岸一直走去，拔起一根頂端夾有一疊紙箔和三根香的竹竿，紙箔都溼了，香也有點脫了：「沒有，那這是什麼？」

「不然，這束銀紙和香太薄是不是？」老德把那枝竿子在手上轉一下，找個位置再給插下：「這樣都被看做瘋子了，再來田頭拜，不就名通四海了？」

「也給我收一次，給你做戲也可以，這樣現要收了你還要收拾去，有錢也沒面子給你做戲。」

「你看嘛！工也無處叫，我一直老去，一個人對付不了你了，是不是？」

「風靜一靜！這一冬讓我收好不好？」老德右手掌捧著一串稻，問虎虎吹著的風，風也許正好在換一口氣，竟歇了一下，老德高興了一下：「好，你答應了，是不是？」可是再颳來的一陣風更猛，好像叫老德別太高興，而且把老德猛推一下，使老德一脚踩到田裏去，踩倒了兩株稻子，老德忙要把稻子扶起來，彎下腰，又吹來一陣大風，好像就在老德蹶起的屁股踢了一脚一樣，老德趴了下去，兩手又按倒了兩株稻子。把老德的性子激出來了。

「你不要軟土深掘！」老德扶回倒下去的四株稻子，站正來說：「是你逼我的，好，這一冬我要和你搶了。」

「你也不替我想。」老德回到馬路上：「是你放捨我的，不要怪我！」

「我本來不是這樣好性子的！」老德在馬路上採取了也可以轉回家也可以往街仔的姿態：「你可以問每一個路過的識我的人。被看做古董沒關係，被看做瘋子是不行的。」

風又在換氣，老德把自己放在被指示的地位：

「讓我收你不要，給人建屋你要不要，快回答！」

說也奇怪，這口氣，風換了許久，再吹起來的時候，卻在靠街仔那邊的田，而且順溜溜地吹，把稻子像波浪一樣，一波一波往街仔那邊趕。

「什麼⁉」老德被這情景嚇了一大跳：「你甘願被蓋房子？」

「嘻嘻！」

突然，老德清楚地聽到兩聲嘻笑，老德瞿然回頭，恍惚在他剛剛離開的田岸上，兩團黑影遽然沒了去。

老德不禁毛骨悚然，剛剛的景象本來就像有鬼一樣，使得老德不暇去想到店裏火旺叫人跟蹤他的事。

「豈眞的不能種作了？」老德沮喪得什麼似的：「好啦好啦！我就去和文森仔參詳，和他說條件，叫他叫工人來割，就給他蓋了！」

「豈眞的？古早人說土地若不給人種作就會生厲鬼，豈是眞的？」

咻——又是一陣風吹來，好像回答老德「是——」，老德不禁背脊一陣抽冷，倉惶地要離開，平平的大馬路，老德這時走起來竟好像崎嶇難行，一脚高一脚低地踉蹌的望街仔那頭顚去；入夜以後最大的一陣風，挾著豆大的雨珠掃來，老德被掃得往前仆了一下，剛好沒入彎路那邊的黤黮中，嘩啦嘩啦的大雨被更大的風掃過來、掃過去，暗黑中居然有飛沙走石的況味，一下子隱沒掉的老德，好像被什麼巨力一把攫去！

——原載一九七七年二月二十一日～三月三日《中央日報》

剁・暴徒

——笑論陳恆嘉兩篇與「洗澡」有關的小說

吳錦發

引言

我的好友陳恆嘉兄住在北投山區，因爲附近山上即是國內著名的溫泉區，因此每有好友造訪，他常喜歡帶朋友去泡溫泉，印象裏我就曾與他去「裸裎相見」過兩次，他嘗對我說：「脫光之後，你會發現再偉大的人也和一條豬差不多！」這眞是充滿智慧的一句話。

在文藝圈裏還有一個比陳恆嘉更喜歡洗澡的人，那就是服務於高雄報界的陌上桑，他一個月中差不多平均二十天以上，白天裏都泡在三溫暖的浴室，他經常發表在報上的犀利的政論文章，也大都是在三溫暖浴室裏完成的，他的文章常表現出不畏權勢的姿態，大概也和這個「脫光之後，再偉大的人也和一條豬差不多」的領悟有關吧！

洗澡能使小說家洗出這些智慧可真是不賴，所以我也喜歡追隨他們一起去洗澡，我一個月中也差不多有七、八天以上要泡在三溫暖浴室裏，文友們偶爾來高雄找我，我也喜歡帶他們去三溫暖浴室洗澡，我帶他們去洗澡，事實上動機並不單純，我承認我是有「陰謀」的，我喜歡研究這些朋友在浴室裏脫光衣服後的行為表現，從他們面對其他脫光光的男人時的表情與反應，我便能知道他是不是一個眞正的「男子漢」，從他和別人「比較」之後，是否仍是信心十足，我便敢肯定他是不是一個做事有擔當的男人！

把洗澡那麼簡單的事弄得複雜離奇，恐怕也只有我們這些寫小說的才會那麼無聊吧，所幸的，我從陳恆嘉寫的有關洗澡的兩篇小說中發現到，天下「無聊」的人不只我一個，陳恆嘉可比我無聊多了！以下我就請大家來研究陳恆嘉兩篇有關洗澡的有趣小說，大家從這兩篇小說中便可以看出來陳恆嘉到底「無聊」到什些程度。

權威角色的建立、推翻與陳恆嘉的小說「剝」

兒童的「政治社會化」過程常是研究政治社會學的社會學家最重視的一個課題，而在這個課題之中「權威角色的建立過程」又常是被研究的重心之一，觀察一個社會用何種方式來教育兒童，在兒童心中塑造何種的權威角色形象，我們便可以淸晰地明白，何以那個社會的成人們會有那一種特定的政治態度，換個更簡單的話來說就是：成人世界身處的那個政治環境的政治性格。

「鑄印」在他們的心中，研究兒童們在童年教育上被「鑄印」的過程，便可以了解他們的政治態度（包括偶像崇拜）事實上是當政者在他們童年時代就已有意透過教育、宣傳，

費正清(John K. Fairbank)在論及中國人的政治傳統時有這麼一段極重要的話說：「中國經驗中殊少平等關係的例子……他們對政治的解決之道，係由現象萬物著手，得知自然秩序並非平等而是具有階層性。總之，這是一種經由忠、孝、貞節等倫理所表現出來的服從信條……。中國的傳統，政府是由那些要旁人服從自己所建立的行為標準的人士所主持。當權的君主或黨派憑藉他們的政績，特別是他們的明智決策，壟斷所有領導權，事實上當權的人及其政策乃一體之兩面。當反對者攻擊政策時，即被視為對政策擬訂者的攻詰，因此在此基礎上『忠誠的反對』絕無存在的可能。西方的觀念則認為，雖然我們反對當政者的政策，但同時仍效忠他在制度上的領導地位，這兩件事應可並行不悖，但中國人無法理解這種觀念。」

透過費正清的這一段話，我們便可以很清晰地明瞭中國和西方世界在兒童教育中對「權威角色」及「偶像崇拜」何以會有截然不同的教育模式。

從這樣的角度，我們來看陳恆嘉的一篇短篇小說〈剝〉，我們便會有非常有趣及深富寓意的發現。

陳恆嘉的〈剝〉是民國五十六年發表於《台灣文藝》第五十四期的作品，發表的當初即引起大家熱烈的討論，遺憾的是，大家對這篇作品的討論一直都停留在這篇作品的「形式」上，對它的內涵卻沒有人加以深入的探討，甚至不客氣的說，恐怕大多數的人都沒有弄懂陳恆嘉這篇小說到底要談的東西是什麼！而錯誤地以「戲謔作品」的眼光來看它。這就是我爲什麼在事隔多年之後再把它拿出來討論的原因，我覺得〈剝〉是一篇優秀的作品，無論就它所觸及的問題，它所運用的技巧，在那個年代來說都是上上之作，這麼好的一篇作品在那個年代裏事實上是被忽略了。

〈剝〉的事，表面上雖然談的是：一個小學生在公共澡堂裏無意間碰到他的體育老師也來洗澡，小學生突發奇想，想盡辦法想看老師「那個地方」，而老師則想盡辦法掩藏「那個地方」的過程。

〈剝〉的筆調幽默風趣，使人乍看之下，不禁要捧腹大笑，大概也就是源由於這個原因吧！大家都被它喜趣的筆調迷惑了，而忽略了它背後犀利的社會反抗的原意。

依我的看法，〈剝〉所描寫的，事實上是一個小學生如何在內心裏試著反抗「權威」，推翻「偶像」的過程，要看老師「那個地方」，意思就是要看明白老師的「隱私」，要確定老師「脫光了以後」事實上是和別的男人一樣沒有什麼分別的，老師的權威，事實上只不過是建立在他層層假面的掩飾之下的唬人的東西而已，當老師把衣服一層一層剝去，把「墨鏡」拿掉，把「那個地方」露出來之後，他就不再是高高在上的角色了，同樣的，這篇小說的寓意便在於：再偉大的偶像，也不過是建立於有意的「愚民」的宣傳之上而已，「愚民」的手法譬如：製造神話，製造不可批評的假象，製造一致的輿論……等等，全世界刻意製造自己「偶像」的統治者不害怕「隱私」暴露於衆人面前，一旦他的「隱私」，他的「那個不可見人」的地方，霍然被揭開而坦露於衆人目光之下時，他便將由「偶像」的寶座上摔落到凡間來，這就是爲什麼在眞正的民主國家裏新聞記者們都爭相想盡辦法要揭開領導者各種「隱私」的原因，揭開隱私的目的在於防範他成爲「偶像」，成爲「神」，而只希望他是和大家沒有兩樣的凡人，只要他乖乖地做個制度上的「領導者」就可以了。

所以我說陳恆嘉的〈剝〉這篇作品並不簡單的原因即在這裏，〈剝〉這篇作品所探討的，事實上就是如何把「權威角色」的假象一層一層「剝」下來，使它露出原型的過程。爲了使大家信服於我這樣的分析，下面不妨就讓我們好好地來研究研究這篇作品：

首先讓我們仔細來比較小說中代表「權威角色」的老師，在浴室中把衣服一件一件脫下來以後的形象，藉此我們便能看出陳恆嘉這個頑童如何透過這個事件，告訴我們他眞正的企圖所在。

①

「青面的」就是體育老師的外號，我們偷偷給他取的，因爲每一次他的臉部都刮鬍子刮到青青，又很兇，上課都戴黑眼鏡，我們看不到他，他看得到我們，不會笑，也不說話，都用哨子喊口令，有時候我們都會忘記是要向左轉還是向右轉，都會有很多人轉錯，就兩個人臉對臉靠得很近，就忍不住互相笑起來，互相說人家轉不對，這時候就有人會倒楣跑操場，又不知道是誰會倒楣，因爲我們看不到老師在看誰，又不知道究竟誰轉錯，都不敢動，好像要被抓去槍斃一樣，都非常怕他，不敢偷做一點壞事。

在這一段描寫裏，我們淸楚看到了「青面的」平常的面貌，他是「戴黑眼鏡」「不會笑」「用哨子喊口令」「我們看不到他在看誰」的老師，其實說穿了，「青面的」所以能維持他在我們心中的權威地位，完全是因爲他的身上充滿了那一層「神秘」氣氛，這種維持「神秘」、不輕易露出眞面目的方法，便是古今中外所有封建君主最擅長的統馭之術，也是他們製造「偶像」的不二法門，唯其神秘，所以他才顯出「天威難測」，才會使被統治者每一個人「不知道究竟誰轉錯」，「都不敢動」，「好像要被抓去槍斃一樣，都非常怕他，不敢偷做一點壞事。」

像這樣神秘的權威角色形象，當他在浴室裏，把衣服、裝飾逐一「剝」下來後又變得如何呢？

②

老師本來已經在解皮帶，現在又停止，問我，一邊問，一邊脫去拖板……。老師好像也沒在做什麼，把光光的脚丫張來張去，有一點穿鞋子的臭味……老師的眼睛和上課不一樣，有一點奇怪，好像比較不會害怕，我就再看一下老師，老師竟對我笑一笑，無意地，害我趕快再低下頭，也不太敢笑，偷翻眼睛又去看老師，才注意到原來是老師沒有帶黑眼鏡的關係。

（請大家注意，這個權威角色初次露出令人親和的感覺，原因是因爲他剝去了維持「神秘」的第一層假象——「黑眼鏡」，好！我們再來看他繼續「脫」下去。）

③

老師如果問我一句，他的脫衣就停下來，所以老師脫衣脫得好慢，如果不是老師在問我我不敢洗，老師脫衣的時間我就洗好出去了……。

我忽然想到老師如果下來洗，不知道會不會像一般大人那樣；腿開開，跪一半大力去洗「那裏」，我覺得大人那樣很難看，又有一點好笑，我想老師也是大人，大概也會那樣，就有一點要笑起來，我又想到：老師站在講台兇兇的，脫光不知道怎樣？……

④

我偷偷瞄老師，老師脫掉外衣後去脫長褲，跑出來很白很白的大腿，又瘦瘦的，就覺得怪怪的，長褲脫下來，小腿的肉也很白，上面長好多毛，黑黑的，好像爬螞蟻一樣，有一點恐怖。

⑤

哇！我們老師好排悔！胸部到背部薄薄的，好像洗衣的板，怎麼也在教體育？

（在這裏我們要留意那種嘲諷的語氣，原來以前高高在上的權威，在脫去衣服之後，原來是如此的醜，如此不堪入目！）

⑥

我怕一下，但是老師好像反而不好意思，笑一笑，用左手去捂在胸口，右手找一隻小臉盆走到池邊來，大概怕滑倒，走路好小心，我忽然想起來老師的樣子，哈哈，像電視的頑皮豹。

（這一段描寫就更露骨了，不但一點害怕權威的語氣也沒有了，而且開始「取笑」起他來了。）

⑦

我不知道靑面的爲什麼給我講這麼多他自己的事情，我有一點感覺，他給我講這麼多的事情好像也在脫衣服一樣，多講一點，就好像多脫去一件衣服，我就覺得越怪，好像老師是一個什麼東西，會一層一層脫落掉的。因爲啊！我發現老師都不像在學校說話那樣都說「老師」，老師好像一直都說「我」，我不知怎麼，突然覺得我如果不回答的話；老師便變成一個人自己在講話，覺得那樣老師好可憐，老師會很難看……。

（你看，老師脫去衣服後不但沒有了權威感，甚至使我覺得他「可憐」起來了，這是如何辛辣的諷刺！好！現在乾脆就讓我們來看，那個「權威角色」連最後一件內褲也被脫去後的形象吧！）

⑧

哎呀！老師要脫褲子啦！我的心砰砰跳起來，有一點不敢看，怕老師就要變成不是老師了，趕快把頭低下來，但已經看到老師的三分之一的屁股的地方，卻又忍不住，偷翻眼再去看老師，看到老師好像想到了我，往這邊回頭看一下，我趕快往通道外邊縮一縮，沒有讓老師看到！不是，不知道有沒有被老師看到，因爲我怕的時候，眼睛離開鏡子，就沒有看到老師有沒有看到我，等我怕怕地再看鏡子的時候，老師已經浸入浴池到胸部的地方，老師動作這麼快呀?!我覺得有一點好像生氣，自己又好像失望，又好像……。

夠了，到這裏可以打住了，我們到最後雖然沒有看到陳恆嘉把那個代表權威角色的老師的一切都看清楚，但是我想這樣已經足夠使我們明白陳恆嘉的企圖了，讓不讓「我」看到老師「那個地方」到底長得怎麼樣，已不是最重要的事了，事實上陳恆嘉到最後關頭不讓「我」看到「那個地方」反而是高明的技巧，造成這篇小說餘音裊繞的效果，使得這篇小說呈現出更大的張力，這篇小說另外值得提出來研究的地方是，他所刻意安排的情節的進行非常有節奏感，使我們看那個老師脫衣服像看「脫衣舞」一般，每脫一件衣服都吊足了讀者的胃口，從而使那種脫衣的動作更充滿了象徵性，賦予了更大的寓意，所以我說陳恆嘉這篇小說的「脫衣服」，完全不同於一般黃色電影的「脫」，陳恆嘉的這一脫，眞是驚天動地，把古今中外獨裁者神秘的外衣，在嬉笑怒罵之間一股腦兒都脫下來！

集體暴力的形成與陳恆嘉的小說〈暴徒〉

在社會心理學及政治社會學的研究領域裏，「輿論」常是被提出來探討的重要課題，輿論的形成過程以及它對整個社會造成的結果，常給社會結構的穩定性造成旣深且鉅的影響。

社會學上的見解，輿論是全體或大多數人的共同信念和情操，也可以說是意見互動後的共鳴。個人在社會中遇到情況的刺激後，產生個別的主觀反應，其反應並沒有統一的現象，不過在各個人的心理體系中已經有了對該情況的意識。當這些主觀反應通過某種媒介，使之匯集，經過集體互動後，使原來個人主觀的認知和意見，經大衆無形的壓力，歸納爲相同的看法。所以輿論也可以說是畸形的社會傳達（見李長貴著《社會心理學》中華書局印行）。

由於輿論有如此的特性，所以在大衆傳播媒體進步神速的今天，輿論的匯集已比昔日的社會來得更迅速，力量更巨大，一個自由民主的社會，由於大衆媒體的傳播享有充分的自由選擇權，所以可以把消息以最接近事實的眞相傳播給民衆，使得民衆對於社會事務的眞相有比較準確的輿論反應，那麼這種輿論常會變成社會的一股「清流」，對決定社會事務的執政者形成壓力，使執政者的執政方針不致偏離民衆的意願。反之，如果傳播媒體所傳播出來的訊息，已先偏離了事實的眞相，因而引導了民衆往錯誤的方向反映意見，形成錯誤的輿論，這時輿論非但不再是「社會的清流」，反而成了一種「集體的暴力」，在這種「集體暴力」的壓力之下，眞理被扭曲，「善」被壓擠爲「惡」，使得人性的尊嚴被徹底地輾碎摧毀，這種惡例在世界上所在都有，大家只要想想希特勒掌權時代的德國及今日的伊朗社會即可清楚地明白。

因之「輿論」，事實上因著一個社會自由度的不同，而有成爲「清流」及「集體暴力」的層次上的不同，當「輿論」反應了事實的眞相時，它便形成社會的「清流」，當「輿論」扭曲事實眞相，而逐漸形成「錯誤的社會規範」時，它便變成了一個十足的「暴徒」！

陳恆嘉的小說〈暴徒〉就是在描寫這種「集體暴力」如何一步一步地偏離事實眞相，而逐漸成形的過程，說得明白一點，就是陳恆嘉透過這篇小說，向我們警示了「整個社會」逐漸變成「暴徒」的荒謬與可怕！也許陳恆嘉生性具備有濃重的「頑童」性格，所以他在描寫這麼嚴肅的課題時，依舊以著他一貫的文學風格，把它處理成一篇喜趣十足的小說，更妙的是，他竟異想天開地把小說的背景安排在北投溫泉區的公共浴室裏！由這個例子，也可以證明小說家在處理小說體裁時，雖然有時想儘量拉遠自身經驗與小說情節的距離，但是大部分的時候，還是會不知不覺地把自己潛意識裏的影子投射到小說中去。

由於陳恆嘉喜歡泡溫泉，所以你看，他不自覺地就把他生命裏的諸般「禪悟」都安排在「洗澡」的情節中，「洗」出來了，同理洪醒夫的小說裏老是「油氣薰天」，李喬的小說老是有許多男人「性無能」，許多女人「幾乎是精神分裂」，陳映眞的小說中老是有人「自殺」，葉石濤小說中老是有「俗氣卑賤的女人」，黃春明的小說中「女性都很偉大」，以及鍾肇政小說中重複出現「男人彈琴使女人產生愛意」的情節而且老彈同一首曲子……。我想一定有著他們潛意識某一種經驗或慾望的投影。

好了，言歸正傳，現在讓我們好好地來研究一下陳恆嘉在〈暴徒〉這篇小說裏到底又玩了一些什麼花樣！

〈暴徒〉是陳恆嘉十多年前發表於《台灣文藝》的一篇短篇小說，後來收錄於六十四年他出版於三信出版社的短篇小說集《嘩笑的海》之中；相同於〈剁〉一般，我想陳恆嘉的〈暴徒〉當初發表時，也可能是不爲一般人所了解，而被粗心地棄置了，沒有受到應有的重視。

事實上，我在遍讀了陳恆嘉所有的作品之後，我覺得無論就形式的完整性以及它所反應的內涵的深廣性，〈暴徒〉在在都是一篇極優秀的小說，堪稱是陳恆嘉短篇小說方面的「代表作」。

〈暴徒〉的大概內容是說：有四個年輕人在公共浴室內洗澡嬉戲，突然有一個中年人闖入，他僅只站在浴室邊，觀看他們嬉鬧而不脫衣下去洗澡，四個年輕人覺得受到了侵犯，起先由一個人上前理論，要他也脫衣下來洗澡，中年人理直氣壯反駁：我也是按規定買票進來的，洗不洗澡是自己的自由。但是四個年輕人認爲他們脫得光光地，讓他「看去了」，他非得脫光讓大家看回來不可，於是四個人的意見以及在池中的另一個中年人的意見，形成共同的力量，強迫那名在池邊的中年人就範，那名中年人由強硬反抗，到屈服於他們的力量，向他們哀求，但得不著原諒，只好趁機落荒而逃……。故事就在這麼荒唐喜趣的情節中，一路推演下去，讀者完全毫無選擇地被那喜趣的情節牽著走，一口氣讀到小說的最後一句，才恍然大悟作者的意圖，然後悚然心驚，汗流浹背……。現在不妨就讓我們來看看一些精采的片段，以明瞭陳恒嘉是如何來安排這種「集體暴力」形成的心理過程：

①

「恁人，浸著不要動根本不燙！」那幾個小伙子正要展開第二回合的比拚，一個不屬於他們的聲音突然介入：「泡一天也不會怎樣。」

他們聞聲，立時停止了玩笑，循著聲音轉頭望去，一個年紀比他們大上一輩的中年人，站在他們方才卸衣的地方，也沒幹什麼，對他們友善地笑著。

他們每人都用很明顯的敵意白了中年人一眼，但是中年人無動於衷，仍維持著他友善的微笑，使這幾個年輕人有點意外，不覺敵意更重，回過頭來，彼此交換一個眼光，猴子還撇了撇嘴，意思說中年人是狗咬耗子多管閒事。

社會學家的研究，輿論的開始，雖常先由一個人所提出，但它必定要能激起大眾的注意和興趣，這就是說在大家的心理體系中，已經先有了輿論的傾向，不論輿論是否眞實，它已暗示了個人的不安現象。

「不安」，正是輿論形成的第一個心理基礎。在這裏，中年人的冷不防出現並介入四個年輕人的嬉戲之中，便在四個年輕人的心理上，植入了「不安」的種子，於是接下來當然就是有人開始對此種「介入」發動意見了，我們來看看這意見是經由何種方式發動並匯集起來的。

②

「韓！那是誰？」

「誰知道是啥死人？」

「瘋子啦！」發仔仗著他的話無頭無尾，故意大些聲音說：「幹！你們這些㤰人！」

「幹，雞婆，只有他知道？」阿仁搞了半天，總算也讓他蹲到浴池邊上來了。

「不要理他，幹，神經的。」猴子說，用眼尾勾一眼身後。

③

「發仔！」猴子問：「我們進來的時候，有看到他沒？」

「不知，沒注意咧！」發仔說：「喂！阿仁，你剛才最慢，有看到否？」

「沒——嗯，好像有——沒有吧？」

「幹！廢話。」猴子罵。

「站很久了咧！」川仔爬出浴池說：「我剛浸進去，就看到他。」

「三八，不是我們剛剛在玩笑他就在了嗎？」阿仁這回說：「幹！定定站在那兒，不知什麼意思。」

「敢情剪鈕子的？」猴子說。

看！輿論的雛形就如此在大家不安的心緒下，迅速地被凝聚了起來，這種凝聚輿論的過程，如果是在一種大衆極端沒有安全感的情形下成形，它往往會失去清明的判斷，而呈現非常情緒性的反應，一般社會心理學者也肯定輿論的心理因素，因爲輿論的成立和傳達帶有濃厚的情緒作用。情緒的激昂是無法抑壓的，當情緒激昂後便會表現於個人態度、意見和信念上。雖然輿論含有個人主觀的色彩，事實上輿論中仍有許多客觀的社會因素。輿論的所以能盛行和擴傳的原因，是大衆已經有了心理感受和心理準備。這種心理預向遇到某種媒介和刺激後，原來個人心理中的含糊，就被喚醒，而不加思索地接受爲本人的意見了（參考李長貴著《社會心理學》）。

在這篇小說裏，客觀的社會因素就是：他們的衣服都放在池邊，而當一個陌生人出現在池邊，並在池邊徘徊的時候，他們內心中的「不安全感」便同時被撩了起來，而做了「他」就是「小偷」，就是「剪鈕子的」判斷了。

更妙的是，當這種判斷在大家心目中迅速流通，並且得到一致的看法之後，輿論的力量便在極短的時間內緊緊地凝聚了起來，並且開始向假想中的對象，展開強烈的抨擊，輿論之所以逐漸偏離了事實眞相，而竟成爲離開正軌的「集體暴力」，常常便是在這個階段中，大家共同的心理不安狀況下成型的。如果大家共同的不安心理，不能獲得正當管道的表達，並得到合理的解釋，這種偏差的輿論便會沉潛下來，成爲街頭巷尾的「謠言」，輿論一旦成爲「謠言」，它的「暴力」姿態便開始展露無遺了。

以下就讓我們看看陳恒嘉這篇小說中所描寫的，這種輿論逐漸脫離理性的常軌，而成爲「集體暴力」的過程。

④

「駛他娘！說還不走！」

「你不能趕他。」

「怎麼不能趕他？」

「人家只是在那裏站著而已啊，人家也無在做什麼啊！」

「但是，已經妨礙到我們了，幹，這裏的人去問他。」

「算了，別假沖。」

「不是沖不沖的問題，幹！大家在洗澡，他一個人站在那裏，大家就不能安心洗澡，他一個人，礙著我們這麼多人，氣色壞！」猴子說。

「啊！幹他娘，我想到了……」阿仁突然叫起來。

「鬼幹到！這麼歡喜。」猴子問。

「他娘，有一種性變態的人……」

「啊！幹他娘，他來看我們……那半夜裏就被他姦走了……」

「半夜裏怎樣被他姦走了？」

「阿西！他來看你脫光光，半夜裏就抱著棉被想像是你……」

「呸！垃圾鬼！駛他娘，有這種人，這裏的人去問他。」

「猴子，幹，我是這樣猜。」

「這樣猜就使得了，他娘，他這樣是犯法的。」

「別假博，犯法，我問你，他犯什麼法？」

「犯……幹伊娘，犯法就是犯法，還管他犯什麼法？」

這一段描寫的最後幾句話眞是精采，把人們內心從不安的心緒轉換成恐懼而至憤怒的過程刻劃得生動極了，這也證明了社會心理學家所謂的輿論確是衆人意見互動的產品，當個人的心緒與輿論相接近時，輿論傳達的廣度和速度是不可預料的，甚至在某一個狀況下，它會突然從量變到質變，使得輿論本質完全改變，輿論與謠言的可怕即在這裏，它的成爲「集體暴力」的可能也即在這裏。

當然，輿論形成的過程有時候也不是如此順利的，它常會受到另一種意見的反擊，在這個時候，如果有更多的人加入同一個意見，那麼這個輿論的形成就變成更加勢不可當，暴力於焉便完全成型了，以下就讓我們再看看這篇小說的最後幾段描寫：

⑤

「免跟他嚕囌，他要看讓他去看，他的衣服叫他脫掉，隨便他去看好了。」阿發在底下看，首先火起來：「說較明白一點，到哪裏就要怎樣，這裏，你不洗身軀可以，不許你不脫。」

「你來脫看看！土匪。」中年人口氣也不軟：「隨便脫人家衣服，你不怕吃罪？」

「吃你老母的客兄罪，看人家洗澡也有罪。」

「我又不是看女人洗澡。」

「女人看男人也一樣不行。」

「我又不是女人。」

「是不是女人給你說脫下來看才知道，你聽無？」

⑥

「我沒要和你相辯，人家在滾笑，誰叫你要挿下去，而且，你什麼地方不好站，偏偏站在浴室裏，而且還說花了錢的。」

「這樣也有話好說的？」

「這樣意思很壞。」

「什麼意思？」

「什麼意思你自己不知道？他們剛才講的你沒聽到？偷偷給你姦走了都不知道。」

「說那個瘋話。」

「不是瘋話，那是可能的，他們都還很細白。」幫猴子他們的中年人說：「幹！去看戲院的脫衣舞也沒有這麼便宜。」

「他們又不是女的，跳什麼脫衣舞。」

「你不能一直說他們不是女的，不是女的，不是女的就可以白白給你看？不要鐵齒，你要看，聽他們說，把衣服也脫光，這才有公平。」

「我又不洗澡起神經要脫光光？」

「你也脫光光，大家才沒有給你看去的見笑。」

⑦

「嘿！你這幹什麼？」中年人掙了一下，沒掙脫，瞪猴子說。

「要把你敎乖一下。」猴子直到這一刻才覺得眞正取到優勢。

「那樣簡單？」中年人嫌惡地皺皺眉：「也不是無王法了。」

「法律管你不到，我們來管。」

「放手，不然我要叫警察了。」

「叫王爺也一樣，發仔，上來給他整理一下。」

⑧

「冤哀冤哀，你看沒人要理你，哀有什麼用？」猴子感覺全浴室的人都在支持他，很精神地把中年人揪得緊緊的：「給你選好了，看是要脫光光在這裏給大家看回來，還是要脫褲子去街上現世。」

「或是穿著衣服到浴池裏浸也使得。」川仔補一個主意。

「你們不能這樣做……」

「沒有什麼能不能，只有要不要，看你要怎樣。說！」猴子予取予求：「開始我們叫你不要看你就要看，再逞強嘛！」

「好啦，現在給你們拜託啦！」

「現在，現在太慢了，說，看要怎樣？」

解析到這裏，羣體的暴力已然形成了，這篇小說差不多也解析完了，它帶給我們的是悚然的心驚，陳恒嘉啊！陳恒嘉，他洗了半天澡，原來他眞正想講的竟是這些東西！在他嬉笑怒罵的筆調後面，竟隱藏了這麼深沉的心靈，啊！可怕的人羣，可怕的社會，可怕的羣體暴力！

小結

最後我想說明的是，我之所以選擇陳恒嘉先生的這兩篇有關洗澡的小說來加以解析，並不純粹是爲了好玩，近日來，我發現台灣文壇有一個怪現象，就是大家拚命強調一個寫作的大主題，譬如：要寫一個大題材就必須把架勢擺得大大的，常聽到有人這樣誇口：「我寫的可是大中國的問題，我要寫長江、黃河，可不像你們只寫荖濃溪、濁水溪這麼狹隘！」或者說：「我寫的是帝國主義對中國的危害，可不像你們只是坐井觀天只寫台灣本土，無視於國際的事實！」果然事實是如此嗎？我們只要看看，陳恒嘉單寫在北投一間公共浴室裏發生的事情，就寫出了如此開濶的世界，我想這似乎可以提供給患有「題材誇大妄想」傾向的寫作者一種參考吧！確然，台灣的寫作者在目前的階段也許應該好好考慮文章「如何寫」的問題，而不只是拚命放大「寫什麼」的問題吧！提出這一點作爲我自己的反省，也希望與大家共勉。

——原載一九八五年七月十六、十七日《自立晚報》

陳恆嘉小說評論引得

許素蘭　編

說明：

1. 本引得，依發表或出版日期先後順序排列，以一九九一年十二月卅一日以前國內發表者爲限。
2. 若有舛誤或遺漏，容後補正。

篇名	作者	刊(書)名	卷期(出版者)	出版日期
1.第一屆「吳濁流文學獎」選後感——關於〈秘密〉	鍾肇政 葉石濤 鄭清文 李喬	台灣文藝	二六	一九七〇年一月

2.第二屆「吳濁流文學獎」評選感言——關於〈日薄崦嵫〉	林鍾隆 李　喬 鄭清文	台灣文藝	三〇	一九七一年一月
3.聰明人的傻故事——《譁笑的海》	亮　軒	書評書目	三三	一九七六年一月
4.試論兩篇「垃圾」小說	彭瑞金	自立晚報		一九八三年十二月廿三日
5.〈一場骯髒的戰爭〉附註	李　喬	七十二年短篇小說選	爾雅	一九八四年三月
6.剝・暴徒——笑論陳恆嘉兩篇與「洗澡」有關的小說	吳錦發	自立晚報		一九八五年七月十六～十七日

陳恆嘉生平寫作年表

陳恆嘉　編

一九四四年　1歲　四月十六日，生在台灣彰化溪州的散赤農家。老爸陳榮章，老母陳詹惜雲，兄弟姊妹八個，排行第五。

一九六一年　18歲　初中、高中讀員林農校。在員農，受著劉育涵老師的器重，做校刊「員農青年」的主編，開始臆想卜做作家。

一九六二年　19歲　高農畢，抗議當年大專聯考分甲乙丙三組、剝奪農校畢業生投考文學院的新規定，罷考當年的大專聯考。

一九六三年　20歲　短篇小說〈橘子、雞、毛線衣〉，在員農後輩陳全壽（繼楊傳廣後曾在亞運得標的十項國手）等人合辦的同人文藝刊物《東風》發表。一九六五年該文入選鍾肇政先生主編、文壇社出版之《本省籍作家作品選集》。

一九六五年　21歲　考入台中師專三年制國小師資科，在遐識著陌上桑、洪醒夫、莫渝諸文友。主編《中師專青年》。

一九六六年　22歲　散文〈子夜的呢喃〉發表於許達然先生發行的《文林》散文季刊。同年夏，師專畢，分發北投清江國小任小學教師。

入伍，在澎湖服十五期預官役，以「車亞夫」筆名，在《中華日報》發表〈黑岩〉等散一九六七年　23歲　退伍，回清江國小，續任小學老師。開始用「喬幸嘉」的筆名寫短篇小說。文。

一九六九年　25歲　在桑品載先生主編的《徵信新聞報》（《中國時報》前身）大量發表短篇小說。〈橫財〉、〈老師，人家也要升旗〉入選該報年度小說選集「人間選集」。

一九七〇年　26歲　在《台灣文藝》發表〈日薄崦嵫〉（後改名〈一個球員之死〉），獲評為第二屆吳濁流文學獎佳作獎。與陌上桑、洪醒夫等復刊《這一代》雜誌，並改為文學性月刊，六期後又因故停刊。

一九七一年　27歲　插入淡江大學中文系，並轉任國中教師，作品銳減。

一九七三年　29歲　在《台灣文藝》以筆名「方死生」發表〈影子〉，獲評為第五屆吳濁流文學獎佳作獎。

一九七五年　31歲　在三信出版社出版短篇小說集《嘩笑的海》。

一九七七年　33歲　在王理璜女士主編之《中央日報》發表中篇小說〈古董田〉等作品。短篇小說〈仙草冰〉入選《中副選集》。

在《台灣文藝》發表〈剝〉，獲評為第九屆吳濁流文學獎佳作獎。

在《聯合報》發表〈落翅仔〉，並入選《聯副三十年小說選》。

赴日，進京都大學人文科學研究所研修「中國三十年代文學」及「中國漢字改革」。指導教授：竹內實。

一九七九年　35歲　返台，任《書評書目》副社長及總編輯。

一九八一年　37歲　發表〈編輯斷想〉、〈編後餘緒〉以及書評〈驚心動魄讀「手記」〉、〈含淚的微笑〉於書評書目。

一九八二年　38歲　好友洪醒夫車禍故世，在《中國時報》發表〈愁〉憑弔，後該文入選林錫嘉編選、九歌版的《七十一年散文選》。

一九八三年　39歲　進《聯合報》任萬象版編輯。轉任高中國文教師。在吳錦發先生主編的《台灣時報》發表〈一場骯髒的戰爭〉，並入選李喬編選、爾雅版的《七十二年小說選》。

一九八五年　41歲　進《中國時報》任時報出版公司編輯主任。中篇小說〈失踪〉在知慧兒童雜誌第十九期起連載六期（……）。

一九八七年　43歲　考入東吳大學「日本文化研究所」，研究「日據時代的台語教育」，指導教授：鄭良偉。翻譯陳明台主編圓神版之「日本文學名作系列⑥」隨筆〈十一月的憂鬱〉。

一九九〇年　46歲　以台語文在《自立晚報》等報刊雜誌發表散文。

一九九一年　47歲　以台語文為華視「日日春」台語節目撰寫台語文教學節目。短篇小說〈老師，人家也要升旗〉被改編為電視劇集，於「華視劇展」中播出。

國家圖書館出版品預行編目資料

陳恆嘉集／陳恆嘉作
初版．台北市：前衛, 1993 [民82]
488面；15×21公分．--（台灣作家全集，短篇小說卷，戰後第二代：12）

ISBN 978-957-8994-59-1（精裝）

857.63　　83000087

台灣作家全集．短篇小說卷／戰後第二代

陳恆嘉集

著　　者　陳恆嘉
編　　者　林瑞明
出 版 者　前衛出版社
11261台北市北投區立功街79巷9號1樓
Tel: 02-28978119　Fax: 02-28930462
郵政劃撥：05625551
E-mail: a4791@ms15.hinet.net
http://www.avanguard.com.tw
出版總監　林文欽
法律顧問　南國春秋法律事務所林峰正律師
出版日期　1993年12月初版第一刷
2007年07月初版第五刷
總 經 銷　紅螞蟻圖書公司
台北市內湖舊宗路二段121巷28號4樓
Tel: 02-27953656　Fax: 02-27954100

Printed in Taiwan ISBN 978-957-8994-59-1
定　　價　新台幣400元